HELENA REICH

Reinen Herzens

Buch

Kommissar David Anděl wird vor seinem Haus erschossen. Die hochschwangere Attentäterin verschwindet ebenso spurlos wie die Leiche des Kommissars. Der Chef der Prager Kripo stellt die Ermittlungen trotz aller Ungereimtheiten so schnell ein, dass Inspektor Nebeský und die Pathologin Magda Axamit, Anděls Freundin, beschließen, die Ermittlungen selbst in die Hand zu nehmen. Bald stellen sie fest, dass nicht nur die Mafia und eine angesehene Prager Kanzlei, sondern auch der Geheimdienst seine Finger im Spiel zu haben scheinen.

Währenddessen reist die Reporterin Larissa Khek ins malerisch verschneite Franzensbad, um einem Gerücht über Kinderprostitution nachzugehen. Im Laufe ihrer Recherchen entdeckt sie in einem See die Leiche einer Frau, deren Tod dem obduzierenden Rechtsmediziner Rätsel aufgibt: In der Schusswunde steckt statt eines Projektils nur ein winziger Spiegelsplitter. Wenig später werden in einem völlig ausgebrannten Wagen verkohlte menschliche Überreste gefunden. Während Larissa in einem Lokal auf einen Kollegen wartet, der ihr mehr über die merkwürdigen Geschäfte erzählen will, in die die Tote aus dem See verwickelt war, lernt sie einen Mann kennen, der ihr eigenartig vertraut vorkommt. Er nennt sich Martin Trojan, und nicht nur der Geheimdienst sucht fieberhaft nach ihm …

Die Suche nach dem verschwundenen Kommissar David Anděl führt in ein Labyrinth, dessen Irrwege gepflastert sind mit illegalen Geschäften, Prostitution, Waffenhandel, Uran-Schmuggel und Mord – und zu einem uralten Geheimnis aus den Zeiten des Kalten Krieges …

Autorin

Helena Reich wurde 1965 im westböhmischen Bäderdreieck (Tschechoslowakei) geboren und lebt seit 1969 in Deutschland. Im Anschluss an ihr Studium der Politik, Amerikanistik und Geschichte arbeitete sie zunächst als Journalistin u. a. für die *Süddeutsche Zeitung*, *The Prague Post*, *Vital* sowie *natur&kosmos*. Nach Stationen in München, Bonn, Berlin und Prag lebt Helena Reich mit ihrer Familie derzeit in Stuttgart. *Reinen Herzens* ist der dritte Prag-Krimi um Kommissar David Anděl und seinen Partner Inspektor Otakar Nebeský.

Von Helena Reich sind bereits im Taschenbuch erschienen:

Nasses Grab (37038) · Engelsfall (37332)

Helena Reich

Reinen Herzens

Kommissar David Anděl ermittelt

Roman

blanvalet

MIX
Papier aus verantwortungsvollen Quellen
FSC® C014496
FSC
www.fsc.org

Verlagsgruppe Random House FSC-DEU-0100
Das für dieses Buch verwendete FSC®-zertifizierte Papier
Holmen Book Cream liefert Holmen Paper, Hallstavik, Schweden.

1. Auflage
Originalausgabe Januar 2012 bei Blanvalet,
einem Unternehmen der Verlagsgruppe Random House GmbH, München.

Umschlagmotiv: © Artwork HildenDesign, München,
unter Verwendung eines Motivs von Alexey Seleznev/Shutterstock.
Redaktion: Gerhard Seidl, text in form
DF · Herstellung: sam
Satz: Uhl + Massopust, Aalen
Druck und Einband: GGP Media GmbH, Pößneck
Printed in Germany
ISBN 978-3-442-37718-3

www.blanvalet.de

Für
Martin
–
und für
Solo Lovec

Der Tod ist ein Traum,
aus dem man als Fremder erwacht.
ANDREAS TENZER

Irrtum ist die Nacht des Geistes
und die Falle der Unschuld.
LUC DE CLAPIERS VAUVENARGUES

I

Anděl na střeše divadla vije v nebi vavřinový věnec.
Solo Lovec, Vrhač nožů

Der Engel auf dem Theaterdach flicht
einen Lorbeerkranz in den Himmel.
Solo Lovec, Messerwerfer[1]

Skarlet Meinlová, die neue junge Anwältin in der Rechtsanwaltskanzlei Kafka & Partner, hörte durch die angelehnte Tür eine Stimme im Büro des Seniorchefs. Vermutlich ihr Chef, der telefonierte. Sie achtete nicht weiter auf die Worte, die Stimmen waren ohnehin nur gedämpft zu vernehmen. Einen Moment verharrte sie unschlüssig in der Tür zum Vorzimmer, dann schlich sie sich auf Zehenspitzen hinein. Deshalb war die Tür zur Kanzlei nicht abgesperrt und die Alarmanlage nicht aktiviert gewesen, dachte sie erleichtert. Nur nicht stören, ermahnte sie sich und bemühte sich, ihre hohen Pfennigabsätze nicht auf das glänzende dunkle Parkett zu setzen. Licht brauchte sie nicht anzumachen. Die Straßenbeleuchtung und die Lichter der Wagen, die draußen vorbeifuhren und in unregelmäßigen Abständen über die weißen Wände und edlen Möbel des geräu-

1 Alle nachfolgenden Zitate in »Reinen Herzens« sind dem deutschen Original und der tschechischen Übersetzung des Romans »Messerwerfer« des unbekannten Autors Solo Lovec entnommen, der 2004 im Labyrint Verlag, Prag, erschienen ist.

migen Vorzimmers dieser renommierten Kanzlei tanzten, spendeten genug davon.

Sie sah sich um. Ein zufriedenes Lächeln huschte über ihr Gesicht. Dort stand ihre Tasche. Sie hatte sie auf dem Besucherstuhl vergessen, als sie sich vor kaum einer Stunde von der freundlichen Sekretärin des Chefs verabschiedet hatte. Erst auf dem Weg zur Geburtstagsparty ihrer Freundin hatte sie bemerkt, dass sie die Tasche mit dem Geschenk im Büro gelassen haben musste. So war sie wieder umgekehrt und hatte sich gefreut, dass die Sekretärin ihr vor Kurzem einen Schlüssel für die Kanzlei ausgehändigt hatte. Jetzt gehöre ich wirklich dazu, hatte sie gedacht. Sie war erst seit ein paar Wochen in Prag, die Stelle in der Kanzlei hatte ihr Vater ihr verschafft, ein Anwaltskollege des Seniorchefs. Sie wäre zwar glücklicher gewesen, hätte sie ihren ersten Job aus eigener Kraft bekommen, aber als ihr Vater sie kurz nach ihrem Examen im Sommer angerufen und ihr erzählt hatte, er habe ihr in der Kanzlei von Čestmír Kafka in Prag eine Stelle besorgt, da sie ja nicht in seiner eigenen Kanzlei arbeiten wollte, hatte sie nicht Nein sagen können. So eine Gelegenheit, hatte ihr Vater gesagt, hatte man nur einmal und nie wieder. Sie wusste, dass er recht hatte, viele ihrer Kommilitonen hätten sonst etwas gegeben, um an ihrer Stelle zu sein. Und ihr Vater hätte es nicht verstanden, wenn sie abgelehnt hätte. Dies war seine Art gewesen, sie für das ausgezeichnete Examen zu belohnen.

Der Seniorchef war sehr freundlich, ein jovialer Herr nicht mehr ganz mittleren Alters, aber, wie man so schön sagte, gut erhalten, dem sie offensichtlich sehr sympathisch war – oder doch zumindest ihr Äußeres. Jedenfalls kam er regelmäßig in ihr winziges Büro und erkundigte sich nach ihrer Arbeit, nicht ohne immer wieder ebenso freundlich wie nachdrücklich darauf hinzuweisen, sie könne jederzeit zu ihm kommen, wenn sie Fragen hätte, er wäre immer für sie zu sprechen. Sogar zum Mittagessen hatte er sie an ihrem zweiten Tag in der Kanzlei eingeladen. Ob es ihr Aussehen oder ihre Fähigkeiten waren, die ihr seine Aufmerksamkeit bescherten, war ihr fürs Erste egal, jedenfalls solange er sich aufs Reden beschränkte – obwohl sie manche seiner Komplimente eher anzüglich fand. Auch seine Sekretärin hatte sofort einen Narren an ihr gefressen. Und so konnte sie jetzt auch das Geschenk holen, ohne den über der Kanzlei wohnenden Hausmeister herauszuklingeln. Die Sekretärin hatte ihr mit verschwörerischem Lächeln auch gleich den Code für die Alarmanlage gegeben.

Skarlet griff gerade nach ihrer Tasche, als sie eine fremde Stimme aus dem Büro des Chefs hörte. Sie ließ die Tasche sinken und warf einen Blick auf ihre Armbanduhr. Seltsam, dass er noch da war. Er sollte doch längst bei der Weihnachtsfeier eines wichtigen Geschäftspartners sein. Die Feier hatte schon vor einer guten halben Stunde begonnen, und er telefonierte nicht, er hatte Besuch. Die Tür zu seinem Büro stand einen Spalt offen. Sie versuchte hineinzuspähen, konnte aber nichts sehen. Dafür hörte sie die beiden Männer jetzt recht deutlich. Das Parkett knarzte. Gläser klirrten. Aus dem Türspalt drang ihr der angenehme Duft von Kafkas Pfeife in die Nase, vermischt mit dem Gestank gewöhnlicher Zigaretten. Ein gemütliches Beisammensein am Abend, wie es schien.

»... haben uns ... verstanden?«, hörte sie den fremden Mann fragen. »Sehr gut ... etwas anderes. – ... flixt ... wir müssten längst ... Weg zu dieser ... maledeiten Weihnachtsfeier ... Veranstaltungen hasse – absolut überflüssig. Egal – noch ... Vietnamesen ... Zigaretten und ... verdammten Fingerabdrücken?«

»Habe ... gekümmert ... Glimmstängel ... heiße Luft

aufgelöst.« Jemand kicherte heiser. »… im Lager … geht … gewohnten Gang. Was die Fingerabdrücke angeht – die Putzfrauen … echte Plage, sie putzen wirklich *alles.*« Wieder Gelächter. Skarlet hörte Schritte. »… natürlich offiziell gerügt … Besserung versprochen …«

»… in nächster Zeit ein bisschen aufpassen … nicht … jemand zwei und zwei zusammen … Grünschnabel … ziemlich vergeigt … unmoralischen Angebot … nicht ausgerechnet den Engel anhauen … der Anfänger. Du solltest ihn rauswerfen … naseweisen Pedanten umge…«, schimpfte einer der Männer weiter, »rechtschaffenen … lästig, diese unbestechlichen Bullen. – Was … Grünzeug? … jemandem … Füße treten? Unser Freund ist nicht eben geduldig …« Ein Stuhl quietschte. Skarlet lächelte. Das musste der Drehstuhl des Chefs sein, offenbar drehte er sich ungeduldig darauf hin und her.

»Keine Bange … Zeug … nächste Woche … Dieser Typ … Kalaschnikows … Gefallen tun … ihn noch rauskegeln irgendwie, aber das Immobiliengeschäft … Russen … heute gezahlt.« Jemand klopfte auf etwas. Zufriedenes Gekicher. »Und … tausend Melonen, sind eingetroffen … Bester … die Maschinen?«

»… rote Rosen … Lager in Vítkov …«

»Die Jungs … ganz heiß drauf – … gut Kohl … in diesem Geschäft … drin, als … Gemüse …«

»… Aber noch was anderes …«

Skarlet traute ihren Ohren nicht. Es waren zwar nur Satzfetzen, die sie durch die angelehnte Tür erreichten, aber es hörte sich nicht gerade nach koscheren Geschäften an. Skarlet war verblüfft – das hier war nicht irgendeine zwielichtige Kanzlei, sondern eine der angesehensten in Prag. Ihr Vater kannte den alten Kafka gut, er war einer seiner Anwälte, und ihr Vater würde, da war sie sich ganz sicher, niemals mit jemandem zusammenarbeiten, der nicht ebenso integer war wie er selbst. Ich muss die Satzfetzen missverstanden haben, dachte sie, irgendwie aus dem Zusammenhang gerissen. Immobilienhandel war ja nicht illegal, beruhigte sie sich selbst. Über Kalaschnikows wollte sie lieber nicht nachdenken. Maschinen? Es waren allerlei Maschinen denkbar: Waschmaschinen, Nähmaschinen, Spülmaschinen ... das war nicht weiter besorgniserregend. Aber was sollte das mit den roten Rosen? War das das Grünzeug? Unter Gemüse fielen die sicher nicht, obwohl sie sich gut an eine ausgezeichnete Rosenmarmelade erinnern konnte, die ihre Großmutter früher jeden Sommer gekocht hatte. Die junge Rechtsanwältin wusste nicht, wie sie das verstehen sollte, es klang irgendwie nicht so, als wären die beiden Männer dabei, ins Blumengeschäft einzusteigen. Tausend Melonen? Dass es sich dabei nicht um eine Anzahlung in Form von Obst handelte, war ihr klar – Melone war der umgangssprachliche Ausdruck für Million. Aber tausend Millionen waren eindeutig zu viel Geld für rote Rosen, selbst in tschechischen Kronen, von Gemüse ganz zu schweigen. An irgendetwas erinnerten sie diese roten Rosen, von denen die beiden redeten, es wollte ihr im Moment nur nicht einfallen.

Während sie noch grübelte, was es mit Blümchen und Grünzeug auf sich haben könnte – *Blüten*, schoss es ihr durch den Kopf, vielleicht meinen sie Falschgeld! ... Nein, das war nicht die Erinnerung, nach der sie in ihrem Gedächtnis kramte –, hörte sie weitere Satzfetzen ...

»Engelchen ... in den Himmel ... Plage, diese naseweisen Staatsdiener ...«

»... zum Abschuss freigeben ...«

Gelächter.

»Also gut ... sich ... wo?«

»Vor dem Haus ... um die Ecke ... Siebten Himmel ...«

Sie erstarrte. Das konnte man nicht missverstehen – Zusammenhang hin oder her. Planten die beiden etwa …

»… müssen … erledigen«, fragte der andere Mann. »Wer könnte … Du?«

»*To máš marný* … geh … Kuba.« Wieder knarzte der Fußboden im Büro des Chefs. Die Männer waren offenbar ziemlich nervös, wie sie da hin und her liefen.

Wieso ist das sinnlos, kommentierte sie für sich die letzte Antwort, ihr habt doch schon allerlei anderes Zeug erzählt, das man euch nicht laut sagen hören sollte. Und wer soll nach Kuba gehen? Ich wüsste schon gern, wer da morgen diesen armen Engel erledigen soll, dachte sie, erschrocken über ihre Kaltblütigkeit. Da planten diese Männer allen Ernstes, jemanden umzubringen, während sie wie festgewachsen im Vorzimmer herumstand und ruhig zuhörte. Was, wenn sie plötzlich rauskämen, schoss es ihr durch den Kopf. Sie spürte Panik in ihrem Inneren aufsteigen, und die Kaltblütigkeit war wie weggeblasen.

Sie griff wieder nach ihrer Tasche. Als hätten sie ihre Gedanken gelesen, hörte sie, wie die Männer sich der Tür näherten. Das alte Parkett knarzte unter ihren Schritten. Sie starrte wie ein hypnotisiertes Kaninchen auf die Tür zum Büro ihres Chefs. Mach, dass du wegkommst, drängte eine panische innere Stimme sie. Sie rührte sich nicht, die Angst lähmte ihren angespannten Körper. Das Telefon klingelte. Auf dem Apparat der Sekretärin blinkten ein paar rote Lämpchen. Jemand fluchte, ging zurück. Der andere stand offenbar direkt hinter der Tür, die Hand schon an der Türklinke – jedenfalls spielte er mit ihr. Sie bewegte sich auf und ab, quietschte leicht im Takt der Bewegung. Das Ding sollte man ölen, dachte Skarlet, und wunderte sich über ihre banalen Gedanken. Du musst hier raus, drängte die Stimme in ihrem Kopf, nimm die Beine in die Hand! Jemand nahm ab, die Lämpchen hörten auf zu blinken.

»Ah… vom Teufel spricht«, hörte Skarlet eine Stimme säuseln, »sehr schön, ja, klappt alles… Melonen habe ich… Rosen auch bald… nein, Kolumbien… ja, über Hamburg… selbstverständlich, Lager in Vítkov… also gut…«

Skarlet wartete nicht, bis er aufgelegt hatte. Sie verschwand so schnell sie konnte aus der Kanzlei. Sie ahnte nur, dass dieser Anruf ihr das Leben gerettet hatte.

2

Věrohodnost:
má hodně společného s odvahou ke lži.

Glaubwürdigkeit:
hat viel mit dem Mut zur Lüge zu tun.

Skarlet überlegte den ganzen folgenden Tag, was sie tun sollte. Ihrer Freundin hatte sie am Abend zuvor nichts erzählt. Wie auch, auf einer Party mit Dutzenden von Leuten? Sie hatte nach dem Schreck im Büro die fröhliche Fete genossen und sich amüsiert, so gut sie konnte, bemüht, nicht mehr an das angsteinflößende Gespräch zu denken. Es war ein gelungenes Fest, das ihre Studienkollegin Meda Cyanová da auf die Beine gestellt hatte. Lauter fröhliche junge Leute, Skarlet hatte sich ausgezeichnet unterhalten. Mit einer jungen Frau hatte sie sich lose in den nächsten Tagen zu einem Frühstück verabredet. Sie war Reporterin bei der *Prague Post*, einer englischsprachigen Prager Wochenzeitung. Das interessierte Skarlet, sie hatte sich während ihres Examens überlegt, dass sie es mit Journalismus versuchen würde, falls sie keine Stelle in einer Kanzlei finden sollte, und die *Prague Post* hatte ganz oben auf ihrer Liste gestanden. Skarlet hatte nach dem Abitur ein Jahr als Au-pair in England verbracht und traute sich zu, auf Englisch zu schreiben. Dank ihres Vaters hatte sich die Option mit dem Journalismus allerdings erledigt. Aber mit der jungen Reporterin würde sie sich trotzdem treffen, sie war ihr sympathisch gewesen. Skarlet war erst spät nach Hause gekommen und hatte die Sache im Büro wohl in die Rumpelkammer ihres Bewusstseins verdrängt. Doch am frühen Morgen, noch bevor ihr Wecker geklingelt hatte, war sie hellwach und fragte sich, was in aller Welt sie tun sollte, damit dieser Engel nicht in den Himmel kam. Zur Polizei gehen, war ihr erster Gedanke gewesen. Während sie duschte und über das zufällig mitgehörte Gespräch nachdachte, erschien ihr die ganze Sache allerdings zunehmend unglaubwürdig. Sie musste das alles irgendwie missverstanden haben – immerhin waren es ja nicht ganze Sätze gewesen, sondern bloße Satzfetzen gedämpfter Stimmen. Wenn sie mit so einer Geschichte zur Polizei ginge, würde man sie dort bestenfalls auslachen. Sie wusste ja noch nicht einmal, mit wem ihr Chef da gesprochen hatte. Und über Beweise für das, was sie gehört hatte, verfügte sie auch nicht. Sie trocknete sich ab und zog sich an, noch immer unschlüssig, was sie tun konnte oder sollte. Eine weiße Bluse, das neue anthrazitfarbene Kostüm aus einem Seiden-Wolle-Gemisch, das ihre Mutter ihr zum Examen geschenkt hatte, dazu die schicken italienischen Pumps, die sie sich letzte Woche geleistet hatte. Sie betrachtete sich zufrieden im Spiegel. Strich sacht mit der Hand über die Perlenkette, die im kleinen Ausschnitt ihrer Bluse hervorblitzte. Perfekt. Eine junge, aufstrebende Rechtsanwältin – elegant und seriös. Sie lächelte ihrem Spiegelbild zufrieden zu. Wenn sie zur Polizei ging, überlegte sie, und man ihr womöglich glauben würde – unwahrscheinlich, wie das war –, dann würde die Polizei ihren Chef mit ihrer Aussage konfrontieren. Und dann … dann bin ich meinen nagelneuen Job los. Dann war es das mit der aufstrebenden jungen Rechtsanwältin. Sie machte sich keine Illusionen, dass sie danach bei einer anderen Prager Kanzlei einen Job bekommen würde. Wahrscheinlich hätte sie zu allem

Überfluss auch noch eine Anzeige wegen Verleumdung am Hals – wenn nicht noch Schlimmeres. Sie dachte an ihren Vater. Würde er ihr glauben, wenn sie ihm davon erzählte? Niemals, dachte sie betrübt. Er war stolz darauf, dass er seine Anwälte und Geschäftspartner auf Herz und Nieren prüfte, bevor er sich mit ihnen einließ. Er würde niemals glauben, dass sein Anwalt Kafka die Finger in zweifelhaften Geschäften hatte, von einem Mordkomplott, das er schmiedete, ganz zu schweigen. Das war also auch keine Option. Ihr Blick glitt unschlüssig am Spiegel vorbei zum Fenster. Der Himmel war dunkelgrau, es schneite. Heute Abend, dachte sie nervös, du hast nicht mehr viel Zeit. Sie sah zurück zum Spiegel und hinunter zu ihren Schuhen. Sie zog sie aus. Sie würde die Schuhe mitnehmen und für den Weg zur Kanzlei ihre Stiefel anziehen. Das sah zwar nicht besonders elegant aus, war aber besser, als die neuen Schuhe zu ruinieren. Dieser Engel – wenn sie nur wüsste, wer das sein mochte? War das ein Nachname oder nur ein Spitzname? Sie seufzte irritiert. Je mehr sie darüber nachdachte, desto absurder klang alles. Sie bückte sich nach ihren Stiefeln, zog sie an und warf noch einen letzten prüfenden Blick in den Spiegel, während sie ihren langen schwarzen Wollmantel anzog. Sie schnitt ihrem eleganten Spiegelbild eine nicht sehr damenhafte Grimasse. Irgendwas würde ihr schon einfallen. Es war ja erst früher Morgen …

Beim Mittagessen hatte sie schließlich eine Idee: Sie würde ihrem Freund davon erzählen. Sie hatte Felix vor bald drei Monaten bei einer Lesung im Goethe-Institut kennengelernt. Wladimir Kaminer hatte aus seinem Buch *Militärmusik* gelesen. Sie hatte sich köstlich amüsiert über die Anekdoten aus dem Militärdienst des Autors in Russland. Die staubtrockene, fast monotone Vortragsart des Schriftstellers hatte das ihre dazu beigetragen. Der Mann, der neben ihr gesessen hatte, hatte ebenso gelacht wie sie. Ein sympathischer Typ, kurzes blondes Haar, kantiges Gesicht, dunkler Anzug, vielleicht Mitte dreißig. Ein Diplomat, hatte sie anfangs vermutet, immerhin waren einige Angehörige der deutschen, der österreichischen sowie der schweizerischen Botschaften anwesend, wie sie bei einem Blick durch das Publikum festgestellt hatte. Sie war gelegentlich mit ihrem Vater zu Botschaftsempfängen gegangen, wenn ihre Mutter keine Lust dazu gehabt hatte. Ihren Sitznachbarn hatte sie dort noch nie gesehen, vielleicht war er ja neu in der Stadt. Ein Wort hatte das nächste gegeben, sie hatten über die gleichen Witze gelacht und später, nach dem obligatorischen Glas Riesling im Institut, waren sie noch um die Ecke etwas trinken gegangen. Sie hatte ihm ihre Telefonnummer gegeben, und er hatte nach diesem ersten Abend nicht locker gelassen, sie immer wieder angerufen, sie hatten lange Abende in Cafés und Restaurants verbracht, meist allein, gelegentlich mit einem seiner Kollegen und dessen wechselnden Freundinnen. Er hatte ihr sogar Blumen ins Büro geschickt. Sie genoss seine Aufmerksamkeit, seinen Humor, die langen Gespräche. Eines führte zum anderen – sie verliebte sich. Sie fühlte sich begehrt, respektiert – geliebt. Alles war perfekt. Ihr Freund arbeitete im Finanzministerium. Er hatte sich fast für seinen drögen Job entschuldigt, als er ihr bei ihrem zweiten Rendezvous davon erzählte. Sie fand das rührend. Er wiederum fand es amüsant, dass sie ihn für einen Diplomaten gehalten hatte. Sie meinte, Diplomatie würde viel besser zu ihm passen als Steuerrecht. Er war gar nicht so, wie sie sich einen Finanzbeamten vorstellte – trocken, sachlich, humorlos, zahlenfixiert, das Gegenteil von sinnlich. Das beweist mal wieder, hatte sie gedacht, dass man einen Menschen nicht nach seinem Beruf beurteilen sollte. Sie hatte gelacht und angemerkt, sie fände seinen Beruf zwar nicht wirklich sexy, aber dafür überaus praktisch, endlich habe sie jemanden, der ihr mit diesem Albtraum von Steuererklärung helfen könne. Er würde alles für sie tun, hatte er lächelnd abgewehrt, aber damit könne er leider nicht dienen, er befasse sich mit anderen Dingen. Die Steuererklärungsformulare verstehe er so wenig wie sie, aber er könne ihr seinen Steuerberater empfehlen. Sie hatte sich ein bisschen darüber gewundert. Womit er sich genau befasste im Finanzministerium hatte er nicht erwähnt, sondern charmant das Thema gewechselt. Sie hatten nicht wieder darüber gesprochen.

Für diesen Abend war sie nun mit ihm verabredet, sie wollten essen gehen und danach ins Kino. Er hatte sie ins Palác Pálffy eingeladen. Sie fühlte sich wie eine Prinzessin, als sie an seinem Arm die Steintreppe nach oben schritt. Es war ein edles Restaurant im ersten Stockwerk des barocken Pálffy-Palais am Fuße des Hradschin. Der Gastraum mit seinen dunkelroten Wänden war nur mit Kerzen beleuchtet. Im Zentrum des Raumes stand eine riesige Bergpalme und verbreitete zusammen mit dem flackernden Licht der Kerzen und der stilvollen Einrichtung das Flair einer längst vergangenen Epoche. Die Gäste unterhielten sich leise, man hörte gelegentlich das sanfte Klirren von Gläsern, die gemurmelten Worte der aufmerksamen Kellner, die immer schon vor dem Gast zu wissen schienen, was er gleich brauchen würde. Sie genoss das Essen. Die Auswahl der Speisen hatte sie ihrem Freund überlassen – wenn schon wie eine Prinzessin, dann richtig, hatte sie amüsiert gedacht. Er hatte als Vorspeise eine Entenleberterrine mit Birnen bestellt und als Hauptgericht Schwertfischsteak an gegrilltem Gemüse der Saison, dazu einen ausgezeichneten italienischen Rotwein. Skarlet schwelgte im Glück. Sie sprachen nicht über die Arbeit, sondern über Theaterstücke, die sie mochten,

Bücher, die sie verschlungen hatten, Filme, die sie liebten. Als die Nachspeise kam – ein *Moelleux au chocolat* an Vanilleeis, das sich zu ihrer Freude als lauwarmer Schokoladenkuchen mit cremigem Schokoladenkern herausstellte –, waren sie bei *Manche mögen's heiß* angelangt, einem ihrer Lieblingsfilme. Eine wunderbare Idee, erklärte sie, das *Valentine's Day Massacre* als Ausgangspunkt für diese ebenso witzige wie intelligente Komödie zu nehmen. Sie hatte die Szene, die sie ihm beschrieb, vor Augen, die alte Garage, die kartenspielenden Männer, den Wagen, der angebraust kam, die Männer mit den Maschinenpistolen, Tony Curtis und Jack Lemmon, die sich hinter einem der geparkten Wagen versteckten, um nicht auch erschossen zu werden … Der Engel muss in den Himmel … Nein, falsches Bild. Das war gestern gewesen, dieses seltsame Gespräch. Sie musste sich endlich entscheiden. Morgen Abend, hatte der Besucher ihres Chefs gesagt. Es war Abend. Wann am Abend? Sie hatte keine Ahnung. Vielleicht war es ohnehin schon zu spät. Vielleicht … Sie schob den leeren Dessertteller von sich weg und warf einen kurzen Blick auf ihre Armbanduhr. Gleich würden sie aufbrechen müssen, wenn sie wirklich noch ins Kino wollten. Sie hatten es sich schon ein paar Mal vorgenommen, aber irgendwie waren sie dann doch jedes Mal in ihrer Wohnung gelandet. Es störte sie nicht, im Gegenteil, es war viel besser als jeder Film. Soll ich ihm die Geschichte wirklich erzählen?, fragte sie sich … Warum nicht, dachte sie nun, mehr als blamieren konnte sie sich nicht, und er war schließlich nicht bei der Polizei. Es würde also keinen Ärger geben, und sie würde ihren Job nicht aufs Spiel setzen. Im schlimmsten Fall würde er sie auslachen, und dann würden sie ins Kino gehen. Der Kellner brachte den Digestif. Sie stießen an, sie nippte an ihrem Grappa. Köstlich. Er sah ihr tief in die Augen und fragte, ob sie wirklich ins Kino gehen wolle. Er lächelte. Mit dem Finger strich er sanft über ihren Handrücken. Es war offensichtlich, dass er anderes im Sinn hatte.

Skarlet gab sich endlich einen Ruck und erzählte ihm von dem Gespräch, das sie zufällig belauscht hatte. Es hörte sich an wie aus einem Agentenfilm, fand sie jetzt, während sie sprach, nicht real. Ganz und gar nicht real. Vielleicht hätte sie es doch nicht erzählen sollen. Zu spät, sie war schon mittendrin. Sie beobachtete ihren Freund aufmerksam, während sie sprach und die Satzfetzen, die sie gehört hatte, zu sinnvollen Sätzen ergänzte. Er hörte ihr gelassen zu, durchaus interessiert, aber keineswegs alarmiert. Er drehte das kleine Glas in seinen Händen und betrachtete versonnen die durchsichtige Flüssigkeit, wie sie die Innenseite des Glases benetzte und in dicken Schlieren wieder hinunterlief. Nahm er ernst, was sie sagte, oder überlegte er, wie er ihr höflich zu verstehen geben konnte, dass sie unter einer überbordenden Fantasie leiden musste? Sie wusste es nicht. Weder die Kalaschnikows und die verschwundenen Zigaretten oder die fortgewischten Fingerabdrücke noch das bald zu liefernde Grünzeug oder Gemüse und die Immobiliengeschäfte mit den Russen provozierten eine Regung auf seinem Gesicht. Auch als sie die Sache mit den erstaunlich teuren roten Rosen erwähnte, sagte er nichts. Ihre Idee mit dem Falschgeld provozierte ebenfalls keine nennenswerte Reaktion – sie meinte sogar, den Schatten eines Lächelns bemerkt zu haben. Erstaunlich für einen Finanzbeamten, dachte sie. Sie ließ sich nicht abschrecken und begann endlich, von der Sache mit dem Engel zu sprechen. Als sie erzählte, der Besucher habe zu ihrem Chef gesagt, der Engel müsse in den siebten Himmel, weil naseweise Bullen die Pest seien, zog ihr Freund eine Augenbraue hoch und sah sie plötzlich sehr aufmerksam an.

»Wann?«, fragte er. Seine Stimme hatte auf einmal eine unterschwellige Härte. Aus seinen Augen war jede Sinnlichkeit verschwunden. Er sah weniger denn je wie ein dröger Finanzbeamter aus. Wie das Klischee eines Diplomaten, dem immerhin seine ausgezeichneten Manieren entsprachen, allerdings auch nicht mehr. Sie fühlte plötzlich Adrenalin in ihren Adern rauschen und Schmetterlinge in ihrem Bauch flattern. Nein, sie wollte auch nicht ins Kino.

»Wann, Skarlet?«, wiederholte er.

Sie spürte seine plötzliche Anspannung, diese Veränderung in seinem Wesen, die sie nicht beschreiben konnte, aber bemerkenswert anziehend fand. »Heute Abend«, erwiderte sie zögernd. Sie verstand nicht, was vor sich ging, aber sie genoss es. Bin ich jetzt völlig durchgedreht?, fragte sie sich.

»Wo?«, fragte er.

Sie erwiderte, der Chef habe gesagt, er wolle jemanden zu dem Engel nach Hause schicken. »Kennst du ihn, Felix?«, fragte sie leise, »diesen Engel, meine ich.« Gott, war das aufregend, schoss es ihr durch den Kopf. Es kribbelte in ihrem Nacken, ihre Gedanken flatterten wie die Schmetterlinge in ihrem Bauch.

Ihr Freund antwortete nicht. Er warf einen kurzen Blick auf seine Armbanduhr, stellte sein Glas ab, beugte sich zu ihr hinüber, küsste sie leidenschaftlich und stand auf.

Skarlet starrte ihn verständnislos an. »Was …?«

»Entschuldige mich bitte.« Er zwinkerte ihr zu.

Sie sah ihm nach, wie er zum Ausgang eilte, auf dem Weg dem Oberkellner winkte, ein paar Worte mit ihm wechselte, etwas auf einen Zettel schrieb, den er dem Ober reichte, und schließlich durch die Tür verschwand. Skarlet blieb ziemlich ratlos inmitten all der barocken Pracht sitzen und fragte sich, was sie gerade verpasst hatte.

»Madame?«

Sie wandte erschrocken den Kopf. Der Oberkellner stand neben ihr, beugte sich zu ihr hinunter, um nicht laut sprechen zu müssen. »Herr Benda bat mich, Ihnen das hier zu geben.« Er reichte ihr ein kleines Blatt Papier, das sie entfaltete. Kleine, präzise Druckbuchstaben, karge Sätze, die nichts erklärten: *Verzeih, Skarlet. Wir holen alles nach. Danke für dein Vertrauen.*

Sie faltete das Papier wieder zusammen und starrte es nachdenklich an. Was in aller Welt sollte das? Sie einfach so hier sitzen zu lassen! Er hatte nichts erklärt, sich noch nicht einmal verabschiedet. Empörung stieg in ihr hoch. Der Ober räusperte sich leise. Er stand noch immer neben ihr. Sie sah ihn an. Er lächelte. Ihr Blick wanderte von ihm auf den Tisch. Ihr Grappa war leer. Schade. Ein Schluck von etwas Hochprozentigem hätte jetzt gut getan. Die Rechnung, fiel es ihr ein. Sie musste wohl das Abendessen übernehmen. Auch das noch. Sie griff verärgert nach ihrer Handtasche. »Tja, dann bringen Sie mir bitte die Rechnung«, sagte sie unsicher. Ihre Stimme zitterte ein bisschen, ihre Wangen glühten. Die Situation war ihr ziemlich peinlich. Sie versuchte trotzdem ein souveränes Lächeln.

»Das ist bereits erledigt, Madame«, erwiderte der Ober mit einer Selbstverständlichkeit, als käme es alle Tage vor, dass eine Frau von ihrem Begleiter nach dem Nachtisch und vor der Rechnung im Stich gelassen wird. »Soll ich das Taxi gleich rufen, oder möchten Sie noch einen Kaffee? Ein Glas Champagner? Oder vielleicht«, er zwinkerte leicht, »einen kleinen Whisky? Herr Benda hat mich gebeten, Ihnen alle Wünsche zu erfüllen.« Der Ober lächelte fast unmerklich, aber ausgesprochen freundlich. Skarlet gelangte zu der Überzeugung, dass er die Situation im Gegensatz zu ihr offenbar wirklich völlig normal fand. Vermutlich sollte sie das auch tun.

Sie sah ihn nachdenklich an, dann lächelte sie, bat um einen Espresso und – mit einem schelmischen Zwinkern – um einen Whisky. Das Taxi könne noch ein bisschen warten, fügte sie hinzu. Anschließend lehnte sie sich in ihrem Stuhl zurück und überlegte, was das alles sollte und – vor allem – was sie von Felix' seltsamem Abgang halten sollte. Als der Ober den Espresso und den Whisky brachte, war sie bei ihren Überlegungen noch keinen Schritt weitergekommen. Ihr Kopf war leer, absolut leer – bis auf ein riesiges Fragezeichen, das in ihrem Hirn herumtanzte wie das Pausenbild auf ihrem PC. So musste sich das Nirwana anfühlen, dachte sie halb verblüfft, halb amüsiert, nichts zu denken, nichts zu fühlen und sich doch unglaublich lebendig zu fühlen. Verrücktes Gefühl. Erstaunlicherweise war sie Felix noch nicht mal wirklich böse. Ihre Empörung war so schnell verflogen, wie sie aufgetaucht war. Sie war nur noch schrecklich neugierig, was er ihr später – wann auch immer das sein würde – erzählen würde. Du bist schon ein verrücktes Huhn, dachte sie. Sein plötzliches Verschwinden musste mit diesem Engel zu tun haben. Seltsam, er ist Finanzbeamter, was in aller Welt… Sie löffelte etwas Zucker in den Kaffee, trank ihn auf einmal aus und kippte den Whisky hinterher. Der Alkohol brannte angenehm in ihrem Magen. Egal, sie würde das Problem heute Abend alleine nicht mehr lösen, sie musste warten. Sie seufzte kokett, dann nickte sie dem Ober zu. Auch um das Taxi hatte Felix sich gekümmert, wie sie kurz darauf feststellte. Der Ober war mit ihr nach unten gegangen, hatte sie um das Ziel ihrer Fahrt gebeten und die Fahrt im Voraus beglichen. Das sei mit Herrn Benda so vereinbart, erklärte er ihr, als er ihren erstaunten Blick bemerkte.

Zwanzig Minuten später war sie zu Hause und schaltete aus alter Gewohnheit gleich den Fernseher an. Nachrichten. Sie mochte das durch den laufenden Fernseher vermittelte Gefühl, nicht ganz alleine daheim zu sein. Berichtet wurde über das Übliche: neue wie alte Kriege, Mord und Totschlag, Betrug und Diebstahl im Großen wie im Kleinen, Skandale, wohin man auch schaute, eine Scheußlichkeit jagte die nächste – hier, wie im Rest der Welt. Überall der gleiche Mist. Sogar in ihrer ach so feinen Kanzlei, wie es schien, dachte sie mit einem Anflug von Empörung. Sie hängte ihren Mantel an die Garderobe, kickte ihre Schuhe darunter und ging – durch den Wein, den Grappa und den Whisky inzwischen etwas angesäuselt – ins Schlafzimmer, um sich umzuziehen. Auf die Details der Nachrichten achtete sie nicht weiter. So genau wollte sie gar nicht wissen, was für grauenhafte Dinge die Menschen sich überall in der Welt antaten. Sie hängte ihr Kostüm in den Schrank und zog ihren Pyjama an. Es hatte keinen Sinn, über diesen und den vergangenen Abend nachzudenken, nicht mit diesem Schwips. Und nicht bevor sie wusste, warum Felix sich so unnachahmlich auf Französisch verabschiedet hatte. Obwohl es ihr schon zu denken gab, wie selbstverständlich Felix und der Ober in dieser ungewöhnlichen Situation zusammengearbeitet hatten. So was passierte sonst nur in Krimis oder Agentenfilmen. Seltsame Sache. Ihr schwindelte, der Boden schien ein bisschen zu schwanken. Vielleicht sollte ich einfach schlafen gehen, dachte sie. Trotzdem kreisten ihre Gedanken weiter um Felix' plötzlichen Abgang und die Frage, was das alles zu bedeuten hatte. Wüsste sie nicht, dass er Finanzbeamter war, sie könnte denken, er wäre Geheimagent oder so was. Sie kicherte – was für ein absurder Gedanke! Als sie sich in der Küche ein Glas Wasser holte, hörte sie die Titelmusik von *Man lebt nur zweimal.* Sehr gut, dachte sie, schlafen kann ich immer noch. Ein Agentenfilm wäre eine ausgezeichnete Fortsetzung dieses Abends. Alles wild unwahrscheinlich. So wie meine Geschichte, dachte sie, während sie sich auf dem Sofa in ihre Kuscheldecke wickelte. 007 rettet die Welt. Sie trank ihr Wasser aus, gähnte und wandte sich dem Film zu. Sie bekam noch mit, wie der Agent Ihrer Majestät sein Ableben inszenierte, doch noch bevor er sich das erste Mal mit seinem charakteristischen »Bond, James Bond« vorgestellt hatte, war sie eingeschlafen.

3

Seděli jsme na verandě a byli totálně sťatý.
Muzika bušila. Vtom spad z nebe mrtvý anděl.

Wir saßen auf der Terrasse und waren betrunken.
Die Musik hämmerte.
Da fiel ein toter Engel vom Himmel.

Sie ließen den Flughafen hinter sich und fuhren über die um diese Uhrzeit fast leere Evropská-Straße Richtung Innenstadt. David Anděl, Kommissar der Mordparta, der Prager Mordkommission, warf seiner Freundin Magda einen kurzen Blick zu, die – soweit das in dem kleinen Wagen überhaupt möglich war – zufrieden auf dem Beifahrersitz lümmelte. Er hatte sie nach ihrer sechswöchigen Abwesenheit vom Flughafen abgeholt. Sie saß ihm halb zugewandt, hatte ihre linke Hand auf seine Schulter gelegt und streichelte mit ihren Fingern sanft seinen Nacken. Sie strahlte und plapperte wie ein Wasserfall, seit sie im Auto saßen. Alles war in bester Ordnung, wie es schien. Sie kannten sich erst seit dem Sommer, aber trotz Magdas sechswöchiger Abwesenheit hatte sich zwischen ihnen nichts verändert. Magda erzählte von den Tagen bei ihrer Schwester in Franzensbad, von dem wunderschönen alten Bauernhof, den Valeska hergerichtet und zu einem Yoga-Zentrum ausgebaut hatte, von ebenso anstrengenden wie entspannenden Yoga-Stunden und langen Gesprächen vor dem flackernden Kamin im noch spartanisch eingerichteten Wohnzimmer.

Sie sprach von den intensiven und klärenden Gesprächen mit ihren Eltern und ihrer Großmutter in Kanada, von der stillen Beerdigung Danas und davon, dass sie ihr erstaunlicherweise habe verzeihen können. Sie habe ihren Frieden mit dem ganzen Chaos gemacht, sagte sie, und es klang ehrlich, fand er. Er beschränkte sich auf ein gelegentliches *Aha* und *mhm*. Seine Gedanken kreisten um das, was er ihr erzählen musste, diese hirnlose Affäre im Frühjahr, die ihm reichlich peinlich war. Es würde nicht angenehm sein zuzugeben, dass er hormongesteuert und alkoholisiert auf eine Frau reingefallen war, die nichts anderes im Sinn gehabt hatte, als eine dämliche Wette mit einem Inspektor von der Sitte zu gewinnen. Zumal diese Nacht nun lebenslange Folgen zu haben versprach. Wie würde Magda reagieren, wenn er ihr erzählte, dass er in knapp vier Wochen Vater werden würde? Sie erzählte gerade von den zwei Wochen, die sie bei ihren Kindern und ihrem Exmann in Paris verbracht hatte. Ihre Kinder hatten sich, wie er wusste, im Sommer gewünscht, ein Schuljahr bei ihrem Vater zu verbringen. Magda berichtete von Ausflügen, die sie unternommen hatten, und davon, dass sie allen dreien von ihm erzählt hatte.

»Und?«, fragte er knapp, und warf ihr einen nervösen Blick zu.

Sie lachte. »*Und* … sie sind sehr neugierig«, erwiderte sie, lachte und gab ihm einen flüchtigen Kuss auf die Wange. »Mach dir keine Sorgen. Cassia war begeistert, dass du Kommissar bist, und Cid freut sich auf tiefgründige Diskussionen über höhere Mathematik.« Ihr Sohn hatte gestrahlt, als sie ihm erzählt hatte, ihr Freund, der Kommissar, sei eigentlich promovierter Mathematiker.

»Und dein Exmann?« Der war vermutlich weit weniger begeistert von der neuen Beziehung seiner Exfrau, dachte David. Warum sich die beiden wohl getrennt hatten? Er hatte Magda bisher nicht danach gefragt. War sie gegangen? Hatte er sie verlassen? Es spielte keine Rolle, aber es lenkte ab.

»Vincent wird nächste Woche heiraten. Seine Freundin erwartet ein Kind – in drei Monaten. Ich musste ihm ins Gewissen reden, damit er das schlampige Verhältnis noch vor der Geburt legalisiert. Er hat also andere Sorgen, als sich den Kopf über meinen Freund zu zerbrechen.« Sie kicherte. »Bin ich froh, dass meine Kinder schon so groß sind! Noch mal jahrelang Windeln wechseln, nächtelang nicht schlafen, auf Spielplätzen herumsitzen und all diese anderen liebreizenden Dinge – das wäre nichts mehr für mich. Damals habe ich es sehr genossen, aber noch mal das Ganze von vorn? Nein, danke. Diese Lebensphase habe ich abgeschlossen.«

Na prächtig, dachte er, und gleich werde ich ihr erzählen, dass es mir genauso geht wie ihrem Exmann. Mit dem kleinen Unterschied, dass er unter keinen Umständen vorhatte, die werdende Mutter zu heiraten. Würde er Magda verlieren? Augen zu und durch, dachte er. Sie waren inzwischen im Burgviertel angelangt.

»Magda«, sagte er und wusste nicht, wie er es formulieren sollte. Vielleicht sollte er damit warten, bis sie mit einem guten Glas Wein auf ihrem Sofa säßen.

»Ja?«

Er blickte kurz zu ihr hinüber. Sie sah ihn interessiert an. Würde er gleich alles kaputt machen mit dieser verflixten Geschichte? »Es gibt da etwas, über das ich mit dir sprechen muss …«

Sie hörte auf, seinen Nacken zu streicheln und zog ihre Hand zurück. Sie kannte diesen Tonfall. Genau in diesem Ton und mit dieser Wortwahl hatte ihr Exmann ihr vor Jahren eröffnet, dass er sie verlassen werde. »Worum geht es?

Du hast nicht etwa … eine neue Liebe gefunden oder so was?« Sie bemühte sich, die Frage locker auszusprechen, als habe sie seine Anspannung, seinen ernsten Ton nicht bemerkt, als handle es sich bei ihrer Frage nur um eine rhetorische, um einen bloßen Scherz, da sie selbstverständlich davon ausging, dass die Sache, egal was für eine es war, nichts mit ihr zu tun haben könne – es gelang ihr nicht. Heute so wenig wie damals. Ihre Stimme verriet die Angst, die sie in ihren Eingeweiden spürte.

Er blickte zu ihr hinüber. Sie sah ihn nicht an, sondern starrte mit betont ausdruckslosem Gesicht durch die Windschutzscheibe in die Nacht.

»Lass uns lieber zu dir fahren«, fügte sie hinzu, noch bevor er etwas erwidern konnte. »Ich möchte jederzeit gehen können, wenn es … unangenehm werden sollte.«

»Na schön, aber meine Wohnung ist …« Er bog an der Ampel ab.

»Egal. Ich habe gerade zwei Wochen mit meinen pubertierenden Kindern und ihrem nicht gerade ordnungsliebenden Vater verbracht – da kannst du nicht mithalten.« Sie lachte nervös.

»Ich habe keine neue Liebe gefunden, Magda«, sagte er, »ich liebe *dich*.«

Sie sah ihn an und atmete tief durch. »Die roten Rosen waren also kein Abschiedsgeschenk?« Sie warf einen Blick auf die Rückbank und den riesigen Strauß, der dort lag.

»Ganz im Gegenteil, *Lásko*, aber es gibt trotzdem ein Problem, ein ziemlich großes Problem …« Er bog in seine Straße ein. Vielleicht war das Kind ja gar nicht von ihm, beruhigte er sich. Noch war das ja nicht gewiss. Vielleicht würde er aus dieser ganzen Sache mit einem blauen Auge davonkommen. Er hoffte es von ganzem Herzen. Wenn dieser Abend nur schon vorbei wäre … Wenn Eva einfach wieder aus seinem Leben verschwände … Er hoffte, es würde sich herausstellen, dass er nicht der Vater war.

»Dann fahren wir doch lieber zu mir, alles andere kann nicht so tragisch sein«, erwiderte sie und legte ihre Hand wieder auf seinen Nacken.

Wenn du wüsstest, dachte er resigniert. »Zu spät, wir sind da – und vor dem Haus ist ein Parkplatz.« Verdammter Mist. Sonst musste er oft mehrmals um den Block fahren, bis er einen Parkplatz fand, aber ausgerechnet heute war einer frei.

Sie zuckte die Achseln. »Na gut, dann auf ins Chaos. Ich werde es überleben.« Sie lächelte ihn liebevoll an. Egal was er ihr erzählen würde, sie war glücklich, zurück zu sein. In diesem Moment schien das Leben perfekt zu sein – sie hatte sich von ihrem Zusammenbruch erholt, hatte ihr Leben wieder im Griff und ihre Vergangenheit sortiert, ihre Kinder hatten nichts gegen ihre neue Beziehung, ihr Exmann machte wider Erwarten keinen Ärger, nächste Woche würde sie endlich an ihren Arbeitsplatz zurückkehren, und David liebte sie … Was wollte sie mehr? Das Leben war schön.

Er parkte den Wagen und reichte ihr den Hausschlüssel. »Du kannst schon mal aufsperren und nach oben gehen. Ich bringe dein Gepäck rauf. Es wäre zu gefährlich, es im Auto zu lassen. Letzte Woche wurde der Wagen meines Nachbarn aufgebrochen – direkt unter der Laterne mit der Kamera da vorn.«

»Sicher, dass ich dir nicht helfen soll?«

Er schüttelte den Kopf und küsste sie. »Geh rauf und mach schon mal den Champagner auf.« Er langte nach hinten und holte eine bauchige Flasche Dom Perignon unter einer alten Decke hervor.

Magda pfiff anerkennend und lächelte. »Beeil dich«, sagte sie und zwinkerte.

Sie stiegen aus, Magda ging zum Haus, er holte ihre Koffer aus dem zu einem Kombi umgebauten Mini.

»David!«, hörte er eine ihm bekannte Stimme.

Er drehte sich um. Das durfte doch nicht wahr sein, dachte er so überrascht wie wütend. Was machte sie hier, verdammt noch mal? Er stellte den Koffer, den er schon in der Hand gehabt hatte, zurück in den Wagen. »Ich habe dir doch gesagt…«, setzte er an. Dann blitzte etwas im Licht der Laterne auf. Etwas schlug mit gewaltiger Wucht gegen seine Brust. Er fiel rückwärts gegen den Wagen, kippte nach vorn, knallte mit dem Gesicht gegen die Hecktür, fiel zu Boden, schien durch den Boden hindurch in ein schwarzes Loch zu fallen, fühlte nichts mehr, hörte nichts mehr. Stille. Totenstille.

Magda hatte im Hausflur die Tür eingehängt und war Richtung Treppe gegangen. Seufzend hatte sie am Geländer entlang nach oben geblickt – David wohnte im vierten Stock unter dem Dach. Einen Aufzug gab es nicht. Keine Faulheit vorschützen, dachte sie, und nahm zwei Stufen auf einmal. Auf dem Weg in den zweiten Stock fiel ihr ein, dass sie ihr neues Handy im Auto vergessen hatte. David würde sicher nicht daran denken, es mitzunehmen. Sie stellte die Champagnerflasche auf einem Fensterbrett ab, machte kehrt und lief wieder hinunter. Als sie die Haustür erreichte, blieb sie erschrocken stehen. David lag hinter seinem Wagen auf dem Boden im Schnee und rührte sich nicht. Was macht er da, fragte sie sich verwundert und wartete einen Moment darauf, dass er aufstehen würde. Als er sich jedoch nicht rührte, wurde sie von Panik ergriffen. Die Welt, schien ihr, stand plötzlich fast still, alles floss nur noch zäh dahin. *»David«,* rief sie. Doch er bewegte sich noch immer nicht. Ein Herzinfarkt, schoss es ihr durch den Kopf, Schlaganfall… Sie rannte los, hinaus auf den Bürgersteig, rutschte auf dem Eis aus, fiel zu Boden. Sie nahm nichts wahr, außer David, der am Boden im Schnee zwischen den Autos lag und sich nicht rührte. Sie rappelte sich auf, noch ein paar Schritte, ihre Handtasche rutschte ihr von der Schulter, sie kümmerte sich nicht darum, fiel endlich, nach einer scheinbaren Ewigkeit, neben ihm auf die Knie, schlug die Hecktür zu. Sie drehte ihn um, Blut auf seiner Wange. Er musste sich im Fallen an der Hecktür gestoßen haben. Ihr Blick fiel auf ein Loch in seinem Mantel. Sie klappte entsetzt seinen Mantel auf, sein Jackett, sah Blut auf dem weißen Hemd an der Schulter. Sie riss es auf. Eine Schusswunde, dachte sie verwirrt – aber sie hatte doch nichts gehört … Sie verdrängte die Fragen, die sich in ihrem Kopf formten, erst musste sie ihm helfen. Sie suchte am Hals seinen Puls. Kein Puls. Herzstillstand. Die Welt kehrte schlagartig in den normalen Modus zurück. Sie wusste, was zu tun war. Egal, woher die Kugel gekommen war, egal, was die Kugel getroffen hatte, sie musste sein Herz wieder zum Schlagen bringen. Sie zog ihn zwischen den Autos hervor auf den Bürgersteig, achtete darauf, dass er so flach und gerade wie möglich lag. Der Untergrund war dank des Eises erfreulich fest. Sie ballte eine Hand zur Faust, holte aus und schlug so fest sie konnte auf sein Brustbein. Ein hässliches Knacksen. Nicht hinhören, dachte sie. Er ist *tot.* Nein, er durfte nicht tot sein, nicht jetzt, da das Leben erst vor einem kurzen Augenblick perfekt gewesen war. Sie legte die Hände auf sein Brustbein und stemmte sich mit aller Kraft darauf. Schlage, verdammt, schlage! Noch ein Knacksen. Sie hatte ihm ein paar Rippen angebrochen. Sie machte weiter. Einem Toten, hatte ihr Professor für Notfallmedizin ihnen eingeschärft, kann man bei einer Reanimation nicht mehr wehtun. Im schlimmsten Fall bleibt er einfach tot – im besten … Dies muss der beste Fall werden, dachte sie, und drückte sein Brustbein noch mal hinunter. Ihre Hand fuhr zu seinem Hals – sie fühlte einen schwachen Puls. Im nächsten Moment durchfuhr ein berstender Schmerz ihren Kopf. Geschafft, dachte sie noch, dann umschloss sie Dunkelheit.

4

Každý má své slabiny. Já chodím pořád pozdě
a odcházím, aniž bych se rozloučil.

Jeder hat seine Schwächen. Ich komme immer zu spät
und gehe, ohne mich zu verabschieden.

Während er zu seinem Wagen rannte, versuchte Felix Benda zu telefonieren. »Nimm ab, verdammt, nimm endlich ab«, murmelte er ungeduldig vor sich hin. Die Sprachbox sprang an. Felix beendete den Anruf, ohne eine Nachricht zu hinterlassen. Was hätte er auch sagen sollen? Jemand wird möglicherweise versuchen, dich heute Abend umzubringen? Wieso war er sich überhaupt so sicher, dass der Engel, von dem Skarlet gesprochen hatte, sein ehemaliger Studienfreund war? Nichts weiter als Intuition. Er hoffte, dass er sich irrte. Aber bei der Polizei in Prag gab es, soweit er wusste, nur einen Beamten namens Engel, seinen alten Studienfreund David Anděl. Er wählte eine andere Nummer. Sekunden später meldete sich sein Kollege Jakub Lajtr.

»Wo bist du?«, fragte Felix, während er in seinen Wagen sprang und sich anschnallte.

»Unterwegs«, erwiderte Lajtr knapp. »Was ist los?«

»Ich brauche Hilfe.«

»Tut mir leid. Nicht heute Abend. Worum geht es?«

»Rote Rosen. Unter anderem.« Felix Benda startete den Motor und fuhr los, das Handy zwischen Kopf und Schulter geklemmt. Verdammt. Dann eben alleine.

»Das ist ein schlechter Scherz, oder?«, fragte Jakub Lajtr, der von allen nur Kuba genannt wurde – was einerseits damit zusammenhing, dass dies die typische tschechische Koseform von Jakub ist und andererseits damit, dass Lajtr viele Jahre lang als Attaché an der damals noch Tschechoslowakischen Botschaft in Kuba gewesen war. »Erzähl«, sagte er.

»Ein Informant hat eine wilde Geschichte geliefert. Ich hoffe, er hat das Ganze missverstanden. Es ging um rote Rosen, Zigarettenschmuggel, tausend Melonen und einen Auftragsmord. Eine renommierte Prager Kanzlei scheint drinzustecken. Kafka und Partner.«

»Hm. Die Rosen sind eine alte Geschichte«, erwiderte Kuba. »Du weißt davon?« Es war mehr eine Feststellung als eine Frage.

»Nur vom Hörensagen«, sagte Felix, »ich habe mich damals noch hauptberuflich mit höherer Mathematik beschäftigt und nicht mit der Unterwelt.«

Kuba lachte. »Bist halt noch ein Jungspund. Nach der Wende tauchten in Prag Leute aus dem Osten auf, aus der Sowjetunion, um genau zu sein, und boten rote Rosen an – *vulgo* rotes Quecksilber. Was auch immer das sein soll. Ich weiß nicht, ob jemals wirklich ein Geschäft zustande gekommen ist, aber das Zeug ist eine der großen Mythen der Neuzeit. Angeblich könnte man damit extrem effiziente Atombomben am heimischen Herd basteln.«

»Ja, das habe ich auch gehört«, erwiderte Felix. Hoffentlich war es wirklich nur ein Mythos, dachte er, er hatte keine Lust, sich mit Atombomben abzugeben, egal welcher Provenienz. »Danke, Kuba. Ich melde mich später.« Er warf das Handy auf den Beifahrersitz und raste weiter durch die nächtliche Stadt einem ungewissen Rendezvous entgegen.

Seit zwei Jahren arbeitete er in der Abteilung, die sich um organisierte Kriminalität kümmerte. Es gab allerlei Probleme mit der Mafia – oder vielmehr den Mafias. Es gab die Vietnamesen, die Russen, die Italiener, die Dagestaner, die Bulgaren, die Kosovaren und wie sie noch alle hießen, sie verschoben Zigaretten, Waffen, Drogen, Frauen. Sie wuschen Geld auf jede erdenkliche Weise, kauften Immobilien, zogen Kapital aus Firmen, die sie damit in den sorgfältig geplanten Ruin trieben. Von roten Rosen war in letzter Zeit allerdings nicht die Rede gewesen. Er dachte an Skarlets Idee mit dem Falschgeld – eine hübsche Idee und vergleichsweise harmlos. Er erinnerte sich an das Gerücht, das kurz nach der Samtenen Revolution die Runde gemacht hatte. Um Falschgeld war es dabei allerdings nicht gegangen. David hatte gestern auch nichts Derartiges erwähnt. Es war bei ihrem Gespräch nur um verschlüsselte Dokumente gegangen, altes Zeug aus dem Zweiten Weltkrieg, nicht um die Mafia und die üblichen Sachen, die verschoben wurden, schon gar nicht um rote Rosen. Er hatte keine Ahnung, woran David sonst noch arbeitete, sie hatten nicht darüber gesprochen. Vielleicht wusste er gar nichts davon. Er war bei der Mordkommission, nicht beim Drogendezernat, nicht bei der Sitte. Aber warum sollte ihn dann jemand aus dem Weg räumen wollen? Wegen der beschlagnahmten Zigaretten und der beseitigten Fingerabdrücke? Eher unwahrscheinlich. David hatte ihn vor zwei Tagen angerufen und um Hilfe gebeten. Irgendjemand hatte ihm erzählt, Felix sei nach dem Studium beim Geheimdienst gelandet, arbeite dort als Kryptograf – und einen Kryptografen hatte David gebraucht für seine Lederbändchen und die anderen verschlüsselten Texte, die mit dem Tod des Alchemisten zusammenhingen. Felix hatte ihm gesagt, er arbeite im Finanzministerium. David hatte gelacht. »Ach, so nennt man das«, hatte er gescherzt. »Dass ausgerechnet du bei den Entschlüsslern gelandet bist …« Felix hatte ihn in dem Glauben gelassen. In dieser Abteilung hatte er nach dem Studium angefangen, doch seit knapp zwei Jahren kümmerte er sich um andere Dinge, spannendere, wie er fand. Aber darüber sprach man nicht in aller Öffentlichkeit. Wir waren zu vorsichtig, dachte er jetzt, hoffentlich komme ich nicht zu spät. Einen Moment lang fragte er sich, ob Skarlet nicht doch die ganze Situation und das Gespräch irgendwie missverstanden hatte. Wie genau verstand man Sätze durch eine angelehnte Tür? Wie viel hatte sie wirklich gehört, wie viel hineininterpretiert, wie viel dazugedichtet? Sie war jung, unerfahren, romantisch. Sie liebte Agentenfilme. Er hatte ihren Gesichtsausdruck gesehen, als er nach dem Wann und Wo gefragt hatte. Sie hatte sich wie im Film gefühlt. Ein Gefühl, das er in diesem Augenblick durchaus nachvollziehen konnte. Er hatte es sich nicht verkneifen können, seinen Abgang passend zu inszenieren. Zum Glück kannte er den Oberkellner des Pálffy gut – der Mann war seit Jahren sein Nachbar, und Felix nahm jeden Morgen seinen Hund zum Joggen mit. In einem anderen Restaurant wäre dieses Theater unmöglich gewesen – ein glücklicher Zufall, dass er das Pálffy ausgesucht hatte. Skarlet war tief beeindruckt gewesen. Nun, im schlimmsten Fall würde er sich im weiteren Verlauf dieser seltsamen Geschichte bis auf die Knochen blamieren, im besten konnte er vielleicht seinem Freund das Leben retten. Und zwischen diesen Extremen gab es noch jede Menge weitere Möglichkeiten.

Als er die Straße entlangraste, in der Davids Wohnung lag, sah er einen Mann um ein Auto zur Fahrertür schlittern, schwarze Kleidung, schwarze Mütze. Es musste das Haus sein, in dem David wohnte, vor dem das Auto parkte. Der Mann fummelte kurz am Schloss, warf etwas in den Wagen, glitt auf den Fahrersitz, startete den Motor. Felix trat die Bremse durch, der Wagen kam ins Schlittern, er brachte ihn nach ein paar Metern wieder unter Kontrolle. Währenddessen setzte der alte Golf zurück, krachte gegen den Wagen dahinter. Blech knirschte, Glas splitterte. Der Motor heulte auf. Der Mann kurbelte wild, versuchte, aus der engen Parklücke zu kommen. Felix Benda sprang aus dem Wagen, schlitterte über die vereiste Straße, wollte den Türgriff fassen – zu spät. Der Typ im Golf trat das Gas durch, streifte den vor ihm parkenden Wagen, wieder splitterte Glas, knirschte Blech, Felix wurde auf die Straße geschleudert, der Golf schoss mit quietschenden Reifen die Straße hinauf, bog an der nächsten Ecke ab, war weg.

Felix blieb einen Moment auf der Fahrbahn sitzen, fluchte, rappelte sich auf und sah sich um, während er zwischen den Autos hindurch auf den Bürgersteig trat. Er klopfte sich den Dreck von seinem Anzug. Dann sah er sie. Er war zu spät gekommen.

Diesen Teil des Gesprächs hatte Skarlet leider nicht missverstanden.

5

Zavře-li člověk oči, na světě na okamžik zmizí světlo.
Taktoje.

Schließt man die Augen, verschwindet in der Welt
für einen Moment das Licht.
So ist das.

Dunkelheit. Stille. Ein Treppenhaus. Sie läuft hinauf, nimmt zwei Stufen auf einmal, die Champagnerflasche in der Hand. Sie bleibt stehen – ihr neues Handy liegt noch im Wagen. David hatte von aufgebrochenen Autos gesprochen. Sie dreht um, etwas knallt, sie läuft die Treppe wieder hinunter, bleibt im Türrahmen des Hauseingangs stehen. David liegt hinter seinem Wagen im Schnee. Rührt sich nicht. Panisch stürzt sie auf ihn zu. Aus den Augenwinkeln sieht sie im Schatten etwas auf dem schneebedeckten Bürgersteig liegen, nimmt einen flüchtigen Schemen wahr, kümmert sich nicht darum. David – sie muss zu ihm. Nur ein paar Schritte – sie rutscht aus, Schmerz in den Händen, mit denen sie den Sturz abzufangen versucht, sie rappelt sich hoch, läuft weiter. Sie schlägt die Hecktür des Minicoopers zu, fällt auf die Knie in den glitzernden Schnee neben ihm, dreht ihn um … Seine Augen sind geschlossen, Blut läuft über sein Gesicht aus einer Platzwunde auf seiner Wange. Sie sieht ein Loch in seinem Mantel, an der Schulter. Sie reißt seinen Mantel auf und sein Jackett, sieht Blut auf seinem weißen Hemd. Ihre Hand fährt an seinen Hals – kein Puls … sie zieht ihn an den Armen auf den Bürgersteig … Sie muss sein Herz wieder zum Schlagen bringen – sie ballt eine Hand zur Faust, schlägt mit aller Kraft auf sein Brustbein, stemmt sich mit beiden Händen immer wieder auf seinen Brustkorb … Ein scharfer Schmerz, der ihren Kopf durchzuckt. Dunkelheit. Schwarzer Nebel, der sie umfängt und ins Nichts zieht … Dunkelheit. Stille. Dunkelheit. Stille. Ein Treppenhaus. Sie läuft hinauf, nimmt zwei Stufen auf einmal, die Champagnerflasche in der Hand. Sie bleibt stehen – ihr neues Handy liegt noch im Wagen. David hatte von aufgebrochenen Autos gesprochen. Sie dreht um, etwas knallt, sie läuft die Treppe wieder hinunter, bleibt im Türrahmen des Hauseingangs stehen. David liegt hinter seinem Wagen im Schnee. Rührt sich nicht. Panisch stürzt sie auf ihn zu. Aus den Augenwinkeln sieht sie im Schatten etwas auf dem schneebedeckten Bürgersteig liegen, nimmt einen flüchtigen Schatten aus dem Augenwinkel war, kümmert sich nicht darum. David – sie muss zu ihm. Nur ein paar Schritte – sie rutscht aus, Schmerz in den Händen, mit denen sie den Sturz abzufangen versucht, sie rappelt sich hoch, läuft weiter. Sie schlägt die Hecktür des Minicoopers zu, fällt auf die Knie in den glitzernden Schnee neben ihm, dreht ihn um … Seine Augen sind geschlossen, Blut läuft über sein Gesicht aus einer Platzwunde auf seiner Wange. Sie sieht ein Loch in seinem Mantel, an der Schulter. Sie reißt seinen Mantel auf und sein Jackett, sieht Blut auf seinem weißen Hemd. Ihre Hand fährt an seinen Hals – kein Puls … sie zieht ihn an den Armen auf den Bürgersteig … Sie muss sein Herz wieder zum Schlagen bringen – sie ballt die Faust, schlägt mit aller Kraft auf sein Brustbein, stemmt sich mit beiden Händen immer wieder auf seinen Brustkorb … Ein scharfer Schmerz, der ihren Kopf durchzuckt. Dunkelheit. Schwarzer Nebel, der sie umfängt und ins Nichts zieht … Stille. Sie wehrt sich gegen den schwarzen Nebel, der ihre Gedanken umhüllt, gegen das schwarze Nichts, das sie zu verschlingen droht.

Rauschende Stille, aus der sich eine Stimme kristallisiert, wie ein lauter werdendes Flüstern, das langsam durch den Nebel in ihre kreisenden Gedanken und die sich wiederholenden Bilder dringt.

»Magda. Wach auf, Magda!«

Fahles Licht, das durch den Nebel scheint, gefiltert durch ihre Augenlider.

Sie schlug die Augen auf, schloss sie gleich wieder.

»Magda! – Sie wacht auf. Endlich.«

Eine bekannte Stimme. David! Sie schlug die Augen erneut auf. Eine Gestalt, die sich über sie beugte. Schmerz in ihrem Kopf und ein Summen wie von einem Bienenschwarm. Die Augenlider so schwer. Sie blinzelte. Verschwommene Konturen, zurückweichender Nebel. Ein Mann, der ihre Hand hielt, sie mit der anderen tätschelte. Ein verschwommenes Gesicht. Erleichterung. Es war nur ein Traum, nur ein böser Traum.

»David …« Ihre Stimme, leise, heiser. War es ein Traum? Ein Gesicht, das sich über sie beugt – so hell … die Stimme so anders … Nein, nicht David – das ist Ota. David im Schnee hinter seinem Wagen … Verzweiflung, die aufwallt und sie zu ersticken droht. »David … Wo ist …?«

»Ganz ruhig, Magda. Hörst du mich?«

Sie riss die Augen auf, starrte ihn an. Rasende Gedanken – es war ein Traum, es muss ein Traum gewesen sein! Sie versuchte zu nicken. Das Dröhnen in ihrem Kopf und der Schmerz wurden stärker. Nicht bewegen. Sie blinzelte, die Sicht wurde klarer. Sie lag auf einem Bett. Der penetrante Geruch, der sie umgab, war ihr seltsam vertraut … Krankenhaus, schoss es ihr durch den Kopf. Ota saß neben ihr, hielt ihre linke Hand, sein Gesicht so ernst.

»Was ist passiert, Ota?« Es war nur ein Flüstern. »Wo ist David?« Panik ergriff sie. Der Schuss. David auf dem Boden, das Blut auf seinem Gesicht … der plötzliche Schmerz in ihrem Kopf …

»Magda, es tut mir leid … Er … David ist …« Seine Stimme brach. Diese Stille, die mehr als alle Worte sagte. *Nein. Nein!* Die Stimme schrie nur in ihrem Kopf. Sie brachte keinen Ton heraus, starrte ihn an, versuchte, sich aufzusetzen, krallte sich in die Hand, die die ihre hielt, mit aller Kraft, bis er das Gesicht vor Schmerz verzog. Sie sah die Tränen, die seine Wangen hinunterliefen. Sie wusste es, noch bevor er es aussprach.

»Es tut mir leid, Magda. Er ist … tot.«

6

Člověku dělá dobře držet se rozhodnutí,
která nikdy neučinil.

Es tut gut, an Entscheidungen festzuhalten,
die man niemals getroffen hat.

Larissa Khek saß an ihrem Schreibtisch in der Redaktion der *Prague Post* und studierte die tschechische Tagespresse. Alles war besser, als über den unfassbaren Tod des Kommissars nachzudenken. Sie versuchte, sich auf ihre Arbeit zu konzentrieren. Im Nachrichtenteil einer der großen Tageszeitungen fiel ihr ein kurzer Artikel ins Auge. *Wieder verletzter Tourist im Straßengraben*, lautete die Überschrift des kurzen Einspalters. Sie überflog den kleinen Absatz. Im Straßengraben einer Landstraße bei Franzensbad war ein verletzter Mann gefunden worden. Der Mann, ein deutscher Tourist, konnte keine Angaben machen, wie er dort hingeraten war und was genau passiert war. Offenbar war er zusammengeschlagen und ausgeraubt worden. Es handelte sich schon um den vierten solchen Fall seit dem Sommer. Die Polizei bat um sachdienliche Hinweise.

Larissa seufzte. Der Mann hat Glück gehabt, dachte sie, dass er nicht erfroren ist. Sie warf entschlossen einen Blick auf ihre Armbanduhr und riss sich so gut sie konnte zusammen. Erst halb elf. Sie war todmüde, der gestrige Abend bei Magda war lang gewesen, sie war erst gegen drei Uhr morgens ins Bett gefallen und hatte kaum geschlafen. Seit dem

Tod des Kommissars trafen sich die Freunde mehr oder weniger regelmäßig bei Magda, entweder in ihrer Wohnung oder in ihrem Restaurant Ráj. Es waren immer lange, ziemlich weinlastige Abende. Aber sie taten ihnen allen gut. Sie betrachtete unschlüssig ihren Computer. Der Bildschirm zeigte ihren unfertigen Artikel über einige Personalien im Kulturbetrieb. Sie sollte ihn an diesem Nachmittag abgeben. Ihr Konto brauchte diesen Artikel. Dringend. Wenn sich Dan Bernstein, der Chefredakteur, doch endlich dazu durchringen könnte, ihr einen festen Vertrag zu geben. Es war aufreibend, jeden Monat als Freie versuchen zu müssen, ihre Miete bezahlt zu bekommen, von ihren anderen Ausgaben ganz zu schweigen. Prag war inzwischen ein ziemlich teures Pflaster. Ein festes Gehalt – der Traum ihrer schlaflosen Nächte. Unter Aufbietung aller Kräfte machte sie sich an die Arbeit.

Zwanzig Minuten später, nachdem sie den fertigen Artikel der Kulturredakteurin geschickt hatte, klingelte Larissas Telefon. Als sie abhob, meldete sich Steve Persson, der Nachrichtenchef, und bat sie, in sein Büro zu kommen. Sie legte auf, streckte sich und ging die wenigen Schritte über den Flur in sein Büro.

»*Mornin',* Larissa«, sagte Steve in seinem breiten amerikanischen Englisch, »*grab a seat.*« Er deutete auf den Stuhl vor seinem überfüllten Schreibtisch und schob einige Papiere zur Seite.

»*Morning*, Steve, *what's up*?«, erwiderte sie und nahm Platz. Sie bemühte sich, sich nichts anmerken zu lassen. Zu ihrer eigenen Überraschung gelang es ihr.

»Ich habe etwas für dich. Hast du Lust auf eine kleine Reise?«

Larissa zog die Augenbrauen hoch. »Wohin?« Wurden Gebete doch erhört, dachte sie überrascht.

»In den Wilden Westen.«

Larissa sah ihn verwirrt an. »Wie bitte?«

Steve lachte. »Nicht *der* Wilde Westen, nur ins Böhmische Bäderdreieck …«

»Du meinst wegen dieser Raubüberfälle in Franzensbad?«, fragte Larissa, der der kurze Artikel einfiel, den sie eben erst gelesen hatte, und verzog das Gesicht. »Ich glaube nicht, dass …« Mit Raubüberfällen, Mord oder Totschlag wollte sie nichts mehr zu tun haben. Nie wieder. So hatte sie sich die Antwort auf ihr Stoßgebet nicht vorgestellt.

»Raubüberfälle? Nicht, dass ich wüsste, nein, es geht um Prostitution diesseits der Grenze. Scheint dort noch immer ein großes Geschäft zu sein.«

»Das ist es schon seit der Wende, Steve. Wo ist da die Neuigkeit?« Mit Prostitution wollte sie noch weniger zu tun haben als mit all den anderen Grausamkeiten.

»Stimmt, aber bisher ging es immer nur um *große* Mädchen, die sich auf die Straße schicken lassen – jetzt heißt es, es gebe dort auch Kinderprostitution. Und das *ist* eine Nachricht wert. Der Kollege von der BBC hat mich heute Morgen angerufen und gefragt, ob wir auch jemanden hinschicken. Offenbar ist die Hälfte der Presse auf dem Weg in die Provinz.«

Larissa sah ihn angewidert an. »Das meinst du nicht ernst, oder? Und warum soll ausgerechnet *ich* dort hin?« Angesichts dieses widerlichen Themas wären ihr diese Raubüberfälle doch wesentlich lieber gewesen.

»Die Kollegin, die ich dafür eigentlich im Visier hatte, ist schwanger. Ich möchte ihr das unter den Umständen nicht zumuten.«

»Ehrlich gesagt möchte ich mir das auch nicht zumuten, Steve«, erwiderte Larissa. »Kann nicht einer von den Jungs hinfahren?« Wenn möglich, wollte sie nicht darauf hinweisen müssen, dass sie das Herumstochern in diesen perversen Kreisen abgesehen von dem beträchtlichen Ekelfaktor auch für ziemlich gefährlich hielt. Immerhin bedeutete Recherche in diesem Milieu, dass man abends und nachts allein auf der Straße unterwegs war. Allein mit äußerst zweifelhaften und unter Umständen gemeingefährlichen Kriminellen.

»Das von der Frau, die sich wissentlich mit einem kaltblütigen Mörder verabredet hat?«, fragte Steve und grinste.

Woher wusste er davon, fragte sie sich irritiert. Sie hatte niemandem bei der *Post* davon erzählt. »Ich bin zwar manchmal naiv, aber blöd bin ich nicht. Was glaubst du, erzählen die Zuhälter ausgerechnet einer Frau? Spaß beiseite, Steve, ich glaube nicht, dass ich die …«

»Die Zuhälter vermutlich nichts, die erzählen allerdings auch einem Mann nichts. Aber die Prostituierten sehen das vielleicht anders. Und Kinder erst recht.«

Larissa sah ihn missbilligend an. Die Vorstellung, über Kinderprostitution zu recherchieren, verursachte ihr Übelkeit. Andererseits, dachte sie, wenn niemand darüber berichtet, ändert sich auch nichts. Aber warum ausgerechnet *ich*? Du wolltest doch gerade noch unbedingt weg von hier, meldete sich eine wohlbekannte Stimme in ihrem Kopf, nun hast du den Salat.

»Zur Belohnung gibt es einen festen Vertrag als Redakteurin, Larissa. Ich habe schon alles mit Bernstein besprochen. Es ist alles in trockenen Tüchern.« Er wedelte fröhlich mit einem ausgefüllten Vertragsformular.

Larissa fühlte sich wie ein unwilliger Esel, dem man einen schwierigen Bergpfad mit einer vorgehaltenen Karotte schmackhaft zu machen versuchte. Sie funkelte ihn mit zusammengekniffenen Augen böse an. Ein fester Vertrag – da war er, ihr Traum. Aber um welchen Preis! Nicht mehr pro Artikel bezahlt werden, sondern ein festes Gehalt pünktlich jeden Monat auf ihr Konto. Der Mann kannte ihre Schwachstelle. Und Bernstein, der Chefredakteur, auch. Oder wusste der womöglich gar nichts von diesem fast sittenwidrigen Geschäft? Sie seufzte. »Das ist hundsgemein – und du weißt es!« So ist das mit den frommen Wünschen, dachte sie verärgert, man sollte gründlich überlegen, was man sich wünschte – immerhin könnte es in Erfüllung gehen.

»Also abgemacht. Sobald du zurück bist, wird unterschrieben.« Er legte zufrieden den Vertrag beiseite. »Ich wusste, ich kann mich auf dich verlassen.« Er reichte ihr einen ausgeschnittenen Artikel aus einer der großen tschechischen Tageszeitungen. »Letztendlich ist es bisher ohnehin nichts weiter als ein Gerücht. Ich will, dass du herausfindest, ob etwas dran ist. Du kannst dich ja an den Kollegen von der BBC hängen, der hat bestimmt nichts gegen charmante Gesellschaft. Du übersetzt für ihn, und er gibt den Beschützer der lieblichen Unschuld.« Er grinste und warf die Visitenkarte des Reporters von der BBC vor sie auf den Schreibtisch.

Larissa ignorierte die anzügliche Bemerkung. »Ein Gerücht? Du schickst mich wegen eines Gerüchts da hin?«, fragte sie empört. »Ich soll auf gut Glück in einem Wespennest herumstochern?« Sie stand verärgert auf und ging zur Tür. Die Visitenkarte ließ sie liegen. Der Typ würde ihr dort ohnehin über den Weg laufen. Der feste Vertrag ist es wert, versuchte sie, sich selbst zu überzeugen. Sie war sich nicht sicher. Aber Steve hatte gewonnen. Sie würde fahren. Sie wollte weg – egal wohin, nur weg.

»Das machst du doch am liebsten. Wespennester sind deine Spezialität!«

»Durchaus, aber nur die süße Variante«, erwiderte sie und spielte damit auf ein böhmisches Gebäck dieses Namens an.

»Und wann soll es losgehen, in den Wilden Westen?«, fragte Larissa und drehte sich noch einmal in der Tür um.

»Du fährst morgen früh. Das Zugticket liegt vorn am Empfang. Und ein Zimmer in der Pension *Zum Henker* in Cheb ist auch schon reserviert. Ach ja, du gehst auf Dienstreise, vergiss also nicht, Rechnungen zu sammeln. *Have fun, Sweetie.*« Steve zwinkerte ihr zu.

Larissa verdrehte die Augen und warf theatralisch die Arme hoch. »Natürlich! Alles schon fix und fertig organisiert, bevor ich auch nur gefragt wurde. – Was habe ich dir getan, Steve?!«

»Gar nichts – im Gegenteil. Du bist einfach die Beste.«

7

Fantazie je otáskou do pranice /
fantazie zadělává na problém.

Fantasie ist polemisch /
Fantasie ist problematisch.

Magdalena Axamit, forensische Pathologin am Gerichtsmedizinischen Institut der Prager Uni-Klinik in den Weinbergen, öffnete entschlossen das Kühlfach Nummer 4 und zog die Bahre heraus. Sie schlug das weiße Tuch zurück und betrachtete das kümmerliche Stück Mensch, das vor ihr lag. Sie warf einen Blick auf die Karteikarte, die sie in der Hand hielt. Der Hund eines Spaziergängers hatte im vergangenen Sommer während des Hochwassers am Ufer der Moldau ein menschliches Bein gefunden. Nur das Bein, sonst nichts. Sie war vorhin beim Stöbern im elektronischen Archiv des Instituts darauf gestoßen. Ihre Arbeit für den Tag war erledigt, und es wäre eigentlich längst an der Zeit, nach Hause zu gehen. Nach Hause in ihre Wohnung über dem Friedensplatz in den Weinbergen. Nach Hause in die leere Wohnung, in der die Erinnerung darauf wartete, sie zu verschlingen. Sie wollte nicht nach Hause. Und sie wollte auch nicht ins Ráj gehen, ihr gemütliches Lokal in den Weinbergen. Seit diesem schrecklichen Abend vor kaum einer Woche verbrachte sie sowieso fast ihre gesamte Freizeit im Lokal. Sie hatte sogar wieder angefangen, der Köchin zur Hand zu gehen. Aber heute hatte sie zum Kochen keine Lust. Also war sie am Computer sitzen geblieben und hatte im Archiv gestöbert auf der Suche nach unerledigten Fällen, nach einem Grund, nicht nach Hause gehen zu müssen – und dabei hatte sie dieses herrenlose Bein entdeckt. *Wahrscheinlich weiblich*, stand auf dem Blatt, das sie in der Hand hielt, *Alter zwischen dreißig und fünfzig, unfachmännische Abtrennung am Oberschenkel.* Das war alles, außer der Unterschrift des verantwortlichen Pathologen: Dr. Václav Černý. Es war, nach dem Datum zu urteilen, der letzte Fall des ehemaligen Chefs der Gerichtsmedizin gewesen, bevor er so plötzlich das Institut verlassen hatte, nach dem Fund der Mumie in der Metro im Sommer. Deshalb waren die Informationen wohl auch so rudimentär geblieben. Offenbar war das herrenlose Bein über dem Weggang des Chefs in Vergessenheit geraten. Sie stand eine Weile unschlüssig da, überlegte, was sie damit anfangen sollte. Sie konnte es in das Kühlfach zurückschieben und vergessen, zurück in ihr Büro gehen und nach anderen ungelösten Fällen suchen. Oder nach Hause gehen, sich einen Tee kochen und mit ihrer Verzweiflung, ihren Erinnerungen und ihrer Einsamkeit kämpfen – nein, keine gute Idee. Sie wollte nicht nach Hause. Wollte nicht allein sein mit ihrer Trauer und der Leere, die sich in ihrem Inneren eingenistet hatte, seit Otakar Nebeský ihr von Davids Tod erzählt hatte. Seit jenem Abend dehnte sich die Zeit wie Kaugummi. Magda konnte es nicht ertragen, alleine zu Hause zu sitzen und nachzudenken. Sie wollte nicht darüber sprechen, niemandem davon erzählen. Weshalb, konnte sie sich selbst nicht genau erklären. Vielleicht lag es nur daran, dass sie Trost nicht ertragen konnte. Es gab keinen Trost. Sie musste mit der Zeit alleine damit fertig werden. Wobei alleine natürlich nicht stimmte. Ihre Freunde kümmerten sich rührend um sie. Dafür war sie einerseits dankbar, andererseits fand sie ihre Bemühungen anstrengend. Sie wollte nicht ständig erinnert werden, die Erinnerung sprang sie ohnehin aus jeder Ecke an. So gut sie konnte, versuchte sie, nicht ständig über das nachzudenken, was geschehen war und über das, was hätte sein können, wenn David nicht erschossen worden wäre. Wenn das Wörtchen wär nicht wär … Ihre Gedanken begannen wieder, in diesen beängstigenden Bahnen zu kreisen. Wenn sie auf dem Weg vom Flughafen nicht solch ein Feigling gewesen wäre, als er begonnen hatte, ihr von einem Problem zu erzählen, das er mit ihr besprechen müsse, wenn sie nur nicht gesagt hätte, lass uns zu dir fahren, damit ich jederzeit gehen kann, wenn es unangenehm wird, wenn sie zu ihr gefahren wären, wenn vor seinem Haus kein Parkplatz gewesen wäre … *Schluss damit!* Mit aller Kraft drängte sie die kreisenden Gedanken zurück. Kein *Wenn* und kein *Wäre* würden mehr etwas daran ändern: David war tot. Tot, tot, *tot*. Egal wie oft sie es wiederholte, sie konnte es noch immer nicht fassen. Vielleicht nie. Hier im Institut hatte sie die Ablenkung, die sie im Moment so dringend brauchte wie die Luft zum Atmen. Sie durfte nicht darüber nachdenken. Ihre Erinnerung an den Abend war verschwommen, nichts als dunkler Nebel, irgendwelche Geräusche, die sie nicht zuordnen konnte, Fetzen von Bildern, die keinen Sinn ergaben. Bevor sie im Krankenhaus aufgewacht war, hatte sie geträumt, irgendetwas Beängstigendes, das sich immer wiederholt hatte wie eine verkratzte Platte, bis Otakar Nebeskýs Stimme sie herausgeholt hatte aus dem irren Karussell. Der Schock über das, was er ihr gesagt hatte, hatte alle Erinnerung an diese Albträume verwischt. »Vielleicht kommt Ihre Erinnerung wieder«, hatte der Arzt im Krankenhaus ihr gesagt, »denken Sie nicht darüber nach, dann klappt es vielleicht, es braucht Zeit.«

Der fremde Mann, der zu ihr gekommen war, nachdem

Otakar gegangen war, hatte das Gegenteil verlangt, als er sie befragt hatte: »Denken Sie nach, Frau Doktor, was ist passiert, bevor Sie das Bewusstsein verloren haben? Erinnern Sie sich! Was haben Sie gesehen? Wen haben Sie gesehen? Was haben Sie gehört?«

Ihre Antwort war immer dieselbe gewesen: »Ich weiß es nicht.« Die Fragen machten sie verrückt. Je mehr sie versuchte, sich zu erinnern, desto schwärzer wurde das Nichts, in das sie blickte. Sie sind die einzige Zeugin, Frau Doktor, hatte der blonde Mann sie beschworen, wenn Sie sich nicht erinnern können, wird der Fall nie aufgeklärt werden. *Erinnern Sie sich!* Irgendwann hatte sie ihn, halb wahnsinnig vor Schmerz und Verzweiflung angeschrien, er solle sie endlich in Ruhe lassen und zum Teufel gehen. Er war gegangen – mit dem Hinweis, er würde wiederkommen. Am nächsten Mittag war Larissa im Krankenhaus erschienen und hatte sie nach Hause gebracht. Wer war der Typ überhaupt gewesen, fragte sie sich jetzt. Sie hatte nicht genau hingehört, als er sich vorgestellt hatte. An seinen Namen konnte sie sich jedenfalls nicht erinnern. Egal, sie würde Ota bei Gelegenheit danach fragen.

Ablenkung war das Einzige, das ihr derzeit helfen konnte. Sie rümpfte die Nase. Der Geruch war unerträglich. Sie stutzte. Seit wann störten sie die Gerüche, die sie umgaben, so sehr? Zugegeben, manchmal war der Gestank bei ihrer Arbeit ziemlich grässlich, aber im Allgemeinen war sie kein olfaktorischer Mensch, bemerkte Gerüche eher selten und nur, wenn sie ganz besonders angenehm oder unangenehm waren. Sie roch nicht mehr oder weniger als der Durchschnitt, aber jetzt fiel ihr diese Veränderung auf. Sie schlug zögernd das Tuch über das Bein. Der Geruch war immer noch da, weniger zwar, aber da. So etwas war ihr bisher nie in so einem Maße aufgefallen. Sie schob das Kühlfach zu. Der Geruch war weg. Jetzt roch es nur noch nach Putz- und Desinfektionsmitteln und dem alles untermalenden latenten Dunst der Verwesung. Diesen Geruch hatte sie hier noch nie bewusst wahrgenommen. Wann hat das angefangen?, überlegte sie verwundert. Heute früh hatte sie sich einen grünen Tee gemacht, nachdem sie die Kaffeedose nach dem Öffnen gleich wieder geschlossen hatte – der Duft des Kaffeepulvers war ihr zu stark gewesen so früh am Morgen und auf leeren Magen. Und gestern Nacht, nachdem alle gegangen waren und sie erstaunlicherweise plötzlich Hunger gehabt hatte, hatte sie den Kühlschrank geöffnet und war fast erschlagen worden von dem Mischmasch an Gerüchen, der ihr daraus entgegengekommen war. Dabei war der Kühlschrank praktisch leer gewesen, außer ein paar Gläsern Marmelade, einer Flasche Ketchup und einer Tube Senf. Schließlich war sie sechs Wochen fort gewesen und hatte vorher dafür gesorgt, dass ihr Kühlschrank in ihrer Abwesenheit nicht zu einem Züchtungslabor für Schimmelpilze wurde. Und seit sie aus dem Krankenhaus zurück war, hatte sie nur im Ráj gegessen – wenn überhaupt. Die Gerüche im Kühlschrank waren nichts als die Geister seines früheren Inhalts – ein Hauch von Schinken, ein bisschen Parmesan, Suppengemüse, Kräuter, etwas Räucherlachs, Salat und Stangensellerie. Was sie in der Regel eben immer im Kühlschrank hatte. Angewidert hatte sie auch den spärlichen Rest des Inhalts weggeworfen und anschließend den Kühlschrank gründlich geputzt. Über ihren veränderten Geruchssinn hatte sie dabei nicht weiter nachgedacht. Sie drehte in Gedanken die Zeit noch weiter zurück. – Wann hatte das angefangen? Vorgestern Morgen im Aufzug, auf dem Weg zur Arbeit, hatte sie überdeutlich irgendjemandes Parfüm gerochen. Glücklicherweise war es ein angenehmes. Sie hatte es in letzter Zeit schon mal irgendwo bemerkt.

Natürlich, die Ärztin im Krankenhaus … Als Otas Stimme sie aus ihrem von Albträumen geplagten Schlaf geweckt hatte, hatte sie zum ersten Mal so intensiv einen Geruch wahrgenommen. Sie hatte eingeatmet und gewusst, dass sie im Krankenhaus war, dieser penetrante Geruch hatte ihre Angst verstärkt. Sie konnte sich nicht erinnern, dass sie ihn jemals so deutlich wahrgenommen hatte. Schließlich hatte sie lange in Krankenhäusern gearbeitet, dieser Geruch war für sie so normal, dass sie ihn schon sehr lange nicht mehr wahrnahm. Sie schüttelte irritiert den Kopf, wahrscheinlich war sie nur hoffnungslos übermüdet und dadurch überempfindlich. Ein Bild erschien vor ihrem geistigen Auge … sie kniete neben David … der strenge metallische Geruch von Blut und – ja, von Schießpulver stieg ihr in die Nase und verursachte ihr leichte Übelkeit … sie schlug mit der geballten Faust auf sein Brustbein, stemmte sich dann mit beiden Händen darauf, um seinen Brustkorb herunterzudrücken … einmal, zweimal, dreimal … knirschender Schnee hinter ihr … und ein neuer Geruch … Sie stutzte. Es war ein Geruch gewesen, den sie kannte: scharf, stechend, dabei seltsam süßlich, fast ein bisschen modrig … Schweiß, schoss es ihr durch den Kopf. Ja, sie hatte Schweiß gerochen, den stechenden Geruch von Schweiß – Angstschweiß. Natürlich, sie hatte Angst gehabt – aber da war noch ein anderer Geruch gewesen. Es war etwas, das sie an ihre Großmutter erinnerte, etwas, das sie schon sehr lange nicht mehr gerochen hatte. Alte Kleider, dicke Mäntel fielen ihr ein, ein Geruch, der mit dem Herbst und dem Winter zusammenhing – Mottenkugeln. Genau genommen Naphthalin. Aber da war noch etwas gewesen, noch ein Geruch, den sie kannte – sie kam nicht darauf. Sie hatte das alles nur für den Bruchteil einer Sekunde wahrgenommen, dann hatte sie diesen splitternden Schmerz gespürt und war in das dunkle Nichts getaucht. Sie schwankte und hielt sich am Griff des Kühlfachs fest, um nicht umzufallen, schloss die Augen und lehnte sich mit der Stirn an das kühle Metall, atmete tief durch. Du spinnst, sagte sie sich, hör auf mit dem Unsinn! Das ist nichts als Einbildung, du bist müde, verzweifelt und überempfindlich. Sie richtete sich wieder auf, öffnete die Augen und wartete einen Moment, bis der Schwindel nachließ. Hysterische Gans, schalt sie sich verärgert. Ihre Hände umklammerten noch immer den Griff. Sie konzentrierte sich auf ihren Atem. Einatmen und ausatmen, einatmen und ausatmen. Das geht vorbei, dachte sie, irgendwann. *Nr. 4* stand auf dem Schild über dem Griff. Sie war hier, um einen ungelösten Fall zu bearbeiten, nicht, um sich Hirngespinsten über ihren Geruchssinn hinzugeben. Das würde sich schon wieder normalisieren, man durfte seinen Einbildungen nur nicht nachgeben. Entschlossen öffnete sie das Kühlfach wieder und schlug das Tuch zurück. Noch mal von vorn, dachte sie, und ignoriere deine hysterische Nase!

Es war nur ein Bein. Was konnte sie schon herausfinden über diesen Menschen, diese namenlose Person, zu der es einmal gehört hatte? Sie erinnerte sich an lange Nachmittage im Gerichtsmedizinischen Institut, in dem ihre Mutter arbeitete. Nachmittage, die sie während der Schulferien damit zugebracht hatte, ihr zu helfen, Knochen zu sortieren und daraus die Menschen wiedererstehen zu lassen, die sie einst gewesen waren. Die Begeisterung für diese Arbeit hatte in einem Studium der Anthropologie gemündet. Erst nach ihrem Abschluss war sie zur Medizin gewechselt, um Rechtsmedizinerin zu werden. Ihre Kommilitonen hatten in den Ferien immer im Krankenhaus gearbeitet, Magda hingegen hatte es wieder ins Rechtsmedizinische Institut gezogen. Es hatte sie fasziniert, was ihre Mutter aus diesen Knochen alles herauszulesen imstande gewesen war – nicht nur die Größe, die Statur und das Alter, ganze Biografien hatte sie rekonstruiert, Krankheiten, Unfälle und Ernährung inklusive. Am Ende hatten sie in den allermeisten Fällen ein Gesicht gehabt, einen Menschen mit seiner Geschichte – und einen Namen. Sie könnte es versuchen. Ihre Mutter hatte ihr über die Jahre alles beigebracht, was sie wusste. Vielleicht, dachte Magda nun, würde es ihr anhand des Beins gelingen, die Frau zu rekonstruieren. Trotzdem, es war nur ein Bein, nicht der Kopf, nicht der ganze Rest. Es wäre ein schwieriges Unterfangen. Im Grunde war es nahezu unmöglich. Sie lächelte. Nahezu unmöglich war gut genug für einen Versuch. Sie liebte schwierige Rätsel. Das war auch der Hauptgrund, warum sie Gerichtsmedizinerin geworden war. Nicht, dass sie etwas gegen lebende Patienten gehabt hätte, sie war sich nur der Tatsache bewusst, dass ihre Stärke nicht im Umgang mit den Lebenden lag. Sie wäre keine gute Ärztin geworden, dazu war sie zu ungeduldig mit den Schwächen ihrer Mitmenschen. Sie hatte früh bemerkt, dass sie großes Talent für die Diagnostik hatte, die therapeutische Seite aber, die zwangsläufig auf die Diagnose folgte, langweilte sie letztendlich. Sie war Wissenschaftlerin, nicht Heilerin. Magda besaß einen ausgeprägten detektivischen Spürsinn. Sie wollte wissen – wissen, wie ein Organismus funktionierte, was ihn am Laufen hielt, was ihn zum Sterben brachte und warum. Das Geheimnis des Lebens und des Todes – nicht mehr und nicht weniger als die grundsätzlichste aller Fragen. Die Gerichtsmedizin, fand sie, war die ideale Nische für ihren unbändigen Wissensdurst. Und nebenbei nützten die Erkenntnisse dieses Fachs auch den Kollegen, die sich lieber mit den Lebenden befassten.

Schuldbewusst gestand sie sich jetzt ein, dass es für sie –

allem detektivischen Interesse zum Trotz – im Moment vor allem ein Mittel zum Zweck war, sich mit diesem Bein zu beschäftigen. Sie brauchte Ablenkung – Ablenkung von den Gedanken an David und an das Leben, das sie zusammen nicht führen würden. Er hatte ihren Wissensdurst verstanden, dachte sie traurig, hatte sich nicht einen Augenblick an ihrem für andere so unappetitlich anmutenden Beruf gestört – ganz im Gegensatz zu ihrem Exmann, der diesen Teil ihres Lebens immer abgelehnt hatte, bis er es nicht mehr hatte ertragen können und gegangen war – direkt in die Arme seiner Steuerberaterin. Sie nahm es ihm nicht übel, ganz im Gegenteil, es war eine Erleichterung gewesen. Bilder stiegen vor ihrem geistigen Auge auf, von Abenden voller langer Gespräche mit David auf ihrem Sofa, auf der Terrasse, im Bett, wenn sie in zerknüllten Laken aneinandergeschmiegt noch lange wach gelegen hatten, redeten und lachten, philosophierten und träumten. Der Schmerz über den Verlust ihres Geliebten, der auch ein Seelenverwandter gewesen war, brach ihr fast das Herz.

Reiß dich zusammen, verdammt, schalt sie sich erneut und verdrängte die so schönen wie grausamen Erinnerungen in die Tiefen ihres Gedächtnisses. Sie blinzelte, um die Tränen zu verscheuchen, die sich in ihren Augen sammelten. Dieses Bein war genau das, was sie jetzt brauchte. Es würde Tage, wenn nicht Wochen dauern, den paar Knochen, die sie hatte, alle darin versteckten Informationen zu entlocken. Entschlossen zog sie die Bahre heraus und schob sie in den kleinen Obduktionssaal. Es war schon spät am Tag, die meisten Mitarbeiter des Instituts waren längst gegangen, so bereitete Magda selbst alles für die Obduktion vor, legte sich die Instrumente zurecht, schaltete den Kassettenrekorder ein und begann mit der äußerlichen Untersuchung.

»Linkes Bein … im oberen Drittel des Oberschenkels abgetrennt – vermutlich mit einer Säge …« Sie beschrieb genau, was sie sah und was sie tat, nahm Proben, die sie beschriftete und für das Labor fertig machte. Später würde sie sich von Ota Nebeský den Polizeibericht geben lassen. Vielleicht würde sie sogar die Stelle aufsuchen, an der es gefunden worden war. Spuren würde es dort zwar nicht mehr geben, aber sie würde einen Eindruck gewinnen von dem Fluss an dieser Stelle, von der Strömung des Wassers, von der Umgebung des Fundorts. Immerhin musste das Bein von irgendwoher gekommen sein. Und irgendwo lag noch immer der Rest – wahrscheinlich bis auf die Knochen verwest.

Sie roch ihn, noch bevor er – so leise wie früher sein Vorgänger – den Raum betreten hatte. »Ahoj, Jirka«, sagte sie, ohne aufzusehen. Sie schmunzelte unwillkürlich. Dieser neue Geruchssinn hatte durchaus auch Vorteile.

»Äh … *nazdar*, Magda«, erwiderte er sichtlich verwirrt.

Sie sah auf und lächelte ihn an. »Ein angenehmes Parfüm – *Hugo* von Boss, nicht wahr? Jedenfalls riecht es deutlich besser als das da.« Sie deutete auf das grünlich schimmernde Bein.

»So … äh, ja, in der Tat. Na, danke, freut mich, dass es dir gefällt«, erwiderte er und kam zu ihr an den Sektionstisch. »Was machst du da eigentlich? Ich dachte, du wärst längst nach Hause gegangen.«

»Ach, nur ein bisschen Inventur«, erwiderte sie und wandte sich wieder dem Bein zu. »Du bist offensichtlich auch noch nicht auf dem Weg nach Hause.« Jirka trug ebenfalls noch die grüne Arbeitskluft. »Keine Verabredung heute Abend?«

»Nein, ich …« Er zögerte einen Moment und hielt sich dann lieber an das Bein. Über Gefühle zu reden, war nicht seine Stärke, wenn er es nicht mit trockenem bis schwarzem Humor tun konnte. »Was hast du mit dem Ding vor?«

Magda war dankbar für seine Sachlichkeit. »Ich möchte wissen, wer das war. Das Bein liegt hier schon seit dem Sommer herum, ohne dass wir allzu viel darüber wüssten. Offenbar war es Černýs letzter Fall – der über seinem plötzlichen Weggang vergessen wurde.«

»Hm, stimmt. Soweit ich weiß, ist der Rest der Leiche noch nicht aufgetaucht. Was hatte er rausgefunden?«

»Nur das Offensichtliche: ein unfachmännisch abgetrenntes Bein, wahrscheinlich weiblich, lag längere Zeit im Wasser, Alter zwischen dreißig und fünfzig. Er hat sich nicht lange damit befasst.«

»Weißt du inzwischen mehr?« Er betrachtete das Bein aufmerksam. Ein durchschnittliches Bein, die Haut weißlich-grün, aufgedunsen, angefressen und mit bleichen, ausgefransten Muskelfasern am abgesägten Ende. Alles andere als ein schöner Anblick. Und es stank wie vier Wochen alter Fisch – wie eine Wasserleiche eben.

»Ich nehme an, dass es ein weibliches Bein ist. Um das Alter genauer zu schätzen, muss ich mir die Knochen und Gelenke näher ansehen. Ich lasse das ganze Labor machen, das hat Černý wohl nicht mehr veranlasst. Jedenfalls habe ich nichts gefunden.« Sie deutete auf einen Satz kleiner Röhrchen, die auf dem Instrumententisch lagen. »Ich möchte versuchen, die ganze Frau zu rekonstruieren. Wie gesagt, ich will wissen, wer das war.«

»Das wird nicht funktionieren, meine Liebe. Wir haben nur ein Bein. Solange der Rest nicht auftaucht, ist deine Arbeit daran für die Katz«, erwiderte er skeptisch.

»Vielleicht geht es doch. Ich habe während meines Studiums oft meiner Mutter bei Rekonstruktionen geholfen. Anhand der Knochen und Muskeln kann man immerhin auf die Größe, das Alter und bis zu einem gewissen Grad auch auf die Statur und die Ethnie schließen. Ein Phantombild des Gesichts werden wir zwar nicht kriegen … Andererseits …« Sie brach nachdenklich ab. »Ich habe da so eine Idee.« Sie lächelte vielsagend.

»Und die wäre?« Jirkas Ton war freundlich, aber misstrauisch. Er schätzte Magda als Mensch und als Kollegin. Sie war eine fähige forensische Pathologin, aber Hellseherin war sie nicht. Über seine anderen, gelegentlich an einsamen Abenden aus den Untiefen seines Unterbewusstseins auftauchenden Gefühle ihr gegenüber wollte er lieber nicht nachdenken. Ihr Lächeln zerrte an genau diesen Gefühlen.

»Wir könnten es mit einer Isotopenanalyse versuchen«, unterbrach sie seine Gedanken. Sie neigte den Kopf etwas zur Seite und sah ihn erwartungsvoll an.

»Du meinst, du willst versuchen rauszukriegen, wo sie her sein könnte?« Er versuchte, die anmutige Geste zu ignorieren. »Nette Idee, aber wir haben nicht die Möglichkeit dazu – das ist alles Zukunftsmusik, was unser Institut betrifft.« Sie sollten beide nicht mehr hier sein, dachte er, aber offenbar hatte sie so wenig Verlangen nach einem einsamen Abend wie er. Er würde sie hier herauslotsen – direkt in das kleine italienische Lokal, das er vor ein paar Wochen entdeckt hatte. Er hatte zwar keinen Hunger, aber essen musste der Mensch, auch wenn die Welt außen rum in Scherben lag und die Kameraden im Kampf für das Gute tot vom Pferd fielen. Vielleicht würden sie sich auch einfach mit einer Flasche Wein begnügen. Damit konnte man sich den Schmerz auch vom Leibe halten.

»Hm, schon, aber ich kenne eine Kollegin in München, die sind dort dabei, eine entsprechende Datenbank aufzubauen – vielleicht könnte sie helfen.«

»Das wird teuer.« Der Satz überraschte ihn selbst. Nie

hätte er gedacht, dass er ihn mal äußern würde. Aber kaum war er ein paar Tage lang rechtmäßiger, verantwortlicher Chef, schon dachte er in Zahlen, statt in Schicksalen. Knauserigkeit war sonst keine seiner Eigenschaften, ganz im Gegenteil, er war im Grunde seines Herzens ein großzügiger Mensch. Noch letzte Woche hätte er – als nur vertretungsweiser Institutsleiter – mit Begeisterung jeden neuen Test ausprobiert, egal, was er gekostet hätte, doch nach seiner eingehenden Beschäftigung mit den Institutsfinanzen in den letzten Tagen hatte er das Bedürfnis, das bisschen Geld, das dem Institut zustand, zusammenzuhalten. Aber Magdas Ehrgeiz und Wissensdurst waren ansteckend. Vielleicht gab das Budget es ja doch her. »Du kannst ja mal nachfragen. Das kostet nichts.« Er grinste.

Sie lächelte zufrieden. »Klar. Nur fragen.« Sie beschäftigte sich weiter mit dem Bein und dem Sammeln von Proben.

Jirka beobachtete sie interessiert. Sie sah erschöpft aus. Tiefe Schatten lagen unter den ausdrucksvollen eisgrauen Augen, blass war sie auch – trotz des Make-ups. Sie war erstaunlich gefasst, aber er war sich sicher, dass es in ihrem Inneren ganz anders aussah. Nach Hause zog es sie jedenfalls nicht. Jirka konnte es verstehen, auch ihm machte der Tod seines besten Freundes zu schaffen, und er bemühte sich nach Kräften, nicht ständig darüber nachzudenken. Die Fähigkeit zum Verdrängen war eine hilfreiche menschliche Eigenschaft, von der Jirka, wenn nötig, eine ganze Menge mobilisieren konnte. Das ganze Ausmaß der Tragödie würde spätestens bei der Beerdigung über sie alle hereinbrechen. Wann das sein würde, stand allerdings in den Sternen, denn die Leiche war aus irgendwelchen Gründen, die niemand im Militärkrankenhaus bereit war zu erklären, noch immer nicht freigegeben worden. Bis dahin tat er nach Möglichkeit so, als wäre das alles nicht wahr. Er konnte es schlicht noch immer nicht fassen, dass David nie wieder mit seinem spöttischen Lächeln durch seine Bürotür kommen würde, um über irgendeinen sinnlosen Tod eines armen Menschen zu reden, den sie beide zu bearbeiten hatten; dass sie nie wieder freundschaftlich streitend auf der Tribüne des Eissportstadions sitzen und mit einem Bier in der Hand einem Eishockeyspiel folgen würden; dass David ihn nie wieder mit seinen Frauengeschichten aufziehen würde; dass ... Lass es, verdammt, er ist und bleibt tot. Er warf einen Blick auf die Uhr. Kurz nach neun. Zeit, von hier zu verschwinden.

»Wie wär's, du beendest diese Ersatzhandlung für heute, und wir gehen noch etwas essen?«, fragte er. Er wusste, dass er auf unsicherem Terrain operierte. Vielleicht hätte er nicht Ersatzhandlung sagen sollen. Vielleicht hätte er überhaupt nichts sagen sollen. Wahrscheinlich hätte er gar nicht erst in diesen kleinen Sektionssaal kommen sollen.

Ertappt sah sie auf und lächelte dann schief. »Nenne es meinetwegen eine Ersatzhandlung. Ehrlich gesagt, hast du sogar recht.« Sie strich sich mit dem Unterarm über die Stirn. »Aber es schadet trotzdem nicht, wenn wir herausfinden, wer das hier war.« Sie begann, vorsichtig das halb verweste Fleisch von den Knochen zu lösen. »Hast du noch zu tun oder hilfst du mir?« Sie ignorierte seine Frage bewusst. Sie hatte keinen Hunger, Appetit schon gar nicht. Sie würde sowieso nichts runterkriegen. Der Duft seines Parfüms kitzelte in ihrer Nase. Ein ausgesprochen angenehmer Duft, der ihr ein behagliches Kribbeln im Bauch verursachte. Sie kannte diesen Duft ... natürlich, es war auch Davids Parfüm. Das war ihr bisher nie aufgefallen. Hoffentlich geht das wieder weg, dachte sie irritiert. Sie mochte Jirka, aber sie wollte sich von ihm nicht auf diese Weise an David erinnern lassen. Die Bilder und Gefühle, die sie mit diesem Duft verband, gehörten zu einem intimen Bereich ihres Lebens, in dem Jirka nichts verloren hatte.

Er lachte. »Klar habe ich zu tun, aber Papier ist geduldig. Genauso wie dieses herrenlose Bein. Essen zu gehen, wäre auch eine Ersatzhandlung – allerdings eine sehr viel angenehmere.«

»Ein anderes Mal, Jirka, danke. Jetzt ist das Bein dran. Ich will es wirklich wissen.« Geh endlich weg, dachte sie. Wenn sich die beiden wenigstens nicht so ähnlich wären. Wenn Jirka ein dicker, kleiner, hässlicher Typ wäre … Sie konnte den Duft und das, was er in ihr gegen ihren Willen auszulösen begann, fast nicht mehr ertragen.

»Na schön. Ich helfe. – Ich habe nämlich ebenso wenig Verlangen nach meiner Wohnung wie du nach deiner. Aber spätestens in einer Stunde verschwinden wir von hier. Ich habe neulich ein wunderbares kleines Lokal entdeckt. Ein kleiner Italiener in einer winzigen Gasse am Altstädter Ring.«

»Das Giovanni?«

»Du kennst es? Schade, ich dachte, ich könnte dir etwas Neues zeigen.«

»Ich habe keinen Hunger, Jirka, ich …« Ich bin außer mir vor Schmerz und Trauer, ich hasse dich für dein Parfüm, das mich an Dinge erinnert, an die ich nicht denken will, ich will nichts tun, was …

»Du musst gelegentlich etwas essen – von Kaffee und Arbeit allein kann man nicht leben«, unterbrach er ihre wirren Gedanken. »Also – ich helfe dir noch ein bisschen und dann gehen wir essen.«

»Bis wir dorthin kommen, ist die Küche zu.« Sie sah ihn zweifelnd an. Zu Hause wartete trostlose Einsamkeit. Sie konnte Gesellschaft brauchen, wenigstens noch ein bisschen, bis sie so müde war, dass sie freiwillig ins Bett fallen würde. Schön, dachte sie, aber auf meinem Grund und Boden, nur so weit weg von zu Hause, dass ich problemlos alleine heimgehen kann. »Ich gehe nachher noch ins Ráj, glaube ich. Auf ein Glas Wein.« Oder zwei oder drei, setzte sie in Gedanken hinzu. »Wenn du magst, kannst du mitkommen.«

Jirka seufzte. »Du bist schlimmer als ein sturer Esel, Magda. Also schön, ins Ráj. Aber du isst auch was.«

Sie blickte genervt zu ihm auf. »Du bist unerträglich.«

»Ja, das höre ich gelegentlich.« Er streifte sich Einmalhandschuhe über und schnappte sich ein Skalpell. »Angeblich war das der Grund für meine Beförderung.«

»Schlimmer als eine Gouvernante«, murmelte sie.

»Aber allemal bessere Gesellschaft als so ein angefressenes Bein.«

Sie sah auf. Dann lächelte sie. »Da ist was dran.«

»Und ich rieche deutlich besser.«

Leider, dachte sie, und schnitt, heftiger als sie beabsichtigt hatte, eine Sehne durch.

8

Jestliže otisky a obrazy, naše stopy přetrvávají
(jsme my vzpomínky druhých, památné postavy).

Wenn Abdrücke und Bilder unsere Spuren überdauern
(sind wir die Erinnerungen anderer, erinnerte Gestalten).

Das Ráj war leer bis auf einen Gast, der mit dem Rücken zur Tür an dem kleinen Tisch im Erker saß, rauchte und sein halb leeres Bierglas anstarrte.

»Ota«, rief Magda, während sie ihren Mantel über einen Stuhl warf und auf ihn zuging. Er sah nicht gut aus. Ringe unter den blassblauen Augen, die Kleidung zerknittert, als hätte er darin geschlafen. Wenn er denn geschlafen hatte.

Otakar Nebeský, Inspektor der Prager Mordparta, drehte sich überrascht um. »Auch schon Dienstschluss? Ich dachte, du kommst gar nicht mehr. Wollte schon gehen – aber …« Seine Stimme wurde zu einem Flüstern. Er stand auf und umarmte Magda, als wolle er sich an ihr festhalten. Einen Moment später riss er sich los, schüttelte den Kopf und straffte die Schultern. »Verzeih, bitte. Ich … ich kann es einfach noch immer nicht fassen, weißt du. Dass er tot ist … Es will mir nicht in den Schädel …« Er bemerkte Jirka Kratochvíl, der hinter Magda stand. »Hey, da ist ja auch unser Chefschnipsler! Dann ist die Nacht gerettet. Du hast doch bestimmt ein paar Anekdoten aus den Tiefen eurer Katakomben, die uns angenehmere Albträume bescheren, als …« Er brach ab. »Entschuldige, ich bin nicht ganz ich selbst. Wahrscheinlich sollte ich einfach gehen, ihr habt sicher was anderes zu tun, als mir Idioten zuzuhören.« Er griff zögernd nach seinem Anorak.

»Mach keinen Quatsch«, erwiderte Jirka und drückte ihn zurück auf seinen Stuhl. »Hast du was gegessen?« Langsam fühlte er sich wirklich wie die Mutter der Kompanie. Ota sah grauenhaft aus. Zu Magda gewandt sagte er: »Setz dich, ich hole was zu trinken und sehe nach, was die Küche noch hergibt. Und vorher schicke ich Zorka nach Hause und mache das Lokal zu, ja?«

Magda setzte sich und nickte dankbar.

Eine halbe Stunde später schob Ota seinen leeren Teller von sich weg und seufzte. »Hat gut getan. Bist ein echter Kumpel.«

»Ich wusste gar nicht, dass du so gut kochen kannst«, sagte Magda mit einem anerkennenden Lächeln und legte ihr Besteck ab. »Das Steak war fantastisch – und alles andere auch. Vielleicht sollte ich dich als Aushilfskoch einstellen.«

Jirka grinste. »Bedankt euch bei meiner Mutter. Sie vertrat die Ansicht, ein Mann müsse Klavier spielen, kochen und tanzen können – dann würden ihm die Frauen die Bude einrennen.« Er zuckte die Achseln. »Kann ich alles – nur die Frauen lassen auf sich warten. Jedenfalls die richtigen.«

»Von wegen! Ich habe dich erst kürzlich mit dieser hübschen Brünetten im Kleinen Glenn gesehen«, erwiderte Ota und grinste. »Die sah gar nicht falsch aus.«

Jirka wiegte den Kopf hin und her. »Hübsch ist sie ja und auch intelligent, aber ohne Humor. Das halte ich auf die Dauer nicht aus …«

»Entschuldige, Jirka«, unterbrach Magda ihn und wandte sich an den Inspektor. »Ota, habt ihr schon etwas herausgefunden?« Jirkas Rendezvous interessierten sie gerade überhaupt nicht. Sie konnte nicht länger mit dieser Frage warten. Vor dem Essen hatte sie mit sich gehadert, doch jetzt fühlte sie sich stark genug dafür. Sie hatte mehr Hunger gehabt, als sie gedacht hätte. Sie schenkte Jirka und sich selbst Wein nach. Ota hatte sich während des Essens noch ein Bier geholt.

Der Inspektor verzog das Gesicht. »*Nic. Nada. Niente.* Nichts. Keine Zeugen. Keine Spuren, soweit ich weiß. Ich habe auch noch nichts von Jarda Vltavský gehört. Der gibt die Auster – noch schlimmer als sonst. Ich habe ihn heute wieder angerufen, und er hat einfach aufgelegt.« Er schwieg einen Moment und fragte dann vorsichtig: »Was macht dein Erinnerungsvermögen, Magda? Ist irgendwas an die Oberfläche geschwappt?«

Sie schüttelte den Kopf. »Nein. Je mehr ich versuche, mich zu erinnern, desto mehr verschwimmt alles. Habt ihr denn gar keine Ahnung, wer es getan haben könnte? Und warum?« Sie fing an zu zittern, Tränen schossen ihr in die Augen. »Wer kann ihn denn so sehr gehasst haben?« Sie schluchzte und stand abrupt auf. Ihr Stuhl schrappte über den Holzboden. »Entschuldigt mich bitte.« Sie verschwand hinter dem geschnitzten Paravent, der vor der Tür zu den Toiletten stand.

Ein paar Minuten später war sie wieder zurück und setzte sich, trank einen Schluck Wein. Die beiden Männer starrten in ihre Gläser. Ota rauchte. Es klopfte an der Tür. Sie sahen einander überrascht an.

»Erwartest du noch jemanden?«, fragte Ota.

Jirka stand auf und öffnete die Tür. Draußen stand Jarda Vltavský.

»Je später der Abend, desto unwahrscheinlicher die Gäste. Komm rein, es zieht.«

Der Chef der Spurensicherung klopfte sich den Schnee

vom Mantel und warf ihn über einen Stuhl. »Ich muss mit euch reden«, sagte er ohne Umschweife und setzte sich. »Dachte mir, dass ich euch hier finde.«

»Hat es sich endlich ausgeaustert?«, bemerkte Ota gereizt.

Jirka holte ein weiteres Weinglas und schenkte ein.

»Was ist passiert?«, fragte Magda alarmiert.

»Der Oberst hat den Fall zu den Akten gelegt.«

Die drei anderen starrten ihn verständnislos an.

»Aber es ist doch kaum eine Woche her …«

»Nichts *aber*. Klappe zu, Affe tot. Fertig.« Jarda trank einen großen Schluck Wein. »Keine Zeugen, keine Spuren, kein Motiv. Also ist die Sache für ihn erledigt. Hat er dir das noch nicht gesagt, Ota?«

»Sehe ich so aus? Dieser verdammte Mistkerl. Damit wird er nicht durchkommen, wenn …«

»Jirka, hast du schon den Obduktionsbericht?«, unterbrach Magda, die sich unangenehm an die Geschichte mit der Mumie erinnert fühlte. Auch damals hatte der arbeitsscheue Oberst alles darangesetzt, die Mumie aus seinem Einflussbereich zu entfernen. Es war ihm jedoch dank ihrer und Xenias Einmischung nicht gelungen. Und sie hatte, ebenso wie Ota, nicht die Absicht, es ihm diesmal durchgehen zu lassen. Nach dem Obduktionsbericht zu fragen, fiel ihr trotzdem schwer. Sie wollte ihn nicht sehen, nicht lesen, gar nicht wissen, was darin stand – und schon gar nicht die beigefügten Bilder betrachten.

»Nein. Ehrlich gesagt, ich weiß noch nicht mal, wo die Obduktion durchgeführt wurde. Ich … ich habe noch nicht gefragt.« Es war ihm peinlich, aber er hatte es nicht fertiggebracht. Was waren sie doch alle für Feiglinge, dachte er. Als hätten sie nicht täglich mit Mord und Totschlag zu tun. Aber es war etwas ganz anderes, wenn das Opfer ein Freund war.

»Ich habe deswegen heute den halben Tag am Telefon verbracht«, ließ sich Jarda vernehmen. »Der Oberst hat sich verleugnen lassen, und sein Adlatus sagte, die Sache sei erledigt. Freunde, es ist was faul im Staate Dänemark – wenn ihr versteht, was ich meine. Also hab ich weitertelefoniert.«

»Spuck's aus, Mann«, sagte Ota. »Wo ist die Perle?«

»Ich habe einen Obduktionsbericht. Sie haben es im Militärkrankenhaus gemacht. Eine Sekretärin hat ihn mir gefaxt. Also gibt es leider keine Fotos, aber die kriege ich auch noch.« Er grinste. »Ich hoffe, sie kriegt nicht allzu viel Ärger deswegen. Ich hatte mit dem Chef dort gesprochen, aber der wollte ebenso wenig sagen wie unser Oberst. Dieser Dr. Katz scheint mir nicht ganz koscher. Also habe ich noch mal angerufen und der Sekretärin die Story vom Pferd erzählt – ich hätte vergessen, ihrem Chef meine Faxnummer zu geben, aber da *sie* ja am Ende für das Faxen zuständig sein würde … na, egal. Hier ist er jedenfalls.« Er holte ein gefaltetes Blatt aus seiner Sakkotasche und reichte es Jirka. »Was hältst du davon?«

Magda beugte sich zu Jirka hinüber und las mit. Tod durch Erschießen … Steckschuss im Herzen … Sie riss ihm das Blatt aus der Hand. Bilder schossen ihr durch den Kopf – David auf dem Boden … sie kniet neben ihm … Blut auf seinem Gesicht … kein Puls … sie reißt seinen Mantel auf … das Jackett reißt mit auf … Blut – ja, aber knapp unterhalb der Schulter.

»Was hast du?«

»Das war keine Schusswunde ins Herz, Jirka.« Sie ließ das Blatt sinken, sah nachdenklich durch ihn hindurch.

Jirka griff nach dem Blatt und überflog es. »Er hatte keine Schusswunde?«

»Doch, das schon. Aber ein ganzes Stück höher. In der

Herzgegend war nichts, kein Blut, keine Wunde. Ich habe seine Kleider aufgerissen, er hatte keinen Puls, ich wollte eine Herzmassage machen. Da war kein Blut über dem Herzen, nur …«

»Ich denke, du erinnerst dich an nichts?«, fragte Ota nun. »Woher weißt du das dann so genau?«

Magda ignorierte seine Frage. »Wer hat die Obduktion gemacht?«

»*Nur* was, Magda?«

»Bitte?«

»Du sagtest, das sei kein Blut gewesen, *nur* … Was war da?«

»Nur ein Fleck, wie ein entstehender Bluterguss. Ein bläulicher Schatten.«

»Ein blauer Fleck? Komisch …« Jarda schwieg nachdenklich.

Magda wiederholte ihre Frage nach dem Obduzenten.

»Äh … ein Dr. F. Benda, steht hier. Kenne ich nicht. Du?«

Sie schüttelte den Kopf. Seltsam, dachte sie, sie kannte alle Rechtsmediziner in Prag wenigstens dem Namen nach, immerhin gab es nicht so viele davon.

»Was haben Sie noch gesehen, Magda?«, fragte Jarda Vltavský. »Können Sie sich noch an irgendetwas erinnern?« Seine Stimme hatte einen eigenartigen Klang.

Ota setzte an, um etwas zu sagen, aber Jarda brachte ihn mit einer Geste davon ab. Magda versuchte, die Bilder heraufzubeschwören, die hinter diesem dunklen Nebel in ihrem Gedächtnis verborgen waren. Versuchte, sich zu erinnern, ohne die Bilder zu zwingen. Als wolltest du meditieren, dachte sie, mach den Kopf leer. Der Hauseingang … das Treppenhaus … ihr vergessenes Handy … David auf dem Boden im Schnee … draußen auf dem Bürgersteig etwas auf dem Boden … ein Schatten, flüchtig wie ein Geist …

»Da war jemand«, sagte sie zögernd, »jemand oder etwas – ich bin mir nicht sicher. Etwas lag auf dem Bürgersteig – ein dunkler Haufen … vielleicht eine große Tasche oder so was, keine Ahnung, was es war.« Sie sah Ota an. »Und dann hatte ich den Eindruck, da wäre ein Schatten …«

»Was für ein Schatten?«

Sie zuckte mit den Schultern. »Keine Ahnung. Als hätte sich rechts hinter mir etwas bewegt.« Sie runzelte die Stirn. Da war noch etwas, etwas, das ihr eingefallen war, als sie vorhin an dem Bein gearbeitet hatte. Ein Geruch. »Und ich habe etwas gerochen«, sagte sie zögernd, »als ich versuchte, David wiederzubeleben, habe ich hinter mir etwas gerochen – Schweiß und Naphthalin und noch etwas, das ich im Moment nicht recht zuordnen kann.«

Ota stieß einen Pfiff aus. »Na, die Mottenkugeln passen vielleicht zu dem Schatten – ein eingemotteter Geist auf Freigang. War offenbar ein schlagkräftiges Gespenst und warm angezogen, wenn es so geschwitzt hat.« Er grinste.

»Ein Schatten wohl weniger«, mischte sich Jarda ein und zog eine durchsichtige Plastiktüte mit einem kleinen, silbrig schimmernden Revolver aus seiner Aktentasche.

»Wo hast du denn dieses Spielzeug her?«, fragte Jirka.

Jarda Vltavský nahm die Pistole aus dem Beutel, richtete sie mit ernstem Gesicht auf Jirka und drückte dann lächelnd ab.

Eine Schrecksekunde später griff sich Jirka erleichtert an die Brust. »Himmel, ich habe gedacht, du erschießt mich.«

Am Lauf der Pistole flackerte eine Flamme.

Magda atmete erleichtert aus. »Meine Güte, hast du mich erschreckt mit diesem Ding«, sagte sie und nippte an ihrem Wein. »Das war nicht besonders witzig.« Sie lächelte trotzdem.

»Immerhin duzen wir uns jetzt«, erwiderte Jarda und

grinste. »Ist mir eine Ehre.« Er hob sein Glas an und nickte Magda zu, die seine Geste erwiderte. Er legte das ungewöhnliche Feuerzeug wieder auf den Tisch.

»Deine Scherze haben es in sich«, sagte Ota. »Das ist ja nur ein verdammtes Feuerzeug!«

»Sieht aus wie eine S&W Chiefs Special Combat, eine gute Kopie«, erwiderte Jarda amüsiert. »Auf den ersten Blick kaum von einer echten Waffe zu unterscheiden. Ein Spielzeug für schießbegeisterte Raucher. Wir haben es im Schnee auf dem Bürgersteig gefunden, ein paar Meter von Davids Auto entfernt. Vielleicht war das Zufall, und es hat gar nichts mit der Sache zu tun. Andererseits haben wir auch noch das hier gefunden.« Er kramte einen weiteren Beutel aus seiner Aktentasche und legte ihn auf den Tisch. »Eine fast aufgerauchte Zigarette und eine neue. Beide Male die gleiche Marke und auf beiden die gleiche DNA.«

»Hm, na ja«, sagte Ota skeptisch, »aber ihr habt diese Dinge erst zwei Tage nach der Schießerei dort gefunden. Das muss nichts mit der Sache zu tun haben.«

»Eines verstehe ich nicht«, meldete sich Magda, »ich denke, der Oberst hat den Fall zu den Akten gelegt, weil es keine Spuren gibt …«

Jarda grinste. »Als ich mit meinen Leuten am Tatort war, hat mich der Oberst angerufen und verlangt, dass ich die Suche einstelle. Er war der Auffassung, es gebe sowieso nichts zu finden. Da hatte ich dieses Spielzeug gerade aus dem Schnee gefischt. Ich habe seine Anweisung also pflichtschuldigst ignoriert und weitergesucht. Der Oberst weiß nichts von diesen Sachen – und wenn es nach mir geht, bleibt das auch fürs Erste so.«

»Typisch Kohout. Stinkfaul ist gar kein Ausdruck«, sagte Jirka.

»Was andere Spuren angeht – wie Ota schon sagte, wir

waren erst zwei Tage später am Tatort. Fußspuren kann man vergessen, erstens war der Bürgersteig vereist und zweitens sind in den zwei Tagen zig Leute dort entlanggegangen. Aber ich habe mir Davids Wagen vorgenommen. Und eine Winzigkeit habe ich gefunden.« Wieder fischte er aus seiner Aktentasche einen Beutel heraus. »Voilà.« Er legte auch diesen Beutel auf den Tisch.

Ota beugte sich darüber. »Was soll das? Ein Fetzen schwarzes Papier?« Er blickte verwundert auf.

Jarda nahm den Beutel in die Hand und deutete auf ein winziges Etwas, das mit einem Klebestreifen mittig auf dem Papier befestigt war. »Ein Spiegelsplitter. Er steckte im Lack.«

»Wie kam er denn da hin? Und was hat so ein Splitter mit der Sache zu tun?«, fragte Magda ziemlich ratlos.

»Das wüsste ich auch gerne. Der Splitter steckte in einer Delle hinten im Wagendach. Wenn ich nicht wüsste, dass es absurd ist, würde ich sagen, die Delle wurde von einer Kugel verursacht. Aber Kugeln aus Spiegelglas habe ich bisher noch nie gesehen. Außerdem habe ich nur diesen einen Splitter gefunden.« Er trank einen Schluck Wein.

»Keine Blutspuren?«, fragte Magda, der das Ganze ziemlich eigenartig vorkam.

Jarda lächelte. »Doch, Blutspuren haben wir auch gefunden. Davids und …« Er machte eine kleine dramatische Pause. »Blutspuren in der Nähe des Spielzeugrevolvers und der Zigaretten.«

»Ja? Mann, lass dir doch nicht alles aus der Nase ziehen!«, sagte Ota ungeduldig. »Wessen Blut?«

»Laut DNA-Test gehört das Blut derselben Person, die das Revolverfeuerzeug und die Zigaretten im Schnee verloren hat.« Er lehnte sich zufrieden über die erstaunten Gesichter seiner Freunde zurück.

»Aber dann muss ...«, setzte Magda an. Weitere Blutspuren bedeuteten, dass noch jemand zumindest verletzt worden war. – Hatte David womöglich zurückgeschossen?

»Du hast doch sicher in allen verfügbaren Datenbanken nachgesehen«, unterbrach Ota sie, »rück endlich mit der ganzen Sache raus, du elender Geheimniskrämer.« Er zündete sich eine weitere Zigarette an.

Jarda nickte. »Es hat eine Weile gedauert, aber ich habe tatsächlich eine Übereinstimmung gefunden. Die Frau heißt Eva Urbanová.«

9

Nejsi sam. NIKDY.

Du bist nicht allein. NIE.

Das silberne Licht des Vollmonds schimmerte durch eine Wolke, die wie ein zarter Wattefetzen am klaren, blauschwarzen Himmel hing. Die zahllosen Sterne funkelten wie winzige Diamanten. Einer davon bewegte sich. Vermutlich ein Flugzeug – auf dem Weg von Irgendwo nach Anderswo. Die Bäume begannen sich hin und her zu wiegen und schienen rasend schnell in den Himmel zu wachsen, während er sie betrachtete. Es dauerte eine Weile, bis er begriff, dass der Himmel sich mit Wolken zuzog. Schwere schwarze Wolken, getrieben vom Westwind. Es würde bald anfangen zu schneien. Er atmete tief die kalte Luft ein. Sie roch nach Schnee und feuchtem Holz. Er schritt lautlos durch den glitzernden Pulverschnee. Im Unterholz zu seiner Rechten raschelte etwas. Ein Hase? Womöglich ein Fuchs? Er warf einen Blick auf seine Uhr – halb elf. Nicht gerade die typische Zeit für einen Waldspaziergang. Aber er war ja auch nicht zu seinem Vergnügen hier. Irgendwo über sich hörte er das dunkle *Uhuuu* einer Eule. Verdammte Jagdzeit. Er schob den Riemen des Gewehrs zurecht und straffte die kräftigen Schultern. So leise wie möglich ging er weiter, um keine weiteren Tiere zu verschrecken. Aber er war ohnehin auf andere, viel größere Beute aus. Er freute sich nicht auf diese besonderen Jagdausflüge, sie waren ihm zutiefst zuwider. Aber irgendjemand musste ja etwas tun, wenn die Polizei beide Augen schloss und ihre Hände in Unschuld wusch. Irgendwann würde alles auffliegen, es war nur eine Frage der Zeit. Der Inspektor hatte ihn im Visier. Sein letzter Besuch hatte das überdeutlich gemacht. Am nächsten Tag hatte er den Anruf gemacht, über den er schon seit Wochen nachgedacht hatte. Diesmal wollte er alles erzählen, nicht nur kryptische Andeutungen machen. Er hatte ihn nicht erreicht. Er sollte es noch mal versuchen. Vielleicht konnte der Junge helfen. Bis dahin war er weiter auf sich allein gestellt. Er warf erneut einen Blick auf seine Uhr. Bald war es wieder so weit.

Es war gespenstisch still. Vor ihm schimmerte eine große weiße Fläche durch die Bäume. Und dort, im Dickicht, zwischen drei dicke Tannen genagelt, war auch das, was er suchte: ein mehr schlecht als recht zusammengezimmerter Jägerstand mit einer langen, schmalen Schießscharte, die auf die Lichtung hinausging. Er schwebte in gut zwei Metern Höhe über dem Unterholz. Er ging um die vereiste Leiter herum und versteckte sich im Dickicht unter dem ungewöhnlichen Hochsitz. Das Gewehr lehnte er vorsichtig gegen einen der Baumstämme. Er strich sich eine widerspenstige graue Haarsträhne aus dem Gesicht und rückte seine Brille zurecht. Vor ihm lag eine große mondbeschienene Lichtung wie ein weißer See, auf allen Seiten umgeben vom dunklen Wald. Keine zwanzig Meter hinter den Bäumen auf der anderen Seite der Lichtung lag ein echter See. Durch die Bäume schimmerte die ruhige Wasserfläche. Im Sommer war es schon immer ein beliebter Ort für romantische Stunden gewesen, doch inzwischen hatten Freier und Nutten ihn rund ums Jahr für sich eingenommen. Liebespaare hatte er schon seit Jahren nicht mehr gesehen. Stille. Ruhe. Nur der Wind rauschte in den Wipfeln. Weit und breit weder Mensch noch Tier. Er holte ein schmales Buch aus seiner Anoraktasche und schlug es auf. Es war ein seltsamer kleiner Band, den er vor Kurzem in einer Buchhandlung in Franzensbad erstanden hatte – eigentlich nur, weil ihn der Text auf der schmalen Banderole gefangen genommen hatte: *Gesucht wird: Der Autor dieses Buches – Wie starb der Messerwerfer?* Dabei stand der Name des Autors über dem Titel, es war ein gewisser Solo Lovec. Auch der Name hatte ihn angesprochen: Einsamer Jäger. Ein Seelenverwandter offenbar. Doch die Welt, die er darin in kurzen, auf den ersten Blick fast zusammenhanglosen Sätzen beschrieben fand, war ihm zutiefst fremd. Je länger er aber darin las, um so mehr verwoben sich die kurzen Absätze zu einer Art minimalistischem Tagebuch. Einträge voller Düsternis und Leidenschaft, die er in dieser Form nie kennengelernt hatte. Noch schien der Mond hell durch einen letzten Spalt zwischen den Wolken, und sein Licht fiel an einer Stelle durch das Dickicht, sodass er ganz gut lesen konnte. *Nejsi sám, NIKDY*, stand oben auf der Seite, die er mit einem Eselsohr markiert hatte. *Du bist nicht allein, NIE.* Er wünschte, es wäre wahr. Eine erste, dicke Schneeflocke landete sanft auf der Seite. Er pustete sie weg und verzog das Gesicht zu einem ironischen Grinsen. Von wegen. Noch nie hatte er sich so allein gefühlt wie in den vergangenen Monaten, seit er sich auf diese spezielle Art der Jagd eingelassen hatte. Er war mit Leib und Seele Jäger, verstand sich als Hüter und Beschützer des Waldes, nur deshalb tat er es. Die Ausbeute dieser Jagdausflüge war immer nur ein schlechtes Gewissen gepaart mit einem reinen Herzen. Aber er hatte einen Weg gefunden, sein Gewissen zu beruhigen. Gelegentlich brachte er von diesen Jagdausflügen immerhin auch einen Hasen mit nach Hause, doch heute würden die Tiere in ihren Verstecken bleiben. Es schneite zunehmend. Immer mehr große glitzernde Flocken rieselten aus den schwarzen Wolken am Himmel. Die Lichtung lag leer und einsam vor ihm. Gänzlich unberührt von jedweden Spuren. Die Schneeflocken tanzten wie Feen über der ebenen Fläche, bevor sie mit ihr verschmolzen. Für den fiktiven Autor des seltsamen Tagebuchs, das er las, traf diese Aussage allerdings zu – immerhin bewegte der sich durch das Großstadtgewirr Berlins und Prags. An solchen Orten war man wohl tatsächlich nie allein. Aber unter Umständen umso einsamer. Er selbst war hier im Wald – und im Grunde auch in seinem Leben – beides zugleich: allein und einsam dazu. Einen Moment lang fragte er sich, ob er nicht doch einfach aufhören sollte mit seiner Jagd. Warum tat er sich das an? Er hatte es schon ein halbes Dutzend Mal getan – und nichts war geschehen. Nein, das stimmte nicht. Die Presse war inzwischen darauf angesprungen. Die Stadt wimmelte von Journalisten. Aber nun hatte ihn auch der Inspektor im Visier. Der Polizist würde ihm nichts tun, aber der Schlägertrupp seines feinen Schwagers stand sicher schon abrufbereit. Jedenfalls hatte er die Worte des Inspektors so interpretiert. Was würden sie mit ihm anstellen? Er wollte es sich lieber nicht ausmalen. Aber er konnte nicht aufhören, er wollte seinen Wald von diesem Abschaum befreien – egal mit welchen Mitteln. Es war doch so, dass der Zweck die Mittel heiligte – jedenfalls war das in diesem Fall seine tiefe Überzeugung. Es gefiel ihm zwar nicht, und es war ungesetzlich, aber was hieß das schon? Mit seinem schlechten Gewissen konnte er zur Not leben, er wusste, er handelte für einen guten Zweck. Und das Gesetz? Nun, darum scherte sich ohnehin kaum jemand. Der Inspektor und seine Sippschaft jedenfalls sicher nicht. Und ihr Auftraggeber ebenso wenig. Was er tat, war zwar vor dem Gesetz keinen Deut besser, aber irgendwie diente es doch einer gewissen Gerechtigkeit. Glaubte er wenigstens.

Ein lautes, heiseres Krähen irgendwo über den Gipfeln der dick mit Schnee bedeckten Tannen ließ ihn erschrocken auffahren. Er klappte das Buch zu und sah in den Himmel. Zwischen den Schneeflocken zog ein schwarzer Schatten Kreise über der Lichtung. Irgendein Vogel. Keine Eule, soweit er das aus dieser Entfernung und bei diesem Wetter beurteilen konnte. Seine Augen waren trotz der Brille auch nicht mehr das, was sie mal waren. Kurz darauf hörte er ein weiteres, ähnliches Krächzen, diesmal aus dem Wald auf der ihm gegenüberliegenden Seite. Einen Moment später löste sich eine schwarze Gestalt aus dem Dunkel der Bäume und trat auf die noch immer mondbeschienene Lichtung. Aha, es ist doch Leben in diesem gottverlassenen Wald, dachte er und duckte sich instinktiv hinter den Baumstamm in das Dickicht. So leise wie möglich verstaute er sein Büchlein und kramte sein kleines Fernglas aus seiner Anoraktasche hervor. Der Satz, den er erst vor ein paar Minuten gelesen hatte, galt also auch hier. Er hielt das Fernglas an seine Augen und suchte die Gestalt. Es war ein alter Mann, groß und hager, mit einem dichten weißen Haarschopf, der im Mondlicht wie Silber schimmerte. Sekunden später landete ein Vogel geschickt auf der Schulter des Mannes. Es war ein Prachtexemplar von einem Raben. Der alte Mann spazierte langsam mit dem schwarzen Vogel auf der Schulter durch den tiefen Schnee über die Lichtung. Die gleitende und lautlose Bewegung des alten Mannes hatte etwas Gespenstisches. Sein bodenlanger schwarzer Umhang glitt wie eine schwere Schleppe hinter ihm her. Nur der schwarze Schatten des Alten und die kaum mehr sichtbaren, verwischten Spuren im Schnee verrieten, dass der Mann und sein Rabe keine Gespenster waren. Ein Hexer mit seinem gefiederten Diener, schoss es dem Jäger durch den Kopf. Jedenfalls war es nicht das, was er erwartet hatte. Er ließ langsam sein Fernglas sinken. Er hatte den Mann mit seinem Raben schon gelegentlich nachts im Wald gesehen, das erste Mal vor vielen Jahren, als er als Junge eine Nacht alleine im Wald verbracht hatte – eine Mutprobe, die er angesichts dieses geisterhaften Mannes damals fast abgebrochen hatte. Ob es wirklich der gleiche Mann war wie damals? Es war schon mehr als vierzig Jahre her, vielleicht schon fast fünfzig, und der Mann hatte auch damals bereits dieses silberne Haar gehabt. Er hatte bis heute keine Ahnung, wer der Alte war und wo er lebte. Unglaublich eigentlich, da er so gut wie alle Leute kannte, die hier in der Gegend lebten und regelmäßig in seinem Wald unterwegs waren. Tagsüber war er ihm noch nie begegnet. Er wusste selbst nicht, warum er ihn nie angesprochen hatte. Er wusste nicht einmal, ob der Alte ihn auch je gesehen hatte. Als die beiden näher kamen, hörte er den alten Mann leise sprechen – und zu seiner Überraschung schien der Rabe zu antworten. Wortfetzen schwebten zu ihm unter den Hochsitz. Erst konnte er nichts verstehen, doch als der Alte fast den Jägerstand erreicht hatte, wurden aus dem Gemurmel Wörter, die der Jäger als Deutsch identifizierte: *Braver Jung … zurück … nicht mehr weit …* Dazwischen krähte der Rabe halblaut etwas, das sich wie eine Wiederholung der Worte seines Herrn anhörte. Ein heiseres Echo des gemurmelten Monologs. Während die beiden am Hochsitz vorbeigingen, wandte der Rabe den Kopf und sah hinüber zum Dickicht. Er schien einen Moment wie überrascht innezuhalten. Er sieht mich, dachte der Mann erstaunt. Der Rabe krähte laut und flatterte, als wollte er seinen Herrn auf den versteckten Fremden aufmerksam machen. Der Alte hielt einen Moment irritiert inne, seine Augen schweiften über den Waldrand und zurück über die Lichtung. *Was hast du denn, mein Junge*, fragte er mit einer rauen Stimme. Der Rabe krächzte eine unverständliche Antwort, der Alte schüttelte den Kopf und strich dem Raben mit einer knorrigen, weißen Hand über das Gefieder. *Nein, mein Freund, wir sind allein, hier ist nie jemand, nie*. Dann setzte er seinen Weg fort. *Niemals*, wiederholte der Rabe heiser. Einen Moment später waren die beiden im Wald verschwunden, als seien sie nur eine Fata Morgana gewesen. Der Jäger schüttelte verwundert den Kopf. Er lächelte. Solo Lovec, der anonyme Autor des Büchleins, hatte tatsächlich recht, man war nie allein. Niemals. Nirgendwo.

Im nächsten Moment hörte er rechts von der Lichtung auf dem schmalen Feldweg, der zum See führte, das leise Motorengeräusch eines Autos, das näher kam. Er verstaute sein Fernglas und griff entschlossen nach seinem Gewehr. Verfluchte Jagdzeit.

10

Porážka. Kategorie nepovedeného života.

Niederlage. Kategorie eines misslungenen Lebens.

Ein letztes dumpfes Gluckern stieg aus dem schwarzen See auf. Er beobachtete die großen Blasen, die an der Oberfläche aufplatzten, die großen ringförmigen Wellen, die sich ausbreiteten und in die Dunkelheit des weiten Wassers verliefen. Durch einen Spalt in den Wolken am Nachthimmel schien der Mond, in dessen schwachem Schein der unberührte Schnee glitzerte. Es schneite stark. Große, flauschige Schneeflocken legten sich auf die frischen Reifenspuren, die vom schmalen Waldweg direkt in den See führten. »Die Teufel feiern Hochzeit.« Das hatte sein Großvater immer gesagt, wenn es so geschneit hatte. Gut. Wenn es derart weiterschneite, wären alle Spuren bis zum Morgen verschwunden. Es war ohnehin eine einsame Stelle, kein Mensch kam zu dieser Jahreszeit hier vorbei. Selbst tagsüber nicht, geschweige denn nachts.

Trotzdem – dieser Auftrag war nicht nach Plan gegangen. Er konnte nur hoffen, dass er die Sache halbwegs gerettet hatte. Allerdings war »halbwegs« in diesem Fall schon eine mittlere Katastrophe. Er wischte sich mit der Hand die Schneeflocken vom Gesicht. Er war perfekt vorbereitet gewesen – hatte er gedacht. Aber wer zum Teufel hätte ahnen können, dass ihm dieser Typ in die Quere kommen würde? Wie wahrscheinlich war es, dass sich das Opfer als

Möchte-gern-Mörderin herausstellt? Abgesehen von seinem Job hatte er zusätzlich noch den ihren erledigen müssen. Verdammtes Pech. Aber Pech war nicht vorgesehen. Hier zählte nur Präzision, das Vorhersehen jeder noch so winzigen Kleinigkeit. Er hätte auch das Unwahrscheinliche bedenken sollen, nicht nur das Mögliche. Es hätte ein einfacher Job sein sollen. Die Gegend war spät abends eher einsam, das Ziel im Schein der Straßenlaternen gut zu erkennen, die Entfernung zum geplanten Tatort nur noch eine Frage von wenigen Minuten, der Fluchtwagen war bereitgestellt, der Fluchtweg sorgfältig geplant. Er hatte am Krankenhaus gewartet und die Frau durch die halbe Stadt verfolgt. Selbst auf dem Weihnachtsmarkt, den sie auf dem Heimweg besucht hatte, und in der überfüllten Straßenbahn hatte er sie nicht verloren. Er hatte an der Hausecke, um die sie verschwunden war, einen Moment angehalten, um ihr wieder einen größeren Vorsprung zu gönnen. Sie war zwar erstaunlich flott unterwegs dafür, dass sie so dick war, aber er hatte ihr nicht zu nahe kommen wollen. Irgendjemand war an ihm vorbeigegangen, aber in die Richtung, aus der er und die Frau gekommen waren, er hatte sich sicherheitshalber kurz umgedreht, aber dieser Mensch hatte ihn wohl gar nicht wahrgenommen, so eingemummelt in einen dicken Anorak, Schal und Kapuze, wie er war. Noch ein paar Sekunden warten, hatte er gedacht, lass ihr ein bisschen Vorsprung, damit sie auf die letzten Meter nicht merkt, dass sie verfolgt wird, nur noch zwei Blocks, dann ist es endlich so weit. Ihm war heiß und kalt, vermutlich kroch ihm eine Grippe in die Glieder, er schwitzte und zitterte zugleich. Scheiß Winter, dachte er, ich sollte endlich auswandern. Er lugte um die Ecke, ganz in Gedanken versunken über die Frage, ob er die Malediven oder doch die Bahamas vorziehen würde für seinen Ruhestand. Doch dann war die Frau plötzlich stehen geblieben. Erst da war ihm dieser Mann aufgefallen. Wo zum Henker war der jetzt plötzlich hergekommen? Nur ein paar Meter vor der Frau, die er verfolgte, lud ein Mann irgendwas aus dem Kofferraum eines Kleinwagens. Sie rief ihm etwas zu. Jetzt hält sie auch noch ein Schwätzchen, dachte er genervt. Junge, verschwinde endlich, murmelte er ärgerlich vor sich hin, während er ungeduldig die Frau und diesen Typen beobachtete. Der Bursche sah nicht gerade aus, als würde er sich über das Treffen freuen, sein Ton war jedenfalls nicht freundlich. Der Verfolger hatte plötzlich ein sehr unangenehmes Gefühl in der Magengegend, er ließ seinen Rucksack in den Schnee fallen, riss seine Waffe und einen kleinen Behälter heraus, aus dem er flink mit einer Pinzette seine Spezialpatronen fischte. Vorsichtshalber füllte er die Trommel seines Revolvers. Keine Sekunde zu früh, wie sich gleich herausstellte, denn plötzlich zog die Frau etwas aus ihrer Jackentasche und hob den Arm in Richtung ihres unwilligen Gesprächspartners. Himmel, dachte er, sie wird doch nicht… Etwas blitzte im Licht der Straßenlaterne auf. Im nächsten Moment zischten kurz nacheinander vier Schüsse aus seiner Waffe in Richtung der beiden. Die Frau stürzte zu Boden, so wie der Mann nur einen Augenblick zuvor. Er stopfte seine Gerätschaften eilig in seinen Rucksack und rannte im Schutz der Hauswand los in Richtung der beiden. Verdammt, verdammt, *verdammt*! Jetzt hatte er zwei Leichen an der Backe, die er verschwinden lassen musste. Ich hätte den Typen nicht erschießen sollen, dachte er. Aber was hätte er sonst tun sollen? Der Boss hatte heute Abend gesagt, es sei sehr dringend, dieses Engelchen müsse weg. Er hatte keine Wahl gehabt, der Typ musste ihn gesehen haben – schließlich war er keine zwanzig Meter entfernt gewesen. Keine Zeugen und keine Spuren zu hinterlassen war immer sein oberstes Ziel. Aber es war schiefgegangen – sein Fluchtwagen stand zwei Blocks weiter. Ganz ruhig, dachte er, vielleicht kann ich die beiden trotzdem irgendwie einpacken … Plötzlich stürzte nur wenige Meter vor ihm eine Frau aus einer Haustür, rief einen Namen. Er drückte sich erschrocken in einen Hauseingang. Das geht ja zu wie auf der Post, dachte er irritiert. Was zum Teufel machten all diese Leute bei diesem Wetter so spät auf der Straße? Die Frau ließ ihre Handtasche fallen, schlitterte, stürzte, rappelte sich auf, rannte weiter zu dem Mann, der zwischen den parkenden Autos lag. Verdammter Mist, dachte er, der Typ hatte jemanden dabei, also – Plan B. Er hatte keinen Plan B, nur Pech auf der ganzen Linie. Hatte sich das Schicksal gegen ihn verschworen? Er neigte nicht zu abergläubischen Gedanken, aber vielleicht hätte er heute Morgen nicht den Weg der schwarzen Katze seiner Nachbarin kreuzen und auch nicht unter der Leiter und dem Gerüst an seinem Wohnhaus hindurchgehen sollen. Dann hätte er allerdings seine Wohnung nicht verlassen können. Dann wäre das alles nicht passiert … Plan B, Junge, hör auf zu träumen! Seine Gedanken rasten. Er verharrte einen Augenblick in dem Hauseingang, überlegte fieberhaft. Die Zeit schien sich wie in Zeitlupe in die Länge zu ziehen. *Ein* Kollateralschaden war mehr als genug, eine dritte Leiche kam überhaupt nicht infrage – zumal er nur für eine bezahlt wurde. Die zweite ging ohnehin schon auf Kosten des Hauses. Plan B – *mach schon! Denk nach!*

Mit einem Blick erfasste er die geparkten Autos an der Straße. Die Auswahl war sehr übersichtlich: ein nagelneuer Škoda Superb, der bestimmt eine Alarmanlage hatte, ein Toyota-Geländewagen mit deutschem Kennzeichen – das ging gar nicht, ein winziger Daewoo – das war kein Auto, sondern ein Spielzeug, völlig indiskutabel. Der Wagen schließlich, neben dem die tote Frau lag, war ein uralter Golf, eher rostig als dunkelblau. Den konnte er kurzschließen. Plan B – na also, ging doch. Er merkte, dass er nicht mehr zitterte. Dafür lief ihm der Schweiß in Bächen die Schläfen und den Rücken hinunter. Aber erst diese andere Frau. Er bewegte sich im Schutz der Hauswand auf sie zu. Sie war über den toten Mann gebeugt, den sie auf den Bürgersteig gezogen hatte, versuchte offenbar, ihn wiederzubeleben, jedenfalls stützte sie sich mit beiden Händen auf seinen Brustkorb, drückte ihn hinunter. O nein, dachte er, das wird nichts mehr, Schätzchen. Ein gezielter, kräftiger Schlag mit dem Griff seiner Waffe auf ihren Hinterkopf. Sie fiel vornüber auf den toten Mann. Problem erledigt. Er brauchte nur ein paar Schritte zurück zu dem alten Golf, Bruchteile von Sekunden, um das Schloss der Heckklappe zu knacken. Der untere Teil bestand mehr aus Rost als aus gesundem Blech. Hoffentlich fuhr das klapprige alte Ding überhaupt noch. Er hob die tote Frau auf, die aufsteigende Panik verlieh ihm die Kraft, die er brauchte, um sie in den Kofferraum zu hieven, er schlug die Heckklappe zu, warf einen Blick in Richtung der beiden zwischen den Autos liegenden Gestalten. Sollte er es riskieren, sie mitzunehmen? Bisher hatte er vergleichsweises Glück in seiner Pechsträhne gehabt. Er sollte dieses Missgeschick aufräumen … Von vorn hörte er einen Wagen den Hügel hinunter näher kommen. Grelles Licht flackerte die Straße entlang. Er hatte Fernlicht an. Seine Eingeweide rumorten. Scheiße, liegen lassen, dachte er und stürzte um das Auto herum zur Fahrertür, nichts wie weg von hier. Hauptsache, er hatte sein Zielobjekt dabei. Nichts liegen lassen, hatte sein Auftraggeber gesagt – nun, das Wichtigste hatte er eingepackt. Für die Kollateralschäden hatte er keine Zeit mehr. Er schloss den Wagen kurz – Gott sei gedankt für diese alten Mühlen! Das gleißende Licht näherte sich sehr schnell. Quietschende Reifen. Das Auto schlingerte auf der glatten Straße, kam weiter unten, fast an der Kreuzung, zum Stehen. Die Bullen konnten doch nicht schon davon wissen, dachte er entsetzt. Verdammte Scheiße, wer war ihm da auf den Fersen? Nicht hinsehen, bloß nicht hinsehen, nur raus aus dieser verdammten Parklücke. Er rammte das Auto hinter ihm. Blech knarzte, Glas splitterte. Fast hatte er es geschafft. Rennende Schritte in seine Richtung. Mach schneller! Ein Mann fast an seiner Fahrertür, den Arm ausgestreckt. Er drückte das Gaspedal durch. Quietschende Reifen, ein Aufschrei, der Mann fiel zu Boden. Der Golf schlingerte auf dem Eis, er brachte ihn unter Kontrolle, raste den Hügel hoch, bog ab in die nächste Querstraße. Raste weiter durch das nächtliche Prag in Richtung Stadtrand. Das Blut pochte in seinen Schläfen, er fühlte das Adrenalin durch seinen Körper rauschen. Erst als er die Stadt hinter sich gelassen hatte, schlug er mit der Hand auf das Lenkrad. Ja! Geschafft. Alles paletti. Mehr oder weniger.

Der See lag jetzt still und ruhig vor ihm. Niemand würde hier, gute zweihundert Kilometer entfernt vom Tatort, nach der Leiche suchen. Er lachte auf. Es wusste ja überhaupt niemand von ihr. Und sie würde bis in alle Ewigkeit in ihrem blechernen Sarg auf dem Grund des Sees bleiben. Keine Leiche, kein Mord, keine Polizei – ja, so musste man das machen. Ein perfekter Mord. Er kicherte zufrieden.

Es schneite immer noch. Die Radspuren waren fast nicht mehr zu sehen. Er gestattete es sich, aufzuatmen. Fast wäre es diesmal schiefgegangen. Aber er hatte die Kurve noch gekriegt. Improvisation war eine seiner Stärken. Das Schicksal war ihm wohlgesonnen – wie immer. Den einzigen Zeugen hatte er beseitigt, und um die andere Frau brauchte er sich keine Sorgen zu machen. Sie hatte ihn nicht gesehen, hatte nur Augen für den toten Typen gehabt. Er hoffte, dass er sie nicht getötet hatte. Nicht mehr Leichen als unumgänglich notwendig – das war sein Motto. Bei dem Typen war es etwas anderes gewesen, der hatte in seine Richtung gesehen – einen Moment lang hatten sich ihre Blicke getroffen. Aber wer nichts bezeugen konnte, dessen Schicksal brauchte man auch nicht auf sein Gewissen zu laden. Sie würde sich an nichts erinnern, nicht mal an die tote Frau. In deren Richtung hatte sie gar nicht geschaut. Blieb nur der Mann, der versucht hatte, seine Flucht zu vereiteln. Hatte der Typ sein Gesicht gesehen? Vermutlich ebenso wenig, wie er dessen Gesicht gesehen hatte. Unerkannt zu bleiben, war sein wichtigstes Kapital. Das und seine Munition. Die immerhin würde dafür sorgen, dass sie ihm nicht auf die Schliche kommen würden. Es hatte sich gelohnt, in diese ausgefallene Spielerei zu investieren. Recherche, Wissen und handwerkliches Können zahlten sich eben immer wieder aus. Er war ein begnadeter Heimwerker. Niemand würde je feststellen können, mit welcher Waffe auf den Typen geschossen worden war. Keine Beweise. Das Einzige, das wirklich glattgegangen war an jenem Abend. Sein Auftraggeber würde trotzdem nicht begeistert sein. Er hatte seinen Auftrag zwar ausgeführt und keine lebenden Zeugen hinterlassen, dafür aber einen sehr unaufgeräumten Tatort. Er überlegte, ob er dem Zorn seines Auftraggebers nicht irgendwie entkommen konnte. Plötzlich lächelte er, ein Grundsatz seines Großvaters selig war ihm eingefallen: »Alles, was man sagt, sollte wahr sein«, hatte der alte Herr ihm immer wieder eingeschärft, und dann schmunzelnd hinzugefügt: »Aber nicht alles, was wahr ist, muss man auch sagen.« Er würde den kleinen Patzer einfach für sich behalten. Was sein Auftraggeber nicht wusste, konnte ihn auch nicht verärgern. Wer sagte denn, dass er die Frau nicht vor ihrer Wohnung erschossen hatte? Es gab ja keine Zeugen. Und was dort an der Ecke geschehen war – nun, kein Gesetz der Welt besagte, dass es nicht an einem Abend zwei Schießereien geben konnte. In einer friedlichen Stadt wie Prag war das zwar ziemlich unwahrscheinlich, aber nicht unmöglich. Er atmete tief durch. Alles war gut. Nur das zählte letztendlich.

Er griff an seine Schulter, um seine Handschuhe aus dem Rucksack zu holen. Ihm war eiskalt. Seine Jacke war zu dünn für dieses verdammte Wetter, und er hatte seine Kleidung durchgeschwitzt. Er zog die Handschuhe über seine eisigen Hände. Irgendwo links von ihm knackten Zweige im Unterholz und schreckten ihn aus seinen Gedanken auf. Er sah sich um. Wahrscheinlich nur ein hungriger Fuchs, dachte er nervös. Der Wald hinter ihm wirkte schwarz und undurchdringlich wie eine Wand. Er blickte in den wolkenverhangenen Himmel, aus dem noch immer Schnee rieselte. Ein Vogel flatterte auf, zog einen kleinen Kreis und verschwand wieder in den hohen Baumwipfeln. Er hörte ein heiseres Krächzen. Eine Krähe. Erstaunlich, dass so ein Vieh bei diesem Wetter unterwegs war.

Er warf einen letzten Blick auf den stillen See. »Ruhe in Frieden«, sagte er mit einer kleinen Verbeugung und lachte erleichtert auf. »Amen«, schickte er noch hinterher. Dann zog er die Schultern hoch und machte sich auf den Weg durch den verschneiten Wald zurück in die Zivilisation.

Als die Stille des Waldes die knarzenden Schritte des Mannes verschluckt hatte, löste sich ein Schatten aus dem Unterholz und trat an das Ufer des dunklen Sees.

»Und was hast du hier in der alten Karre versenkt, Junge?«, murmelte der Jäger leise. Es gefiel ihm gar nicht, wenn in seinem Wald Müll entsorgt wurde und ein altes Auto war nichts anderes als besonders sperriger Müll. Aber das hier hatte nach etwas Sinisterem ausgesehen. *Amen*, hatte der Kerl gesagt. *Ruhe in Frieden.* Warum, so fragte sich der einsame Jäger, war der Mann so weit gefahren, um ein altes Auto in diesem See zu versenken? Im Schein des Mondes hatte das Kennzeichen des Wagens aufgeblitzt – er hatte es nicht ganz lesen können, aber immerhin den ersten Buchstaben: A, das stand für Prag. Ein weiter Weg. Sein Blick wanderte nachdenklich über den See zurück zum Ufer rechts von ihm. Stille und Ruhe überall – als wäre nichts geschehen. Ein lautes Krähen in seinem Rücken riss ihn jäh aus seinen düsteren Gedanken. Er wandte den Kopf. Zwischen den Bäumen sah er einen silbernen Schimmer, der rasch kleiner wurde und im nächsten Moment verschwunden war.

»So, du bist also zurückgekommen, alter Mann«, murmelte er, »und meine Beute hat mich versetzt … schlechtes Wetter für die Jagd nach Abschaum …« Er seufzte erleichtert. Vielleicht, dachte er, habe ich jetzt etwas, um diesem Wahnsinn ein Ende zu bereiten. Er wandte sich um und ging in Gedanken versunken durch den dichten schwarzen Wald heimwärts.

II

Jsou dva podvodníci povinni častovat se pravdou?

Sind zwei Betrüger einander zur Wahrheit verpflichtet?

Jirka Kratochvíl wählte eine Nummer und wartete ungeduldig auf das Freizeichen, während er mit einem Löffel am Rand seines Kaffeeglases klimperte. Es klingelte dreimal, dann meldete sich eine bekannte Stimme.

»Katz.«

»*Nazdar* Milan. Hier ist Jirka Kratochvíl.«

»Na so was – Jirka! Lang nichts mehr von dir gehört. Wie geht es dir? Glückwunsch zur Beförderung!«

»Danke. Alles bestens. Und bei dir? Was machen die Kinder?«

»Auch alles fein. Die Große geht aufs Gymnasium und die Kleine in die fünfte Klasse.«

»Ist nicht wahr – als wir uns zuletzt gesehen haben ...« Er rechnete nach. »Verdammt, das ist ja schon eine Ewigkeit her.«

»Ja, die Zeit vergeht. Was brauchst du?«

Es hatte keinen Sinn, so zu tun, als habe er aus alter Freundschaft angerufen. Das hatte er noch nie getan. Er kannte Milan Katz aus dem Studium. Sie waren Kommilitonen gewesen, Bekannte, nie Freunde. Vor allem aber waren sie Konkurrenten gewesen. Konkurrenten um die besten Noten, die prestigeträchtigsten Famulaturen, die bemerkenswerteste Promotion, die schönste Frau. Jirka hatte auf allen Gebieten gewonnen – außer dem letzten. Die schönste Frau hatte sich für Milan entschieden.

»Ich habe einen Obduktionsbericht von euch bekommen, von einem Doktor Benda. Ich möchte ihn gerne sprechen, aber ich habe ihn nicht im Telefonverzeichnis gefunden.«

»So, der Benda, ja. Tja, er ist leider nicht mehr hier. Was für eine Obduktion meinst du denn?«

»Ein Toter nach einer Schießerei in Holešovice, bei der Poliklinik. Letzte Woche.« Jirka nannte das Datum.

»Ah ja, dieser Obdachlose, den man auf der Straße gefunden hat – ich erinnere mich. Das ist längst erledigt. Die Leiche wurde abgeholt. Asche zu Asche. Was willst du denn damit?«

Jirka hatte das seltsame Gefühl, als würde sein alter Kommilitone mit ihm Katz und Maus spielen. Ein Spiel, das Jirka überhaupt nicht mochte. »Nein, kein Obdachloser. Der Typ, den ich meine, war Kriminalbeamter. David Anděl. Ich will einfach nur die Nummer von diesem Benda. Es gibt da ein paar offene Fragen. Nichts weiter.«

»Was hat das mit dir zu tun? Wir haben die Obduktion gemacht und die Ergebnisse an die Mordparta weitergeleitet.«

»Ich will diesen Benda sprechen, Milan.«

»Was für offene Fragen gibt es denn?«

»Das bespreche ich mit diesem Benda. Die Nummer, bitte.« Er hatte langsam genug von diesem Gespräch, obwohl er durchaus verstehen konnte, dass Milan Katz es nicht goutierte, wenn eine andere Dienststelle sich in die Arbeit seines Instituts einmischte.

»Die Nummer würde dir nichts nützen, mein Lieber, wie gesagt, Benda ist nicht mehr bei uns. Dieser Obdachlose war sein letzter Fall.«

»Und wohin ist er gegangen, dieser Benda? Er wird ja wohl irgendwo erreichbar sein.« Den Obdachlosen, den

Katz wie einen falschen Fünfziger immer wieder ins Gespräch brachte, ignorierte er. Er war sich zunehmend sicher, dass die Sache gewaltig stank. Diese Widerspenstigkeit war mit fachlichem Gerangel nicht zu erklären.

»Ich glaube, er sagte etwas von einer Klinik in Irland. Tut mir leid.«

»So, in Irland. Hinter den sieben Bergen bei den sieben Zwergen. Du weißt nicht zufällig, welche Klinik wo in Irland?«

»Tut mir leid, nein. Habe ich mir nicht gemerkt. Aber an der Obduktion dieses Obdachlosen war alles in Ordnung.«

»Verstehe. Vielen Dank für deine Hilfe, Milan.« Er legte auf und trank nachdenklich einen Schluck von seinem kalten Kaffee.

»Hast du mit Katz gesprochen?«

Jirka sah überrascht auf. Magda stand in der Tür und beobachtete ihn erwartungsvoll.

»Komm rein. Der gute Doktor Benda ist – laut Katz – nach Irland abgereist, kaum dass die Leiche vernäht war.«

»Nach Irland? Ziemlich weit weg.« Sie zog die Brauen hoch.

»Hm.«

»Und jetzt?«

»Diesen Benda können wir immer noch suchen. Katz sagte, die Leiche sei abgeholt worden und womöglich schon eingeäschert. Also nehmen wir uns die Krematorien vor. Das in Strašnice ist näher bei uns, also fangen wir damit an.« Fünf Minuten später legte Jirka Kratochvíl auf.

»Und?«, fragte Magda ungeduldig.

»Es wurde tatsächlich ein David Anděl dort eingeäschert.«

»Und wer hat … das veranlasst?« Sie fröstelte bei dem Gedanken an eine Einäscherung. Das Wort hatte eine grausame Endgültigkeit, sie wagte nicht, es auszusprechen.

»Irgendjemand über das Internet – ein Verwandter, nehme ich an. Sie wollten mir den Namen nicht sagen. Es wurde ein einfaches Begräbnis bestellt: einfachster Sarg, nur Kremation ohne alles, keine Gäste, keine Karten, billigste Urne.«

»Seltsam. Seine Eltern sind im Urlaub, sagte David. Wer hat die Urne abgeholt?«

Jirka grinste. »Noch niemand. Deshalb werden wir das jetzt schnell machen. Ich möchte wissen, was drin ist.« Er sprang auf, schlüpfte aus seinem Laborkittel und griff sich seinen Mantel.

Magda musterte ihn skeptisch. »Na, was soll schon drin sein …« Trotzdem stand sie auf, um mitzukommen. Vier Pfund Asche, dachte sie, alles, was von einem Menschen übrig bleibt.

»Hm. Ich habe mich nach dem Zustand der Leiche vor der Einäscherung erkundigt. Der Typ sagte, er habe keine Ahnung, der Sarg sei im Krematorium abgeholt und mit der Leiche drin wieder gebracht worden. Vernagelt. Man sagte ihnen, der Sarg dürfe nicht mehr geöffnet werden, weil die Leiche möglicherweise ansteckend sei.« Er zog vielsagend die Augenbrauen hoch.

»Du meinst …« Ein Hauch Hoffnung keimte in ihrem Inneren auf.

»Na, Katz sprach dauernd von einem Obdachlosen, der Arzt ist nach Irland entfleucht, und im Krematorium hat niemand die Leiche gesehen, weil sie angeblich ansteckend war. Im Obduktionsbericht steht, David sei an einem Steckschuss ins Herz gestorben, aber du hast keine Schusswunde in der Herzgegend gesehen. Also wenn ich das alles zusammenzähle, dann kommt ein großes Fragezeichen dabei raus.«

»Da ist was dran. Fahren wir los.« Die Hoffnung, dachte sie, ist nicht totzukriegen.

Eine Stunde später und nach einer hitzigen Diskussion verließen sie das Krematorium zufrieden mit einer schlichten Urne. Magda saß auf dem Beifahrersitz, das Gefäß auf dem Schoß. Es fiel ihr schwer zu glauben, dass darin Davids Asche liegen sollte. Jirka startete den Wagen, legte den Rückwärtsgang ein, dann hielt er inne.

»Guck mal. Da hinten.«

Magda drehte sich um. Schräg hinter ihnen war ein Mann aus einem roten Škoda Oktavia gestiegen und lief nun auf das Krematorium zu. »Wer ist das?«

»Das, meine Liebe, ist Doktor Milan Katz. Und wenn du mich fragst, möchte er diese Urne hier abholen. Wir sollten also zusehen, dass wir von hier verschwinden.« Er lachte.

»Komisch. Warum sollte er sie abholen? Das ergibt doch keinen Sinn, Jirka.« Sie warf ihm einen nachdenklichen Blick zu. »Du magst ihn nicht, oder?«

»Warum sollte er wohl sonst hier sein, so kurz nach unserem unerfreulichen Gespräch? Und was das Mögen angeht, nun, sagen wir, er ist nicht einer meiner besten Freunde. – Wir hatten mal ... äh, gewisse gemeinsame Interessen. Aber das ist lange her. Es ging ungefähr unentschieden aus. Ich ging an die Uniklinik, er zur Armee, er hat geheiratet, ich nicht.«

Magda sah ihn von der Seite an und lächelte. »Aha. So ist das. Ist die Dame diese Bosheiten noch immer wert?«

»Ehrlich? Nein. Inzwischen ist sie eine echte Matrone. Schade, war mal sehr hübsch. Er hat damals Himmel und Hölle in Bewegung gesetzt, um sie zu kriegen. Das hat er nun davon. Ich gönne sie ihm von Herzen. – Das mit Milan und mir ist ... Gewohnheit. Ja, vermutlich nichts als alte Gewohnheit.«

12

Kde jsou moji přátelé?
Které nenávidím za jejich blízkost
a spolehlivost.

Wo sind meine Freunde?
Die ich hasse für ihre Nähe
und Zuversicht.

Felix Benda saß auf einem Stuhl in einem kargen Krankenzimmer des Militärhospitals und sah aus dem Fenster. Seit knapp einer Woche kam er täglich für ein paar Stunden hierher. Zwei Tage nach der Schießerei in Holešovice war plötzlich ein Inspektor der Mordparta im Krankenhaus aufgetaucht. Da hatte er schon gewusst, dass die verletzte Frau eine gewisse Magdalena Axamit war, von Beruf forensische Pathologin. Das hatte Felix nicht eben glücklicher gemacht. Und dann war dieser Ermittler auf der Bildfläche erschienen. Er habe erfahren, dass eine Kollegin eingeliefert worden sei, er wolle zu ihr. Benda hatte mit ihm gesprochen. Der Mann hatte sich als Inspektor Otakar Nebeský vorgestellt und viele Fragen gestellt, auf die er nur wenige Antworten bekommen hatte. Woher er die Information über die Axamit hatte, hatte er stur für sich behalten. Felix vermutete, dass eine der Krankenschwestern oder ein Sanitäter dahintersteckte. Die Stadt war ein verdammtes Dorf. Gott sei Dank hatte er Anděl nicht mit einem Krankenwagen ins Hospital bringen lassen. Er hatte Nebeský gesagt, dass sein Partner David Anděl tot sei. Zu den Umständen des Todes hatte er sich ausgeschwiegen. Dann hatte er ihn zu der Frau gelassen, die gerade dabei war aufzuwachen. Er hatte Nebeský die Hiobsbotschaft überbringen lassen. Bevor Magdalena Axamit entlassen worden war, hatte er noch mit ihr gesprochen, aber nichts Wichtiges erfahren. Sie erinnerte sich an so gut wie nichts. Eine Freundin war dann gekommen und hatte sie nach Hause gebracht. Wenigstens die Presse ahnt noch nichts, hatte Felix Benda zufrieden gedacht.

Als er an jenem Abend vor knapp einer Woche vor Davids Haus die beiden Bewusstlosen auf dem Bürgersteig gefunden hatte, hatte sich herausgestellt, dass er gerade noch rechtzeitig gekommen war. Er hatte sich angesichts der Umstände für einen etwas ungewöhnlichen Plan entschieden und den Kommissar in den Wagen geladen. Dann hatte er seinen alten Freund Milan Katz angerufen, einen Chefarzt im Militärkrankenhaus. Felix war mit seinem verletzten Freund durch die Stadt zum Militärkrankenhaus gerast, und Milan Katz hatte einen Krankenwagen für die Frau geschickt. Er hatte selbstverständlich geholfen – nicht zum ersten Mal. Der Arzt konnte Geheimnisse für sich behalten, und er hatte keine Gewissensbisse, die Vorschriften für einen guten Zweck zurechtzubiegen. Kurz nach Felix war auch der Krankenwagen mit der Frau eingetroffen.

So weit, so gut, dachte Felix jetzt, aber was nun? Nachdenklich betrachtete er das Blatt Papier, das er in der Hand hielt. Sie bewegten sich inzwischen weit außerhalb der Legalität. Aber es war notwendig. Er hatte ein reines Gewissen – und den Rückhalt seines Chefs. In diesem Fall heiligte der Zweck die Mittel, hatte dieser gesagt, als er von den roten Rosen erfahren hatte. Benda sah das genauso.

Die Tür ging auf, und Milan Katz kam herein. »Wie

geht's?«, fragte er und ging um das Bett herum, um seinem Patienten, der noch immer schlief, den Puls zu fühlen. Er sah eine Weile auf seine Armbanduhr, dann nickte er zufrieden. »Alles bestens. Das wird wieder wie neu. Er wird bald aufwachen«, sagte er und sah Felix erwartungsvoll an. »Und jetzt?«, fragte er.

»Jetzt«, sagte Felix, »brauchen wir einen Wagen, dann schaffen wir unseren Patienten in ein kleines, abgelegenes Sanatorium.« Er warf Katz einen fragenden Blick zu.

»Ich hole die Urne gleich ab. Übrigens – ein Kollege aus der Gerichtsmedizin in den Weinbergen hat eben bei mir angerufen. Er wollte dich gerne wegen der Obduktion sprechen.«

»Wieso?«, fragte Felix alarmiert. »Ich denke, du hast den Bericht wasserdicht formuliert.«

»Keine Bange, an dem ist nichts auszusetzen. Ich habe dem Kollegen gesagt, Dr. Benda sei nach Irland ausgewandert, und ich hätte keine Ahnung, wo man ihn erreichen könne. Wenn wir die Urne haben, ist alles gut.«

»Ich hoffe, du hast recht«, erwiderte Felix skeptisch.

»Was ist mit der Beerdigung?«, fragte der Arzt, der ein gründlicher und umsichtiger Mensch war.

»Die Beerdigung?«, fragte Felix irritiert. Darüber hatte er bei seinem Plan noch gar nicht nachgedacht. Einen Moment lang zweifelte er, ob seine Entscheidung eine gute gewesen war. Überall lose Enden, die man gewissenhaft aufsammeln musste. Er blieb trotzdem bei seinem Plan. Das war die Lebensversicherung für David. Wenn die Jungs mit den roten Rosen glaubten, sie hätten ihn erwischt, würden sie ihm nicht mehr nachstellen. Und vielleicht würden sie sogar anfangen, Fehler zu machen. Immerhin wusste er nun dank Skarlet, wo die vielen losen Fäden zusammenzulaufen schienen – ausgerechnet in der ehrenwerten Kanzlei von Čestmír Kafka. Erstaunlich, aber im Grunde wohl nicht wirklich überraschend, wenn man bedachte, mit was für Gestalten der Anwalt so zu tun hatte.

»Keine losen Enden, über die man später stolpern könnte, Felix.« Der Anruf seines ehemaligen Studienkollegen bereitete ihm Sorgen, aber das brauchte er Felix nicht auf die Nase zu binden.

»Das hat Zeit«, erwiderte Felix, »vielleicht brauchen wir gar keine Beerdigung. Dr. Benda hat einen Totenschein ausgestellt und einen perfekten Obduktionsbericht verfasst, und das Krematorium hat vollendete Tatsachen geschaffen. Der Rest kann warten. Das Krematorium wird die Urne ja wohl kaum einfach so an irgendjemanden aushändigen.«

Der Arzt grinste. »Schon erstaunlich, wie leicht so was zu machen ist.«

Felix grinste auch und nickte. »Ja, und um weiteren Fragen vorzubeugen, ist Doktor Benda nach Irland abgereist. War keine schlechte Idee.«

»Was machen wir mit unserem Scheintoten?«

»Erst mal bringen wir ihn von hier weg«, erwiderte Felix. »Mal sehen, was er zu erzählen hat, wenn er aufwacht. Dann schauen wir weiter.«

Eine Stunde später wurde ein Jan Navrátil, begleitet von Dr. Benda, in einem kleinen Sanatorium nordwestlich von Prag eingeliefert und auf ein Einzelzimmer gebracht. Die Diagnose lautete auf Schussverletzung beim Reinigen einer Waffe. Benda blieb bei ihm und machte es sich auf einem Stuhl neben dem Krankenbett bequem. Als der Patient kurz darauf aufwachte, wollte er wissen, wo er war.

»Im Himmel«, sagte Felix und lachte, »da wo Engel hingehören. – Wie geht's dir?«

David Anděl sah ihn aus halb geschlossenen Augenlidern verständnislos an. »Was ist passiert?«, fragte er langsam. »Was machst du hier?«

»Du wurdest vor deinem Haus angeschossen, in die Schulter«, sagte Felix, »alles in Ordnung, der behandelnde Arzt sagt, das wird wieder wie neu. War nur eine Fleischwunde. Dann hast du noch eine Platzwunde auf dem Jochbein, aber ein schönes Gesicht kann ja nichts entstellen. Und schließlich hast du noch ein paar leicht angeknackste Rippen und einen dicken Bluterguss auf der Brust. Das wird auch wieder. Wir haben dich vorsichtshalber ein paar Tage schlafen lassen.« Er ließ seinem Freund etwas Zeit, das Gesagte aufzunehmen, dann fragte er: »Was ist passiert, David?« Die Frage, was er hier mache, ignorierte er fürs Erste.

David runzelte die Stirn. Sein Kopf schmerzte, es fiel ihm schwer zu atmen und er fühlte sich durch die Verbände wie gefesselt. Er streckte sich ein bisschen und versuchte, sich zu orientieren. »Was heißt ein paar Tage?«, wollte er wissen.

»Eine knappe Woche. Ein ausgedehnter Heil- und Schönheitsschlaf. Du bist schon fast wie neu.«

»Eine Woche? Verdammt ... Felix, wo ist Magda?«

»Es geht ihr gut. Jetzt sag mir erst mal, was passiert ist.«

»Ich habe Magda vom Flughafen abgeholt«, erwiderte er zögernd, »wir sind zu mir gefahren ... Ich habe vor dem Haus geparkt, die Koffer ausgeladen ... Magda ist ins Haus gegangen ...« Abrupt versuchte er, sich aufzusetzen, ließ sich aber vor Schmerz wieder in das große weiße Kissen fallen. »Ist ihr etwas passiert? Ich will sie sehen ...« Er war mit einem Schlag hellwach.

»Geht nicht, David. Tut mir leid«, erwiderte Felix, »es geht ihr gut, wie gesagt, keine Sorge.«

»Verschon mich mit diesen Floskeln, Felix! Wo ist sie?«, fragte David misstrauisch.

»Das, mein Lieber, ist eine lange Geschichte«, erwiderte Felix.

»Dann schieß los. – Was soll das alles, Felix? Und was, verdammt noch mal, hast *du* mit der ganzen Sache zu tun?« Er war hilflos und verwirrt. Sein Kopf fühlte sich an, als würde er gleich platzen, sein ganzer Körper schmerzte, und er machte sich vor allem Sorgen um Magda. Wo zum Teufel war er überhaupt? Was hatte Felix mit diesem Geschwafel über den Himmel gemeint? Fragen über Fragen. Keine Antworten. Er hatte nicht vor, sich damit zufriedenzugeben.

»Was passiert ist, ist ganz einfach: Jemand hat auf dich geschossen. Als ich bei deinem Haus ankam, lag deine Freundin über dir und war – wie du auch – bewusstlos. Ich habe sie ins Krankenhaus bringen lassen. Sie ist zwei Tage später entlassen worden …«

»Wieso war sie bewusstlos?«, unterbrach ihn David erschrocken und versuchte erneut, sich aufzurichten. Er schaffte es nicht. »Mach das Kopfteil hoch, verdammt«, verlangte er ebenso ungeduldig wie genervt. Er verstand überhaupt nichts mehr.

Felix tat ihm den Gefallen. »Darüber kann ich nur spekulieren. Sie hatte eine dicke Beule auf dem Hinterkopf. Und eine leichte Gehirnerschütterung. Ich nehme an, sie wurde niedergeschlagen.«

Das hört sich schlüssig an, fand Anděl, aber es beantwortete nur einen Bruchteil seiner Fragen. »Und warum warst *du* dort? Das war doch kein Zufall, oder?«

»Nein. Das ist, wie gesagt, eine lange Geschichte. Aber langsam. Kannst du dich sonst noch an etwas erinnern? Du hast die Koffer ausgeladen, Magda ist ins Haus gegangen – hast du jemanden auf dem Bürgersteig gesehen?«

Anděl schloss die Augen und versuchte, sich zu erinnern. Bilder der vergangenen Tage stiegen vor seinem geistigen

Auge auf. Der tote Alchemist im Hotel, die alte Dame, die ihm den Fuß ihrer Nachbarin gebracht hatte, der Abend, als sie in Bergers Büro gestürmt waren, Larissa, die an den umgestürzten Stuhl gefesselt gewesen war und zitterte wie Espenlaub … Der Morgen danach … er sah sich in seinem Wohnzimmer stehen und einen Espresso trinken, während er auf Otakar Nebeský wartete … Magda hatte gerade aus Paris angerufen, um zu sagen, dass sie am Abend in Prag landen würde … er hatte sich gefreut, aber da war noch etwas … etwas, das ganz und gar nicht erfreulich war … Das Telefon hatte wieder geklingelt … diese Stimme – Eva! Er stöhnte auf. *Eva.* Er hatte sie ganz vergessen – oder eher erfolgreich verdrängt.

»David, wen hast du gesehen?«

Der Kommissar schlug die Augen auf und sah Felix an. »*Sie* war dort – Eva. Sie war plötzlich da, auf dem Bürgersteig …« Hatte sie auf ihn geschossen? Irgendetwas hatte im Schein der Straßenlaterne aufgeblitzt. Er glaubte, sich an ein Zischen zu erinnern.

»Wer ist diese Eva? Noch eine Freundin?«

David lachte bitter auf. »Freundin? Nein.« Er überlegte, was er sagen sollte, entschied sich für die Wahrheit, so peinlich sie auch war. Es war egal, inzwischen wussten es vermutlich sowieso schon alle. Er fuhr sich mit der Hand über das Gesicht. »Eva Urbanová. Eine Frau, mit der ich im Frühjahr eine Nacht verbracht habe. Danach habe ich nichts mehr von ihr gehört. Meine damalige Freundin hatte mich wegen eines neureichen Immobilienmaklers verlassen. Du weißt, wie das ist – gekränkte Eitelkeit, eine hübsche Frau, zu viel Alkohol …« Er verdrehte die Augen. »Egal. Ich war ein Esel.« Er erzählte Felix von Evas pikanter Wette mit dem Kollegen von der Sitte, von der er durch seinen Partner erfahren hatte. »Ich habe sie, wie gesagt, danach nicht wiedergesehen. Bis sie vor einiger Zeit anrief und mir sagte, sie sei schwanger und ich der Vater. Um die Sache kurz zu machen: Ich habe ihr Hilfe angeboten, sie lehnte ab, sie wollte das Kind nicht, aber für eine Abtreibung war es zu spät, der Geburtstermin ist Anfang Januar. – Wenn sie geschossen hat, kann sie nichts dafür, Felix, sie ist krank. Ich habe mit ihrem Arzt gesprochen – eine unheilbare Nervenkrankheit, die sie über kurz oder lang umbringen wird. Sie rief mich an dem Morgen an, wollte, dass ich mich von meiner Freundin trenne, von Magda. Ich habe das abgelehnt, sagte, es sei nie die Rede davon gewesen, ich würde ihr und dem Kind helfen, sie aber keinesfalls heiraten. Sie hat aufgelegt. Dann stand sie abends plötzlich auf dem Bürgersteig und – ja, ich glaube, sie hatte eine Waffe in der Hand … *Sie* hat geschossen … Sie braucht Hilfe, Felix.« Er seufzte. Was für eine blöde, vertrackte Geschichte.

Felix nickte. »Ja, möglicherweise hat sie geschossen.«

David starrte ihn perplex an. »Was heißt *möglicherweise*?«

»Hast du außer dieser Eva noch jemanden gesehen?«

»Nur Magda, sie war schon im Haus …«, sagte David.

»Nein, da muss noch jemand gewesen sein. Hast du noch jemanden gesehen?«

»Noch jemanden?«, fragte David verwirrt. Er versuchte, sich zu erinnern. Der Bürgersteig um ihn herum war hell erleuchtet gewesen, der Schnee hatte im orangefarbenen Licht der Laterne geglitzert … er hatte Eva gesehen … Hinter ihr war alles in Dunkelheit getaucht, denn er selbst war im Zentrum des Lichtscheins gewesen. »Ich glaube nicht, es war dunkel, es ging alles zu schnell, ich war mit meinen Gedanken woanders …« Er hatte fieberhaft überlegt, mit welchen Worten er Magda von dieser überaus peinlichen Geschichte mit Eva erzählen sollte, hatte nicht auf seine Umgebung geachtet.

»Ein Mann«, versuchte Felix nachzuhelfen, »hast du einen Mann dort irgendwo gesehen? Einen Typen ganz in Schwarz.«

»Ein Mann in Schwarz? Im Dunkeln? Mach dich nicht lächerlich, Felix.« Da war niemand gewesen. Er sah Eva vor sich stehen, nur wenige Meter entfernt. Er hatte sich zu ihr umgedreht, irgendetwas zu ihr gesagt … war dort hinter ihr ein Schatten gewesen? Hatte er ihn gesehen, den Mann in Schwarz? Er wusste es nicht. Jedenfalls hatte er niemanden bewusst wahrgenommen. »Was ist mit Eva? Wo ist sie?«, fragte er besorgt.

»Gute Frage. Ich habe eben erst von dir erfahren, dass sie dort war. Keine Ahnung, wo sie jetzt ist. Als ich dort ankam, nur Minuten nach der Schießerei, wie es aussieht, war sie weg. Vermutlich ist sie weggelaufen.«

»Sie kann doch nicht so schnell weggelaufen sein – die Straßen waren spiegelglatt, die Bürgersteige auch. Sie ist schwanger, Felix, im neunten Monat.«

»Ich werde mich darum kümmern. Wie heißt sie, wo wohnt sie, wo arbeitet sie?«

»Eva Urbanová, sie wohnt nur ein paar Straßen entfernt von mir, zwei Blocks oberhalb in der Querstraße. Sie ist Abteilungsleiterin im Innenministerium.«

»Na klasse«, sagte Felix und seufzte. Das wurde ja immer schlimmer. Erst eine forensische Pathologin, jetzt eine Abteilungsleiterin aus dem Innenministerium. Konnte David sich nicht einfach mit einer Verkäuferin einlassen? »Welche Abteilung?«, fragte er.

»Keine Ahnung, ich kannte sie ja so gut wie gar nicht. Und damals im Frühling habe ich mich nicht für ihre Biografie interessiert.«

»Ich kriege es raus«, sagte Felix resigniert. Die Sonne schien durch das Fenster hinein, es war ein wundervoller Tag. Die

Liste der Dinge, um die er sich kümmern musste, wurde länger und länger. Einen Moment lang fragte er sich wieder, ob er nicht alles abblasen sollte. Aber Skarlet hatte von Kalaschnikows und roten Rosen gesprochen. Der Zweck heiligt die Mittel, dachte er. Ich kriege das schon hin.

»Wieso habe ich angebrochene Rippen«, fragte David, »und diesen Bluterguss?«

»Der Arzt meinte, es sehe aus, als habe jemand versucht, dich wiederzubeleben. Vermutlich war das deine Freundin. Offenbar hattest du einen Herzstillstand. Sie hat dir das Leben gerettet.«

»Sie ist Ärztin«, sagte David. Den Witz mit der Rechtsmedizin verkniff er sich.

»Leichenschnipslerin«, erwiderte Felix und grinste, »wie gut, dass sie auch was von Notfallmedizin versteht – obwohl das nicht unbedingt in ihr Arbeitsgebiet fällt.«

»Was hast *du* dort gewollt, Felix? Ich dachte, du bist Kryptologe ...«

»Hm, ja, so wie ich auch beim Finanzministerium bin.«

»Ach – so ist das ... und was machst du wirklich bei dem Verein?«

»Als Kryptograf habe ich dort nach dem Studium angefangen, ich hatte keine Lust auf einen langweiligen Job bei einer Bank oder Versicherung. Und als Lehrer bin ich eine Niete, wie du weißt. Vor zwei Jahren habe ich die Abteilung gewechselt. Inzwischen kümmere ich mich um organisierte Kriminalität im weitesten Sinne. Unter anderem um rote Rosen.«

David zog die Augenbrauen hoch und stieß einen langen Pfiff aus. »Interessant«, sagte er, »und was hat das mit mir zu tun?«

»Ich dachte, du hättest vielleicht auch was mit diesen Blümchen zu schaffen?«

David schüttelte den Kopf. »Nur Zigarettenmafia in letzter Zeit. Und das auch nur, weil die Idioten sich am helllichten Tag eine Schießerei am Bahnhof geliefert haben und tatsächlich einer von ihnen dabei erschossen wurde. Dieser Dreck geht mich sonst glücklicherweise nichts an.«

»Und warum wollte man dich dann umbringen?«

»Wieso *man*? Eva hat auf mich geschossen.«

»Möglich. Aber ich habe etwas gefunden, das nicht so recht dazu passen will.« Felix holte ein durchsichtiges Plastiktütchen aus der Innentasche seines Jacketts und hielt es ihm hin.

David sah es verständnislos an. Nichts als ein Stück schwarzes Papier… im nächsten Moment entdeckte er einen kleinen Spiegelsplitter, der daran befestigt war. »Was zum Teufel ist das?«

»Das, mein Lieber, hat der Chirurg in deiner Schusswunde gefunden. Es steckte im Schusskanal. Interessant, nicht wahr?«

»Ein Splitter Glas? Aber wenn es ein Steckschuss war, wo ist dann das Projektil? Das wird ja wohl kaum rausgefallen sein…«

»Ich habe noch etwas, was die Sache etwas klarer machen dürfte.« Er öffnete eine Kühlbox, die neben ihm auf dem Boden stand, zog einen weiteren durchsichtigen Plastikbeutel heraus und hielt ihn seinem noch immer verdutzten Freund hin.

»Blábolils Kalender«, sagte David erstaunt. »Was steckt da drin?«

»Ein Projektil.«

Das war doch unmöglich, dachte David, während er ungläubig das weißlich-durchsichtige Etwas betrachtete, das im dicken Kalender des toten Alchemisten steckte, damit konnte man doch nicht schießen. »Aber das ist doch…«

»Eis«, half Felix nach, »ein Projektil aus Eis. Und innen steckt, wenn du genau hinsiehst, auch so ein Splitter, wie er in deiner Schusswunde gefunden wurde.«

»Sie hat mit einem Projektil aus *Eis* auf mich geschossen? Aber das ist doch unmöglich!«

»Meine Rede. Hätte *sie* mit diesem Ding auf dich geschossen, hätte sie ein bisschen Ausrüstung dabeihaben müssen. Einen Kühlbehälter mit flüssigem Stickstoff, um die Kugeln in Form zu halten, zum Beispiel. Hast du gesehen, dass sie ihre Waffe geladen hat? Sie kann es nicht weit im Voraus getan haben.«

David schüttelte den Kopf. »Nein. Sie hat geraucht, hat die Zigarette in den Schnee fallen lassen und eine weitere aus ihrer Anoraktasche geholt – und dann hatte sie plötzlich etwas in der anderen Hand … es hat aufgeblitzt … dann weiß ich nichts mehr.«

Felix sah ihn nachdenklich an. »Wenn es tatsächlich so war, dann kann sie nicht geschossen haben – jedenfalls nicht mit diesem Eisprojektil.«

»Es war also noch jemand da … Aber wer benutzt denn Eis zum Schießen? Das ist doch absurd!«

»Vielleicht nicht. In den Fünfzigerjahren machten angeblich die Russen Versuche mit Eisprojektilen. Deshalb dachte ich, du hättest mit den roten Rosen zu tun.« Die ganze Scharade wegen roter Rosen und eines Projektils aus Eis. Aber beides hatte seinen Chef überzeugt. Sofort.

»Die russische Mafia?«, fragte David. »Oder etwa der KGB? Oder wie auch immer der Verein inzwischen heißt.«

»Es gibt Leute, die sagen, das käme fast auf das Gleiche heraus.«

Sie schwiegen eine Weile. Anděl versuchte, all diese Dinge in einen vernünftigen Zusammenhang zu bringen. Einzelne, zusammenhanglose Steinchen in einem unübersichtlichen

Mosaik, das vor allem aus großen weißen Flecken bestand. Mit jeder Antwort, die er erhielt, wurde das Mosaik größer und die leeren Flächen wuchsen mit. »Ich weiß immer noch nicht, warum du praktischerweise im richtigen Moment vor meinem Haus warst«, sagte er schließlich.

»Ich habe einen Tipp bekommen – zufällig. Mein Informant erzählte mir, jemand habe den Auftrag gegeben, das Engelchen in den Himmel zu schicken, wo es hingehört, weil unbestechliche Bullen die Pest seien. Wer könnte dieser jemand gewesen sein, David?«

»Keine Ahnung«, erwiderte Anděl perplex. Jemand sollte einen Auftragskiller auf ihn angesetzt haben? Absurd. Er war nur ein kleines Rädchen im Getriebe. Es wäre viel einfacher gewesen, einen Unfall zu arrangieren, ihn von einem Auto überfahren zu lassen oder ihn vor eine Straßenbahn zu stoßen. Die Wahrscheinlichkeit, dass das als schlichter Unfall durchgehen würde, war groß. Außerdem hatte er nichts mit der russischen Mafia zu tun. Nur mit den Vietnamesen, und die hatten bisher keine Auftragskiller engagiert, soviel er wusste, jedenfalls hatten sie keine auf Polizisten angesetzt – bisher. »Wer sollte schon willens sein, einen Haufen Geld dafür auszugeben, mich umzubringen?«

Felix zuckte die Achseln. »Verschmähte Geliebte, genötigte Autofahrer, wütende Chefs – die Liste ließe sich vermutlich verlängern.«

Anděl verzog das Gesicht zu einer Grimasse. Wütende Chefs – was für ein Schwachsinn … Der Tag, nachdem Eva ihn angerufen hatte, kam ihm plötzlich in den Sinn. Er war mit einer ausgewachsenen Migräne ins Büro gekommen, nach dieser grässlichen Nacht, in der Eva ihm von ihrer ungewollten Schwangerschaft erzählt hatte. Und im Büro hatte sein Chef, Oberst Kohout, auf ihn gewartet, und ihn wegen einer angeblich unangemessen groben Behandlung des Anwalts eines der verhafteten Vietnamesen gerüffelt. Er war vor Wut außer sich gewesen, wie ein Rumpelstilzchen hatte er sich in Davids Büro aufgeführt … Richtig, die Bänder, auf denen zufällig das unmoralische Angebot dieses jungen Winkeladvokaten verewigt war. Anděl hatte die Bänder nicht herausgerückt – aus Trotz wie aus Prinzip gleichermaßen. Es war doch nicht möglich, dass … Nein, das war völlig abwegig. Er war dabei, sich von Felix' Verschwörungstheorien anstecken zu lassen. Der Oberst war faul und sicher nicht reich, obwohl … arm war er auch nicht gerade, er besaß immerhin einen Weinberg, ein großes Haus und fuhr neuerdings einen nagelneuen großen Audi. Angeblich hatte er geerbt, hörte man. Vielleicht sollte man den Oberst doch ein bisschen unter die Lupe nehmen. Quatsch, dachte Anděl, der Oberst war ein alter Geizhals, niemals würde er für einen Auftragsmord Geld ausgeben, das hätte er, wenn überhaupt, schon selbst erledigt. Aber egal, was dahinterstecken mochte, eines wurde ihm schlagartig klar: Er musste hier weg. »Ich muss hier raus, Felix. Sofort!« Er richtete sich auf.

Felix schüttelte den Kopf und drückte ihn sanft zurück in die Kissen. »Nichts zu machen, mein Junge. Du bleibst im Himmel.«

»Wie meinst du das?«

Felix zeigte ihm ein ausgefülltes Formular. David las die Worte, verstand nichts.

»David Anděl, Kommissar der Prager Mordparta, wurde von einem Unbekannten erschossen«, erklärte Felix.

»Das ist mein Totenschein«, sagte David verständnislos.

»So ist es, mein Junge. Der Engel ist tot. Es lebe Jan Navrátil.«

13

Jediná droga, které jsem skutečně propadl:
Ženy s hrdým pohledem.

Die einzige Droge, der ich wirklich verfallen bin:
Frauen mit stolzem Blick.

Die Pension *Zum Henker* in der Židovská-Gasse in Cheb war ein kleines Haus mit nur fünf Zimmern, vernünftigen Preisen und einem eigenen kleinen Restaurant. Es war ein sehr altes, türkis gestrichenes Gebäude mit apricotfarbenen Tür- und Fensterrahmen, von außen und innen mit Liebe renoviert. Der Marktplatz lag nur wenige Meter die Gasse hinunter entfernt. Larissa hatte ein Einzelzimmer, klein zwar, doch mit schlichtem Komfort ausgestattet, den sie zu schätzen wusste: einer Kaffeemaschine und einer Mikrowelle, dazu kostenlosem Internetanschluss und einem Kühlschrank. Fast wie zu Hause, hatte Larissa zufrieden gedacht, als sie ihre Sachen in den Schrank geräumt hatte. Hungrig hatte sie sich danach mit einem Reiseführer und einem Notizblock bewaffnet ins hauseigene Restaurant begeben. Die Speisekarte war übersichtlich, erfüllte aber Larissas Ansprüche, die in der Regel mit allem zufrieden war, wenn es nur vom Grill kam und Grünzeug dabeihatte. Außer Grill und kalter Küche gab es hier nichts. Larissa bestellte Zander mit einem bunten Salat und dazu ein Glas Weißwein. Eigentlich ging sie nicht gerne alleine essen, es machte ihr ihre häufige abendliche Einsamkeit zu sehr bewusst, aber hier war es beim besten Willen nicht zu vermeiden, da sie in dieser kleinen Stadt im äußersten Westen der Tschechischen Republik niemanden kannte. So blätterte und las sie sich durch den Reiseführer, während sie auf ihr Abendessen wartete.

Cheb, auf Deutsch Eger genannt, war eine ehemalige Reichsstadt, gekrönt von der einzigen Kaiserpfalz Tschechiens, die einst Kaiser Barbarossa auf den Resten einer uralten slawischen Burg hatte erbauen lassen. Die Burg von Cheb war Teil der inzwischen fast tausend Kilometer langen Burgenstraße, die von Mannheim bis nach Prag führte. Die hübsche, renovierte Altstadt Chebs stand unter Denkmalschutz. Einst eine blühende Handelsmetropole auf der historischen Handelsroute von Nürnberg nach Prag, war sie heute wieder ein brummendes Touristenzentrum, seit sie 1989 nach der Samtenen Revolution aus ihrem über vierzigjährigen Dornröschenschlaf zwischen lange unüberwindbaren Grenzen geweckt worden war. Langsam arbeitete sich Larissa durch die Geschichte der Stadt zu den Sehenswürdigkeiten voran, wo sie beim Pachelbelhaus hängen blieb, einem gotischen Gebäude aus dem 15. Jahrhundert. Heute das Bezirksmuseum von Cheb, war es vor fast dreihundertsiebzig Jahren der Ort gewesen, an dem Albrecht von Wallenstein, der Generalissimus und Oberbefehlshaber der kaiserlichen Heere im Dreißigjährigen Krieg, ermordet worden war. Laut Reiseführer beherbergte das Museum diverse Waffen – inklusive der Partisane, mit der Wallenstein erstochen worden war –, persönliche Gegenstände und das ausgestopfte, 1632 erschossene Pferd des unglücklichen Feldherrn. Das würde sie sich nicht entgehen lassen, dachte sie, und machte ein Eselsohr in die Seite.

»Sie sollten auch zum Schloss Kynžvart fahren und sich die Sammlung dort ansehen.« Neben Larissa stand Blanka

Horáková, die Wirtin der Pension, eine freundliche Frau von vielleicht Ende dreißig, in der rechten Hand den Teller mit duftendem Essen.

Larissa legte den Reiseführer beiseite. »Und wo ist dieses Schloss? Ich bin zum ersten Mal in dieser Gegend und kenne mich überhaupt nicht aus.«

Die Wirtin stellte den Teller vor Larissa auf den Tisch. »Etwas außerhalb von Bad Königswart, das sind vielleicht dreißig Kilometer von hier. Das Schloss ist erst vor zwei Jahren fertig renoviert worden, es war lange geschlossen nach dem Krieg. Sie haben eine schöne Sammlung, unter anderem das Erbe des letzten Scharfrichters von Cheb. Der war sogar mit Goethe befreundet. Wird deswegen auch Goethes Henker genannt.« Blanka Horáková lächelte. »Er hieß Karl Huss und war nicht nur Henker, sondern auch Heiler und mit allerlei wichtigen Leuten befreundet. Es kam ja damals alle Welt in diese Gegend zur Kur.«

»Ach, und gewohnt hat dieser Henker Huss wohl hier, oder?«

»Weil die Pension *Zum Henker* heißt, meinen Sie?« Die Wirtin lachte. »Nein, das Scharfrichterhaus war am Mühlentor unterhalb der Burg am Fluss. Aber dort werden Sie nichts mehr finden. Heute ist dort ein Stausee.«

Larissa seufzte. »So ein Pech. Schade, aber ich könnte mir ohnehin nicht alles ansehen, weil ich leider nicht zu meinem Vergnügen hier bin. Keine Zeit, die Touristin zu spielen. Ich bin Journalistin und muss mit einem Artikel nach Prag zurückkommen.«

»Machen Sie doch zwei draus und berichten Sie auch über die Sehenswürdigkeiten hier. Es gibt eine ganze Menge davon. Sie könnten zum Beispiel nach Franzensbad fahren, das sind nur sieben Kilometer. Es ist ein wunderschöner kleiner Kurort, alle Häuser sind gelb-weiß – das sieht im

Winter mit dem vielen Schnee besonders bezaubernd aus. In der Nähe gibt es auch eine Burg. Seeberg heißt sie. Auch sehr hübsch. Es gibt ein ganz gutes Restaurant dort und ein kleines Museum. Oder die Burg Valdštejn – die haben eine herrliche Ritterstube und kochen ausgezeichnet.«

»Es gibt wohl ziemlich viele Burgen hier?«

»Doch, kann man sagen, so um die achtzehn hier im Kreis, wenn mich nicht alles täuscht, aber manche sind nur noch Ruinen, von denen kaum etwas übrig ist.«

»Ich sehe schon, ich bin wegen des falschen Themas hier. Aber leider schreibe ich nicht für das Reise-Ressort, sondern für die Nachrichtenredaktion.«

»Weswegen sind Sie denn hier? Wegen der zusammengeschlagenen Typen im Straßengraben?«

»Nein, das wäre auch besser. Es geht um Prostitution. Und weil das noch nicht scheußlich genug ist, um Kinderprostitution.«

Das freundliche Gesicht der Wirtin verdunkelte sich. »So. Aha. Na, da beneide ich Sie nicht. Trotzdem einen guten Appetit.« Sie nickte Larissa kurz zu und verschwand in Richtung Küche.

Larissa seufzte und widmete sich dem Essen. Es war ausgezeichnet, doch der Gedanke an ihre Arbeit hatte ihr auf den Appetit geschlagen. Um ihn sich nicht vollends verderben zu lassen, schlug sie den Reiseführer wieder auf und suchte nach dem Schloss Kynžvart, das die Wirtin als Erstes erwähnt hatte. Ein ehemaliges Renaissanceschloss, wie sie bald feststellte, dessen letzter privater Eigentümer – in einer ebenso langen wie unübersichtlichen Reihe, die um das Jahr 1000 begonnen hatte – die Familie Metternich gewesen war. Nach dem Zweiten Weltkrieg war es dann verstaatlicht worden. Während seiner Geschichte hatten nicht nur die Besitzer gewechselt, sondern auch die Baustile, da offenbar jeder Schlossherr der Auffassung gewesen war, dem Schloss den Stempel seiner Zeit aufdrücken zu müssen. Die Fotos zeigten jedenfalls keinen Renaissancebau, sondern etwas zwischen Klassizismus und Empire. Hübsch, dachte Larissa, und im Winter sicher malerisch mit dem vielen Schnee. Aber es gab in Tschechien so viele schöne Schlösser, Burgen und Klöster, dass es für einen Artikel nicht reichte, einfach nur einen hübschen Vertreter seiner Art gefunden zu haben, da bräuchte man schon mehr. Ihre Augen wanderten suchend über den Text und blieben an einem Namen hängen: *Alexandre Dumas*. Larissa hatte als Teenager *Die drei Musketiere* verschlungen. Aber was hatte Dumas – ob der Ältere oder der Jüngere, war nicht ersichtlich – mit diesem böhmischen Schloss zu tun? Die Aufklärung folgte sogleich: Im Schloss wurde der Nachlass des berühmten französischen Schriftstellers verwahrt. Larissa lächelte. Das wäre doch eine Geschichte – wie war der Nachlass von Dumas nach Westböhmen gelangt? Ja, das wäre viel mehr eine Geschichte nach ihrem Geschmack. So wie diese andere Sache, die die Wirtin vorhin erwähnt hatte. Was war es noch gleich … etwas mit einem Mühlentor … richtig, das Scharfrichterhaus und der letzte Henker der Stadt. Sie blätterte zurück zu den Seiten über Cheb und fand ihn tatsächlich erwähnt: Karl Huss, der letzte Scharfrichter von Cheb und Freund von Goethe. Gestorben war der Mann 1838. Lange her. Was, fragte sich Larissa, hatte man danach mit zum Tode verurteilten Menschen gemacht? Oder hatte man schon damals in dieser Gegend die Todesstrafe abgeschafft? Eher unwahrscheinlich. Ja, das wäre auch interessant … Sie seufzte. Lauter spannende Dinge, und sie musste sich mit diesem unappetitlichen Zeug befassen. Sie blätterte langsam weiter, überflog den Text eher. *Riesenbärenklau* – das Wort sprang ihr förmlich ins Gesicht. Ihre Mutter hatte in

Deutschland in ihrem Garten jahrelang gegen diese Monsterpflanzen gekämpft, mal mehr, mal weniger erfolgreich. Wie Larissa nun aus ihrem Reiseführer erfuhr, hatte sich der Kaukasische Riesenbärenklau, wie das Unkraut mit vollem Namen hieß, vom Garten des Schlosses Kynžvart aus über ganz Mittel- und Westeuropa ausgebreitet. Es war ein echtes Danaer-Geschenk gewesen: Zar Alexander I. hatte nach dem Wiener Kongress dem Fürsten Metternich eine riesige Malachitvase voll Samen des Riesenbärenklaus geschenkt, die dieser wiederum im Englischen Garten seiner Sommerresidenz in Schloss Kynžvart angepflanzt hatte, da man dieses Unkraut damals für eine hübsche Zierpflanze gehalten hatte. Sogar über Riesenbärenklau würde sie lieber schreiben … verdammter Mist. Aber alles Lamentieren half nicht, sie hatte die Reise angetreten, nun musste sie auch liefern. Zumal an deren Ende eine feste Anstellung als Redakteurin winkte. Es fragte sich nur – wo anfangen? Sie schob ihren leeren Teller beiseite, schlug den Reiseführer zu und trank einen Schluck Wein. Sie würde der örtlichen Zeitung einen Besuch abstatten, das waren immerhin Kollegen. Sicher auch der Polizei, wahrscheinlich dem Bürgermeister oder wenigstens einem Stadtrat. Einigen willkürlich ausgesuchten Bürgern ein paar Fragen zu stellen, war sicher auch keine schlechte Idee. Sie kramte den Zeitungsartikel aus ihrer Tasche, den sie vorsichtshalber mitgenommen hatte. Darin war von einer gemeinnützigen Organisation die Rede gewesen, die sich um Prostituierte kümmerte, die aussteigen wollten. Vielleicht würde man ihr da weiterhelfen. Ich hätte Steve um einen Mietwagen bitten sollen, dachte sie, als sie feststellte, dass sich das Büro dieser Organisation auf der deutschen Seite der Grenze in Sachsen befand. Sie sah sich schon die meiste Zeit in öffentlichen Verkehrsmitteln verbringen. Wie lange wohl eine Fahrt mit der Regionalbahn in dieses Kaff hinter der Grenze dauern würde? Sie notierte sich, was sie alles vorhatte, dann winkte sie der Wirtin.

»Sagen Sie, kann man hier einen Mietwagen bekommen?«

»Das halte ich für unwahrscheinlich. In Karlsbad gibt es Mietwagenfirmen, soweit ich weiß, aber das ist eine ganze Ecke von hier. Wohin wollen Sie denn fahren?«

Larissa erklärte es ihr.

»Aha. Tja, da werden Sie wohl den Zug nehmen müssen. Aber der fährt relativ häufig.«

»Hätten Sie einen Moment Zeit?«, fragte Larissa. »Ich kenne hier niemanden und wüsste gerne, was es mit dem Gerücht über die Kinderprostitution auf sich hat. Vielleicht könnten Sie mir etwas dazu sagen – Sie leben ja hier, und es ist eine kleine Stadt …«

Die Wirtin sah sich im inzwischen leeren Gastraum um. »Na schön. Ich hole mir nur einen Kaffee. Einen Moment, bitte.« Zwei Minuten später war sie mit einem dampfenden Becher zurück und setzte sich zu Larissa an den Tisch. »Es ist ein widerliches Thema … aber vielleicht ändert sich ja endlich etwas, wenn darüber berichtet wird.«

»Es ist also kein Gerücht? Ich hatte gehofft …«

»Ich meinte Prostitution im Allgemeinen. Ob an dem Gerücht was dran ist – schwer zu sagen. Auf der Straße sieht man nur Frauen, wenn überhaupt. Die Stadtverwaltung hat es immerhin geschafft, die Prostituierten von der Straße in die Bordelle zu verbannen. Das Problem an sich haben sie aber nicht gelöst. Solange die Nachfrage groß ist, wird sich daran wohl auch nichts ändern.« Sie seufzte. »Na ja, manchmal sind es schon ziemlich junge Frauen, aber Kinder habe ich selbst nie gesehen.« Sie schwieg einen Moment, dann fuhr sie fort: »Vor ein paar Monaten, im Sommer, war eine alte Schulfreundin von außerhalb hier, und sie erzählte eines Abends, sie habe ein junges Mädchen in ein Auto einsteigen sehen …«

»Was für ein Auto?«

»Ein ausländisches. Deutsches Kennzeichen. Sie ist dem Auto ein Stück nachgefahren, bis es in einen Waldweg eingebogen ist.«

»Und dann?«

»Sie kam ziemlich aufgelöst hierher und erzählte mir davon. Sie war auf dem Rückweg zur Polizei gefahren und hatte dem Diensthabenden davon berichtet, aber der meinte, sie habe sich bestimmt geirrt, Kinderprostitution gebe es hier nicht, das habe sich diese Hilfsorganisation ausgedacht. Vermutlich sei es nur eine jung aussehende Prostituierte gewesen. Jedenfalls hat er sie weggeschickt.«

»Sie scheinen das nicht zu glauben – warum?« Larissa schlug ihr Notizbuch auf.

»Sie können meinetwegen mitschreiben, Frau Redakteurin«, sagte die Wirtin mit Blick auf den Block, »aber bitte verwenden Sie meinen Namen nicht. Ich will keinen Ärger bekommen.«

Larissa nickte. »Versprochen. Die Notizen sind nur für mich.«

Blanka Horáková sah sie nachdenklich an und gab sich schließlich einen Ruck. »Na schön.« Sie trank einen Schluck von ihrem Kaffee und fuhr fort: »Warum ich das nicht glaube? Nun, weil meine Freundin sagte, sie habe vor dem Haus einen Kinderwagen stehen sehen. Und ein Mann habe dabeigestanden, als das Mädchen einstieg. Irena, meine Freundin, war gegenüber in einem Kiosk gewesen und hat es gesehen, als sie herauskam. Sie hatte sich zuvor schon über den Kinderwagen auf dem Bürgersteig gewundert, es war schon dunkel, also ziemlich spät. Sie ist ins Auto gestiegen und hinterhergefahren.«

»Ich verstehe nicht ganz, was hat es mit dem Kinderwagen auf sich?«

»Es gibt Leute, die sagen, dass man daran erkennen kann, wo man ein Mädchen, ein Kind, kriegen kann, wenn man … Sie wissen schon. Es ist ein grässlicher Gedanke. Ich kann es mir einfach nicht vorstellen. Vermutlich war der Kinderwagen nur Sperrmüll. Die Gegend, wo es war, ist ziemlich runtergekommen.«

»Und woher wusste Ihre Freundin davon? Sie lebt ja nicht hier, nicht wahr?«

»Nein, sie lebt in Prag, schon seit vielen Jahren. Sie war nach sehr langer Zeit zum ersten Mal wieder hier. Wir hatten über dies und das gesprochen am Abend zuvor, über alte Freunde und was sich so in der Gegend verändert hat – Sie wissen schon, wie man so quatscht über alte Zeiten und neue Scheußlichkeiten. Es hat sich viel verändert, seit sie fortgegangen ist. Wir haben über Kinder gesprochen … Sie suchte … aber das hat nichts damit zu tun. Jedenfalls kam irgendwie die Sprache auf die Prostituierten und die Sache mit den Kinderwagen. Ich hatte auch schon davon gehört.«

»Die Polizei denkt also, das mit dem Kinderwagen sei ein Gerücht, ja?«

»Sieht so aus … Wissen Sie, es gibt viel Korruption – auch bei der Polizei. Manche halten die Hand auf – und machen dafür die Augen zu.« Sie zuckte mit den Schultern. »Aber bitte, das bezieht sich nur auf die, na ja, auf die normale Prostitution.«

»Wollen Sie damit sagen, dass es Polizisten gibt, die an so etwas mitverdienen?«, fragte Larissa empört.

Die Wirtin sah Larissa mit einem zynischen Lächeln an. »Sagen wir mal so – es würde mich nicht wirklich überraschen. Sehen Sie, nur ein besonders krasses Beispiel – wir haben hier in der Gegend einen Unternehmer, von dem alle wissen, wie er zu seinen Millionen gekommen ist …«

»Wie denn?«, fragte Larissa. Jedes Thema war ihr recht, Hauptsache, es hatte nichts mit Kindern und Prostitution zu tun.

»Angefangen hat er vor der Samtenen Revolution als Geldwechsler. Eigentlich hat er hier in der Nähe bei einer Bergwerksgesellschaft gearbeitet, der Geldwechsel war nur ein Nebenerwerb, sozusagen. Das war damals natürlich illegal, und er wäre auch fast im Gefängnis gelandet, aber offenbar hatte er Freunde an der richtigen Stelle. Als das Bergwerk Anfang der Neunzigerjahre schloss, hat er mit Wechselstuben weitergemacht und ist nebenbei unter die Zuhälter gegangen, da gab es noch mehr Geld zu machen. Er hatte bald eine ganze Reihe Frauen, die für ihn arbeiteten. Damals standen sie abends in der ganzen Stadt an den großen Straßen und außerhalb an den Landstraßen bis zur Grenze – ist ja nicht weit. Die Nachfrage aus Deutschland war sehr groß. Die Prostituierten hier haben es für einen Bruchteil von dem gemacht, was es drüben kostet. Und ohne Schutz. Er hat angeblich sogar Frauen importiert, aus dem Osten. Außerdem noch allerlei anderes, womit sich illegal viel Geld verdienen ließ. Inzwischen ist er ein angesehener Unternehmer – Immobilien vor allem, soweit ich weiß, und alles ist ganz legal und ehrenwert. Er hat auch einen eigenen Sicherheitsdienst, der den Ruf hat, nicht sonderlich zimperlich zu sein. Und es gibt eine ganze Reihe dubioser Gestalten, die mit ihm in Verbindung gebracht werden. Nur Beweise gibt es keine, für nichts. Der Herr pflegt seine weiße Weste sehr gewissenhaft.«

»Und niemand stört sich daran? Ich meine: an seiner Vergangenheit? Wenn doch alle davon wissen?« Das ist doch nicht möglich, dachte Larissa erschüttert. Korruption war eine Sache, aber so etwas? Jedenfalls schrieb sie eifrig mit.

Die Wirtin lachte bitter auf. »Nicht nur das. Der Mann hat es bei den letzten Wahlen sogar ins Parlament geschafft.«

Larissa starrte die Wirtin entsetzt an. Ihr fehlten die Worte.

»Unglaublich, aber wahr. Die Polizei hat nie etwas gegen ihn unternommen, obwohl alle von seinen illegalen Machenschaften wussten. Angeblich konnte man nie etwas beweisen. Vielleicht beantwortet das Ihre Frage von vorhin. Und es ist schwer, etwas gegen ihn zu unternehmen, nicht nur weil er inzwischen wie gesagt Abgeordneter mit dazugehöriger Immunität ist. Sein Schwiegervater ist Stadtrat und seine Frau Journalistin.«

»Das meinen Sie nicht ernst! Wie kann sie … weiß sie denn nichts von seiner Vergangenheit?«

»Vielleicht glaubt sie ihm und nicht den Leuten. Vielleicht ist sie nur sehr tolerant oder glaubt an das Gute im Menschen und entschuldigt Jugendsünden. Keine Ahnung. Da bin ich wirklich überfragt.«

Larissa holte ihre Zigaretten aus ihrer Handtasche. »Stört es Sie, wenn ich mir eine anzünde?«

»Im Gegenteil. Hätten Sie auch eine für mich?«

Larissa gab ihnen beiden Feuer. »Wenn das alles wahr ist, dann bedeutet das aber doch, dass ich wohl kaum etwas dazu von der Polizei erfahren werde, oder?« Sie überlegte, ob das ein Grund sein könnte, die ganze Sache abzubrechen und nach Prag zurückzufahren. Wunschdenken, dachte sie, für Steve wäre das nur ein Grund mehr, die Sache weiterzuverfolgen. Außerdem, ermahnte sie sich, winkte die feste Anstellung – und die würde sie sicher nicht für einen Artikel über den Nachlass von Alexandre Dumas oder Goethes Henker bekommen.

»Oh, fragen Sie, wen Sie wollen, aber die werden Ihnen sicher erzählen, dass das alles haltlose Unterstellungen und böse Gerüchte seien. Aber Sie werden von der Polizei eher nicht erfahren, ob tatsächlich etwas dran ist. Damit will ich nicht sagen, dass alle Polizisten hier korrupt sind, ganz und gar nicht. Es gibt viele ehrliche unter ihnen, aber die werden mit Sicherheit nicht ihre korrupten Kollegen anschwärzen. Ganz bestimmt nicht einer Journalistin gegenüber. Außerdem gibt es da noch die Sache mit den Typen, die man lädiert im Straßengraben aufgesammelt hat.«

»Ich habe darüber in der Zeitung gelesen. Weiß man denn inzwischen, was genau mit ihnen passiert ist?« Larissa fragte sich insgeheim, wie lange es dauern würde, bis sie auch bei dieser Sache wieder bei der Prostitution landen würden.

»Nein, offiziell nicht. Jemand hat sie zusammengeschlagen, ihre Brieftaschen geleert und die Männer an der Straße abgelegt. Allerdings so, dass sie sehr bald gefunden wurden. Offenbar wollte, wer auch immer das getan hat nicht, dass sie bei diesem Wetter erfrieren. Eine Freundin bei der Polizei erzählte mir außerdem, dass jedes Mal ein anonymer Anrufer den Notruf gewählt und erklärt hat, da und da liege ein Verletzter an der Straße. Die Male, die sie die Anrufe entgegengenommen hat, war es immer die gleiche Stimme, sagte sie. Offiziell weiß nur die Polizei von diesen Anrufen, sie haben es bisher nicht öffentlich gemacht – also erwähnen Sie das bitte nicht. Ich möchte von ihr auch weiterhin gelegentlich etwas aus dem Nähkästchen erfahren.« Sie zwinkerte verschwörerisch.

»Danke für Ihr Vertrauen, Frau Horáková, ich werde es für mich behalten. Aber sagen Sie, in der Zeitung stand, es seien Touristen gewesen …«

»So kann man das auch nennen, aber es waren wohl eher Freier – *meiner* Meinung nach.«

Es hat nicht lange gedauert, dachte Larissa resigniert, da waren sie wieder, mitten drin in diesem unappetitlichen Thema. »Wie kommen Sie darauf? Oder ist das auch die Meinung Ihrer Freundin von der Polizei?«

»Nein, nur meine, das heißt, ich weiß nicht, was sie davon hält. Aber all diese Männer, es waren bisher fünf oder sechs, glaube ich, wollten partout nicht sagen, was sie gemacht haben oder wo sie waren, bevor sie verprügelt wurden. Manche behaupteten, sie könnten sich nicht erinnern, die anderen verweigerten schlicht die Aussage. Die Autos der Männer hat man jedes Mal im Wald gefunden, unweit der Stelle, an der man sie aufgesammelt hatte. Und Anzeige hat auch keiner von ihnen erstattet – obwohl sie alle den Inhalt ihrer Brieftasche eingebüßt hatten. Komisch, nicht wahr?«

»Hmm, Sie glauben also, dass die Männer von den Prostituierten zusammengeschlagen wurden? Oder von den Zuhältern?«

»O nein, die sind doch nicht so dumm, sich selbst das Geschäft zu verderben. Nein, nein. Da muss es um etwas anderes gehen. Ich frage mich inzwischen, ob es nicht mit diesem hässlichen Gerücht über die Kinderprostitution zu tun hat.«

»Wie kommen Sie denn darauf?«

»Nur ein paar Stunden, nachdem meine Freundin mir von diesem jungen Mädchen und dem Kinderwagen erzählt hatte, fand man einen dieser Männer im Straßengraben … Aber vielleicht war das ja nur ein Zufall.«

14

Vybodnout se na všechny konvence.
A házet to na pubertální idealy.

Alle Konvention sprengen.
Unter die Rubrik: pubertäres Ideal.

Er saß am Fenster und starrte hinaus in die verschneite Landschaft. Der Schnee glitzerte in der Sonne, der großzügige Garten des kleinen Sanatoriums lag friedlich und menschenleer vor ihm. Wiesen, Bäume, Büsche und Hecken waren bedeckt von einer dicken Schneedecke. Eine knapp mannshohe Fichte inmitten eines mit niedrigen Büschen umschlossenen Areals war von zentimeterdickem, klarem Eis bedeckt, als habe man sie in Plexiglas eingegossen. Von den eisigen Ästen hingen lange Eiszapfen. Die Sonnenstrahlen brachen sich im Eis und warfen helle Strahlen auf den Schnee. Offenbar ist der Gärtner ein Künstler, dachte Anděl. Davon zeugten auch einige hohe Büsche, die trotz der dicken Schneehauben ausgefallenen Formschnitt erkennen ließen. Mit seinen Gedanken war er allerdings in ganz anderen, sehr viel unangenehmeren Gefilden unterwegs. Felix Bendas Geschichte gab ihm sehr zu denken. Er verstand durchaus die Beweggründe seines alten Studienfreundes für diese improvisierte Maskerade, glücklich war er darüber jedoch nicht. Felix jagte der Mafia und den obskuren roten Rosen hinterher und war überzeugt, dass irgendjemand ihn, David, aus dem Weg haben wollte. Während ihres Gesprächs hatten seine Argumente alles in allem schlüssig geklungen, immerhin hatte David bis vor Kurzem im Fall dieser Schießerei zwischen den Vietnamesen ermittelt. Aber das war längst erledigt, die Täter gefasst und hinter Gittern. Kein Hahn krähte mehr danach – vermutlich nicht mal Oberst Kohout, sein Chef. Sein Ausbruch wegen der Tonbänder war nur seine übliche Reaktion, wenn nicht alles nach seinem Kopf lief. Anděl kannte das zur Genüge. Eben deshalb konnte er jetzt, da er alles noch einmal durchdachte, nicht recht glauben, dass die vietnamesische Mafia für das Attentat auf ihn verantwortlich sein sollte. Schließlich war es bei dem Wutanfall des Obersts nicht um die Vietnamesen und ihre Machenschaften gegangen, sondern darum, dass David nach Ansicht seines Chefs bei der Vernehmung etwas zu unwirsch mit dem Anwalt der Jungs umgesprungen war. Gegen Felix' Sicht der Dinge sprach auch dieses Geschoss aus Eis, das dieser im Kalender des toten Alchemisten gefunden hatte. Nach Felix' Meinung steckte dahinter die russische Mafia. Aber mit dieser unehrenwerten Organisation hatte David bisher nie etwas zu tun gehabt. Das machten die Jungs vom Dezernat für Organisierte Kriminalität. Warum also sollten die Russen versuchen, ihn, David, aus dem Weg zu räumen? Er fand keinen Grund, wie lange er sich auch das Hirn darüber zermarterte. Dass Eva Urbanová auf ihn geschossen hatte, war da wesentlich leichter zu erklären. Sie war am Ende gewesen, verzweifelt über ihre tödliche Krankheit, über die Schwangerschaft, die sie nicht gewollt hatte, und nicht zuletzt darüber, dass er ihr zwar helfen, sich aber nicht für sie von seiner Freundin Magda trennen wollte, von einer Heirat ganz zu schweigen. Sie tat ihm unendlich leid. Wieder fragte er sich, wohin Eva nach dem Schuss auf ihn verschwunden sein mochte. Vermutlich hatte Felix recht, und sie war weggelaufen. Ein vager Zweifel blieb allerdings. Felix hatte ihm versprochen herauszufinden, wo sie abgeblieben war, er würde sich also in Geduld üben müssen. Ihm selbst blieb nichts übrig, als zu warten. Anděls Gedanken wanderten zu Magda. Man hatte ihr gesagt, er sei tot, hatte sie angelogen um eines angeblich höheren Zweckes willen. Konnte dieser Zweck so viel Leid wert sein, wie sie jetzt ertragen musste? Wenigstens seinen Eltern würde Felix nichts von dieser Geschichte erzählen, auch das hatte er David versprochen, nachdem dieser ihm erklärt hatte, sie seien vor ein paar Tagen wie jedes Jahr für zwei Monate zu seiner Schwester nach Australien geflogen. Anděl wollte die Kollateralschäden dieser wahnwitzigen Aktion auf das absolut Notwendige beschränken. Aber was war das absolut Notwendige? War es wirklich nötig, Magda und seine engsten Freunde und Kollegen glauben zu lassen, er sei tot? Er war sich sicher, dass so ein Geheimnis bei ihnen gut aufgehoben sein würde, doch Felix war davon nicht zu überzeugen gewesen. Je weniger Leute davon wissen, desto weniger können sich verplappern, hatte er gesagt und jede weitere Diskussion darüber verweigert. Schließlich hatte Anděl nachgegeben. Es passte ihm nicht, aber er hatte versprochen, sich aus allem rauszuhalten und hierzubleiben. Das Nichtstun machte ihn ruhelos und das Leid, das sein angeblicher Tod Magda und seinen Freunden verursachte, quälte sein Gewissen. Er stand auf und ging ins Bad. Beim Händewaschen warf er einen Blick in den Spiegel. Auf seinem linken Wangenknochen klebte ein Pflaster, das die vernähte Platzwunde schützte, die er sich bei seinem Sturz zugezogen hatte. Das Auge darüber zeigte noch die inzwischen grünlich-gelben Reste eines Veilchens. Du bist tot, sagte er zu seinem Spiegelbild und zog die Brauen hoch. Hübsche Leiche. Immerhin, die Totenflecken hielten sich in Grenzen, waren sogar in Auflösung begriffen. Er verzog das Gesicht zu einer Grimasse. Das Pflaster spannte unangenehm. Magda hat dir das Leben gerettet, hatte Felix ihm gesagt, du hattest einen Herzstillstand, sie hat dich wiederbelebt. Er fuhr sich mit der rechten Hand über die Brust. Der Bluterguss schmerzte, seine Rippen auch. Ein Herzstillstand. Er erinnerte sich an Berichte von Nahtoderlebnissen, die er vor Jahren gelesen hatte. Von einem Licht war dort die Rede gewesen, das die Menschen durch einen dunklen Tunnel in eine andere Welt zog. Hatte er ein Licht gesehen? Nein – kein Licht, keinen Tunnel, nicht mal eine Brücke über den legendären Jordan. Er hatte auch nicht von oben die ganze Szenerie beobachtet, wie es oft in diesen Berichten beschrieben wurde. Er war nur in eine tiefschwarze Dunkelheit gestürzt, aus der er Tage später wieder aufgewacht war. Er konnte sich nicht einmal erinnern, ob er irgendetwas geträumt hatte. Alles Humbug, dachte er, nichts als romantisierendes Geschwafel im Angesicht der Angst vor Tod und ewigem Nichts. Oder, wie Jirka ihm auf seine Nachfrage erklärt hatte, das übliche Feuern der Neuronen und die Wirkung von Endorphinen auf das Gehirn, das nie wirklich schlief, sondern immer irgendwie arbeitete, bis zum bitteren Ende. Es gibt kein Jenseits, in das die Seele eingeht, hatte Jirka kategorisch erklärt, so wenig, wie es Gespenster, Elfen und gute Feen gibt. Nun, soweit Anděl es beurteilen konnte, musste er Jirka recht geben. Das einzig Reale war das Hier und Jetzt, der Rest bloße Spekulation, durch nichts bestätigt, durch nichts widerlegt. Das Gesicht, das ihm aus dem Spiegel entgegensah, wirkte seltsam fremd auf ihn. Als würde ein Gespenst zum ersten Mal sein Spiegelbild sehen. Komischer Gedanke. Vielleicht war es aber auch nur der ungewohnte Bart, er hatte sich seit Tagen nicht rasiert und konnte sich erstaunlicherweise auch jetzt nicht dazu durchringen. *Jan Navrátil*, dachte er, Felix hatte Humor. Jan Navrátil, der Mann vom Mond – ohne Vergangenheit, ohne Zukunft. Aber immerhin einer, der zurückkehren würde, wenn man die Bedeutung des Nachnamens ernst nahm. Der zurückkehren würde in das Leben eines Toten. Der Engel ist im Himmel, hatte Felix gesagt. Nun, es war durchaus angenehm hier an diesem ruhigen Ort. Die Schwestern waren nett, die Ärzte bemüht. Selbst das Essen war gut, wie er inzwischen festgestellt hatte. Er konnte sich wahrhaftig nicht beklagen. Sogar einen Fernseher hatte er auf dem Zimmer, nur nicht das Bedürfnis, die Kiste anzuschalten. Es hatte ihm genügt, seinen eigenen Totenschein zu sehen, er brauchte nicht auch noch die reißerischen Berichte im Fernsehen – falls es solche geben sollte. Er hatte auch kein Bedürfnis, das herauszufinden. Er schaltete das Licht aus und ging zurück in sein kleines Reich. Zwanzig Quadratmeter mit eigenem Bad. Ein Luxus, dessen war er sich bewusst, trotzdem fühlte er sich wie ein eingesperrtes Tier in einem vergoldeten Käfig. Luxuskäfig oder Himmel – für ihn machte das keinen Unterschied. Er wollte hier raus – aber versprochen war versprochen, sosehr es ihn auch nervte. Auf seinem Nachttisch lag ein Stapel Bücher, die Felix für ihn besorgt hatte. Obenauf lag das schmale Bändchen, das er im Sommer gelesen hatte. *Der Messerwerfer*. Ein Roman in Fragmenten, geschrieben von einem anonymen Autor, der sich das Pseudonym Solo Lovec gegeben hatte. Als er es damals gelesen hatte, war er überzeugt gewesen, dass der Autor sein Freund Jirka Kratochvíl sein musste. Es war genau die Sorte von Humor und Weltsicht, die den Rechtsmediziner auszeichnete. Zudem fuhr Jirka gerne nach Berlin, wann immer er konnte, er hatte einen wahren Narren an dieser Stadt gefressen. Und auch seine Freundinnen wechselte er schneller als manch anderer seine Hemden. Erstaunt hatte David im Laufe des Falls der Mumie aber feststellen müssen, dass der Autor ein anderer war. Ausgerechnet Honza, der Exspion. David griff nach dem Buch, das er vor kaum einer Stunde dort abgelegt hatte, setzte sich aufs Bett und schlug es irgendwo in der Mitte auf.

»*Transcendentálie: marginálie*«, las er und lächelte, ja, das würde er inzwischen getrost unterschreiben: *Transzendentalien: Marginalien*. Seine Augen glitten zum nächsten Absatz: »*Jsem jen myšlená figura.*« *Ich bin eine gedachte Figur*. Er seufzte. Ja, auch das traf zu – mehr, als ihm lieb war. Es fühlte sich seltsam an, jemand zu sein, dessen ganze Biografie nur aus einem Namen bestand. Selbst der schemenhafte Protagonist des Büchleins hatte mehr eigene Geschichte als dieser Jan Navrátil, der er jetzt war. Aber vielleicht war das ganz anders gemeint, schließlich war das hier die Übersetzung eines zwischen Poesie und Prosa oszillierenden Textes. Im Original mochte sonst was stehen. Irritiert las er weiter: »*V baru Schleusenkrug / Někdo hraje na mandolínu. / Do prdele s mandolínou. ---- / VRHAČ NOŽŮ ZEMŘEL. / Dnes v noci. / --- Utopil se v oceánu lilií. / S pěnou kolem úst. / Zkapal za nepředstavitelných bolestí.*«

Als wäre dies eines jener Bücher, in denen man von seinem eigenen Schicksal liest, dachte er verwundert. Abzüglich des Schleusenkrugs natürlich, der war in Berlin, David kannte das Lokal nicht, und abzüglich des Mandolinen-Spielers, dessen Musik die Hauptfigur dieser fragmentarischen Erzählung, die sich Yvan Tzara nannte, offenbar ziemlich genervt hatte. Der Messerwerfer ist gestorben, stand dort in Großbuchstaben, wie ein Aufschrei auf dem Papier, heute Nacht, ertrunken in einem Ozean von Lilien, mit Schaum vor dem Mund, unter unvorstellbaren Schmerzen. Anděl klappte das Büchlein zu und warf es auf das Fußende des Bettes. Er fuhr sich mit beiden Händen über das Gesicht. Ich bin nicht der Messerwerfer, dachte er, aber ich bin auch tot. Der Gedanke deprimierte ihn ebenso wie das Buch, das ihm im Sommer so viel Freude bereitet hatte. Inzwischen aber hatte er das Gefühl, als lese er darin verklausuliert Teile seiner eigenen vertrackten Geschichte. Unerträglich. Trotzdem nahm er es immer wieder zur Hand und las, bis er es nicht mehr aushielt. Masochist, schalt er sich, sentimentaler Blödmann. Dieses himmlische Sanatorium schlug ihm aufs Gemüt. Er nahm das zweite Buch vom Stapel. *Herzstillstand*. Ein Thriller aus dem Krankenhausmilieu. Er überflog den Text auf der Rückseite. In einem Krankenhaus sterben Patienten an einem Herzstillstand, obwohl sie nach ungefährlichen Eingriffen auf dem Weg der Genesung waren. Eine junge Medizinerin zweifelt an der angeblich natürlichen Ursache der Todesfälle ... Bla, bla, bla, bla. Das Buch landete mit einem lauten Klatschen auf dem Boden unter dem Fenster. Es passte zu Felix' verschrobenem Humor, jemandem, der in einem Sanatorium festsaß, einen Thriller über Todesfälle im Krankenhaus mitzubringen. David hielt sich für nicht hypochondrischer veranlagt als der durchschnittliche Mann, aber das hier würde er in seiner jetzigen Situation ganz sicher nicht lesen. Lieber würde er noch ein paar Mal Yvan Tzaras Ringelreihen mit seinem halben Dutzend Geliebter folgen. Das war immerhin amüsant, obwohl Affären derzeit auch nicht gerade das waren, worüber er nachdenken wollte. Die Sache mit Eva ließ ihm keine Ruhe. Und das war nur *eine* Affäre, nicht ein halbes Dutzend. Gab es wirklich Männer, die, ohne mit der Wimper zu zucken, mit so vielen Liebschaften gleichzeitig jonglierten wie dieser Yvan Tzara, *famous comedy actor from Berlin*, wie es an einer Stelle in dem Buch hieß? Wunschdenken, dachte er, nichts als völlig bekloptes Wunschdenken. Schon mit einer Frau konnte man sich mehr Ärger einhandeln, als einem lieb war. Er ließ sich in die Kissen sinken, schloss genervt die Augen.

Herzstillstand, hallte es in seinem Kopf, *Herzstillstand*… Es erschien ihm absurd, dass er tot gewesen sein sollte, wenn auch nur ein paar Momente lang. Bedeutete Herzstillstand, dass man tot war? Oder war man es erst, wenn das Gehirn den Betrieb einstellte? Er hatte keine Ahnung. Wenn das alles vorbei war, würde er Magda danach fragen. Was sollte seinen Herzstillstand überhaupt verursacht haben? Der Schuss in die Schulter? Aber das seltsame Projektil war an der erstbesten Rippe hängen geblieben, im Grunde war das doch nicht mehr als ein tieferer Kratzer. Aber was wusste er schon von Medizin? Sonst hatte er nur noch diese Platzwunde im Gesicht. Aber Magda hatte versucht, ihn wiederzubeleben. Hatte womöglich die Wucht des Aufpralls dieses Eisgeschosses den Herzstillstand verursacht? Jedenfalls hatte es einen ebenso schmerzhaften wie großen Bluterguss hinterlassen. Er konnte nicht einschätzen, ob so etwas möglich wäre. Vielleicht hatte sich Magda auch geirrt, schoss es ihm durch den Kopf, entsetzt, wie sie gewesen sein musste – vielleicht. Aber spielte das alles überhaupt eine Rolle? David Anděl war tot – es lebe Jan Navrátil, der Mann vom Mond.

Irgendwo klingelte leise ein Handy. Ein hölzernes, melodisches Klappern wie von diesen Bambuswindspielen für den Garten, die man in jedem Esoterik-Laden kaufen konnte. Es dauerte eine Weile, bis er begriff, dass es in seinem Zimmer klingelte. Das war sein Handy! Er stand vorsichtig auf, ging zum Schrank hinüber und machte ihn auf. Sein Mantel hing darin und von da schien auch das Klingeln zu kommen, bis es im nächsten Augenblick verstummt war. Er griff in die Innentasche – nichts. Die Manteltaschen waren ebenfalls leer. Litt er inzwischen an Halluzinationen? Eher Wunschdenken, dachte er resigniert. Auf einem anderen Kleiderbügel hing sein Sakko. In der Tasche fand er das Telefon. Auf dem Display stand eine fremde Nummer. Wer auch immer ihn angerufen hatte, er stand nicht in seinem Adressverzeichnis. Nachdenklich ging David mit dem Handy in der Hand zum Fenster, hob das fortgeworfene Buch auf und legte es auf das Fensterbrett. Er würde es der netten Schwester schenken, die ihm sein Essen gebracht hatte, vielleicht hatte sie an so etwas Freude. Die Sonne war hinter einer großen Wolke verschwunden. Durch die dicke, sonst unberührte Schneedecke führten frische Fußspuren vom Gebäude quer durch den Garten zu einem Gebüsch, neben dem er ein kleines Gartentor entdeckte, durch das man auf einen breiten Weg gelangte, der entlang des Waldrands verlief. Das Gartentor war nicht ganz geschlossen, wie ihm auffiel. Ich könnte hinuntergehen, durch den Garten laufen und zum Gartentor hinaus, dachte er. Würde irgendjemand versuchen, mich aufzuhalten? Gute Frage. Er war bereits ein bisschen im Haus umhergelaufen, und niemand hatte sich daran gestört. Vielleicht könnte er auch im Garten spazieren gehen. Und dann? Dann stünde er auf einem Waldweg mitten im Nichts mit nichts als den Kleidern, die er am Leib trug und einem Handy, dessen Batteriestand sich bedenklich dem Aus näherte. Das Ladekabel lag zu Hause. Zu Hause – was würde jetzt eigentlich mit seiner Wohnung geschehen? Mit seinem Auto, mit all seinen Dingen – jetzt, da er tot war. Fragen über Fragen, und niemand da, dem er sie stellen könnte. Hatte Felix über all diese Dinge nachgedacht, bevor er sich diesen Scheintod ausgedacht hatte? Hatte er überhaupt über irgendetwas Praktisches nachgedacht? Mit dem Handy in der Hand lief Anděl wie ein gefangenes Tier im Käfig durch sein kleines Zimmer, vom Fenster zur Tür und wieder zurück, immer wieder, hin und her. Wenn er am Fenster ankam, fiel sein Blick jedes Mal auf das nur angelehnte Gartentor. Dieses kleine schmiedeeiserne Ding zog ihn unwiderstehlich an. Ein Fluchtweg in Reichweite, und er hatte versprochen, hier zu bleiben.

Seine Gedanken wanderten von dem Gartentor, das er nicht aus den Augen ließ, zu dem vermaledeiten Abend, an dem er Magda vom Flughafen abgeholt hatte. Warum nur hatte er ihr schon im Auto erzählt, dass er ein Problem mit ihr besprechen müsse? Hätte er damit nicht warten können, bis sie in ihrer Wohnung waren? Dann wären sie nicht zu ihm gefahren, dann hätte Eva – oder wer auch immer – nicht auf ihn geschossen, dann säße er jetzt nicht hier und wäre tot für alle Welt. »Verdammte Scheiße«, zischte er und schlug mit der Hand auf das hölzerne Fensterbrett, dass es knackste. Er konnte hier nicht raus, er musste in diesem Sanatorium untätig sitzen bleiben und darauf warten, dass Felix seine obskuren Rosenhändler fasste. Das konnte Wochen dauern, wenn nicht Monate. Was für eine hirnverbrannte Idee, ihn für tot zu erklären! So einen Mist konnte sich nur ein durchgeknallter Geheimagent einfallen lassen. Und er hatte auch noch mitgemacht, hatte sich von Felix' fadenscheinigen Argumenten überfahren lassen. Als wäre das Ganze ein Agentenfilm, in dem sie spielten. James Bond mit Laiendarstellern. Was für ein Schwachsinn. Hielt Felix sich wahrhaftig für eine Art realen 007 – inklusive Lizenz zum Töten? Offensichtlich, wenn auch in seinem Fall glücklicherweise nur auf dem Papier.

Er blieb unschlüssig am Fenster stehen. Irgendetwas musste er tun. Wenn an dem Gerücht über die roten Rosen tatsächlich etwas dran war, dann durfte er die Sache nicht verderben, das würde Felix ihm nie verzeihen – und er sich auch nicht. Aber er konnte nicht wochenlang untätig herumsitzen. Er hatte Eva durch seine klaren Worte in tiefe Verzweiflung gestürzt – und Magda durch seinen angeblichen Tod. Er versuchte, nicht darüber nachzudenken, wie sie sich jetzt fühlen musste, nach allem, was sie seit dem Sommer durchgemacht hatte. Wenigstens etwas davon musste er wieder in Ordnung bringen. Magda konnte er im Moment nicht helfen, ohne Felix zu verraten, aber er konnte versuchen, Eva zu finden. Er musste hier raus. Seine Finger klopften ein ungeduldiges Stakkato auf dem Fensterbrett. Sein Blick fiel wieder auf die Spuren im Schnee, die zu dem kleinen Gartentor führten. Er wollte seinem Freund so wenig in die Parade fahren wie möglich, also würde er wohl oder übel heimlich verschwinden müssen. Aber dazu würde er Hilfe brauchen. Das Sanatorium lag etwas außerhalb der Stadt. Er ging zum Schrank hinüber und suchte nach seinem Portemonnaie. Es war noch da. Eine kleine Nachlässigkeit – oder eher große Vertrauensseligkeit –, die ihm helfen würde, aus dem Spiel auszusteigen. Er betrachtete die Kleidungsstücke im Schrank. Er hatte einen zerrissenen Mantel, ein ebenso zerrissenes und dazu blutbeflecktes Jackett und keine Hose. David sah an sich herunter. Felix hatte ihm fürs Erste ein T-Shirt und eine Jogginghose besorgt, im Schrank lagen zwei weitere T-Shirts, dazu Unterwäsche und Socken. Kein Hemd, keine vernünftige Hose. Prächtig. Er sah im Geldbeutel nach. Er hatte fünftausend Kronen. Das dürfte zunächst reichen. Auf die Kreditkarte würde er nur im äußersten Notfall zurückgreifen. Ohne vernünftige Klamotten würde er allerdings nicht weit kommen.

Woher Hilfe nehmen? Magda anzurufen kam nicht infrage. Er wusste noch nicht einmal, wie er ihr die Sache mit Eva erklären sollte, geschweige denn seinen Tod und Felix' abstrusen Plan. Otakar Nebeský, sein Partner, war auch keine Option, dem würde man das Geheimnis fünf Meilen gegen den Wind anmerken, er war ein schlechter Lügner. Insofern war Felix' Beharren auf dieser Geheimniskrämerei wohl doch keine so schlechte Idee gewesen. Vielleicht Jirka Kratochvíl. Jirka war hinreichend unkonventionell und würde möglicherweise für einen guten Zweck auch mal fünf gerade sein lassen. Vor allem aber war er verschwiegen wie ein Grab, wenn es sein musste. Noch während er fieberhaft überlegte, klingelte sein Handy wieder. Geistesabwesend warf er einen Blick auf das Display. Zu seiner Überraschung zeigte es diesmal keine Nummer, sondern einen Namen: Agáta Abrhámová. Die patente alte Dame, die er im Fall Hermes kennengelernt hatte. Er zögerte. Lass es klingeln, warnte eine Stimme in seinem Kopf, du bist tot. Trotzig hob er ab und meldete sich mit einem kurzen »Ja?«

»Gott sei Dank!«, hörte er Agáta Abrhámovás angenehme Stimme am anderen Ende der Leitung, »Sie leben! Ich las in der Zeitung, dass ein Kommissar der Mordparta erschossen worden sein soll, ein David A. Aber dann muss es ein anderer gewesen sein. Wie geht es Ihnen, Herr Kommissar?«

Kurz entschlossen wagte David den Sprung ins kalte Wasser. »Frau Abrhámová, Sie sind ein Geschenk des Himmels.«

»Inwiefern?«, fragte sie, offensichtlich überrascht.

»Ich *bin* tot, wenn Sie verstehen, was ich meine. Aber ich könnte Ihre Hilfe gebrauchen …« Du bist verrückt, dachte er, während er ein Lachen unterdrückte, völlig durchgeknallt. Aber er merkte, wie er begann, sich deutlich besser zu fühlen.

Die Stille am anderen Ende der Leitung war fast mit Händen greifbar, dann erwiderte Agáta Abrhámová mit amüsiertem Unterton: »Ich denke, ich verstehe. Ich bin ja auch tot, wie Sie wissen, schon seit fast sechzig Jahren. Kein unangenehmer Zustand, übrigens.« Sie kicherte. »Was kann ich für Sie tun, mein scheintoter Engel?«

»Ich bin in einem Sanatorium etwas außerhalb von Prag.« Er nannte den Namen und die Adresse des Sanatoriums, die er auf einer Infobroschüre in der Schublade seines kleinen Schreibtisches gefunden hatte. »Ich muss unbedingt hier weg. Am besten noch heute. Können Sie mir irgendwie helfen? Ich weiß, das ist viel verlangt, zumal Sie gar nicht wissen, worum es geht …«

Ihr helles Lachen klang durch die Leitung. »Sie zu kennen, lässt einen von einem Abenteuer ins nächste fallen, Herr Kommissar. So aufregend war mein Leben seit dem Krieg nicht mehr. Sie haben Glück, ich habe einen Wagen und ich kenne das Sanatorium, der Chef ist ein früherer Kollege und guter, alter Freund von mir. Ich werde ihm einen Besuch abstatten. Und dann werden wir das Kind schon irgendwie schaukeln.«

David erzählte ihr von der Gartenpforte hinter dem Grundstück, die auf den Schotterweg am Waldrand führte.

»Das wäre natürlich eine Möglichkeit. Es geht aber sicher auch etwas weniger pfadfindermäßig – ich bin immer für die elegante Methode, wenn es irgend geht. Brauchen Sie sonst noch etwas?«

Diese Frau ist ein Gottesgeschenk, dachte David, keine überflüssigen Fragen, dafür dachte sie mit. »Etwas zum Anziehen – Hemd, Pullover, eine Hose, wenn es geht. Eine falsche Identität werden Sie mir auf die Schnelle kaum verschaffen können …« Nun lachte auch er. Jan Navrátil würde bei nächster Gelegenheit zum Mond zurückkehren.

»Hmm. *So* ist das also … Mal sehen, was ich tun kann. Geben Sie mir ein paar Stunden Zeit. Bis später, mein lieber Engel.« Sie legte auf.

David betrachtete sein Handy und grinste breit. Die Frau war ein Phänomen. Fünfundachtzig Jahre alt, aber fitter und geistig präsenter als viele halb so alte Leute. So also werden unausgesprochene Gebete erfüllt, dachte er zufrieden. Vielleicht hatte Jirka doch nicht recht – wenigstens *eine* gute Fee gab es ganz sicher auf der Welt. Dieses aufgezwungene neue Leben begann ihm langsam Spaß zu machen.

15

Přál bych si, aby mohla slova zabíjet a oživovat mrtvé.

Ich wünschte mir, dass Worte töten und
Tote zum Leben erwecken können.

»Déjà vu.«

Jirka Kratochvíl sah Magda irritiert an. Sie stand in der Tür zu seinem Büro und lächelte verschmitzt.

»Wie bitte? Ich verstehe nicht …« Alle Trauer, alle Anspannung schienen aus ihrem schönen Gesicht wie weggeblasen.

»Ein Déjà-vu-Erlebnis. Die Urne. Wie im Sommer bei der Mumie, du erinnerst dich?«

»Du meinst …«

Magda nickte. »Genau. Aber diesmal ist es nicht Blumenerde, sondern Zement.«

»Keine Asche?«

»Keine Asche. Nicht mal in Spuren. Wenn das hier vorbei ist, wird irgendjemand in diesem Krematorium sehr viel Ärger kriegen. Vom Militärkrankenhaus ganz zu schweigen. Dein Freund Katz sollte sich verdammt warm anziehen.«

»Ich kann nicht behaupten, dass mir das leidtun würde. David wurde nicht eingeäschert – immerhin ein Licht der Hoffnung am Ende des Tunnels. Katz hat also gelogen. – Aber warum?«

»Das ist eine gute Frage. Aber abgesehen von dieser, stellt sich die wesentlich wichtigere Frage, was wirklich mit David passiert ist.« Sie trat ein paar Schritte näher und stützte sich mit ausgestreckten Armen auf die Lehne des Besucherstuhls. »Jirka, ich glaube nicht, dass er tot ist…« Tränen liefen ihr über die Wangen, aber sie fühlte sich unendlich glücklich. Sie trocknete mit einer Hand ihre Wangen und strich sich das lange, lockige Haar zurück, das sie heute ausnahmsweise offen trug.

»Ganz langsam, Magda«, warnte Jirka und stand auf. »Schön, er wurde in diesem Krematorium nicht eingeäschert, aber das bedeutet noch nicht, dass er lebt.«

»Aber alles andere ergibt doch keinen Sinn, Jirka!«, rief Magda aus. »Irgendjemand will uns nur *glauben machen*, dass er tot ist – aber ich bin sicher, er ist es nicht. Er *lebt.* – Und ich werde ihn finden.«

»Setz dich erst mal. Ich mach uns einen Kaffee, und dann denken wir in Ruhe über alles nach.« Er ging hinüber zum Fenster, wo sich seine provisorische Teeküche befand, und schaltete den Wasserkocher ein. »Hast du schon mit jemandem darüber gesprochen?«, fragte er über die Schulter.

»Nein, ich komme gerade aus dem Labor. Wir müssen herausfinden, wie er ins Krankenhaus gekommen ist. Ota wollte sich doch darum kümmern, nicht wahr?«

Jirka nickte. Er goss den Kaffee auf und trug die Becher zum Tisch. Dann holte er die Zuckerpackung und setzte sich wieder. Magda trank einen Schluck Kaffee, verzog das Gesicht und löffelte Zucker in das starke Gebräu. »Hast du einen Waffenschein für dieses Gesöff?«

Jirka lachte. »Ihr seid doch alle Weicheier. Ein Kaffee muss schwarz sein wie die Nacht, heiß wie die Hölle und stark wie die Liebe.«

»Da bin ich ganz deiner Meinung, aber das hier grenzt an Körperverletzung, wenn nicht sogar an versuchten Totschlag. Hast du noch etwas heißes Wasser?« Sie sah sich mit gerümpfter Nase um. »Hast du hier irgendwo überreifen Romadur versteckt? Es stinkt grauenhaft. Da hilft nicht mal der Kaffeeduft.«

Jirka schenkte ihr nach. »Du bist ein Phänomen, Magda. Ich habe vorgestern welchen gegessen – aber hinterher alles fein säuberlich entsorgt und gelüftet, bis mir Eiszapfen an den Fingern wuchsen. Keiner Menschenseele ist etwas aufgefallen. Wie machst du das neuerdings?«

Sie zuckte mit den Schultern. »Ich weiß auch nicht. Plötzlich rieche ich Dinge, die mir vorher nie aufgefallen sind. Du trägst heute ein anderes Parfüm – was ist es?«

Jirka lachte. »Du bist ja schlimmer als die Polizei. Hugo war alle, also habe ich irgendwas aus den Tiefen des Badezimmerschranks ausgegraben.«

»Lass es wieder dort verschwinden, bitte. Es passt nicht zu dir. Und es erinnert mich an irgendwas Unangenehmes. Mir ist dieser übermäßig ausgeprägte Geruchssinn ziemlich lästig. Ich habe gegrübelt, wann er zum ersten Mal aufgetreten ist. Ich glaube, nachdem ich diesen Schlag auf den Kopf bekommen habe ...«

»Ja, wäre möglich. Am besten, du gehst mal zu einem der Kollegen in der Neurologie, die sind immer dankbar für ausgefallene Fälle. Kürzlich erzählte mir der Landovský von einem seiner Patienten, der seit einem klitzekleinen Schlaganfall, der weiter keine Symptome hinterlassen hat, nur noch schwarz-weiß sieht. Vielleicht hat er auch schon von Hyperosmie nach Schlägen auf den Hinterkopf gehört.«

»Die gibt es. Ich habe nachgesehen. Ich zitiere: ›Hyperosmie kann nach posttraumatischen Belastungen, insbesondere nach Gewalteinwirkungen auf das Hinterhaupt, auftreten.‹ Allerdings leiden die Patienten nach so etwas meist an Hyposmie oder Anosmie – also dem Gegenteil von meinem Problem. Immerhin gibt es eine Selbstheilungstendenz in zehn bis zwanzig Prozent der Fälle. Sehr viel mehr werden mir die Kollegen auch nicht sagen können. Außerdem haben wir jetzt Wichtigeres zu tun.« Sie probierte vorsichtig den Kaffee. »Besser.«

»Und was machen wir jetzt?«, fragte Jirka. »Oberst Kohout hat den Fall zu den Akten gelegt, und so wie ich unseren faulen Gockel kenne, wird er seine Meinung nicht ändern, nur weil Zement in dieser Urne war. Er wird im Zweifel behaupten, da seien zwei Urnen verwechselt worden. Was, so ungern ich das sage, durchaus möglich wäre …«

Magda bedachte ihn mit einem Blick, als hätte er den Verstand verloren. »*Natürlich*. So ein Krematorium füllt immer mal wieder Urnen mit Zement auf«, erwiderte sie trocken. »Für den Fall, dass jemand außer der Reihe mal was zum Beerdigen braucht und gerade keine Leiche an der Hand hat, die man einäschern könnte. – So ein Quatsch.«

»Okay, okay, du hast ja recht. Aber, was ich nicht verstehe – wieso war in der Urne überhaupt keine Asche? Sie hatten doch den Sarg zurückbekommen. Zugegeben, sie hätten nur mit dem verbrannten Sarg zu wenig gehabt, also macht das Auffüllen mit Zement durchaus Sinn, aber dann wäre wenigstens ein bisschen Asche drin gewesen …«

»Du stehst heute wirklich auf der Leitung, Jirka. Ich bin ziemlich sicher, diesen hin und her verschobenen Sarg hat es nie gegeben. Den hat sich unser Kollege Katz ausgedacht. Wahrscheinlich kennt er jemanden im Krematorium. Ein kleiner Gefallen unter Freunden oder ein bisschen Geld. Diese ganze Sache ist ein halb garer Verschleierungsversuch, wenn du mich fragst. Die wollen, dass wir glauben, David sei tot.«

»Hm, mag sein, aber das macht es nicht einfacher. Der Oberst wird uns nicht helfen.«

»Nein, der sicher nicht. Der ist vermutlich froh, dass er

David endlich los ist. Wir müssen mit Ota reden. Und vielleicht mit dem Väterchen. – Sag mal, hat sich dein Freund Katz eigentlich bei dir gemeldet? Wegen der Urne, meine ich?«

Jirka schüttelte den Kopf. »Nein, und das erstaunt mich, ehrlich gesagt. Denn er muss inzwischen wissen, dass ich das Ding abgeholt habe. Was wiederum bedeutet, dass du mit deiner Einschätzung recht haben könntest. Weißt du eigentlich, woran David in letzter Zeit gearbeitet hat?«

»Keine Ahnung, ich war sechs Wochen lang weg. Wir haben zwar telefoniert, aber nur wenig über seine Arbeit gesprochen. Ich fürchte, die meiste Zeit habe ich von mir erzählt. Er hat nur ein bisschen von dieser Hermes-Sache geredet. Das hatte irgendwas mit Alchemisten zu tun, nicht wahr? Und dann erwähnte er eine Frau ... ich habe den Namen vergessen, aber er war von ihr ziemlich beeindruckt.« Sie runzelte die Stirn. Es war ihr unangenehm, danach zu fragen, aber die Neugier brachte sie fast um, und an Ota wollte sie sich damit nicht wenden. »Sag mal, Jirka, als wir zu David fuhren, sagte er, er müsse dringend über irgendwas mit mir reden. Weißt du, was das gewesen sein könnte?«

Verdammter Mist, dachte Jirka, jetzt muss ich auch noch seine Affäre erklären. »Äh ... ich ...« Er tat so, als wisse er nicht, worum es geht.

»Du weißt es. Also raus damit.« Die Schuldgefühle über ihre Feigheit an jenem Abend brandeten auf. Sie sah ihm in die Augen. Nach einer Weile gab er resigniert den Widerstand auf.

»Eine Sache, die eigentlich gar nichts mit dir zu tun hat. Vergiss es einfach.« Er wedelte nervös mit den Händen, hatte allerdings keine Hoffnung, dass sie sich so leicht geschlagen geben würde. Er dachte an die Ergebnisse der Blutuntersuchung, die Jarda gemacht hatte. Das Blut vom Tatort hatte Eva Urbanová gehört. Irgendwann würde Magda die ganze Geschichte erfahren. Daran führte kein Weg vorbei, nicht, wenn Eva tatsächlich zur Tatzeit am Tatort gewesen war – wovon man leider ausgehen musste, denn anders war das Blut nicht zu erklären. Andererseits stellte sich die Frage, weshalb sie geblutet hatte. Jirka konnte sich beim besten Willen nicht vorstellen, dass David auf eine schwangere Frau geschossen hätte, nicht mal, um sich zu verteidigen. Jirka versuchte, so unschuldig und unwissend dreinzuschauen, wie er konnte. Doch Magda blieb hartnäckig.

»Rede, Jirka. Ich werde nicht lockerlassen. Denn wenn David nicht davon angefangen hätte, wären wir zu *mir* gefahren, und diese ganze schreckliche Sache wäre gar nicht passiert. Ich will wissen, worum es ging, sonst werde ich mir ein Leben lang Vorwürfe machen.« Es war ihr unangenehm, das zuzugeben, aber es ging nicht anders.

Jirka drehte seine Tasse in den Händen und starrte in den schwarzen Kaffee wie in eine Kristallkugel. Schließlich trank er einen Schluck und wandte sich ihr wieder zu. Vielleicht gelang es ihm ja wenigstens, Evas Namen herauszuhalten. »Es ging um eine Nacht, die er im vergangenen April mit irgendeiner Frau verbracht hat. Wie gesagt, es hat überhaupt nichts mit dir zu tun, damals habt ihr euch ja noch gar nicht gekannt.«

»Und weiter?«, hakte sie nach, als er schwieg. Da war doch noch was …

»Und dann hat sie ihn, ein paar Tage, bevor diese Sache vor seinem Haus passiert ist, angerufen und ihm gesagt, sie sei schwanger und er der Vater.«

Magda starrte ihn perplex an. Ihr fehlten die Worte. Schwanger. Eine Nacht im April … sie überschlug die Monate. »Aber … das bedeutet, dass sie demnächst … Und du meinst, das habe *überhaupt nichts* mit mir zu tun?« Ihre

Stimme klang empörter, als sie gewollt hatte. Das war es also gewesen. Sie erinnerte sich, dass sie David im Auto von ihrem Exmann erzählt hatte und von seiner bevorstehenden Vaterschaft – und davon, wie froh sie war, dass sie das alles hinter sich hatte. Er hatte sie mit einem Gesichtsausdruck angesehen, den sie nicht einzuordnen vermocht hatte. Nun konnte sie sich vorstellen, was ihm durch den Kopf gegangen sein musste.

»Hm, ja, der Entbindungstermin ist wohl im Januar. Aber es ist keineswegs sicher, dass David *wirklich* der Vater ist, Magda«, versuchte er die Wogen zu glätten.

»Wie das? Die Frau wird doch wohl wissen, mit wem sie wann im Bett war.«

»Na ja, es gibt da offenbar noch den einen oder anderen Kandidaten, meinte Ota jedenfalls …« Ihm wurde bewusst, dass jedes weitere Wort die Geschichte nur verschlimmerte. Er hätte behaupten sollen, er wisse von nichts. Aber Magda offen anzulügen war keine Option gewesen. Sie hatte etwas an sich, das solche Anwandlungen im Keim erstickte.

»Wie bitte? Was für eine Art Frau war das, um Himmels willen? Und warum zum Teufel hat er nicht wenigstens aufgepasst, wenn er schon – was für ein Idiot!« Diese Sorte von Leichtsinn machte sie fuchsteufelswild. Im Zeitalter von AIDS hatte man gefälligst auch im Bett seinen Verstand zu benutzen, fand sie, da gab es keine Entschuldigung. Sind Männer denn wirklich alle gleich?, fragte sie sich erbost, rutscht denn wirklich allen der Verstand in die Hose, wenn eine Frau auf ihre Avancen eingeht? So viel Ignoranz war ja nicht mal mit viel Alkohol zu entschuldigen.

»Nicht was du denkst – ich meine, sie ist eben ein Freigeist, legt sich wohl nicht gerne fest – ach, verdammt, woher soll ich wissen, was sie sich dabei gedacht hat?« Er funkelte sie ärgerlich an. Warum sollte er die Ignoranz seines

Freundes und die Nymphomanie einer ihm völlig unbekannten Frau rechtfertigen? Andererseits war Magdas Wut nicht ganz unverständlich. Selbst wenn David tot sein sollte, wollte er nicht, dass sie schlecht von ihm dachte. Es war schließlich nur ein einmaliger Ausrutscher gewesen. Er selbst sah diese Dinge weit weniger eng als sein Freund. »Na ja, genau genommen, war es von ihrer Seite nur eine bescheuerte Wette …«

»Eine *Wette?*« Magda glaubte, ihren Ohren nicht zu trauen. »Sie hat mit David gewettet? Worum denn, um Himmels willen?«

»Nein, nicht mit David, mit einem Typen von der Sitte. Er hat gewettet, dass sie David nicht rumkriegt. Unser Engel hat immerhin einen makellosen Ruf, was solche Sachen angeht. Ein aufrechter Verfechter der seriellen Monogamie … Äh, jedenfalls konnte er sowieso nichts dafür. Seine Freundin hatte ihn damals gerade sitzen lassen, und er war auf dieser Party, und getrunken hatte er auch reichlich … na ja, du weißt doch, wie es ist …« Er zog entschuldigend die Schultern hoch.

Ich glaube das alles nicht, dachte Magda aufgebracht. Ein One-Night-Stand, eine unsittliche Wette und jetzt auch noch diese typisch männliche Leier. Unerträglich. »Nein, das weiß ich nicht und will es auch gar nicht wissen. – Weiter. Was noch?«

»David war ziemlich fertig deswegen. Er machte sich Sorgen, was du zu der ganzen Sache sagen würdest. Es ist nicht ganz ohne, weißt du, Eva ist nämlich schwer krank …«

Magda starrte ihn fassungslos an. »*Eva?* Es ist doch nicht am Ende die Frau, deren Blut Vltavský am Tatort gefunden hat? Die Frau mit dem Revolverfeuerzeug?« Sie hatte sich an dem Abend, als Vltavský ihnen davon erzählt hatte, über den kurzen Blick gewundert, den Jirka Ota zugeworfen hatte. Jetzt wusste sie, warum. Diese verdammten Geheimniskrämer.

»Ich fürchte doch«, erwiderte Jirka kleinlaut. Jetzt war es ihm doch rausgerutscht. Mission vergeigt. Und zwar gründlich.

»Aber du meinst, es habe nichts mit mir zu tun, ja? David hat mit dieser Frau eine heiße Nacht verbracht – wenn es denn tatsächlich nur *eine* war – was ich, ehrlich gesagt, nicht recht glaube, so wie ich ihn und seinen Ruf kenne, das passt nicht zu ihm. Sie erwartet ein Kind von ihm und erschießt ihn auf offener Straße. Aber mit mir hat das nichts zu tun! Auf welchem Planeten lebst du eigentlich?« Sie war wütend wie schon lange nicht mehr. Sie stand auf und ging zur Tür und wieder zurück.

»Na schön, es *hat* mit dir zu tun. Ich wollte nicht, dass du das erfährst. Er ist tot ...«

»Nein, ist er nicht!«

»Hm. Vermutlich nicht, stimmt. Aber trotzdem ... er ...«

»Wie soll man jemandem vertrauen, der sich so verantwortungslos verhält? Ich könnte ihn umbringen ...«

»Dazu wirst du Gelegenheit haben, sobald wir ihn gefunden haben. So, wie du dich anstellst, wird es ihm leidtun, dass er die Schießerei überlebt hat.« Er grinste ironisch.

Magda funkelte ihn böse an. Für diese Art Humor hatte sie gerade überhaupt nichts übrig. Sie atmete tief ein und wieder aus und setzte sich wieder. Sie war wütend und enttäuscht, der Engel war ein Bengel. Aber diese Diskussion würde sie mit ihm führen, wenn sie ihn ausfindig gemacht hatten. Es ging Jirka nichts an. »Schwamm drüber. Du hast gesagt, sie sei krank – was fehlt ihr?«

»Nach allem, was David erzählt hat, ist sie nicht mehr ganz zurechnungsfähig – ich meine, auch ohne ihre Schwierigkeiten mit der Schwangerschaft«, erwiderte Jirka, froh, das verminte Gelände wieder verlassen zu haben. »Sie leidet an Chorea Huntington.«

Magda starrte ihn mit wachsendem Entsetzen an. »Veitstanz? Das ist ja schrecklich … die arme Frau – und das Kind?« Von einem Albtraum in den nächsten. Was für eine grässliche Vorstellung. Als Ärztin wusste Magda natürlich, worum es sich bei dieser erblichen Nervenkrankheit handelte – sie führte unweigerlich zu unkontrollierten Bewegungen und Demenz und schließlich in geistiger Umnachtung innerhalb weniger Jahre zum Tod. Eine Therapie gab es nicht. Nur die Diagnose. Gesehen hatte sie einen solchen Patienten selbst nie. Die Krankheit war selten und dominant erblich. Sie dachte an das ungeborene Kind. Die Chance, dass es eines Tages auch an dieser Krankheit leiden und daran sterben würde, stand fifty-fifty. Wenn es das mutierte Gen geerbt hatte, würde es krank werden, daran führte kein Weg vorbei. Wie erklärt man einem Kind, dass so ein Damoklesschwert über seinem Leben hängt und eines Tages unabwendbar und unbarmherzig fallen wird?

»Keine Ahnung«, unterbrach Jirka ihre Gedanken. »Sie behauptete, sie habe erst am Tag, bevor sie David anrief, von der Schwangerschaft erfahren. Sie sagte, sie wolle kein Kind. Aber für eine Abtreibung war es zu spät. Jedenfalls für eine legale. Vielleicht hat das Kind ja Glück und trägt das Gen nicht.«

»Und was sagte David zu all dem?«, fragte Magda matt.

»Er wollte sich seiner Verantwortung stellen, wenn sich denn herausstellen sollte, dass es sein Kind ist.«

»Er wollte sie heiraten?« Was für ein Lügner! Und im Wagen hatte er noch behauptet, er liebe sie. Sie hatte also doch recht gehabt mit ihrer Einschätzung – es war mehr gewesen als nur eine Nacht. Vermutlich hatte er die Beziehung zu dieser Frau nie beendet … Wenn ich dich in die

Finger kriege, David, dachte sie erbost, ob tot oder lebendig – dann gnade dir Gott oder wer auch immer.

»Nein, nein – ich meine damit, er wollte alles auf seine Kappe nehmen, das Kind, meine ich, sie wollte es ja um nichts in der Welt haben. Er sagte, er würde das schon irgendwie hinkriegen.« Jirkas Stimme drückte deutlichen Zweifel aus. Er konnte sich beim besten Willen nicht vorstellen, wie das gehen sollte, bei Davids Arbeitszeiten. Aber diese Frage hatte sich wohl erledigt – außer natürlich, es stellte sich heraus, dass David sehr wohl noch am Leben war. Er beobachtete Magdas Reaktion aufmerksam. Sie schien vor Wut fast zu platzen. Offensichtlich glaubte sie keine Sekunde lang an die Geschichte von der einen Nacht. Ihm selbst war sie nicht so abwegig erschienen. So gut wie jeder Mann hatte solche Leichen im Keller, wie er aus eigener Erfahrung wusste, und was seiner Meinung nach nicht weiter tragisch war. Doch Magda schien es nicht glauben zu wollen. Wenn sie dich lebendig in die Finger kriegt, mein lieber Freund und Kupferstecher, dachte er, dann wirst du womöglich wünschen, Eva hätte mit ihrem Spielzeugrevolver ins Schwarze getroffen. Vielleicht, schoss es ihm durch den Kopf, würde sie David wegen dieser Sache doch in die Wüste schicken – immer vorausgesetzt, sie würden ihn lebend irgendwo finden – und dann … Dann sehen wir weiter, bremste er seine Gedanken.

Magda sah ihn skeptisch an. »Du hast gesagt, er sei sich nicht sicher gewesen, ob er wirklich der Vater ist. Warum sollte er sich so weit aus dem Fenster hängen, zumal einer Frau gegenüber, mit der er angeblich nur eine Nacht verbracht hatte? Das ist doch alles Humbug.« Oder doch nicht, meldete sich eine zaghafte Stimme in ihrem Inneren. Hatte er sie im Auto doch nicht angelogen? Würde ein Mann allen Ernstes so etwas anbieten? Gab es so viel geballten Anstand überhaupt? Das hörte sich zu gut an, um wahr zu sein. Doch ein Zweifel blieb. Verwechselte sie David nicht gerade mit jemand anderem? Sie biss sich ertappt auf die Lippen. Vincent. Vincent, ihr Exmann, würde lügen und verschleiern, dass sich die Balken bogen, um sich aus so einer Situation herauszuwinden. Hatte sie nicht tagelang auf ihn einreden müssen, damit er sich seiner Verantwortung stellte und seine schwangere Freundin heiratete? Aber das war Vincent. David war aus anderem Holz geschnitzt. So wie David tickte, würde er selbstverständlich anbieten, das Kind zu sich zu nehmen. Sie hatte ihm unrecht getan, indem sie unbewusst von Vincent auf David geschlossen hatte. Glücklicherweise hatte sie nichts davon laut geäußert – oder jedenfalls fast nichts. »Andererseits – David war – ist … äh … ein sehr verantwortungsvoller Mann. Also – lassen wir es gut sein. Wenn wir ihn finden, wird sich sicher alles klären.«

»Hm, tja – und jetzt?«, fragte Jirka und hoffte, dass dieses unschöne Thema damit endgültig erledigt war. Sie waren über dieser alten Sache noch nicht dazu gekommen zu überlegen, was sie nun weiter unternehmen wollten.

»Jarda sagte, er habe Blutspuren von dieser Eva am Tatort gefunden. Hast du dich nicht gefragt, wieso?«, fragte Magda.

»Schon, aber ich kann sie mir nicht erklären. Du?«

»Nun, wenn wir die Sache ganz nüchtern und emotionslos betrachten, wäre es möglich, dass David in Notwehr zurückgeschossen hat.«

»Vergiss es, Magda, das hätte er niemals getan. Punkt.«

»Ich glaube es ja auch nicht. Aber dann gibt es nur noch eine andere Möglichkeit, nämlich, dass jemand Drittes auch auf sie geschossen hat. Immerhin wissen wir, dass mich jemand niedergeschlagen hat. – Was ist mit Eva passiert? Ist sie weggelaufen? Hat dieser Jemand sie weggebracht?«

»Gute Frage. Ich habe nicht die leiseste Ahnung. Was hast du jetzt vor?«

»Jetzt werde ich mich erst mal um mein herrenloses Bein kümmern. Die Tests müssten da sein, und die Knochen sind auch blank. Ich muss dringend nachdenken.« Sie stand auf und ging zur Tür. »Danke für deine Hilfe, Jirka«, sagte sie mit einem Lächeln und machte sich auf den Weg in den Obduktionssaal.

16

Nejtěžší zločiny – gramatické chyby.

Die schlimmsten Verbrechen: Grammatikfehler.

»Ich dachte schon, du versetzt mich«, sagte Skarlet Meinlová, als ihre Freundin sich etwas atemlos auf den Stuhl ihr gegenüber sinken ließ.

»Entschuldige, ich konnte nicht früher weg, ich hatte noch zu tun.« Meda Cyanová bestellte einen Latte macchiato und schälte sich aus ihrer dicken Daunenjacke, die sie auf einen freien Stuhl legte. »Ein hübsches Lokal. – Was gibt es denn so Wichtiges?« Skarlet hatte sie am Abend zuvor angerufen und um ein Treffen zum Mittagessen gebeten. Sie hatte nicht damit herausrücken wollen, um was es ging, aber es hatte dringend geklungen. Die beiden Frauen kannten sich aus dem Studium. Während Skarlet ihr Examen bereits abgelegt und in einer renommierten Anwaltskanzlei angefangen hatte, war Meda noch lange nicht fertig, da sie neben ihrer Arbeit als Inspektorin der Prager Mordkommission in einem berufsbegleitenden Jura-Studiengang eingeschrieben war. Sie hatte noch gut zwei Jahre vor sich.

Skarlet sah sich vorsichtig in dem kleinen Lokal um. Es war, wie sie gehofft hatte, fast leer. Nur an einem Tisch am anderen Ende des Raumes saßen zwei junge Männer, offensichtlich in ihre Arbeit an einem Laptop vertieft. »Es geht um eine seltsame Sache, die vor gut einer Woche passiert ist«, sagte sie leise.

Meda sah sie erwartungsvoll an und gab etwas Zucker in ihren Kaffee.

»Also, ich habe dir doch von meinem Freund erzählt…«

»Und ob! Den würde ich ja gerne mal kennenlernen, diesen Traummann.«

Skarlet ignorierte den leicht ironischen Ton ihrer Freundin. »Wir waren zum Essen verabredet, im Pálffy. Und nach dem Digestif ist er plötzlich gegangen – nachdem ich ihm von einem Gespräch erzählt hatte, das ich am Abend zuvor zufällig belauscht hatte.« Sie berichtete Meda, was sie in der Kanzlei gehört hatte.

»Oha. Und du sagst, das war vor gut einer Woche? – Aber was ich nicht ganz verstehe, ist, was dein Freund mit der Sache zu tun hat. Ich meine, er ist doch Finanzbeamter, hast du gesagt.«

»Das hat er mir *erzählt*, aber inzwischen frage ich mich, ob er nicht etwas ganz anderes macht. Ich meine, die Art seines Abgangs – das war filmreif.«

»Warum hast du ihn nicht danach gefragt? Ihr habt euch doch seither sicher gesprochen?«

»Habe ich auch, aber er bat mich um Verständnis, er arbeite an einer sehr wichtigen Sache und habe gerade überhaupt keine Zeit. Das gab es, seit ich ihn kenne, schon gelegentlich, das macht mir keine Sorgen, aber mir gehen diese beiden Abende nicht aus dem Kopf, und in der Zeitung stand, dass an dem Abend, als wir im Pálffy waren, ein Kommissar der Mordparta erschossen worden sei…«

»Stimmt«, sagte Meda und seufzte. »Das war mein Chef.« Sie stutzte. Skarlet hatte vorhin von einem Engel gesprochen, den jemand aus dem Weg räumen wollte. »Warte mal – du meinst, mit diesem Engel, den du erwähnt hast, könnte mein Chef gemeint gewesen sein? Kennt dein Freund ihn denn?«

»Na, alles andere ergibt doch keinen Sinn, oder?« Skarlet nippte an ihrer heißen Schokolade. »Tut mir leid um deinen Chef, Meda.«

»Danke. Mir auch. War ein feiner Mensch.« Sie schluckte. Nicht darüber nachdenken. Konzentriere dich auf Skarlets Geschichte. »Wie heißt denn dein Freund?«

»Er heißt Benda, Felix Benda.«

Meda zog erstaunt die Brauen hoch. »Ist nicht wahr!«, rief sie aus. »Wir – das heißt, David Anděl, mein Chef, hat ihn im Fall Hermes um Hilfe gebeten. Wir brauchten jemanden, der sich mit Verschlüsselungen auskennt, und er sagte, ein alter Studienfreund von ihm sei da genau der Richtige. Er sei nämlich beim …« Sie stockte. Kalaschnikows. Entfernte Finderabdrücke. Zigarettenmafia. Rote Rosen. »Skarlet«, sagte sie langsam, »ich weiß, es klingt wie im Film, aber ich glaube, dein Liebster ist beim Geheimdienst.« Das würde einiges an diesem seltsamen Fall erklären, dachte sie. Ihr Kollege Otakar Nebeský suchte verzweifelt nach einem Motiv für den Mord an seinem Partner und konnte nichts finden. Er hatte bisher noch nicht einmal herauszufinden vermocht, wie und von wem David Anděl vom Tatort weggebracht worden war. Und Oberst Kohout hatte den Fall mit einer Schnelligkeit zu den Akten gelegt, die mehr als merkwürdig war.

»Du denkst das also auch«, sagte Skarlet und wirkte erleichtert. »Ich habe mir seither immer wieder den Kopf darüber zerbrochen, und diese Möglichkeit war die einzige, die halbwegs plausibel ist.«

Sie schwiegen eine Weile nachdenklich, dann fragte Meda: »Skarlet, du musst das Ota erzählen. Möglicherweise war es dein Freund Felix, der David vom Tatort weggebracht hat …«

»Wieso vom Tatort weggebracht? Ich verstehe nicht …«

»Nun, wir haben erst zwei Tage später von der ganzen Sache erfahren, und wir wissen noch immer nicht genau, was eigentlich passiert ist.« Als sie das Unverständnis im Gesicht ihrer Freundin bemerkte, erzählte Meda ihr, was sie bisher erfahren hatten. »Und obwohl das alles nicht ganz geklärt ist, hat der Oberst den Fall zu den Akten gelegt. Keine Zeugen, keine Spuren. Ende der Fahnenstange.«

»Ich verstehe dich, aber ich möchte Felix keinen Ärger machen, Meda. Wenn er tatsächlich mit dem Geheimdienst zu tun hat …« Ein Schauer lief ihr den Rücken hinunter. Sie erwähnte nicht, dass sie auch Angst um ihren eigenen Job hatte. Das erschien ihr angesichts des Todes von Medas Chef als kleinlich und unpassend.

»Da kannst du Gift drauf nehmen, Skarlet. Felix Benda ist bei dem Verein, das hat David gesagt, und nach allem, was du mir erzählt hast, kann man auch nur zu diesem Schluss kommen. Ich verstehe ja, dass du ihm keinen Ärger machen willst, aber es geht um den Tod meines Chefs, und ich will wissen, wer ihn auf dem Gewissen hat. Wir müssen mit Ota reden, glaub mir.« Sie warf einen Blick auf die Uhr. »Wie lange hast du noch Zeit? Oder noch besser, kannst du nicht im Büro anrufen und sagen, dass du später kommst? Denk dir irgendwas aus. Ich rufe inzwischen Ota an, damit er herkommt. Ich glaube nicht, dass wir das im Büro besprechen sollten.« Sie holte ihr Handy aus der Handtasche und wählte Otas Nummer.

17

Sentimentalita a bezcitnost jsou siamská dcvojčata.

Sentimentalität und Gefühllosigkeit
sind Zwillingsschwestern.

Larissa stand unschlüssig auf dem großen Marktplatz von Cheb und sah sich um. Das Gespräch gestern Abend mit der Wirtin hatte ihr sehr zu denken gegeben. Ob etwas an diesem scheußlichen Gerücht dran war, konnte sie noch immer nicht sagen, aber möglicherweise hing die Sache mit den zusammengeschlagenen Männern im Straßengraben damit zusammen. Sie hatte ein ungutes Gefühl bei der Sache. Aber ihr journalistisches Interesse war auch erwacht. Allem Ekelgefühl zum Trotz wollte sie der Sache auf den Grund gehen. Mit wem sollte sie zuerst sprechen? Ihr Blick blieb am Stöckl hängen, einer Gruppe mittelalterlicher Fachwerkhäuser am unteren Ende des Platzes. In einem davon befand sich, nach Auskunft ihrer Wirtin, die Redaktion der örtlichen Zeitung.

Zehn Minuten später stand sie im Büro der Chefredakteurin.

»*Dobrý den*, Frau Redakteurin«, begrüßte die Frau sie freundlich lächelnd. »Mein Name ist Sabrina Jandová. Setzen Sie sich doch bitte.« Die Chefredakteurin deutete auf den Stuhl vor ihrem Schreibtisch. »Möchten Sie etwas trinken? Einen Kaffee? Wasser?«

»Ein Kaffee wäre schön, vielen Dank.« Larissa setzte sich und holte ihr Notizbuch aus der Tasche.

Sabrina Jandová nickte der Sekretärin zu, die Larissa hereingebracht hatte, und wandte sich wieder an ihre junge Kollegin. »Was kann ich für Sie tun? Die Hauptstadtpresse scheint sich ja gerade sehr für uns zu interessieren. Sie sind schon die dritte in zwei Tagen. Gerade war ein Redakteur von *MFDnes* da und vorgestern der Korrespondent irgendeiner amerikanischen Zeitung. Deutsche Presse hatten wir auch schon hier.«

Larissa beschloss, nicht lange um den heißen Brei herumzureden. »Nun, es geht das Gerücht, dass die Prostitution in dieser Gegend neue Formen angenommen hat …«

»Sie meinen die Sache mit der Kinderprostitution?«, unterbrach Sabrina Jandová Larissas vorsichtige Formulierung. Sie lehnte sich in ihrem Stuhl zurück und seufzte. »Ich wüsste wirklich gerne, wer das in die Welt gesetzt hat!«

»Heißt das, dass es tatsächlich nur ein geschmackloses Gerücht ist?«

»Selbstverständlich. Ich kann mir so eine Scheußlichkeit gar nicht vorstellen, auch wenn ich weiß, dass es sie gibt. Aber sicher nicht hier bei uns.« Sie sah Larissa ernst an. »Jedenfalls nicht so, wie es dieses unappetitliche Gerücht behauptet. Was haben Sie denn bisher erfahren?«

Larissa nahm den gefalteten Artikel aus ihrem Notizbuch und breitete ihn auf dem Schreibtisch der Chefredakteurin aus. »Ich weiß nicht mehr, als da drin steht«, flunkerte sie. »Ich hatte gehofft, Sie könnten mir etwas mehr erzählen.« Von wissen konnte ja eigentlich auch nicht die Rede sein, sie hatte nur allerlei gehört.

Sabrina Jandová beugte sich vor und warf einen Blick auf den Artikel. »Ja, den kenne ich auch. Sehr viel mehr kann ich Ihnen auch nicht sagen.«

Es klopfte an der Tür und die Sekretärin kam mit einer Tasse türkischen Kaffees herein.

»Danke, Hanka. Stell ihn auf den Tisch dort hinten, bitte.« Sie griff nach ihrer Tasse und stand auf. »Kommen Sie, setzen wir uns da drüben hin. Das ist bequemer.« Sie ging zu einer kleinen Sitzecke im Erker. Larissa folgte ihr und nahm ihr gegenüber in einem bequemen Sessel Platz. Die Sekretärin stellte die Tasse und eine Zuckerschale ab und verließ das Büro.

»Ein hübscher Erker – und eine tolle Aussicht«, sagte Larissa. Der ganze große, schneebedeckte Platz lag wie auf einem Präsentierteller vor ihnen. Sie fühlte sich wie auf dem Balkon in der Oper.

Sabrina Jandová lachte. »Ja, nicht wahr? Ich habe mir mit Absicht dieses Büro ausgesucht. Sie wissen, was es mit diesem Erker auf sich hat?«

Larissa schüttelte den Kopf. So weit war sie noch nicht gekommen in ihrem Reiseführer.

»Das ist der Erker, von dem aus Hitler am 3. Oktober 1938, nur zwei Tage nach dem Einmarsch der deutschen Truppen in die Tschechoslowakei, zu den begeistert johlenden Sudetendeutschen gesprochen hat. – Es bereitet mir täglich Freude, dass nun die freie tschechische Presse hier residiert. Eine kleine, späte Genugtuung. Aber Sie wollten ja etwas über dieses Gerücht wissen.« Sie nahm einen Schluck Kaffee und fuhr fort: »Wo soll ich anfangen? Die Prostitution hat seit der Wende hier ein großes Ausmaß angenommen. Was das angeht, sind wir leider zu trauriger Berühmtheit gelangt – über die Landesgrenzen hinaus. Obwohl entlang der E55 im Norden Tschechiens noch mehr los ist. Inzwischen stehen die Frauen hier zwar nicht mehr auf der Straße, aber es gibt leider viele Bordelle. Die Freier kommen größtenteils aus Deutschland – die Preise sind hier niedriger, und die Prostituierten stellen keine Ansprüche. Viele von ihnen sind aus Osteuropa – aus der Ukraine, aus

Russland, und sonst woher. Dann gibt es natürlich auch Zigeunerinnen – entschuldigen Sie, das ist dumme, alte Gewohnheit –, Roma, sollte ich sagen.« Sie schwieg einen Moment nachdenklich, dann fuhr sie fort: »Hören Sie, Larissa – unter Kolleginnen können wir die Förmlichkeiten lassen, nicht wahr?«

Larissa nickte und wartete gespannt.

»Lassen Sie die Finger von dieser Sache, Larissa. Fahren Sie zurück nach Prag und kümmern Sie sich um nettere Dinge.«

»Haben Sie das auch den anderen Journalisten empfohlen?«, fragte Larissa mit hochgezogenen Brauen.

»Nein«, gab Sabrina Jandová zu, »das sind gestandene Männer, die ... Ach, Sie haben ja recht. Entschuldigen Sie, ich wollte damit nicht sagen, dass Sie keine ernst zu nehmende Journalistin sind. Aber die Sache ist nicht ungefährlich, verstehen Sie? Die Prostitution ist ein hartes Geschäft, die Zuhälter sind Kriminelle, die niemanden mit Samthandschuhen anfassen, der sich da einmischt.«

»Das erwarte ich auch nicht. Ich bin mir der Gefährlichkeit durchaus bewusst.«

»Nein«, unterbrach Sabrina sie und schüttelte den Kopf, »nein, Sie verstehen mich nicht. Es stecken Leute in diesem Geschäft, die man nicht unbedingt damit in Zusammenhang bringen würde. Und es passieren Dinge ...« Sie seufzte vielsagend.

»Was für Dinge, Sabrina?« Larissas Neugier gewann endgültig Oberhand. Sie würde ganz sicher nicht den nächsten Zug nach Prag nehmen, sondern der Sache auf den Grund gehen.

»Teile der Polizei stecken mit drin in gewissen Geschäften. Aber das habe ich Ihnen nie gesagt – verstehen wir uns? Es geht nicht nur um Prostitution, es geht auch um Zigarettenschmuggel, Menschenhandel, krumme Immobiliengeschäfte, Drogen und allerlei anderes illegales Zeug. Was immer Sie sich an kriminellen Machenschaften vorstellen können, es existiert hier in unserer verschlafenen Provinz. Es gibt prominente Leute in dieser Stadt, die in diesem Sumpf groß geworden sind und zum Teil wohl noch immer drinstecken. Wir haben vor einigen Monaten in unserer Zeitung über Machenschaften berichtet, an denen ein Unternehmer aus unserer Gegend beteiligt sein soll. Es ging um Zigarettenschmuggel – unter anderem. Es wird viel gemunkelt, aber man kann ihm nichts nachweisen – sagt die Polizei. Ich bekam sehr unangenehme Anrufe, um nicht zu sagen Drohanrufe.« Sie lehnte sich zurück und trank einen Schluck Kaffee.

»Das hört sich alles ziemlich unglaublich an«, erwiderte Larissa, »ich meine, wenn alle davon wissen, wieso wird nichts getan?« Der Wilde Westen, dachte sie, Steve hatte offenbar nicht so unrecht gehabt mit seiner Beschreibung der Gegend. Oder waren das nur haltlose Verschwörungstheorien?

»Sehen Sie, ein großes Problem in diesem Land ist die allgegenwärtige Korruption, Larissa. Aber als Journalistin, die in diesem Land arbeitet, wissen Sie das. Nun, die Polizei ist nicht sonderlich angesehen, die Beamten verdienen nicht besonders viel. Manche – sicherlich bei Weitem nicht alle – sind empfänglich für Zuwendungen, machen die Augen zu … Sie wissen doch, wie so etwas läuft. Es ist wie mit den drei Affen: nichts sehen, nichts hören, nichts sagen. Sie können in diesem Land genehme Gerichtsurteile kaufen – und nicht nur die. Mit genügend Geld und Verbindungen kann man fast alles *erledigen* und *organisieren*. Eine Kollegin aus Karlsbad ist im letzten Jahr fortgezogen, wohin weiß ich nicht. Sie wollte es niemandem sagen. Aber ich weiß warum: Man hatte ihr den ganzen Tagesablauf ihrer kleinen Tochter minutiös aufgeschrieben. Mit dem Hinweis, sie solle gut auf die Kleine aufpassen. Dabei hatte sie lediglich über die allseits bekannten Aktivitäten der Russen im Immobiliengeschäft in Karlsbad geschrieben – Dinge, die alle wissen.«

Larissa starrte die Chefredakteurin entsetzt an. Sie konnte es nicht fassen. Natürlich wusste sie, dass Korruption ein großes Problem war. Alle naselang tauchten in der Hauptstadtpresse irgendwelche Skandale und Skandälchen auf, ohne dass sich wirklich etwas zu ändern schien. Aber hier, in der friedlichen, verschlafenen böhmischen Provinz?

»Und die Sache mit der Kinderprostitution?«, kam Larissa auf ihre ursprüngliche Frage zurück.

»Das ist nichts als ein scheußliches Gerücht«, erwiderte Sabrina Jandová, »und das ist die Wahrheit. Ich habe nie etwas in der Art gesehen. Aber ja, das Gerücht geht um – wie ein hässliches Gespenst.«

»Und warum geht dem niemand nach?«

»Die Polizei sagt, es sei eine Erfindung dieser Hilfsorganisation für Prostituierte, damit sie mehr Aufmerksamkeit – und damit wohl auch mehr Gelder – für ihre Arbeit bekommen. Keine Ahnung, ob da was dran ist. Für mich hört sich das nach einer gemeinen Unterstellung an. Ich hoffe, dass es nur eine Art Missverständnis ist. Außerdem heißt es, dass es Roma sind, die ihre Kinder verkaufen. Vermutlich ist das nur eine weitere Rufmordkampagne. Sie wissen ja, was für einen Ruf diese Volksgruppe hierzulande hat – schlecht ist gar kein Ausdruck. Man traut ihnen alles zu, vor allem alles Schlechte. Ob berechtigt oder nicht. Andererseits ist es schon so, dass es mit dieser Volksgruppe viele Probleme gibt – auch krimineller Art. Außerdem – wer sollte es anzeigen? Die betreffenden Familien? Die

Freier? Auf frischer Tat wurde noch niemand erwischt. Allerdings …« Sie zögerte.

Larissa war erschüttert. Aber Sabrina hatte recht. Wo kein Kläger, da kein Richter. »Ja?«, hakte Larissa gespannt nach.

»Nun, in letzter Zeit wurden immer mal wieder Männer am Straßenrand außerhalb der Stadt gefunden, die offensichtlich zusammengeschlagen worden waren und denen die Brieftaschen fehlten. Aber keiner der Männer wollte bisher Anzeige erstatten. Sie hatten alle mehr oder weniger plausible Erklärungen für ihren Zustand. Und sie sind so schnell wie möglich wieder über die Grenze nach Hause gefahren. Es waren alles Männer aus dem deutschen Grenzgebiet.« Sie zuckte mit den Schultern. »Vermutlich Freier, denen der Ausflug über die Grenze nicht bekommen ist. Aber ob das mit diesem Gerücht über die Kinderprostitution zusammenhängt, weiß ich wirklich nicht.«

»Ich bin fassungslos«, sagte Larissa. Sie trank einen Schluck von ihrem inzwischen kalten Kaffee. Die Pensionswirtin hatte also offenbar die richtigen Schlüsse gezogen aus den Erzählungen ihrer Freundin. »Sie wissen nicht zufällig, wie diese Männer heißen?«, fragte sie.

»Nein. Die Polizei hat die Namen nicht veröffentlicht.«

»Wissen Sie, wo die Männer gefunden wurden?«

»Hier und da. Unter anderem an einer Straße jenseits von Amerika.«

Larissa sah sie erstaunt an. »Jenseits von *Amerika*?«

Sabrina lachte. »Amerika heißt ein See hier in der Gegend, er gehört zu Franzensbad, das sind knapp sieben Kilometer von hier. Dort gibt es die USA im Kleinen – ein Anwesen dort in der Nähe heißt Florida, und ein anderes wird Kalifornien genannt.«

»Und wie kommt man da hin?«, fragte Larissa und notierte sich die Namen. »Sie erwähnten vorhin einen Bus. Ich bin nämlich mit dem Zug hergekommen, nicht mit dem Auto.« Was offensichtlich ein Fehler war, dachte sie. Aber da sie kein Auto besaß, hatte sich die Frage überhaupt nicht gestellt.

»Nach Franzensbad fahren Busse. Und dann könnten Sie mit dem Mini-Zug vom Milano zum See fahren …«

Larissa konnte sich ein Lachen nicht verkneifen. »Italien also auch, ja? Und wo liegt dieses Milano? Jenseits von Kalifornien?«

Sabrina lächelte. »Nein. Mehr oder weniger östlich von Amerika – ganz wie es sich geografisch gehört. Sie steigen an der Haltestelle am Kurpark aus und laufen die Straße zurück Richtung Luisen-Bad. Kurz dahinter an der Straße ist die Gaststätte Milano, und von dort fährt der Mini-Zug. Amerika ist die Endstation. Allerdings bin ich mir nicht sicher, ob der Zug fährt. Im Winter machen die, glaube ich, Pause. Aber Sie können auch den Weg durch den Park zum See nehmen. Ist ein schöner Spaziergang, allerdings ziemlich lang, weil der Weg einen großen Haken durch den Park schlägt. Kürzer ist es, wenn Sie an der Haltestelle Slatina aussteigen und den kürzeren Weg über die Jezerní-Straße nehmen. Am Hotel *Francis Palace* vorbei.« Sabrina bemerkte Larissas zweifelnden Blick. »Warten Sie, ich zeige es Ihnen.« Sie stand auf und holte einen Stadtplan aus ihrer Schreibtischschublade. Die nächsten zehn Minuten verbrachten die beiden Frauen über dem Plan, und Sabrina zeichnete alle wichtigen Wege und Stellen ein. »So«, sagte sie schließlich, und reichte Larissa den Plan, »das sollte Ihnen helfen. Vielleicht sollten Sie sich überlegen, ein Auto zu leihen – das würde Ihre Recherchen sicher erleichtern. Allerdings müssten Sie dazu entweder nach Deutschland fahren oder nach Karlsbad.«

»Das wäre beides ein bisschen weit«, erwiderte Larissa,

»außerdem geben das meine Spesen nicht her. Ich versuche es erst mal mit dem Bus – und dem Mini-Zug, falls er fährt. Ich bin schließlich noch nie mit der Eisenbahn von Milano nach Amerika gefahren. Und gegen Spaziergänge habe ich auch nichts.«

»Noch eines, Larissa«, sagte Sabrina ernst, »passen Sie bei Ihren Recherchen auf, mit wem Sie worüber sprechen. Und die Sache mit der Kinderprostitution vergessen Sie am besten. Da werden Sie von niemandem etwas erfahren, was über ein kolportiertes Gerücht hinausgeht.«

Larissa lächelte unsicher. »Gerne, aber ich kenne hier niemanden. Ich habe keine Ahnung, mit wem ich sprechen sollte oder nicht. Könnten Sie mir nicht ein paar Leute empfehlen? Wenigstens wegen der Sache mit den zusammengeschlagenen Touristen.« Liebe Güte, das hörte sich ja alles an, als sei sie mitten in Sizilien gelandet.

Sabrina Jandová sah sie eine Weile nachdenklich an, dann zog sie Larissas Notizblock zu sich herüber und notierte ein paar Namen und Telefonnummern. »Diese Leute sind in Ordnung, glaube ich. Aber seien Sie trotzdem vorsichtig, bitte. Vor allem bei dem ersten. Er ist ein komischer Kauz, aber er kennt den Wald wie kein Zweiter.«

Draußen auf dem Platz schlug Larissa noch einmal ihren Block auf und betrachtete die beiden Namen: Gustav Mottl, ein Förster, und Tomáš Marný, Inspektor bei der örtlichen Polizei. Über den letzten Namen musste Larissa lächeln. Ein sprechender Name, der je nach Betonung einfach nur ein Name war, oder ein ganzer Satz: *To máš marný. – Das ist sinnlos.*

18

Dekódovat stopové prvky –
hermeneuticky nebo chemicky.

Give me a sense of purpose. ®

Spurenelemente –
hermeneutisch oder chemisch zu decodieren.

Give me a sense of purpose. ®

Magda schob die Tastatur ihres PCs von sich weg und griff nach ihrer Teetasse. Die Testergebnisse waren aus dem Labor gekommen, und sie hatte sie in ihren vorläufigen Obduktionsbericht eingearbeitet. Bei dem Bein von der Moldau handelte es sich definitiv um ein weibliches. Wie die Frau, der dieses Bein gehört hatte, zu Tode gekommen war, war nicht festzustellen, die Toxikologie war ergebnislos gewesen, und für alles andere hätte man den Rest des Körpers benötigt. Magda seufzte. Sie war nicht wirklich weitergekommen. Die Isotopenanalyse aus München konnte sie vergessen, ihre Freundin war für ein Jahr in die USA gegangen, und sie kannte dort sonst niemanden, der ihr so einen Gefallen tun würde. So viel zu ihrer ausgefallenen Idee. Magda versetzte ihren PC in den Ruhezustand und holte ein Buch mit Größentabellen aus dem Regal. Die ausgekochten Beinknochen warteten im Sektionssaal auf sie. Alles, was sie im Moment tun konnte, war, die Größe der Frau zu bestimmen und zu versuchen, ihr Alter zu schätzen. Damit wäre die Sache dann erledigt – bis irgendjemand irgendwann über den Rest stolpern würde.

Eine Viertelstunde hatte sie akribisch Maß genommen und war vertieft in die Berechnung der Körpergröße. Da der Oberschenkelknochen abgesägt worden war, hatte sie die Länge des Schienbeins benutzt.

»Na, weißt du schon etwas Neues?«

Sie sah auf. Jirka stand in der Tür des Sektionssaals. »Sie war nicht besonders groß, so um die eins fünfundsechzig, plus minus ein paar Zentimeter. Und sehr zierlich.« Sie deutete auf die Knochen vor ihr.

Jirka kam näher und betrachtete die Knochen. »Hast du sonst noch etwas an den Knochen gefunden?«

»Nein, ich wollte sie mir gerade noch genauer ansehen. Du kannst ja helfen, wenn du nichts zu tun hast.«

»Gerne. Knochen sind mir allemal lieber als Papierkram.« Er beugte sich über die Fußknochen. »Sie hatte kleine Füße, würde ich sagen.«

Magda folgte seinem Blick. »Ja, aber das wird uns nicht weiterhelfen.« Ihr Blick wanderte nach oben. Sie nahm die Kniescheibe in die Hand. »Sieh mal.« Sie fuhr mit dem rechten Zeigefinger über eine kleine Beule, die sich über den Knochen zog.

»Sieht aus wie ein verheilter Bruch. Das ist nicht so häufig wie kleine Füße.«

»Ja, man muss schon ziemlich blöd fallen, um sich die Kniescheibe zu brechen. Und hier auch.« Sie deutete auf eine weitere kleine Beule auf dem Oberschenkelknochen. »Noch ein Bruch. Na also. Das wird uns helfen. Jetzt noch zu der Schnittstelle.« Sie nahm den Oberschenkelknochen in die Hände und betrachtete aufmerksam das raue Ende. »Sieht nach einer Säge aus …«

»Na, mit einem Messer wird man so was wohl kaum hinkriegen«, erwiderte Jirka mit einem ironischen Lächeln. »Die Frage ist: Kannst du feststellen, mit was für einer Säge das gemacht wurde?«

»Es gibt Leute, die können das. Ein Kollege in den USA...«

»O nein – nicht schon wieder! Du testest das Institut an den Bettelstab, wenn du so weitermachst. Was wollen diese anderen Institute überhaupt für ihre Expertise? Hast du schon etwas gehört?«

»Leider. Es wird nichts mit dem Test. Meine Freundin ist für ein Jahr in Amerika.« Sie wandte die Augen nicht von dem Knochen. »Und den Herrn der Sägen brauchen wir nicht zu belästigen, solange wir nicht den Rest der Frau gefunden haben.«

»Hm. Und jetzt?«

»Jetzt werde ich einen Spaziergang machen. Ich muss mir den Frust von der Seele laufen.«

Er sah sie fragend an. »Ich dachte, du wolltest intensiv über die Blutspuren von Eva Urbanová nachdenken.«

»Das werde ich bei der Gelegenheit auch tun. Ich habe übrigens Ota angerufen und ihn gebeten, nach ihr zu suchen. Mehr kann ich nicht tun – schließlich bin ich kein Ermittler. Und jetzt brauche ich dringend frische Luft, es ist ein wunderschöner Tag, und es gibt oben an der Moldau an der Roztocká-Straße eine Stelle, die ich mir gerne ansehen würde. Statt zu Mittag zu essen.«

»Du willst dir nach *vier* Monaten den Fundort des Beins ansehen?«, fragte er. »Du glaubst doch nicht im Ernst, dass du noch was findest? Vltavskýs Leute haben dort im Sommer alles abgesucht. Und Ota ist durch jedes Gebüsch gekrochen. Fluchend, aber gründlich.«

»Schon, aber damals war Hochwasser, und alles grünte und blühte. Jetzt im Winter ist das Wasser wesentlich niedriger, und Bäume und Büsche tragen kein Laub. Wer weiß, was es zu sehen gibt.« Sie wusste sehr gut, dass Jirka recht hatte, aber sie wollte trotzdem hin. Warum auch immer. Raus hier.

»Nichts gibt es zu sehen, meine Liebe, denn überall liegt fast ein halber Meter Schnee. Das ist doch wieder so eine bescheuerte Ersatzhandlung, Magda.«

»Du machst auch ständig Ersatzhandlungen. Oder erledigst du neuerdings deinen Papierkram in der Prosektur? Wie wäre es, wenn du mitkämest? Ein Spaziergang an der frischen Luft würde dir guttun. Du bist ziemlich blass um die Nase.« Sie griff nach der Asservatenschachtel und begann, die Knochen vorsichtig hineinzulegen.

»Ich weiß nicht …«

»Komm schon, in zwei Stunden sind wir wieder zurück, und du kannst dich bis in die Nacht deinem Papierkram widmen. Und ich verspreche, mich um jede Leiche zu kümmern, die wir finden.«

»Danke, ich hoffe, das bleibt uns erspart. Es gibt auch so genug zu tun. Aber meinetwegen.«

Eine halbe Stunde später stiegen sie aus Jirkas Wagen und sahen sich um.

»Da wären wir. Du bist sicher, dass das Bein hier irgendwo gefunden wurde?«, fragte Jirka.

Magda nickte. »Ich habe Ota gefragt, es muss ein Stückchen weiter südlich gewesen sein. Dann sehen wir uns mal um.« Sie machte sich durch den jungfräulichen Schnee auf den Weg nach Süden, so weit möglich immer nahe am Ufer entlang. Magda genoss den Spaziergang, die Bewegung tat ihr gut, ihr Kopf leerte sich auf angenehme Weise, sie fühlte sich fast, als würde sie schweben. Ich verbringe viel zu viel

Zeit im Büro, dachte sie, Bewegung in frischer Luft ist eindeutig besser. Sie entließ alle Gedanken aus ihrem Bewusstsein, fühlte nur noch ihren ruhiger werdenden Atem, genoss diesen meditativen Zustand, nach dem sie sich seit Davids Tod so gesehnt hatte, den sie aber, egal, wie sehr sie sich bemüht hatte, nicht zu erreichen imstande gewesen war. Aber David war ja gar nicht tot – vermutlich, hoffentlich.

Jirka folgte ihr unwillig. Er hatte nichts gegen die Natur – vorzugsweise auf hübschen Postkarten. Er war nur durch und durch ein Stadtmensch, in der Stadt geboren, und aufgewachsen in einer Familie von überzeugten Stadtmenschen. Für gelegentliche Spaziergänge gab es seiner Meinung nach Parks mit ordentlich geteerten Wegen, die im Winter ebenso ordentlich geräumt waren. Nie im Leben würde es ihm einfallen, einfach querfeldein durch irgendeine unzivilisierte Landschaft zu laufen. Er war zwar begeisterter Jogger, aber er bevorzugte eindeutig das Laufband in seinem Fitnessklub. Nach knapp fünfhundert Metern hatte er genug.

»Magda, das war eine Schnapsidee. Hier finden wir niemals etwas.« Er blieb stehen und sah sich um. Links von ihnen lag der ruhig dahinfließende Fluss, auf dem große Eisschollen schwammen, mit der Kaiserinsel, deren ehrwürdiger Name nicht recht zu der Tatsache passen wollte, dass sich auf ihr eine Kläranlage befand, rechts eine vierspurige Landstraße, dahinter die Eisenbahnschienen und jenseits davon ein bewaldeter Hügel. Sie bahnten sich ihren Weg durch weit mehr als knöcheltiefen Schnee. »Meine Hosenbeine sind schon nass«, grummelte er. Er hatte den Anzug erst am Tag zuvor aus der Reinigung geholt. Und nun würde er ihn gleich wieder hinbringen können. Als hätte er sonst nichts zu tun.

Magda ignorierte ihn, blieb aber stehen und nahm zum

ersten Mal die Umgebung wahr. Es war keine wirklich hübsche Gegend, aber der Schnee und die Sonne machten das Beste daraus. Selbst die Kläranlage auf der Kaiserinsel sah nicht so trostlos aus wie sonst. Sie sog die winterliche Luft ein – und rümpfte gleich darauf die Nase. Abgesehen von dem angenehmen Duft nach Schnee erreichte sie auch der weit weniger angenehme Geruch, der von der Kaiserinsel herüberwehte. Der Geruch und Jirkas Gemaule brachten ihr kurzzeitiges und wohltuend gedankenfreies Hochgefühl zu einem jähen Absturz. Er hatte recht gehabt. So ging das nicht. Selbst wenn sie den genauen Fundort fanden, es gab hier definitiv nichts zu sehen oder zu entdecken. Zwar waren die Büsche kahl, aber der Schnee war ein Hindernis – nicht nur beim Gehen.

»Was ist?«, fragte Jirka. Er hatte mehr als genug von diesem Ausflug. Das einzige Ergebnis bisher waren klatschnasse Hosenbeine, und in seine Schuhe kroch die Feuchtigkeit auch schon hinein.

»Ich gebe zu, du hattest recht. Hier finden wir nichts. Jedenfalls nicht, bevor der Schnee weg ist. Aber es hat gutgetan.« Ihre Gedanken wanderten zu dem herrenlosen Bein. »Weißt du, ich frage mich, warum nur das eine Bein gefunden wurde. Was hat der Täter mit dem Rest gemacht? Hat er die ganze Leiche zerlegt und in einzelnen Päckchen in den Fluss geworfen oder nur das Bein abgesägt und dann aufgegeben und den Rest im Ganzen irgendwo verscharrt?«

»Woher soll ich das wissen? Wahrscheinlich *hat* er Päckchen geschnürt, deshalb ist auch noch nichts weiter aufgetaucht. Diese Überlegungen hätten wir viel angenehmer im Trockenen im Büro anstellen können, bei einer Tasse heißem Kaffee …«

»Aber das ergibt doch keinen Sinn. Hätte er das getan, dann wären diese Päckchen nach dem Hochwasser irgendwo hängen geblieben und man hätte sie gefunden. Hat man aber nicht. – Nein, kein *Aber*«, fuhr sie fort, als er etwas einwenden wollte, »ich habe mich erkundigt. Nirgendwo am Fluss nördlich von Prag sind solche Päckchen oder Leichenteile aufgetaucht. Südlich davon übrigens auch nicht. Ich glaube, der Täter hat versucht, die Leiche zu zerlegen und ist daran gescheitert. Es ist schwerer, als man denkt, so etwas zu tun. Vor allem, wenn man offenkundig nicht weiß, wie man es richtig macht. Und selbst dann ist es ein ganzes Stück harter Arbeit. Von den psychischen Schwierigkeiten bei einer solchen Aktion ganz zu schweigen. Ich nehme an, er hat das abgetrennte Bein in dem Müllsack in den Fluss geworfen und den Rest dann anderweitig entsorgt – vergraben, vermutlich. Die Frage ist nur, warum hat er nicht auch das Bein vergraben?«

»Keine Ahnung, ich bin weder der Mörder noch ein Ermittler. Frag doch Ota, der weiß so was vielleicht. Lass uns zurückfahren. Mir reicht's. Meine Schuhe sind klatschnass.«

»Wo könnte der Rest sein?«, sinnierte Magda weiter, ohne auf Jirkas Einwände zu achten. »Mal angenommen, der Täter hat den Rest auch hier irgendwo entsorgt ...«

»Da drüben ist Wald ohne Ende. Dann kommen Felder und noch mehr Wald. Vielleicht dort irgendwo, aber das werden wir beide wohl kaum feststellen können, wenn wir hier durch die verschneite Pampa stapfen. Hier holen wir uns nur nasse Füße und im schlimmsten Fall eine Lungenentzündung.«

»Hm. Ich fürchte, du hast recht. Wir werden wohl oder übel warten müssen, bis es taut.« Magda ließ, unbeeindruckt von Jirkas Nörgelei, den Blick schweifen. »Was ist das da drüben?«, fragte sie und deutete auf eine Ruine auf dem Hügel jenseits der Bahngleise.

Jirka drehte sich um. »Die Ruine da hinten? Das ist die

Zřícenina na Babě. Da oben gab es mal einen Weinberg, und ein gewisser Servác Engel von Engelfluss hat dort im 17. Jahrhundert ein Sommerschlösschen mit Weinpresse bauen lassen. In irgendeinem der vielen Kriege ist es zerstört und dann als Ruine, die es bis heute ist, wiederhergestellt worden. Man fand das wohl malerisch. Abends wird das Ding aus diesem Grund übrigens angestrahlt. Man hat einen ganz schönen Blick von da oben, wenn man dergleichen mag. – Magda, lass uns zurückfahren, das ist sinnlos, was wir hier machen.«

»Kommt man da irgendwie hin?«

»Wohin?«

»Na, zu der Ruine. Gibt es einen Weg dorthin?«

»Ja, von der anderen Seite. Was willst du dort? Das ist eine steinalte Ruine, da sind nur Gestrüpp und ein paar alte Mauern. Hübsch für ein romantisches Stelldichein, aber sicher nicht bei diesem Wetter.«

»Ich habe ein Faible für romantische Ruinen – und Gestrüpp. Egal bei welchem Wetter. Lass uns mal hinfahren.« Sie drehte sich um, ohne auf eine Antwort zu warten, und marschierte los in Richtung Jirkas Wagen.

Jirka Kratochvíl folgte ihr missmutig. Auf halbem Weg klingelte sein Handy.

»Ja«, meldete er sich unwirsch.

»Wo seid ihr, verdammt?«, maulte Otakar Nebeský. »Ich brauche Magda, kann sie aber nicht erreichen. Ich stehe mir in ihrem Büro die Füße platt. Als hätte ich sonst nichts zu tun. Weißt du, wo sie ist?«

»Frag lieber nicht. Sie hat mich in die Pampa gescheucht auf die Suche nach dem Rest zu unserem herrenlosen Bein …«

»Habt ihr sonst nichts zu tun? Ich habe hier eine Schachtel mit verkohlten Knochen. Außerdem habe ich vorhin ein interessantes Gespräch mit einer jungen Dame geführt. Macht, dass ihr zurückkommt, aber presto.« Er legte auf.

»Was ist?«, fragte Magda.

»Das war Ota. Wir sollen ins Institut kommen, er hat etwas, das du dir ansehen sollst. Wie es sich anhörte, braucht er deine Expertise als Knochenspezialistin. Da hast du deine Leiche als Belohnung für diesen blödsinnigen Spaziergang. Herzlichen Glückwunsch.«

Dreißig Minuten später waren sie in Magdas Büro, in dem ein ungeduldiger Nebeský mit den Fingern auf einer Asservatenschachtel trommelte.

»Na endlich. Wurde auch Zeit.« Er schob die Schachtel zu Magda. »Verkohlte Knochen. Aus Franzensbad. Die Kollegen dort wollen wissen, ob es sich um Menschenknochen handelt.«

Magda öffnete die Schachtel und betrachtete den spärlichen Inhalt. »Wo haben sie das denn gefunden?«

»In einem ausgebrannten Auto. Der Kollege sagte, so was von ausgebrannt habe er noch nie gesehen.« Ota schüttelte den Kopf. »Es muss gebrannt haben wie Hölle, wenn das alles ist, was von dem Fahrer übrig geblieben ist.«

»War es ein Verkehrsunfall?«, fragte Jirka.

»Nein, sah wohl nicht danach aus. Der Förster hat es im Wald gefunden.«

»Hast du eine Ahnung, was das sein könnte?«, fragte er und deutete auf die verkohlten Klumpen.

»Hm. Doch. Das sind Bruchstücke von Knochen.«

»Das weiß ich auch schon. Aber sind es menschliche?«

Sie nahm eines der größeren Bruchstücke in die Hand, drehte es hin und her, und nickte schließlich. »Ich denke, ja. Die Knochen sind kalziniert. Das Feuer muss sehr heiß gewesen sein, denn die gesamte organische Substanz ist verbrannt. Außer an diesem hier.« Sie legte das Knochenstück vorsichtig wieder in den Beutel. »Ich werde es mir gleich genau ansehen. Ich denke, wir kriegen aus dem Stück noch DNA raus.« Sie lächelte. Ein guter Ersatz für das herrenlose Bein. Die Ersatzhandlungen würden bis auf Weiteres kein Ende nehmen.

19

Rozlišujeme přátele a užitečné idioty.
Přechod mezi nimi je plynulý.

Zu unterscheiden: Freunde und nützliche Idioten.
Der Übergang ist fließend.

Agáta Abrhámová stand auf. »Ich will Sie nicht länger aufhalten, mein Lieber, Sie haben sicher noch viel zu tun, und ich habe Sie einfach so überfallen. Ich konnte nicht widerstehen, Sie kurz zu besuchen, wo ich schon in der Nähe war. Ich danke für Ihre Gastfreundschaft.« Sie lächelte und legte den Kopf schief. »Sie haben ein kleines Juwel aus dem Sanatorium gemacht. Obwohl ich bei Weitem noch nicht alles gesehen habe.« Sie nahm ihren cremefarbenen Mantel und legte ihn über ihren Arm. Ihre große Handtasche hängte sie sich über die Schulter.

»Meine liebe Agáta, ich muss mich für Ihren Besuch bedanken. Es wäre mir eine Freude und eine Ehre, Ihnen alles zeigen zu können, doch leider, leider muss ich noch zur Weihnachtsfeier der Belegschaft.« Er warf einen Blick auf seine Armbanduhr. »Sie fängt gleich an, und ich habe versprochen, ein paar Worte zu sagen. Sie hätten früher anrufen sollen, dann hätten wir gemeinsam einen Rundgang machen können. – Andererseits, wenn es Sie nicht stört, dass Sie niemanden als Begleitung dabeihaben, können Sie sich natürlich gerne alleine umsehen, immerhin waren Sie früher oft genug hier und verlaufen sich sicher nicht. Wir haben an der Substanz des Gebäudes nichts verändert, nur an der Innenausstattung. Wenn Sie also möchten – fühlen Sie sich wie zu Hause, bitte.«

Agáta lächelte. »Das ist *sehr* freundlich von Ihnen, Edvard. Meinen Sie *wirklich*? Ich wäre schon *sehr* interessiert ... wissen Sie, ich arbeite noch immer, ehrenamtlich natürlich, in einer sozialen Einrichtung in Prag, und vielleicht könnte ich ein paar Anregungen aus Ihrem schönen Sanatorium mitnehmen. Sie haben hier wirklich Bemerkenswertes geschaffen. Ich bewundere Ihr Engagement.« Es fiel ihr nicht schwer, ihren alten Kollegen zu loben. Was sie auf ihrem kurzen Weg durch die Flure des Sanatoriums gesehen hatte, hatte sie tatsächlich beeindruckt. Man hatte offensichtlich keine Kosten gescheut und die Villa mit Stilmöbeln, fein gemusterten Tapeten und Teppichen ausgestattet. Als sie das letzte Mal hier gewesen war, hatte es noch ganz anders ausgesehen, aber das war inzwischen auch mehr Jahre her, als sie zählen mochte. Wie gut, dass sie noch immer losen Kontakt zu ihren früheren Kollegen hielt, man wusste nie, wann man sie brauchen konnte. Aber sie wusste auch, dass Edvard Filipovský immer offen für jede noch so absurde Schmeichelei war. Er gierte nach Anerkennung und Bestätigung wie andere Leute nach frischer Luft. Vor Jahren hatte sie ihn einmal vorsichtig darauf angesprochen. Er hatte gelacht und zugegeben, sich des Problems durchaus bewusst zu sein, aber von einer guten Sache könne man eben nicht genug haben. Irgendwann, hatte sie damals gedacht, würde ihm diese Eigenschaft zum Verhängnis werden. Nun, wie es aussah, war heute dieser Tag X. Ein wenig zwickte ihr Gewissen sie schon, immerhin hatte sie vor, seine Gutmütigkeit schamlos auszunutzen. Aber wahrscheinlich würde das Verschwinden des Kommissars gar nicht mit ihrem Besuch in Verbindung gebracht werden – wenn sie es schafften, allen Mitarbeitern aus dem Weg zu gehen. Wie gut, dass ausgerechnet heute die Weihnachtsfeier war. Besser hätten sie es nicht treffen können.

Filipovský war ihr zur Tür vorausgeeilt und hielt sie auf. »Bitte sehen Sie sich um, Agáta – und verzeihen Sie meinen ungalanten Aufbruch, Sie wissen, die Belegschaft …«

»Laufen Sie, Edvard, laufen Sie. Ich komme sicher bald wieder und melde mich vorher an.« Er war schon fast am Ende des Flurs und winkte ihr kurz zu. »Wiedersehen«, rief sie ihm hinterher. Das Einzige, was Edvard Filipovský noch mehr genoss als Lob und Aufmerksamkeit, war Reden zu halten. Da war er wahrhaftig in seinem Element. Sie wusste, er würde seine Belegschaft mindestens eine Stunde unterhalten – er war nicht nur ein begeisterter, sondern auch ein ausgezeichneter Redner. Und die Anekdoten, die er zu erzählen wusste, sprühten vor Witz und Intelligenz. Bestimmt würden alle, die irgend konnten, anwesend sein. Sie hatte also genug Zeit, und das Sanatorium war klein. Während sie dem Flur aus dem Verwaltungstrakt in den Teil des Gebäudes folgte, in dem sich die Patientenzimmer befanden, versuchte sie, sich den Grundriss des Hauses ins Gedächtnis zu rufen. Es war eine alte herrschaftliche Villa, fast ein Schlösschen. Sie erinnerte sich an ein damals unbenutztes kleines Treppenhaus, das zu einem meist unbenutzten Seiteneingang führte, der auf den kleinen Parkplatz neben dem Gebäude hinausging. Vielleicht hatten sie ja Glück.

Keine fünf Minuten später stand sie in David Anděls Zimmer. Wie erhofft, war sie niemandem begegnet.

»Wie schön, Sie wohlauf zu sehen, Herr Kommissar.« Sie stellte ihre große Handtasche auf dem Bett ab.

»Sie können sich nicht vorstellen, wie froh ich bin, Sie zu sehen, Frau Abrhámová. Ich …«

»Dafür ist nachher im Auto Zeit, mein Lieber. Jetzt ziehen Sie sich schnell um«, erwiderte sie und holte einen weißen Arztkittel und eine weiße Hose aus ihrer Tasche. »Ich hoffe, die Sachen passen Ihnen. Wir müssen uns beeilen.«

20

Kdo se moc záhadně usmívá,
snaží se zakrýt nějákou pitomost.

Wer allzu hintersinnig lächelt,
sucht eine Torheit zu verbergen.

»Was kann ich für Sie tun, Frau Redakteurin?«

Larissa saß im Büro von Inspektor Tomáš Marný, einem Mann mittleren Alters, der gerade versuchte, eine weitere Zigarette in einem bereits übervollen Aschenbecher auszudrücken. Larissa fühlte sich unangenehm an das Büro des Chefs der Bunkerverwaltung erinnert. Auch hier war alles im Wesentlichen beige und braun, nur der Mann war deutlich sympathischer als Myška damals – und er sah ihr ins Gesicht, während er mit ihr sprach.

»Ich arbeite an einem Artikel über Prostitution in dieser Gegend«, sagte sie, ohne um den heißen Brei herumzureden, »und ich dachte, ich wende mich am Anfang meiner Recherchen am besten an diejenigen, die am meisten darüber wissen. Als erfahrener Inspektor können Sie mir sicher helfen.« Sie lächelte ihn charmant an. Ihrer bisherigen Erfahrung nach war es meist recht nützlich, einem Gesprächspartner ein wenig Honig um den Mund zu schmieren. Die meisten Menschen waren empfänglich für Anerkennung und Komplimente.

Der Inspektor lehnte sich in seinem Stuhl zurück und verschränkte mit einem Lächeln die Arme vor der Brust.

»So, Sie interessieren sich also für das älteste Gewerbe der Welt. Nun, es gibt Prostitution hier – wie überall. Ich sehe nicht ganz, was das für einen Nachrichtenwert haben soll, Frau Redakteurin. Das ist nichts Neues. Prostitution gibt es hier seit der Revolution reichlich. Leider. Das ist eines der unangenehmen Dinge, die die Freiheit mit sich bringt. Was genau wollen Sie denn darüber wissen?«

Seine ironische Zurückhaltung entging Larissa nicht. Mit fadenscheinigen Schmeicheleien würde sie vorsichtig sein müssen. Sie holte den Zeitungsartikel über die Kinderprostitution aus ihrer Tasche und legte ihn vor ihn auf den Schreibtisch. »Sie haben sicher recht, aber das hier ist nicht ganz das Übliche, was man auch anderswo findet. Können Sie mir dazu etwas sagen?«

Marný beugte sich vor und überflog den Artikel. »Ach das. Das ist nichts weiter als ein bösartiges Gerücht, da ist nichts dran, glauben Sie mir.« Mit einem schwer zu deutenden Lächeln lehnte er sich wieder zurück und zündete sich eine neue Zigarette an. Mit dem Daumen seiner linken Hand drehte er an einem großen Siegelring. Ihr Blick wanderte über seine Handgelenke, die rechts eine großkotzige Armbanduhr und links ein dickes, goldenes Armkettchen zierten. Unter dem offenen Hemdkragen blitzte ein weiteres goldenes Kettchen hervor. Der Mann hatte was übrig für Schmuck, dachte sie belustigt, damit und mit seinen zurückgegelten dunklen Haaren sieht er aus wie die Karikatur eines Mafioso.

»Wer sollte denn ein Interesse daran haben, so ein Gerücht in die Welt zu setzen?«

Marný zuckte die Achseln. »Dazu kann ich Ihnen nichts sagen. Tut mir leid. Das müssen Sie schon diese aufgeregten Hühner von der Hilfsorganisation fragen. Verstehen Sie mich bitte nicht falsch, ich habe nichts dagegen, dass die Damen versuchen, den Prostituierten zu helfen – das kommt uns sehr entgegen. Je weniger Nutten es gibt, desto besser. Ich mag es nur nicht, wenn solche Verleumdungen in die Welt gesetzt werden.« Die Spitze seiner Zigarette glühte auf, als er daran zog. Papier knisterte.

»Ich werde ganz bestimmt auch mit den Damen sprechen«, erwiderte Larissa gelassen, »aber Sie können mir vielleicht sagen, wie diese Hilfsorganisation zu ihrer gänzlich anderen Einschätzung kommt? Die haben sich das doch nicht aus den Fingern gesogen. Ich meine, sie müssen doch irgendwelche Beweise haben, mit denen sie ihre Behauptungen untermauern können.«

»Beweise haben sie – meines Wissens jedenfalls – keine. Und Beweise sind das, was wir bräuchten, wenn wir gegen so etwas vorgehen sollen.« Er drückte die nur halb aufgerauchte Zigarette aus und begann, mit der linken Hand den Siegelring auf seinem rechten kleinen Finger auf und ab zu schieben. »Wenn Sie mich fragen, Sie verschwenden Ihre Zeit mit dieser Sache. Schreiben Sie doch lieber einen Artikel über diese schöne Gegend. Wenn Sie es unbedingt blutig wollen, schreiben Sie doch über den letzten Henker von Cheb, den alten Huss. Das wäre eine Geschichte, die viel besser zu einem so charmanten Fräulein wie Ihnen passen würde.« Er lächelte überheblich.

Larissas anfängliche Sympathie für den Inspektor legte sich allmählich. Sie konnte es nicht leiden, wenn man sie von oben herab behandelte, als wäre sie ein kleines Schulmädchen. Sie bemühte sich, ihre wachsende Empörung darüber im Zaum zu halten. »Das ist sicher auch interessant, nur leider nicht sehr aktuell. Ich schreibe nicht für die Reiseseiten, sondern für die Nachrichtenredaktion. Wenn die Sache mit der Kinderprostitution nur ein Gerücht ist – *Ihrer* Meinung nach jedenfalls –, dann können Sie mir doch bestimmt etwas über diese zusammengeschlagenen Touristen sagen, die man im Straßengraben gefunden hat?«, wechselte sie das Thema. »Das wird ja wohl kaum ein Gerücht sein, oder?«

»Vom Ästchen aufs Stöckchen, wie? Nun, dazu gibt es nicht viel zu sagen. Das stand alles längst in der Zeitung, Sie beackern gepflügte Felder, junge Dame. Aber sei's drum, noch mal zum Mitschreiben: Wir haben in den vergangenen Monaten insgesamt sechs Männer in diesem Zustand gefunden. Und keiner von ihnen wollte Angaben dazu machen, was ihnen passiert war. Das ist alles. Sonst noch Fragen?«

Larissa erwiderte nichts. Sie wartete geduldig ab und ließ ihn nicht aus den Augen. Schließlich beugte er sich vor, stützte sich mit den Unterarmen auf seinen Schreibtisch und verschränkte die Finger. »Sie geben nicht so leicht auf, was? Na schön, ich nehme an, dass sie Freier waren, nicht harmlose Touristen. Aber das ist, wohlgemerkt, meine ganz persönliche Einschätzung – es gibt keinerlei Beweise dafür. In allen Fällen fehlte Geld. Man hatte sie möglicherweise ausgeraubt. Aber auch das hat keiner von ihnen zu Protokoll gegeben. Ein paar von ihnen wollten dazu gar keine Angaben machen, die anderen behaupteten, sie hätten bis auf den letzten Heller alles ausgegeben. Keiner von ihnen hat Anzeige erstattet.« Er zuckte die Achseln. »Wo kein Kläger, da kein Richter. Ende.«

»Sie meinen also, die Männer seien von den Prostituierten oder deren Zuhältern ausgeraubt worden?«

»*Ich* meine gar nichts. Das haben *Sie* gesagt, Fräulein.«

»Aber das ist doch der einzig logische Schluss, nicht wahr? Sie sagten, Sie halten diese Männer für Freier. Sie wurden zusammengeschlagen, ihnen fehlte Geld. Also …«

»Wir betrachten diese Fälle nicht als Raubüberfälle, noch

nicht mal als Diebstahl.« Sein Gesichtsausdruck war undurchdringlich. Er spielte wieder mit dem Ring, zog ihn vom Finger und drehte ihn hin und her, während sein Blick zu der Zigarettenschachtel auf seinem Tisch wanderte.

»Wollen Sie damit sagen, dass die Männer sich selbst zusammengeschlagen und ausgeraubt haben?« Die Spielerei mit dem Ring irritierte Larissa. War der Mann nervös oder der Ring so neu an seiner Hand, dass er ihn noch als Fremdkörper empfand? Vielleicht versuchte er aber auch nur, sich das Rauchen abzugewöhnen und brauchte ein Ersatzspielzeug für seine Hände.

»Das habe ich nicht gesagt.«

»Oder gehen Sie davon aus, die Männer seien im Schnee so schwer gestürzt, dass sie dann bewusstlos liegen geblieben sind und ihnen bei der Gelegenheit alles Geld aus der Brieftasche gefallen ist?« Larissa verlor langsam die Geduld. Das war doch alles absurd.

»Nein.«

»Na also!«, rief Larissa leicht genervt aus. »Dann sind die Männer von irgendjemandem überfallen worden. Und wenn sie Freier waren, wie Sie, Herr Inspektor, offenbar annehmen, dann stecken doch offensichtlich entweder die von diesen Männern besuchten Prostituierten oder deren Zuhälter dahinter …«

»Die Männer haben alle bestritten, die Dienste von Prostituierten in Anspruch genommen zu haben. Wie gesagt, wir betrachten diese Zwischenfälle nicht als Diebstähle oder Raubüberfälle. Und die Männer nicht als Freier.«

Larissa legte den Kopf schief und lächelte ihn ironisch an. »Ich verstehe. Sie wollen sich von diesen *Zwischenfällen*, wie Sie sie nennen, Ihre Kriminalstatistik nicht verderben lassen.«

»Das haben *Sie* gesagt.« Er grinste und steckte den Ring

wieder an seinen Finger. Seine Hände griffen wie abwesend nach Zigarette und Feuerzeug.

»Können Sie mir denn wenigstens sagen, wo diese Männer gefunden wurden?«

»Wozu wollen Sie das wissen?« Er atmete tief ein und stieß den Rauch in kleinen Ringen wieder aus.

»Professioneller Wissensdurst.«

»Neugier bringt die Katze um, wie unsere amerikanischen Freunde so schön sagen.« Das Zigarettenpapier knisterte. Weitere Rauchkringel schwebten zur Decke.

»Das scheint das Lieblingssprichwort geheimniskrämerischer Polizisten zu sein. Sie vergessen, dass Katzen neun Leben haben.«

»Neugierig, wie Sie zu sein scheinen, haben Sie vermutlich schon einige davon eingebüßt. Hören Sie, junge Dame, Sie stochern hier in Wespennestern herum – stecken Sie Ihre Nase nicht in Dinge, die zu groß für Sie sind.«

»Ist das eine Drohung, Herr Inspektor?«, fragte sie mit unschuldigem Augenaufschlag.

Er lachte laut auf. »Eine Drohung? Aber ich bitte Sie! Das ist nichts als ein väterlicher Rat. Im Ernst – wir tun hier unser Bestes, um die Kriminalität im Zaum zu halten. Und wir sind durchaus erfolgreich darin. Wenn Leute Dummheiten machen und dabei zu Schaden kommen, versuchen wir es aufzuklären, aber wenn diese Leute jegliche Zusammenarbeit verweigern, sind uns die Hände gebunden. Leider. Mehr kann ich Ihnen dazu beim besten Willen nicht sagen.« Er warf einen ungeduldigen Blick auf seine Armbanduhr. »Es tut mir leid, aber ich habe noch zu tun, Frau Redakteurin. Ich wünsche Ihnen eine angenehme Heimreise.«

»Das hat noch Zeit, Herr Inspektor, es gefällt mir sehr gut hier. Ich denke, ich werde noch ein bisschen bleiben.«

Die Tür wurde geöffnet, und ein junger Polizist in Uniform steckte den Kopf herein. »Chef, da draußen ist noch ein Journalist, der was von Ihnen will. Irgendein Korrespondent, glaube ich, wenn ich ihn richtig verstanden habe. Der Typ kann nur Englisch und eine Handvoll Wörter Deutsch.« Er verdrehte die Augen über den derart ungebildeten Journalisten. »Was soll ich mit ihm machen?«

»Schicken Sie ihn weg, ich habe zu tun. – Nach Ihnen, bitte.« Marný deutete auf die Tür. »Wenn Sie unbedingt bleiben wollen, dann wünsche ich Ihnen noch einen angenehmen Aufenthalt in unserer schönen Gegend. Und vergessen Sie den Henker nicht. Ein hochinteressanter Mann.«

Larissa nickte ihm zu und verließ verärgert das Büro. Draußen saß auf einer Bank ein junger Mann und blickte erwartungsvoll in Richtung Inspektor.

»Die Arbeit ruft«, erklärte der Inspektor kurz, während er an dem Reporter vorbeieilte. »Tut mir leid.«

Der Mann sah dem Inspektor irritiert nach und wandte sich dann verwirrt an Larissa. Offensichtlich hatte er kein Wort von dem verstanden, was der Inspektor gesagt hatte. »*What is going on? What…*«, fragte er Larissa in breitem amerikanischen Englisch.

»Nichts weiter, der Herr hat zu tun«, erwiderte Larissa auf Englisch und schickte dem Inspektor einen genervten Blick hinterher. »Sie sind Journalist?« Der Mann kam ihr bekannt vor, vermutlich von einem der monatlichen Treffen des Prague Press Clubs, einem Klub englischsprachiger Journalisten in Prag. Der Mann nickte und stand unschlüssig auf.

»Haben Sie einen Wagen?«

»Selbstverständlich, warum?«

»Ich bin auch Reporterin, von der *Prague Post*. Larissa Khek ist mein Name. Ich bin hier wegen eines Artikels über die verprügelten Touristen – und die angebliche Kinderprostitution. Und Sie?«

»Oh, ich – äh, ach, ich wollte nach dem verkohlten Wagen fragen, den man hier im Wald irgendwo gefunden hat. Angeblich ist darin jemand verbrannt.«

Larissa war ganz Ohr. »Was für ein Wagen? Und wer ist verbrannt?«

Der junge Mann lächelte. »Das wollte ich den Inspektor fragen. Na, egal. Dann eben der nächste Punkt auf meiner Liste. Den Inspektor kriege ich schon noch. Was wollen Sie mit einem Wagen?«

»Ich will dem Förster einen Besuch abstatten. Schließlich passieren merkwürdige Dinge in seinem Wald.«

»Meinen Sie Gustav Mottl? Bei dem war ich auch schon. Wenn Sie wollen, fahre ich Sie hin. Der Bus fährt nicht so oft. Kommen Sie.«

21

V čínském koláčku pro štěstí se mi slibuje:
»Uw plannen hebben succes!«

Mein chinesischer Glückskeks verheißt:
»Uw plannen hebben succes!«

»An die Arbeit«, sagte Magda und stellte den leeren Becher auf Jirkas Schreibtisch ab. Die Identifizierung dieser Leiche würde noch schwerer werden als die des herrenlosen Beines, dachte sie bekümmert. Aber wenigstens hatte sie etwas zu tun, was sie von den Gedanken an David ablenkte.

Jirka Kratochvíl begann, die Knochen auf dem Stahltisch auszulegen, während Ota Nebeský angewidert in der Nähe der Tür herumstand. Er hasste es, in die Prosektur mitkommen zu müssen, hatte sich immer nach Möglichkeit darum gedrückt und David Anděl bereitwillig den Vortritt gelassen. Immerhin waren es diesmal nur verkohlte Knochen. Man brauchte schon viel Fantasie, um diese Klumpen als sterbliche Überreste eines Lebewesens oder gar Menschen zu interpretieren. Magda nahm einen Fotoapparat zur Hand und fotografierte alles. Ein paar Minuten später lag der sehr bescheidene Rest eines verbrannten Lebewesens vor ihnen: Sie hatten vielleicht zwei oder drei Handvoll Knochenbruchstücke, fünf Zähne und ein größeres, gewölbtes Stück Knochen. Außerdem noch einige andere rußgeschwärzte Stücke, denen man beim besten Willen nicht mehr ansah, was sie einmal gewesen waren.

»Dagegen ist das herrenlose Bein ein Traum«, sagte Jirka. »Kannst du damit was anfangen? Vielleicht war das gar kein Mensch. Könnte auch ein Hund gewesen sein. Oder sonst ein Tier.«

Magda betrachtete die sterblichen Überreste nachdenklich. »Glaube ich nicht«, sagte sie und deutete auf den gewölbten Knochen, »das hier ist ein Schädeldach. Für einen Hund ist es zu groß, und die Zähne sprechen auch gegen ein Tier. Das war ein Mensch. Die kalzinierten Knochenstücke helfen uns leider nicht weiter, aber die Zähne sehen noch ganz gut aus. Und das Schädeldach auch.« Sie zog Einmalhandschuhe an und nahm es in die Hand.

»Da hat jemand gewaltig gezündelt«, sagte Ota, der inzwischen etwas näher gekommen war, »die Brandlast muss enorm gewesen sein.« Er legte die Fotos, die man ihm vom Fundort gefaxt hatte, auf einem freien Sektionstisch aus und betrachtete sie. Sehr gut waren die Bilder nicht, aber das Wichtigste war zu erkennen. Der Wagen war nur noch ein Wrack. Alle Fensterscheiben fehlten, der Lack hatte sich in großen Blasen abgelöst. Von dem Auto war nur noch das rußige Stahlskelett übrig. Auch im Interieur war außer Metall so gut wie nichts mehr übrig, nur die Sitzgestelle und verkohlte Sprungfedern.

»Vielleicht war der Tank voll«, meinte Magda.

»Das ist ziemlich sicher«, erwiderte er, »das Dach ist rechts hinten geschmolzen. Aber da muss noch weit mehr gewesen sein. Da hat jemand ordentlich nachgeholfen, wenn du mich fragst.«

»Na, in so einem Auto ist jede Menge Zeug, das brennen kann.«

»Geht so«, sagte Ota, »die Teppiche, die Polsterung und der Dachhimmel aus Stoff – das war's im Prinzip auch schon.«

»Na, und eine Leiche brennt auch nicht so ganz von selbst«, sagte Jirka. »Ist nicht leicht, einen Menschen richtig in Brand zu setzen, damit nichts als ein paar Knochen übrig bleiben.«

»Stimmt«, bestätigte Magda, »wir bestehen zum größten Teil aus Wasser. Eine Leiche zu verbrennen ist ungefähr so einfach, wie völlig durchweichtes, nasses Holz anzuzünden. Wenn sie aber erst mal Feuer gefangen hat, dann brennt sie erstaunlich gut – zum einen, weil sie viel Kohlenstoff enthält, und zum anderen wegen des Körperfetts. Trotzdem braucht man schon sehr große Hitze, um sie so gründlich verbrennen zu lassen. Es ist ja wirklich so gut wie nichts mehr davon übrig.«

»Hm. Da hat jemand ordentlich Brandbeschleuniger benutzt«, stimmte Ota zu. »Ein Wunder, dass nicht der halbe Wald gleich mit abgefackelt ist.«

»Wann ist das eigentlich passiert?«, fragte Jirka.

»Muss schon eine Weile her sein«, sagte Ota. »Der Wagen war komplett eingeschneit. Der Förster hat ihn gefunden, und weil er offenbar der Auffassung ist, dass eine Lichtung kein Parkplatz ist, hat er es sich genauer angeschaut und festgestellt, dass jemand gezündelt hatte.«

Magda drehte das Schädeldach in den Händen hin und her. »Das Schädeldach ist nicht kalziniert. Das heißt, wir haben eine Chance, DNA-Material zu gewinnen. Sieh mal«, sie wandte sich an Jirka und deutete auf die Innenseite, »innen ist der Knochen verbrannt, man sieht das schwammartige Innere, aber von außen ist er weitgehend unbeschädigt.«

»Weißt du, wo genau man das Schädeldach gefunden hat?«, wollte Jirka von Ota wissen.

Der Inspektor blätterte in seinen Notizen. »Im Fußraum vor dem Fahrersitz. Mit der Oberseite nach unten.«

Er kratzte sich am fast kahlen Kopf. »Sie haben es erst beim zweiten Durchlauf ausgegraben, zufällig. Der Kollege meinte, es habe unter der ganzen Asche gelegen. Er habe nur vorsichtshalber noch mal rumgestochert.«

»Vielleicht ist der Kopf der Leiche irgendwann da runter gefallen. Während des Brandes.«

»Nein, das glaube ich nicht«, warf Magda ein. »Wenn das Schädeldach mit der Oberseite nach unten unter der ganzen Asche und den sonstigen Trümmern lag, dann kann das nur bedeuten, dass die Leiche während des Brandes kopfüber im Fußraum vor dem Fahrersitz gelegen hat.«

»Ist ziemlich schwer, den Kopf neben das Gaspedal zu legen«, sagte Jirka, der noch immer die Fotos betrachtete. »Das Auto ist so ein Winzling, ich kann mir nicht vorstellen, dass man das so ohne Weiteres hinkriegt.«

»Ein Unfall war es also nicht«, sagte Magda.

»Kaum. Jedenfalls kein Verkehrsunfall. Sie haben es, wie gesagt, im Wald auf einer einsamen Lichtung gefunden. Das nächste Haus ist auch ein Stück entfernt.«

»Vielleicht hat der Fahrer auf diese etwas spektakuläre Art Selbstmord begangen«, meinte Jirka. Seinem Tonfall nach zu urteilen, schien er daran aber Zweifel zu haben.

»Und dazu legt sich der arme Kerl kopfüber vor den Fahrersitz?«, fragte Magda skeptisch. »Kann ich mir nicht vorstellen. Ich glaube eher, dass jemand eine Leiche verbrannt hat.«

»Unter Mord machst du es wohl nicht, wie?«, fragte Jirka und schmunzelte, während er das Sammelsurium verkohlter Klumpen betrachtete. Er griff nach einem rußgeschwärzten flachen Stück Etwas, das inmitten der Knochenbruchstücke lag. »Das ist ja interessant. Seht mal her.« Er wischte den Ruß weg. »Eine Notfallplakette. Allergisch auf Bienengift. Diabetikerin. Blutgruppe 0 negativ.« Er drehte sie um und wischte auch dort den Ruß weg. »Na also, das ging ja schneller als befürchtet. Kinder, unsere Leiche hat einen Namen: Irena Kafková. Nur die Adresse fehlt.« Er grinste zufrieden. »Aber die dürfte für Ota kein Problem sein.«

»Sehr schön. Das war deutlich einfacher als bei unserem Bein. Falls es sich wirklich um ihre Überreste handelt. Vielleicht ist sie aber auch nur die Halterin des Wagens, und diese Plakette hat nichts mit der verbrannten Leiche zu tun. – Aber ich habe hier noch was …« Magda holte eine Lupe und betrachtete die Außenseite des Schädeldaches. »Guck mal, hier. Das sieht aus wie Erde oder so was.« Sie schwieg einen Moment nachdenklich, während Jirka sich die Stelle unter der Lupe ansah. »Wenn das tatsächlich Erde ist, die an dem Schädeldach klebt, dann war die Leiche möglicherweise schon ansatzweise skelettiert.«

»Vielleicht war der Wagen einfach nur verdreckt …«

»Ja, vielleicht … Vielleicht war das aber keine allzu frische Leiche, die hier verbrannt ist.«

»Ich kümmere mich mal um die Probe für die DNA-Analyse, damit wir feststellen können, ob es sich um diese Irena Kafková handelt.«

»Ich versuche nachher rauszukriegen, wo diese Kafková her ist. Mit ein bisschen Glück haben wir die Sache schnell vom Hals und können das Zeug zurückschicken. Mit den Ermittlungen können sich dann die Kollegen in Cheb herumschlagen.«

Als sie endlich fertig waren, verstauten sie die wenigen sterblichen Überreste in einer Asservatenschachtel und gingen hinauf in Jirkas Büro.

»Jemand Kaffee?«, fragte Jirka, als sie sein Büro betraten.

»Danke, nein. Ich hatte heute schon einen Koffeinschock. Trinkst du eigentlich nie etwas anderes als Kaffee? Ich hätte lieber ein Glas Wasser, bitte.«

»Bist du des Wahnsinns? Fische lieben sich darin. Wasser gibt es bei mir nur in abgekochtem Zustand und mit Geschmacksverstärker. Wenn du so was unbedingt roh trinken willst, dann musst du den Wasserhahn bemühen.« Er trat ans Fensterbrett und stellte Wasser auf. »Und du?«, fragte er Ota.

»Von deinem Gebräu kriege ich einen Herzinfarkt. Hast du Tee? – Okay, okay, falsche Frage.«

»Was wolltest du uns denn erzählen?«, fragte Jirka. »Du hast etwas von einem Gespräch mit einer jungen Dame gesagt.«

Ota seufzte. »Wir haben den Geheimdienst im Boot, Kinder.« Er zog eine Packung Zigaretten aus der Jackentasche und zündete sich eine an. Jirka bediente sich auch.

»Spann uns nicht auf die Folter, Ota«, meldete sich Magda, als er nichts weiter sagte, während sie die Getränke zu dem Besprechungstisch trug, an dem Ota und Jirka sich niedergelassen hatten.

»Meda hat mich heute Mittag angerufen. Sie saß mit einer Freundin in einem Café, und die hatte ihr gerade eine seltsame Geschichte serviert.« Er griff nach dem dampfenden Kaffeebecher, den Magda ihm hinhielt, dann referierte er, was Medas Freundin ihm erzählt hatte. »Tja, so ist das«, schloss er seinen Bericht, »wie gesagt, der Geheimdienst spielt mit.«

»Es besteht kein Zweifel daran, dass es sich nicht doch um zwei verschiedene Leute handeln könnte? Ich meine bei dem alten Studienfreund von David und dem Freund von dieser Skarlet Meinlová?«, fragte Magda.

Ota schüttelte den Kopf. »Nein. Er heißt Felix Benda, und ich erinnere mich, dass David diesen Namen erwähnte, als es um die Entschlüsselung von den Lederbändern und dem anderen Zeug ging. Er sagte, der Typ sei Kryptologe beim Geheimdienst.« Magdas gelassene Reaktion wunderte ihn. Alle Trauer und Verzweiflung schien von ihr abgefallen zu sein. Sie wirkte sehr interessiert, aber irgendwie nicht persönlich betroffen. Ob der Oberst am Ende doch recht hatte und Magda im Grunde ihres Herzens ein kalter Fisch war? Er mochte es nicht recht glauben, aber er ertappte sich dabei, dass er ihr ihre scheinbare Gefühllosigkeit übel nahm.

»Das hört sich ja an wie im Film«, sagte Magda. »Wenn nicht auf David geschossen worden wäre, würde ich sagen, sie hat sich das alles zusammenfabuliert. Rote Rosen, Kalaschnikows und irgendwelche Maschinen – von allen Dingen dieser Welt.« Sie schüttelte amüsiert den Kopf. »Was sind diese roten Rosen überhaupt? Um echte Rosen handelt es sich ja wohl nicht, wenn ihr beide so ernst dreinschaut, oder?«

»*Rote Rosen* soll das Codewort für das geheimnisumwitterte rote Quecksilber sein«, erwiderte Ota missmutig. »Das Zeug spukt mindestens seit der Revolution durch die Lande. *Angeblich* haben die Russen es entwickelt. Man soll damit am Küchentisch Wasserstoffbomben basteln können. Andererseits kursiert auch das Gerücht, dass es sich um das Codewort für hochreines Uran oder Plutonium handelt. Such's dir also aus. Und *angeblich* wollten die Russen das Zeug meistbietend unter die Leute bringen. Die Herrschaften saßen damals auf allerlei Schrott, den sie versilbern wollten. Ich erinnere mich an einen General, der Panzer feilgeboten hat und allerhand kleinere Schießprügel und anderes Kriegsgerät. Ob die Geschäfte zustande gekommen sind, weiß ich nicht. Jedenfalls, was das rote Quecksilber betrifft. Das andere Zeug haben bestimmt irgendwelche Lurche gekauft. Schleimige Waffenschieber, die es vermutlich zum Höchstpreis an Potentatenärsche in der Dritten Welt oder die eine oder andere Revoluzzer-Bande verscherbelt haben.« Er zog eine angewiderte Grimasse, trank einen Schluck Wasser und drückte seine Zigarette heftig im Aschenbecher aus, während er die beiden aus mürrisch zusammengekniffenen Augen betrachtete.

»Wir haben übrigens auch was Neues«, sagte Jirka, dem Otas ungewohnt ärgerlicher Unterton nicht entgangen war. »Wir haben Davids Urne im Krematorium abgeholt.«

Otas nicht eben gute Laune fiel offensichtlich ungebremst in den Keller. »Und wann ist die verdammte Beerdigung?«, fragte er leise und strich sich mit der Hand durch die wenigen verbliebenen Haare. Er warf den beiden einen wütenden Blick zu. Wie konnten sie nur so gefühllos davon erzählen?

»Es wird keine Beerdigung geben, Ota«, sagte Magda, der auch langsam dämmerte, warum der Inspektor plötzlich so pampig und verärgert war. »Zement wird nicht beerdigt.«

Ota starrte sie verständnislos an. »Was?«

»In der Urne war nur Zement, Ota. Nicht Davids Asche.«

Ota fing sich langsam wieder. »Dann ... dann ... ist er gar nicht ... ich meine ...« Er griff nach einer weiteren Zigarette und zündete sie mit zitternden Fingern an. In seinem Gesicht lagen Misstrauen, Verwunderung und Erleichterung im Wettstreit miteinander.

»Möglicherweise haben wir es mit einer kleinen Verschwörung zu tun. *Möglicherweise*. Das ist nur ein weiterer Hinweis, dass an der Sache etwas faul ist.« Sie erlaubte sich ein mitfühlendes Lächeln. »Wir sind keine gefühlskalten Monster, Ota.«

Ota sah Magda schuldbewusst an. »Und ich habe mich schon gefragt, wieso es dir so gut geht ... entschuldige.« Er lächelte verlegen.

Magda tätschelte ihm den Arm. »Ist schon gut. Aber ich

habe noch eine Frage zu der jungen Frau, Ota. Wo hat sie dieses Gespräch eigentlich belauscht?«

Ota grinste. »Ihr werdet es nicht glauben: an ihrem Arbeitsplatz. Sie ist Anwältin in einer renommierten Kanzlei hier in Prag. Bei Kafka und Partner.«

»Kafka?«, fragte Magda überrascht. »Das könnte …«

Jirka ließ einen langgezogenen Pfiff hören. »Hatte David mit einem von Kafkas Jungspunden vor Kurzem nicht Ärger?« Auf Magdas Einwurf achtete er in seiner Überraschung ebenso wenig wie der Inspektor, dem im Moment vor allem sein nervender Chef Sorgen machte.

Ota nickte resigniert. »Hatte er. Und jetzt habe ich ihn. Der Oberst will auf Teufel komm raus die Tonbänder von der Vernehmung eines der Vietnamesen. Ich habe keine Ahnung, wo die abgeblieben sind. Im Büro sind sie jedenfalls nicht.«

»Und was ist da drauf?«

»Weiß ich auch nicht. Der Cajthaml war bei der Vernehmung dabei, aber er liegt mit einem gebrochenen Bein im Krankenhaus irgendwo in den österreichischen Bergen. Er wollte unbedingt mal ausprobieren, ob Snowboarden nicht spannender ist als Skateboarden. Das hat er nun davon. Wir werden eine Weile ohne unseren talentierten Jongleur auskommen müssen.« Er grinste. »Ich habe ihm immer gesagt, er solle seine Schnürsenkel binden.«

»Der Arme«, sagte Magda mitfühlend, sie mochte den jungen Beamten.

»Hast du eigentlich einen Schlüssel zu Davids Wohnung, Magda?«, fragte Jirka.

»Ja, warum?«

»Vielleicht hat er die Tonbänder mit nach Hause genommen. Ota, wart ihr im Zuge der Ermittlungen in Davids Wohnung?«

Ota schüttelte den Kopf. »Der Oberst hat doch nicht lange ermittelt. Bei konservativer Schätzung vielleicht zwei Stunden lang. Am liebsten hätte er Vltavský verboten, sich den Tatort überhaupt anzusehen. Aber der war schon unterwegs und lässt sich vom Oberst glücklicherweise nicht in seine Arbeit reinquatschen. Unser allseits beliebter Arbeitsvermeidungsexperte ist bei Vltavský mal wieder auf Granit gestoßen.« Er drückte seine Zigarette aus. »Offiziell kann ich in dem Fall nicht ermitteln, aber niemand kann mir meine Freizeitgestaltung vorschreiben. Ich werde mir Davids Wohnung ansehen müssen.« Er schwieg einen Moment. »Wenn in der Urne keine Asche war – wo ist unser Engel dann abgeblieben?«

»Hast du rausgefunden, wie er ins Krankenhaus gekommen ist?«, fragte Jirka.

»Ja, er wurde nicht in einem Krankenwagen gebracht, sondern in einem Privatauto. Wer der Typ war, der ihn gebracht hat, weiß ich leider nicht.«

»Vielleicht dieser Felix Benda?«, fragte Magda.

Jirka sah sie erstaunt an.

»Na, Ota hat doch gesagt, dieser Benda habe seine Freundin nach dem Essen Knall auf Fall im Restaurant sitzen lassen, nachdem sie ihm von diesem Gespräch erzählt hatte. Wo musste er so plötzlich hin? Sie sagte ihm, ein Engel solle in den Himmel geschickt werden – vielleicht ist er auf die Idee gekommen, dass es sich um David handeln könnte. Immerhin hatte sie ja auch etwas von unbestechlichen Polizisten erzählt, die so eine Pest seien.«

»Ja, das ist auch meine Idee«, bestätigte Ota.

»Wenn es dieser Benda war, dann haben wir Pech«, sagte Jirka, »Katz sagte, er sei inzwischen in Irland.«

»Du glaubst doch sonst nicht alles, was man dir erzählt«, widersprach Magda. »Dein Freund Katz hat uns allerhand

Lügen aufgetischt, abgesehen von der Tatsache, dass er diesen Benda auch den Obduktionsbericht und den Totenschein hat unterschreiben lassen. Diese beiden Dokumente sind also offensichtlich Kappes. Und die junge Dame sagte, sie habe seither zumindest einmal mit ihrem Freund gesprochen. Oder sagte sie etwas davon, dass er im Ausland sei?«

Ota schüttelte den Kopf. »Nein, so wie ich sie verstanden habe, ist er zwar zu beschäftigt, um sich mit ihr zu treffen, aber von Ausland war nicht die Rede. Verstehe ich nicht, warum er keine Zeit für sie hat. So wichtig kann keine Arbeit der Welt sein. Das Mädel hat echte Klasse.« Er grinste vielsagend.

»Hast du etwas über den Verbleib von Eva Urbanová herausfinden können?«, fragte Magda.

Ota schüttelte den Kopf. »Erst hat mich Meda zu diesem Stelldichein mit ihrer Freundin bestellt, und dann … äh, hatte ich noch eine Kleinigkeit zu erledigen. Aber sie steht auf meiner Prioritätenliste ganz oben. Ich werde deswegen aber mit dem Väterchen reden müssen. Er muss helfen, allein komme ich gegen den Oberst nicht an. – Und was habt ihr jetzt vor?«

»Ich denke«, sagte Magda entschlossen, »wir sollten versuchen, diesen geheimnisvollen Herrn Benda irgendwo aufzutreiben.« Sie schwieg einen Moment nachdenklich und fuhr dann fort: »Ist euch eigentlich auch schon aufgefallen, dass der Nachname auf der Notfallplakette der gleiche ist wie der von diesem Anwalt?«

22

Smrt je fraska: nerealizovatelná.

Der Tod ist eine Farce: nicht realisierbar.

Die Sonne stand hoch am Himmel, jedenfalls so hoch, wie sie im Winter gemeinhin kam. Die verschneite Landschaft, die an ihnen vorbeizog, wirkte in ihrer friedlichen, goldschimmernden Schönheit fast unheimlich auf ihn. Wie ein Potemkinsches Dorf, eine bloße Kulisse, hinter der sich eine hässliche Wirklichkeit verbarg. Er sah hinunter auf seine Hände, die einen etwas abgegriffenen tschechischen Personalausweis hielten. Seine neue Identität. Der Name lautete auf *Martin Trojan*, geboren in Mariánské Lázně; Wohnort: dito. Immerhin kam der Mann nicht aus Prag, wo man jemandem über den Weg laufen konnte, der ihn kannte. Marienbad war weit genug weg, mehr als einhundertfünfzig Kilometer – das müsste reichen, dachte Anděl, um mit diesem Ausweis nicht in Schwierigkeiten zu geraten. Sein Blick wanderte weiter. Der Mann war ein paar Jahre älter als er, aber das würde am wenigsten auffallen, wichtiger war die Größe, und die stimmte ungefähr. Immerhin war dieser Trojan ledig, wie er beim Blick auf die entsprechende Zeile auf der Rückseite des Ausweises feststellte. Es würde also keinen Ärger wegen einer Ehefrau geben können. Er drehte den Ausweis wieder um und sah sich das Foto an: ein Mann mit blondem Haar und einer schwarz geränderten Brille, keine besonderen Kennzeichen, immerhin auch blaue Augen, aber ein Vollbart. Das würde nützlich sein. Wie gut, dass er sich seit Tagen nicht rasiert hatte. Wenn er den seinen weiter wachsen ließ, würde die oberflächliche Ähnlichkeit ausreichend sein. Bis auf die Haarfarbe. Aber das ließ sich regeln.

»Ich habe mich bemüht, einen passenden Ausweis auszusuchen«, sagte Agáta Abrhámová, als habe sie seine Gedanken gelesen. »Die Auswahl war allerdings sehr klein. Wir müssen nur noch die Haare und den Bart färben. Die Brille wird den Rest richten.« Sie hielt sich strikt an die Geschwindigkeitsbegrenzung und fuhr auch sonst sehr umsichtig und konzentriert, um nicht aufzufallen. Es war kaum Verkehr auf der Landstraße.

»Er ist perfekt«, sagte David Anděl, alias Martin Trojan. »Woher haben Sie ihn eigentlich?« Seit sie das Sanatorium vor einer knappen Viertelstunde verlassen hatten, hatten sie kaum gesprochen. Er hatte sich auf einem Parkplatz an der Landstraße noch einmal umgezogen und trug nun einen etwas abgetragenen dunklen Nadelstreifenanzug und ein weißes Hemd. Die Sachen waren ihm ein bisschen zu weit und unter normalen Umständen würde er so einen gestreiften Anzug niemals anziehen, aber das machte nichts. Er war ohnehin nicht mehr er selbst, nur Träger wechselnder Namen. Anděl war von Agáta Abrhámovás Umsicht beeindruckt, sie hatte wirklich an alles gedacht. Sogar an einen Ausweis. Damit hatte er beim besten Willen nicht gerechnet.

»Ich musste meinen Sohn einweihen«, erklärte sie. »Er besitzt doch ein Antiquariat, und ich dachte, er könnte vielleicht so etwas in einer seiner zahlreichen Kisten haben. Man stolpert manchmal über die seltsamsten Dinge in Antiquariaten, sogar Geburtsurkunden und Totenscheine. Er hatte tatsächlich ein halbes Dutzend alter Pässe, aber die waren alle längst abgelaufen, und die betreffenden Personen passten auch vom Alter her nicht. Diesen Ausweis hat offenbar jemand im Antiquariat verloren. Bastián sagte, er habe ihn neulich beim Putzen unter dem Kassenpult gefunden. Vermutlich hat ihn jemand beim Bezahlen verloren. Bastián wollte ihn bei der Polizei abgeben, da der Ausweis ja noch gültig ist, aber er hatte es ganz vergessen. Er ist manchmal ziemlich zerstreut, wissen Sie.« Sie warf ihm einen kurzen Blick zu. »Ein glücklicher Zufall.«

»Meine Großmutter sagte immer, Zufall sei das Pseudonym Gottes. Aber sie war auch eine sehr gläubige Frau.«

»Und Ambrose Bierce meinte, ein Zufall sei ein unvermeidliches Ereignis, das auf unveränderlichen Naturgesetzen beruht. – Zwischen diesen beiden Einschätzungen liegt ein ganzes Universum. Was meinen *Sie* denn?«

Anděl lächelte. »Ich halte es mit Oscar Wilde: Gesegnet seien jene, die nichts zu sagen haben und trotzdem den Mund halten – mit anderen Worten, ich weiß es nicht. Im Moment weiß ich überhaupt nur sehr wenig.« Er steckte den Ausweis in die Innentasche seines Jacketts und setzte die Brille auf. Die Welt um ihn herum verrückte ein wenig, die Konturen wurden etwas weicher. Immerhin, er konnte damit sehen.

»Sehen Sie überhaupt etwas mit der Brille? Sie gehörte meinem Vater. Sie ist nicht besonders stark.«

»Ein bisschen unscharf, aber es geht. Ist vielleicht ganz gut so.« Anděl nahm sie wieder ab und sah eine Weile aus dem Fenster. Die verschneiten Bäume glitzerten in der Sonne und warfen lange Schatten über die weißen, unberührten Felder. Er fühlte sich wie in einer zeitlosen Blase gefangen. Nichts als ein Name, ohne Vergangenheit, ohne Zukunft. Und ein schlechtes Gewissen obendrein. Er könnte sie bitten, umzudrehen und ihn zurückzubringen. »Wohin fahren wir eigentlich?«, fragte er stattdessen. Er konnte sich nicht erinnern, jemals durch diese Landschaft gefahren zu sein. Wollte er es wirklich wissen? Spielte es überhaupt eine Rolle? Er hatte aus dem Sanatorium gewollt. Das war gelungen. Weitere Pläne hatte er nicht gemacht. Es war an der Zeit, sich ein paar Gedanken zu machen – und Pläne, wenigstens rudimentäre.

»Nach Franzensbad.«

Überrascht sah er sie an. »Nach *Franzensbad*? – Ich weiß nicht, ob das eine gute Idee ist – ich meine, ich will natürlich Ihre Reisepläne nicht durcheinanderbringen ... Verzeihen Sie, Frau Abrhámová, ich hätte Sie nicht in diese Sache hineinziehen sollen. Lassen Sie mich einfach an irgendeinem Bahnhof raus ...« Ausgerechnet Franzensbad ... Nur fünfunddreißig Kilometer vom Wohnort desjenigen entfernt, dessen Identität er angenommen hatte. Außerdem wollte er doch nach Eva suchen, und die war irgendwo in Prag. Warum nur hatte er nicht gleich gefragt, wohin sie unterwegs waren? Er hatte sich treiben lassen, zufrieden damit, aus dem Sanatorium zu entkommen. Seit Felix ihm diesen Totenschein unter die Nase gehalten und von dem kurzzeitigen Herzstillstand erzählt hatte, fühlte er sich fremd in seiner Haut. Fremd und unwohl, als steckte er nicht nur in fremden Kleidern, sondern auch in einem fremden Körper. Ein absurder Gedanke. Sein logisches Denken war offensichtlich auch irgendwo auf der Strecke geblieben. Es war an der Zeit, sich zusammenzureißen, statt sich weiter in diesen melancholischen Untiefen des Seins zu verlieren.

Sie warf ihm einen verwunderten Blick zu. »Sie haben etwas gegen Franzensbad?«

»Nein. Überhaupt nicht. Es ist nur so, dass es mein Geburtsort ist, und in meiner momentanen Situation, tot, wie ich bin, ist es nicht gerade der Ort, an dem ich mich blicken lassen sollte.« Dass Trojan aus Marienbad war, erwähnte er nicht. Fünfunddreißig Kilometer waren weit genug weg. Hoffentlich.

»Darüber würde ich mir an Ihrer Stelle keine Sorgen machen, David.« Sie lächelte ihn an. »Sie haben doch nichts dagegen, wenn ich Sie beim Vornamen nenne? Unter uns Komplizen erscheint es mir passender. Dass ich Agáta heiße, wissen Sie ja.« Sie zwinkerte ihm zu und fuhr fort: »Sie wären überrascht, wie wenig Menschen auf das Äußere achten. Ihr Tod bei dieser Schießerei war in allen Zeitungen und im Fernsehen. Alle Welt glaubt, dass Sie ums Leben gekommen sind. Niemand wird auf die Idee kommen, dass der blonde, vollbärtige Brillenträger Martin Trojan der erschossene dunkelhaarige David Anděl sein könnte. – Oder haben Sie noch Verwandte in Franzensbad?«

»Nur meine Eltern, aber die sind derzeit bei meiner Schwester in Australien.« Hoffentlich gelangte die Nachricht von seinem Tod nicht über irgendwelche wohlmeinenden Freunde zu seinen Eltern. Er verdrängte den Gedanken. »Wahrscheinlich haben Sie recht. Ich lasse es einfach auf mich zukommen. – Aber was wollen Sie eigentlich in Franzensbad? Fahren Sie zur Kur?« Ein anderer Grund fiel ihm nicht ein.

»Nein. Kuren sind nichts für mich, dafür bin ich weder krank noch jung genug«, erwiderte sie. »In diesem hübschen Kurort werden doch, soviel ich weiß, vor allem ältere Herren mit Herzproblemen und junge Frauen mit unerfülltem Kinderwunsch behandelt. Nein, ich fahre dorthin, weil ich mich für eine Woche in einem neuen Yoga-Zentrum angemeldet habe.«

»Sie machen Yoga?«, fragte er erstaunt. Sie wirkte zwar weit jünger als fünfundachtzig, aber dies hätte er ihr dann doch nicht zugetraut.

»Was glauben Sie, hält mich halbwegs jung und beweglich? Ich mache das schon fast mein ganzes Leben lang. Mein Vater begann es mich zu lehren, als ich gerade mal vier Jahre alt war. Ich war sehr krank damals. Yoga hat mich gerettet. Abgesehen von den gesundheitlichen Wohltaten hilft es, die Grenzen des Körpers zu überwinden.«

»Das habe ich erst kürzlich in einem Buch gelesen. Ich zitiere frei: ›Das Ziel des Yoga ist es, die physischen Grenzen des Körpers zu überwinden. Aus dem gleichen Grund wurde der Hubschrauber erfunden.‹«

Agáta lachte. »Ja, das kann man so sehen. Aber Hubschrauberfliegen ist wesentlich komplizierter – und beim Yoga droht schlimmstenfalls Muskelkater, kein Absturz. – Ich bilde mir ein, dass ich das auch kürzlich irgendwo gelesen habe, es will mir nur nicht einfallen.«

»Das Buch heißt *Messerwerfer.* Eine Art Tagebuch in Fragmenten von einem anonymen Autor, der sich Solo Lovec nennt.«

»Ach ja, natürlich … Dann haben Sie vielleicht auch diesen Satz noch in Erinnerung: ›*Tragická postava: Člověk neschopný pochopit své štěstí.*‹ – ›Tragische Figur: einer, der sein Glück nicht fassen kann.‹«

»Sie haben es gelesen?« Er kannte den Satz, den sie zitiert hatte. Er kannte fast das ganze Buch inzwischen auswendig. Vermutlich hatte er sich mit dieser für ihn so untypischen und ihn so irritierenden Melancholie bei Yvan Tzara angesteckt. Er sollte die Finger von diesem Buch lassen.

»Nun, es liegt doch seit Monaten in allen Buchhandlungen aus, und ich kann um diese Art Geschäfte nur schwer einen Bogen machen. Ich habe es mir gekauft und hin und wieder ein bisschen darin gelesen. Ein bemerkenswertes Büchlein. Dieser Satz ist mir im Gedächtnis geblieben. Er ist so zutreffend, finden Sie nicht?«

»Sie sehen mich als tragische Gestalt?«, fragte er, wobei er das Zitat wie selbstverständlich auf sich bezog. Bin ich unfähig, mein Glück zu begreifen, fragte er sich im Stillen. Aber welches Glück? »›*Co to je za stupidní otázku, jestli je někdo šťastný?*‹ – ›Was für eine dumme Frage. Ob einer glücklich ist‹«, zitierte er leise. Fremd war gar kein Ausdruck, er fühlte sich, als stünde er neben sich, nein, neben einem bekannten Unbekannten. Was für ein Schwachsinn, dachte er irritiert, reiß dich endlich zusammen und hör auf mit diesem Quatsch.

»Glück tritt in vielerlei Gestalt auf. Manchmal erkennt man es erst auf den zweiten oder dritten Blick. Ich hatte viel Glück in meinem Leben – trotz allem Unglück, das mir begegnet ist. Manchmal stellt sich selbst Unglück mit etwas Abstand als Glück heraus. Sie haben, denke ich, viel Glück gehabt. Sie leben – wie unglücklich auch immer das gewesen sein mag, was Ihnen widerfahren ist. Wenn das alles hier vorbei ist, werden Sie Ihr Glück erkennen können. Sie werden in Ihr Leben zurückkehren …«

Er lachte bitter auf. »Sie sind eine große Idealistin, Agáta. Wie könnte ich das? Diese Sache macht gerade Menschen, die ich liebe, sehr unglücklich. Ich habe einen Freund verraten, indem ich aus diesem Sanatorium abgehauen bin … Meine Freundin …« Er seufzte. Der Gedanke an Magda und was sie seinetwegen durchmachen musste, schmerzte ihn. »Ich hoffe, sie und meine Freunde werden mir das alles verzeihen können …«

»Ich bin keine Idealistin, David, da missverstehen Sie mich«, erwiderte sie. »Ich verfüge nur über etwas mehr Lebenserfahrung als Sie – so um die fünfzig Jahre mehr, wenn ich mich nicht täusche. Glauben Sie mir, Narben – physische wie psychische – haben in der Regel die Tendenz zu heilen. – Und was die Vergebung angeht: Wer auf Vergebung spekuliert, gesteht eine Schuld ein, die er nicht hat.«

»Das steht auch in dem Buch. Aber in meinem Fall liegen die Dinge etwas anders.« Er lächelte. Offensichtlich hatte sie das Buch weit gründlicher studiert, als sie vorhin angedeutet hatte. »Ich möchte Ihnen gerne erzählen, warum ich hier bin – was zu dieser absurden Situation geführt hat.« Es beeindruckte ihn, dass sie ihn noch nicht danach gefragt hatte. Sie nahm die ganze Sache mit einer Gelassenheit hin, um die er sie beneidete. Trotzdem hatte sie ein Recht darauf zu erfahren, in was sie sich hatte von ihm hineinziehen lassen.

»Gerne, wenn es Ihnen hilft, Ihre Gedanken und Gefühle zu ordnen. Wir haben noch ein ganzes Stück Weg vor uns.«

23

Zbírám látku na román, který jsem už napsal.

Ich sammle Stoff für einen Roman,
den ich schon geschrieben habe.

Larissa stand knietief im Schnee vor einem hölzernen Gartentor und klingelte zum dritten Mal. Diesmal Sturm. Im Haus rührte sich nichts. Sie seufzte. »Tja, er ist wohl nicht da.« Das Försterhaus am Waldrand bestand aus einem hübschen Fachwerkgebäude mit geschnitzten Giebeln, weißem Putz und rot gestrichenen Holzbalken und Fensterläden, umgeben von einem großen Garten, den ein grün getünchter Holzzaun einfasste. Das ganze kleine Anwesen wirkte gepflegt, wie aus dem Bilderbuch. Auch die Lage, fand Larissa, war wunderschön. Rundherum nur Wald, Wiesen und Felder und unweit der Amerika-See.

»Hm, sieht ganz so aus«, stimmte John Ketchum zu. »Und was wollen Sie vom Förster wegen dieser angeblichen Kinderprostitution?« Er steckte die Hände tief in seine Anoraktasche und zog fröstelnd die Schultern hoch.

»Na, er läuft doch den lieben langen Tag und halbe Nächte durch seinen Wald«, sagte Larissa, »vielleicht hat er etwas gesehen, das mir weiterhilft. Der Inspektor war jedenfalls keine Hilfe.«

»Wollen Sie hierbleiben und warten? Verdammt kalt hier.«

Larissa pustete sich warme Luft in die Hände. »Nein, ich

komme ein anderes Mal wieder. Fahren wir zurück. Tut mir leid, dass ich Sie hierhergelotst habe.« Sie zuckte mit den Schultern. Für einen weiteren Versuch würde sie den Bus nehmen müssen, was ihr gar nicht behagte.

»Kein Problem, ich helfe gerne aus. Nur möchte ich jetzt gerne was Warmes trinken. Mir frieren bald die Füße ab. Wie wäre es mit einem Kaffee? Da hinten war doch ein Restaurant oder so was.«

Zehn Minuten später saßen sie im Café Restaurant Amerika und hielten dampfende Tassen in den Händen. Sie waren die einzigen Gäste. John hatte Larissa unterwegs erzählt, dass er schon seit zwei Wochen in der Gegend sei, auf den Spuren des hiesigen Bergbaus. Er schrieb für verschiedene amerikanische Blätter, aber eigentlich war er dabei, den ultimativen mitteleuropäischen Roman zu schreiben. Sein Großvater sei nach dem Zweiten Weltkrieg einige Jahre in Paris geblieben, um den Durchbruch als Maler zu schaffen, und er selbst trete nun sozusagen in dessen Fußstapfen – allerdings als Schriftsteller. Ob der Großvater denn den erhofften Durchbruch geschafft habe, wollte Larissa wissen, die sich bei Johns Erzählung an den Film *Ein Amerikaner in Paris* erinnert fühlte. Und an die zahllosen jungen Amerikaner, die – in der gleichen Absicht wie John – in den Neunzigerjahren die Prager Kaffeehäuser bevölkert hatten.

»Na ja, wie man's nimmt. In Amerika hatte er später eine kleine Galerie in Los Angeles. Das Beste, was aus seiner Zeit in Paris geblieben ist, war meine Großmutter, sie ist Französin. Aber ich werde es schaffen«, versicherte er mit einem selbstgewissen Lächeln. »Ich habe zwar erst die ersten drei Kapitel fertig, aber das Gerüst steht. Ich muss nur noch Zeit zum Schreiben finden. Zwischendurch muss man ja auch noch Geld verdienen.«

»Um was geht es denn in Ihrem Roman?«, fragte Larissa,

die sich hin und wieder selbst mit der Idee trug, einen zu schreiben. Leider fehlte ihr bisher eine Geschichte, die es wert wäre, aufgeschrieben zu werden.

»Oh, es geht um einen jungen Amerikaner, einen Journalisten, der in Prag ist, um nach seinem älteren Bruder zu suchen«, erzählte John, offenbar begeistert, dass er eine willige Zuhörerin gefunden hatte. »Der Bruder ist kurz nach der Samtenen Revolution verschwunden. Der Journalist hört zufällig in einer Kneipe, in der er auf eine Frau, eine Russin, wartet, die etwas über das Verschwinden seines Bruders weiß, ein Gespräch und wird damit zum Zeugen eines illegalen Geschäfts. Über die Frau, die während des Gesprächs in die Kneipe kommt, kommen die Männer darauf, dass er alles mitgekriegt hat, und halten ihn für einen Agenten der CIA – na ja, und natürlich wollen sie den Zeugen beseitigen, und die Frau verschwindet ebenso wie sein Bruder. Es geht nämlich um rote Rosen und ...«

Larissa musste sich beherrschen, um nicht die Augen zu verdrehen. Was für eine alberne Agentengeschichte. Aber vermutlich war es genau das, was das durchschnittliche Publikum liebte – Graham Greene für geistig Arme. Solches Zeug konnte sich doch jeder Trottel aus den Fingern saugen. Aber vermutlich würde John damit sogar einen Bestseller landen, dachte sie etwas verärgert. Wieso dachte sie sich nicht so was aus? »Nette Geschichte, absurd, aber nett ausgedacht«, sagte sie gelangweilt und sah sich dabei im Restaurant um. Ein großer, angenehm luftig eingerichteter Raum mit ochsenblutroten Wänden und einer bequemen gepolsterten Bank, die rundherum an der Wand entlanglief, dazu viele kleine Tische mit weißen Tischdecken. Der Blick aus den Fenstern fiel auf den winterlichen See. Am anderen Ufer entdeckte sie auf einer Anhöhe ein ausladendes gelb gestrichenes Gebäude mit allerlei weißem Zierrat.

Ein prächtiges Beispiel für den allerorts wuchernden Unternehmerbarock, wie dieser protzige Baustil ironisch genannt wurde. Ob das wohl Kalifornien war, fragte sie sich, oder doch eher Florida?

»Ausgedacht habe ich mir nur die Rahmenhandlung mit dem verschwundenen Bruder und der Frau«, riss John sie aus ihren Gedanken. »Die Sache mit den roten Rosen ist echt.«

»Tatsächlich?«, erwiderte sie ironisch und wandte ihm wieder ihre Aufmerksamkeit zu. »Ich wusste gar nicht, dass der Handel mit roten Rosen hierzulande illegal ist. Sie meinen doch eigentlich Mohn, ich meine Schlafmohn, nicht wahr? *Daraus* wird Opium hergestellt – aus roten Rosen macht man höchstens Marmelade. Und das auch nur, wenn sie besonders gut riechen.«

»Sie machen sich lustig über mich, aber die Sache ist ernst. Ein echter Hammer.« Er sah sich um. Abgesehen vom Kellner, der sich an den Tischen in ihrer Nähe zu schaffen machte, waren sie allein in dem großen Raum. Offenbar beruhigt, beugte John sich vor und fuhr fort: »Na schön – was, wenn ich Ihnen sage, dass ich so ein Gespräch vor ungefähr einem halben Jahr tatsächlich mitangehört habe? In einer Kneipe in Prag. Ein Kaukasier, ein Asiate und zwei Tschechen haben darüber gesprochen. Das war der Ausgangspunkt für meinen Roman. Seitdem habe ich in jeder freien Minute recherchiert. Ich habe eine ganze Menge Material.« Er klopfte auf seine Umhängetasche, die neben ihm auf der Bank lag. »Alles da drin auf meinem Notebook und … an anderen sicheren Stellen.« Er lächelte vielsagend.

»Sie wollen allen Ernstes behaupten, dass es illegalen Handel mit roten Rosen gibt? Mit *Blumen*?! Machen Sie sich nicht lächerlich, Johnny.« Larissa war sich durchaus bewusst, dass sie selbst gelegentlich dazu neigte, mit zu viel Naivität an ihre Themen ranzugehen, aber was sie da eben gehört hatte, schlug dem Fass den Boden aus. Sie dachte an David Anděl, der ihr diese Naivität immer wieder vorgehalten hatte. Der Gedanke versetzte ihr einen schmerzhaften Stich. Sie wünschte, sie würde ihm davon erzählen können, nur um zu beweisen, dass es weit schlimmere Naivlinge gab als sie selbst. Zu spät. Der Kommissar war alles andere als naiv gewesen. Trotzdem war er tot.

»Dann will ich Ihnen mal ein bisschen Nachhilfe geben. Rote Rosen sind das Codewort für rotes Quecksilber oder auch für hochreines Uran beziehungsweise Plutonium. Es geht nicht um Drogen oder solchen Mist. Das sind Peanuts dagegen. Es gibt Leute, die versuchen, dieses gemeingefährliche Zeug meistbietend zu verschachern. Illegal, wohlgemerkt. Und die Mittelsmänner sitzen in Prag.« Er lehnte sich triumphierend zurück. »Sie wissen doch, was Uran ist und wozu man es benutzen kann – oder brauchen Sie noch eine Nachhilfestunde in Chemie?«

»Rotes Quecksilber? Aber das ist doch absurd! Vermutlich haben Sie da etwas missverstanden. Ich bin schon recht lange in Prag und habe noch nie etwas davon gehört. Was soll das überhaupt sein? Quecksilber ist ein silbernes, bei Raumtemperatur flüssiges Metall. Hochgiftig, das ja, aber der Handel damit ist sicher nicht illegal. Man kann das Zeug in Form eines Fieberthermometers in jeder Apotheke kaufen. Und neuerdings sogar in Energiesparlampen. Und dann soll es gleichzeitig Uran sein? Das ist doch Quatsch. Sie wissen ja offensichtlich überhaupt nicht, was es sein soll. Und von Chemie haben Sie offenbar auch keine Ahnung.«

»Ach, vergessen Sie's.« Er machte eine wegwerfende Handbewegung, sprach aber einen Moment später doch eindringlich weiter: »Ich habe gründlich recherchiert, Larissa, und an der Sache ist was dran, glauben Sie mir. Ich weiß noch nicht, wer der Kaukasier und der Asiate waren, aber ich weiß inzwischen, wer die Tschechen waren. Sie würden Augen machen, wenn ich es Ihnen sagte. Selbst ein naives kanadisches Landei wie Sie dürfte wenigstens von einem der beiden gehört haben.« Er grinste zufrieden und sah dabei aus wie eine Katze, die gerade eine Schüssel Sahne verputzt hatte.

»Wenn Sie meinen«, erwiderte sie so desinteressiert wie möglich. Kanadisches Landei – so eine Frechheit, dabei war er nichts weiter als ein kalifornischer Sonnyboy mit zu viel Fantasie. Sie hatte eigentlich keine Lust, sich weiter mit dieser absurden Geschichte zu befassen, die er sich offensichtlich aus irgendwelchen missverstandenen Bruchstücken zusammenfabuliert hatte. Doch ihre ausgeprägte Neugier ließ sich nicht so ohne Weiteres unterdrücken. »Und was recherchieren Sie ausgerechnet hier? Ich meine, wenn tatsächlich irgendwelche Kaukasier versuchen sollten, dieses rote Quecksilber oder Uran oder was auch immer über Mittelsmänner in Prag zu verkaufen …«

»Ich habe nicht gesagt, dass der Kaukasier die roten Rosen verkaufen wollte«, unterbrach er sie mit einem süffisanten Lächeln.

»Wie? Na schön. Dann eben die anderen. Ist ja auch egal. Aber was hat das mit dieser abgelegenen Gegend zu tun?«

»Ich sagte doch, ich recherchiere über die alten Bergwerke hier in der Gegend. Bis Anfang der Neunzigerjahre gab es nur fünfzig Kilometer von hier ein paar Uranbergwerke. Verstehen Sie jetzt?«

»Darf es noch etwas sein, die Herrschaften?«, fragte der Kellner, der unbemerkt von den beiden an ihren Tisch getreten war.

John Ketchum zuckte erschrocken zusammen. Larissa grinste.

»Gerne. Ich nehme eine heiße Schokolade«, erwiderte sie, »Und Sie? Noch einen Kaffee?«

John nickte. »Mann, der hat mich ganz schön erschreckt«, sagte er, als der Kellner gegangen war. Er zog seine Tasche näher zu sich und legte seinen Anorak darüber.

»Himmel, John, der Mann ist nur ein Kellner. – Sie sagten eben, es habe hier in den Neunzigerjahren Uranbergwerke gegeben. Schön und gut, aber das ist über zehn Jahre her. Und was um alles in der Welt haben stillgelegte Uranbergwerke mit rotem Quecksilber zu tun?«

»Na, das ist doch banal: Mithilfe des roten Quecksilbers kann man hocheffiziente, kleine Wasserstoffbomben bauen, und die brauchen als Zünder Atomsprengköpfe, die wiederum Uran und Plutonium benötigen. Wie gesagt, einer der beiden Tschechen in der Kneipe erwähnte diese Gegend im Laufe des Gesprächs. Und er sagte etwas von Viktorwe. Ich habe recherchiert, aber Viktorwe gibt es nicht – dafür aber ein Vítkov II. Hört sich ähnlich an – es war leider ziemlich laut in der Kneipe. Und Vítkov II war eine der Uranerzlagerstätten hier – und das hat mich auf eine Idee gebracht.« Er sah sich vorsichtig Richtung Tresen um. Der Kellner kam mit den bestellten Getränken auf sie zu. »Aber was mich weit mehr interessiert«, fuhr er lauter und weit deutlicher fort, als er bisher gesprochen hatte, »sind die historischen Silberbergwerke in dieser Gegend. Ich denke, ich werde morgen nach Jáchymov aufbrechen. Dort kam der berühmte Joachimstaler her, von dem sich die Wörter Taler und Dollar herleiten. Das weiß in den USA kein Mensch, dass sich der Name der Währung von einem kleinen böhmischen Kurort ableitet. Wird eine gute Geschichte. Ein echter Knaller.«

Der Kellner stellte die Tassen ab und verschwand in Richtung Küche.

»Sie sind ganz schön paranoid, Johnnyboy«, sagte Larissa und lachte. »Diese Recherche tut Ihnen nicht gut. Der Kellner versteht bestenfalls Deutsch, sicher nicht Ihr breites Amerikanisch. Jedenfalls nicht genug, um zu verstehen, was Sie sich da aus den Fingern gesogen haben.«

»Ich sehe schon, Sie haben kein Gespür für Dinge mit wirklich weltpolitischer Bedeutung. Bleiben Sie ruhig dran an Ihrer Kinderprostitution, wenn Sie das glücklich macht. Aber glauben Sie mir, Sie verschwenden Ihre Zeit. Was Sie suchen, gibt es nicht.«

»Woher wollen ausgerechnet Sie das wissen? Sie interessieren sich doch gar nicht dafür«, entgegnete Larissa empört.

»Ich bin seit zwei Wochen hier, und glauben Sie mir, ich war zu jeder Tages- und Nachtzeit unterwegs, aber ich habe nichts von dem gesehen, was man Ihnen da aufgeschwatzt hat. Der Inspektor hat meiner Meinung nach völlig recht. Sie laufen einer Chimäre nach. Und einer besonders hässlichen noch dazu.«

»Und Sie haben die Weisheit mit Löffeln gefressen, wie?« Larissa funkelte ihn ärgerlich an. »Ihre Geschichte ist doch auch nichts weiter als … als … Ach, vergessen Sie's.« Sie machte eine wegwerfende Geste und lehnte sich mit verschränkten Armen und pikiertem Gesichtsausdruck in ihrem Stuhl zurück. Selbst der Blick aus dem Fenster war weit interessanter als diese hanebüchene Geschichte, redete sie sich ein. Und das, obwohl da draußen überhaupt nichts passierte. Es schneite nicht mal.

»Sie meinen also, ich bilde mir alles nur ein, ja? Nun, dann will ich Ihnen noch was erzählen. Ich habe mich in Prag vor guten drei Wochen mit einer Frau unterhalten. Genau über diese Sache. Sie hat mir vieles bestätigt, was ich vermutet habe. Und sie hat mir gesagt, wer die Tschechen in der Kneipe waren. Sie hat mir ein Foto gezeigt. Und raten Sie mal, wer auf diesem Foto drauf war?« Er lehnte sich erwartungsvoll zurück.

Larissa verdrehte die Augen. »Na, spucken Sie's aus, bevor Sie platzen.«

»Die vier Typen aus der Kneipe und ein fünfter Mann. Sie lagen sich praktisch in den Armen und stießen fröhlich auf irgendwas an. Vermutlich auf dieses Geschäft.«

»Und wer ist diese Frau? Eine Fotografin der Klatschpresse?«

John schüttelte den Kopf. »Nein, nichts dergleichen. Sie ist Abteilungsleiterin im Innenministerium. Ein Bekannter hat uns zusammengebracht, nachdem ich ihm von diesem Gespräch in der Kneipe erzählt hatte. Sie ist zuständig für organisierte Kriminalität, und sie war sehr interessiert an meiner Geschichte. Immerhin war ich Augen- und Ohrenzeuge des Gesprächs. Und ich habe die Männer auf dem Foto wiedererkannt. Eindeutig.« Er grinste zufrieden. »Na, was sagen Sie jetzt?«

»Interessant«, erwiderte Larissa gelassen. Vielleicht, dachte sie, hatte er sich doch nicht alles nur zusammengesponnen. »Wer ist denn dieser Bekannte, der Ihnen diese auskunftsfreudige Abteilungsleiterin vermittelt hat? Auch so ein Möchtegern-Woodward wie Sie?«

»Wenigstens laufe ich nicht nur irgendeinem unappetitlichen Gerücht nach. Sie werden schon sehen. Der Typ ist vom Finanzministerium, er hat nichts mit meiner Geschichte zu tun. Ich habe ihn vor ein paar Monaten auf einer Party kennengelernt. Interessanter Typ.«

»Klar, was auch sonst. Ein Buchhalter …«

»Ganz im Gegenteil, Schätzchen«, unterbrach John sie. »Nach allem, was die Urbanová angedeutet hat, denke ich, der Typ ist beim Geheimdienst.«

Natürlich, dachte Larissa, ein Geheimagent. Langsam

kam ihr die Geschichte spanisch vor. Sie setzte zu einer Frage an, aber John war schneller.

»Ich will Sie nicht weiter langweilen. Muss noch ein bisschen arbeiten.« Er winkte dem Kellner, um zu zahlen. »Es gibt da ein Haus im Wald, das ich mir näher ansehen möchte. Der Förster hat mich darauf hingewiesen. Und übermorgen habe ich ein Stelldichein mit der Urbanová im *Sbohem Rozume* in Prag. Sie hat mir gestern eine SMS geschickt.«

»Na, der Name der Kneipe passt immerhin wie maßgeschneidert zu Ihrer Geschichte – *Adieu Verstand*. Passender geht's ja wohl nicht.« Sie konnte sich ein schallendes Lachen nicht länger verkneifen. Die Kneipe muss ich mir mal ansehen, dachte sie. »Sind Sie sicher, dass die Dame Sie nicht veräppelt? Wo liegt denn der Laden? Wenn es ihn überhaupt gibt …«

»Direkt neben dem Zanzibar, wenn Sie es unbedingt wissen wollen«, erwiderte er etwas pikiert. Nachdem er bezahlt hatte, fuhr er in neutralem Ton fort: »Und Sie? Was haben Sie noch vor? Soll ich Sie mitnehmen? Sie wohnen im *Henker*, sagten Sie, nicht wahr?«

»Danke, aber ich bleibe noch. Vielleicht kommt der Förster ja doch bald wieder. Oder ich laufe ihm bei einem Spaziergang im Wald über den Weg. Es ist herrliches Wetter.« Sie legte den Kopf schief und lächelte. »Wenn Sie Lust haben, kommen Sie doch auf ein Glas Wein vorbei, wenn Sie heute Abend nicht durch die gemeingefährliche Pampa streifen müssen auf der Suche nach *roten Rosen*.« Sie konnte nicht fassen, was sie da eben gesagt hatte – wollte sie wirklich mit diesem Naivling einen ganzen Abend verbringen? So schlimm war Alleinsein doch gar nicht. Oder doch?

John legte seine Visitenkarte auf den Tisch. »Meine Nummer, für den Fall der Fälle. Ich wohne im *Drei Lilien*. Die Straße runter gibt's eine Kneipe, in der ich abends meistens bin, sie heißt Im Siebten Himmel. Ab halb zehn gibt's Tanz, irgendjemand klimpert immer auf dem Klavier, und manchmal spielt sogar eine Band. Wenn Sie Lust haben, kommen Sie doch hin. Damit Sie einsame Jungfer ein bisschen unter die Leute kommen. Der Bus hält praktisch um die Ecke, und ich fahre Sie dann auch nach Hause.« Er grinste. »Die haben sogar recht anständigen Wein.«

»Hm, mal sehen.« Die einsame Jungfer ignorierte sie.

»Bin gespannt, was der Förster Ihnen erzählt. Vielleicht hat sich das unappetitliche Thema nach einem Gespräch mit ihm ja erledigt. Sollten Sie ihn zu Hause nicht antreffen, er ist ziemlich oft in dieser Kneipe.«

Larissa seufzte. »Na schön, ich werde kommen. Ehrlich gesagt hoffe ich, dass aus meinem Artikel nichts wird. Ich finde das Thema scheußlich. Aber ich würde doch gerne mit irgendeinem vernünftigen Artikel in die Redaktion zurückkommen. Im schlimmsten Fall werde ich mich eben an die verprügelten Freier halten. Oder ich schreibe doch noch etwas über den letzten Henker von Cheb.« Larissas Unlust, über die Kinderprostitution zu recherchieren, gewann wieder Oberhand. Der Inspektor hatte ihr deutlich zu verstehen gegeben, was er von dem Gerücht hielt. Die Chefredakteurin ebenso. Sie würde noch mit dem Förster reden, entweder hier oder abends in dieser Kneipe. Möglicherweise hechelte sie wirklich einem nicht existenten Skandal hinterher. So wie John seinen roten Rosen. Das war wirklich der größte Blödsinn, den sie bisher gehört hatte. Quecksilber, Uran und konspirative Treffen in Prager Kneipen. Pah. Und den Kontakt mit der Abteilungsleiterin aus dem Innenministerium hatte er sich vermutlich nur ausgedacht, um sie zu beeindrucken. Von dem angeblichen James-Bond-Verschnitt aus dem Finanzministerium ganz zu schweigen. Was für ein Aufschneider.

»Wenn Sie damit Goethes Henker meinen, schreiben Sie lieber ein Buch darüber. Das dürfte selbst für die *Prague Post* ein zu alter Hut sein. Oder haben Sie womöglich jemanden im Verdacht, in Karl Huss' Fußstapfen getreten zu sein?« Er stand auf und verabschiedete sich.

Larissa fiel noch etwas ein. »John«, rief sie ihm hinterher.

Er drehte sich um. »Ja? Wollen Sie doch mit?«

»Nein, danke. Ich habe nur noch eine Frage – wer ist denn dieser Tscheche, den angeblich sogar ich kenne?«

»Der Chef der Prager Mordparta.« Er grinste, winkte und verschwand durch die Tür.

24

V první polovině minulého století byly popravy
společenskou událostí s účastí publika.
Odmítl bys pozvání?

Touha být zlý patří k nejčastějším idealistickým omylům.

In der ersten Hälfte des vergangenen Jahrhunderts waren
Hinrichtungen gesellschaftliche Ereignisse vor Publikum.
Hättest du die Einladung ausgeschlagen?

Böse sein zu wollen, ist einer der häufigsten
idealistischen Irrtümer.

Theodor Otčenášek saß an seinem großen, papierbedeckten Schreibtisch und seufzte. Dann schüttelte er den Kopf. Schließlich stützte er sich schwer auf seine Unterarme und beugte sich über den Tisch.

»Und das soll alles wahr sein, ja?«, fragte er sanft. Der Unglauben stand ihm deutlich ins Gesicht geschrieben.

Otakar Nebeský nickte. Es war das erste Mal, dass er alleine dem Staatsanwalt Bericht erstattete, auch wenn es eigentlich kein Bericht im engeren Sinne war und er im Grunde nur eine Bitte hatte, zu der eben diese Vorgeschichte gehörte. Aber zu der Bitte waren sie noch nicht vorgedrungen. Noch waren sie mit der langen Vorgeschichte befasst, die irgendwann hoffentlich zu Otas Bitte führen würde. Der Staatsanwalt war knapp zehn Tage auf einer Informationsreise durch die Vereinigten Staaten gewesen und hatte keine Ahnung gehabt, was in seiner Abwesenheit alles passiert war. Außer David Anděls Tod, von dem immerhin hatte man ihn informiert. Ota dankte dem Himmel, dass er das nicht auch noch hatte tun müssen. Es Magda sagen zu müssen, hatte ihm genug zugesetzt. Und nun saß er allein hier vor dem Staatsanwalt, den der Tod eines seiner besten Ermittler ganz offensichtlich auch tief getroffen hatte, obwohl er standhaft versuchte, sich nichts anmerken zu lassen, und war mit seinem Bericht erst mal fertig. Es war eine unangenehm ungewohnte Situation; bisher hatte diese Gespräche immer David Anděl geführt, Ota war zwar in der Regel dabei gewesen, hatte aber selten viel zur Diskussion beigesteuert. Er hatte sich lieber an die süßen Schweinereien, wie er sie gerne liebevoll nannte, gehalten, die Otčenášeks Sekretärin Frau Bartošová immer mit dem obligatorischen Kaffee hereinbrachte, wenn der Staatsanwalt Besuch hatte. Heute waren es Wespennester. Ein zarter, dunkelbrauner, ungebackener Teigmantel in Form eines kleinen Wespennestes aus gemahlenen Biskuit-Keksen und Haselnüssen, Zucker, Butter, Rum und echtem Kakao, gefüllt mit einer göttlichen Buttercreme und verschlossen mit einem hellen Biskuit-Keks. Nicht einmal Otas in Backdingen begnadete Großmutter hatte bessere Wespennester gemacht. Eigentlich eines der vielen Lieblingsgebäcke von Ota, traute er sich heute nicht zuzugreifen, da die ganze Aufmerksamkeit des Staatsanwalts auf ihn gerichtet war. Wobei ganze Aufmerksamkeit nicht das richtige Wort war, denn das Väterchen, wie der Staatsanwalt ebenso respekt- wie liebevoll von seinen Untergebenen genannt wurde, war mit seinen Gedanken ebenso wenig bei der Sache wie Ota. Er schien fahrig und zerstreut, was eigentlich gar nicht seine Art war. Vermutlich wegen der Sache mit David, dachte Ota, der dafür volles Verständnis hatte, ihm selbst ging es nicht anders. Seine Augen allerdings konnte der Inspektor kaum von der üppig gefüllten Schale lassen, die zwischen ihm und dem Staatsanwalt stand. Er liebte Süßigkeiten jeder Art, aber die von Frau Bartošová ganz besonders.

»Nun greifen Sie doch endlich zu, Ota«, sagte das Väterchen. »Dieser Hundeblick ist ja zum Steinerweichen. Sie können das noch besser als meine Enkelin – und die ist Weltklasse darin.« Er lächelte und griff selbst zu.

Ota gab sich einen Ruck und schnappte sich auch ein Wespennest. Er biss genüsslich hinein. Ja, da wurde einem warm ums Herz. Es ging ihm gleich deutlich besser.

»So«, fuhr das Väterchen fort, nachdem er sich die Krümel von der Krawatte gefegt hatte. »Habe ich Sie richtig verstanden, dass unser allseits so beliebter Oberst mal wieder – bitte verzeihen Sie meine Wortwahl – granatenmäßigen Mist gebaut hat, was ich im Übrigen noch am ehesten zu glauben bereit bin; dass der Geheimdienst Kommissar Anděl vom Tatort entführt und gleichzeitig eingefädelt hat, dass er für tot erklärt wurde; dass eine Frau vom Tatort verschwunden ist – wohlgemerkt, nicht ohne Blut- und andere Spuren zu hinterlassen –, und zwar nicht irgendeine Frau, sondern ausgerechnet Eva Urbanová, die Abteilungsleiterin für organisierte Kriminalität im Innenministerium; dass eine junge Anwältin aus der Kanzlei Kafka und Partner Ihnen von allerlei illegalen Geschäften des Seniorpartners, von Kalaschnikows und Maschinen, mutwillig entfernten Fingerabdrücken, verschwundenen Zigaretten, roten Rosen und zu guter Letzt von einem Attentat auf David erzählt hat, welches Kafka selbst mit weiteren, bisher unbekannten Personen abends in seinem Büro geplant haben soll; dass in der Urne aus dem Krematorium Zement war statt Asche, und dass Sie und unser verhinderter Moritaten-Dichter

Dr. Kratochvíl sowie unsere anmutige Frau Dr. Axamit deshalb glauben, dass David noch lebt, obwohl es einen gültigen Totenschein gibt?« Er griff nach einem weiteren Wespennest und ließ sich nach hinten in seinen weich gepolsterten Bürostuhl sinken. »Ota, es fällt mir ehrlich gesagt schwer, das alles zu glauben. Noch dazu im Prinzip vor dem Frühstück. Die Wespennester zählen nicht. – Sie sollten das aufschreiben und an eine Filmgesellschaft verkaufen. Mit derart absurden Geschichten kann man Millionen verdienen. Jedenfalls, wenn man sich anschaut, was so im Kino läuft. Vom Fernsehen ganz zu schweigen.«

Ota zuckte mit den Achseln und trank einen Schluck Kaffee. »Ich weiß, es hört sich ziemlich, na ja, weit hergeholt an, aber welcher andere Schluss bleibt denn? In der Urne war Zement, nicht mal ein Stäubchen Asche – fragen Sie Magda, die versteht ihr Handwerk. Und das Mädel aus der Kanzlei sagte, ihr Freund habe sich plötzlich beim Absacker im Pálffy verabschiedet, kaum dass sie ihm von diesem zufällig belauschten Gespräch berichtet hat. Und er wollte wissen, wo wer auch immer diesen Engel um die Ecke bringen sollte. Na, und dieser Doktor Katz hat gelogen wie gedruckt, als Jirka mit ihm geredet hat. Und der angebliche Doktor Benda ist vermutlich gar nicht in Irland, sondern der Freund von dieser Meinlová, der er erzählt hat, er arbeite beim Finanzamt – wo es, wie ich festgestellt habe, keinen Felix Benda gibt, weder mit noch ohne Doktor zum Namen.« Er schwieg einen Moment, dann erstrahlte sein Gesicht in einem glücklichen Lächeln. »Aber es gibt auch gute Nachrichten, Chef.«

»Ach ja? Hat Kohout seine Kündigung eingereicht? Oder habe ich das alles gerade nur geträumt?«

»Das nicht gerade, und träumen tun wir alle die ganze Geschichte leider auch nicht – ich wünschte, es wäre so.

Nein, Larissa Khek ist nicht in der Stadt. Sie wissen schon, diese kleine, naseweise Reporterin, die die Mumie im Sommer aus der Versenkung gezogen hat und sich im Fall Hermes fast hätte umbringen lassen aus eigener Blödheit. Sie wird uns also nicht ins Handwerk pfuschen können.«

Das Väterchen seufzte resigniert. »Wie beruhigend.« Er griff wieder in die Schale, die Ota im Verlauf seiner Rekapitulation all der unwahrscheinlichen Ereignisse fast geleert hatte. »Und was wollen Sie jetzt von mir? Soll ich dem Oberst auf die Füße treten? Rausschmeißen kann ich ihn leider nicht. Seine Frau spielt Tennis mit der Frau des stellvertretenden Polizeipräsidenten.«

»Hm«, erwiderte Ota und betrachtete scheinbar interessiert die weiße Zimmerdecke, während er in trockenem Berichtston fortfuhr, »aber Kohout vögelt die Frau des stellvertretenden Polizeipräsidenten … Montags bis freitags, exakt 12 Uhr bis 12 Uhr 25. In der Wohnung des Hausmeisters des Kommissariats in der Bartolomějská. Aus Davids Büro hat man einen ausgezeichneten Blick.«

»*Wie bitte*?« Die Augen des Staatsanwalts weiteten sich bedrohlich. Er hustete, setzte sich auf und klopfte sich mit der flachen Hand auf den Brustkorb. Offenbar war ihm ein Stück Wespennest vor Schreck in den falschen Hals geraten.

Ota sah ihn an, grinste und zuckte leicht die Achseln. »Ach, nichts weiter.«

Otčenášek hüstelte noch einmal, schüttelte den Kopf und fuhr sich durch das graue Haar. »Also, was wollen Sie von mir, Ota?«

»Dreierlei.« Ota zählte die Punkte an seinen Fingern ab. »Erstens möchte ich Ihre volle Rückendeckung für Ermittlungen im Fall Anděl. Zweitens will ich nicht, dass Kohout oder einer seiner Himbeerbubis irgendetwas davon erfährt. Und drittens brauche ich einen Durchsuchungsbefehl für die Wohnung von Eva Urbanová. Das ist alles. Fürs Erste.«

Das Väterchen zog die Brauen hoch. »So. Das ist alles. Fürs Erste.« Er betrachtete nachdenklich das letzte Wespennest. Ein bezeichnendes Symbol für diesen Fall, wie er inzwischen fand. Seine Gedanken schweiften ab. Der Kohout und die Borůvková – der Polizeipräsident würde toben. Nein, er würde T-O-B-E-N. Kohout würde froh sein können, wenn er seinen Rausschmiss lebend überstehen würde, falls der stellvertretende Polizeipräsident jemals von dieser Affäre erfahren sollte. Er schmunzelte. Vize-Polizeipräsident Borůvka war trotz seines überaus zahmen Namens – Blaubeerchen –, ein großer Bewunderer der altehrwürdigen Duellkultur früherer Jahrhunderte. Und ein ebenso großer Sammler der entsprechenden Schusswaffen, die allesamt funktionsfähig waren, wie er gelegentlich am Schießstand vorzuführen pflegte. Ein guter Schütze war er auch. Der Staatsanwalt riss sich mit Mühe aus diesen verhältnismäßig angenehmen oder doch wenigstens amüsanten Gedanken. Aber dieser tragische Fall, Anděls Fall – Wespennest war ein recht schwacher Ausdruck für das, was ihnen möglicherweise bevorstand, wenn der Geheimdienst, Rechtsanwalt Kafka und irgendeine Mafia tatsächlich ihre Finger im Spiel hatten. Hineinstechen oder nicht hineinstechen, nehmen oder nicht nehmen, das war hier die Frage. Doch im Grunde beschäftigte ihn nur der Teil, der sich mit dem Wespennest befasste. Dass er alles Menschenmögliche tun würde, um den Mörder – oder den Beinahe-Mörder, wenn die drei recht hatten – von David Anděl zu finden, war selbstverständlich, darüber brauchte er keine Sekunde nachzudenken. Der Verlust eines seiner besten Ermittler schmerzte ihn nicht nur aus professioneller Sicht, er hatte den Kommissar auch als Mensch sehr geschätzt und gern gemocht. Wäre da nicht noch die eine oder andere Sache, die ihn, seit Ota angefangen hatte zu erzählen, zunehmend beschäftigte. Rote Rosen … da war doch erst kürzlich etwas gewesen …

»Nehmen Sie's nur. Ich habe schon Magenschmerzen davon«, sagte Ota und strich sich zufrieden über den Bauch.

»Ich fürchte, die werde ich auch noch kriegen«, erwiderte das Väterchen zweideutig und schnappte sich den letzten Mohikaner der Wespennester. Er würde nachher eine ausgiebige Runde im Internet drehen. Die roten Rosen gingen ihm nicht aus dem Kopf.

»Wie sieht's aus, Chef?«, wollte Ota wissen. Er brannte darauf, endlich mit den inoffiziellen Ermittlungen anzufangen, aber er wollte auch den Staatsanwalt im Boot wissen.

»Selbstverständlich haben Sie meine Rückendeckung, Ota, bei allem, was Sie in Anděls Fall unternehmen. Und was unseren Oberst angeht, der erfährt von mir nicht mal die Uhrzeit, falls er danach fragen sollte.« Er lehnte sich in seinem Stuhl zurück. »Äh, sagen Sie … Sie haben nicht zufällig … ähm … Fotos gemacht? … Sie wissen schon, von … hmm …« Er wedelte ein bisschen mit einer Hand in der Luft herum.

»Sei bereit, ist das Motto des Pfadfinders«, erwiderte Ota und grinste breit. »Meda und David haben's übrigens auch gesehen.«

»So. Hm. Gut zu wissen … Verlieren Sie die Kamera nicht. Man kann nie wissen.« Er lächelte vielsagend. »Na, dann machen Sie sich mal an die Arbeit. Wenn ich Ihnen irgendwie helfen kann, Anruf genügt. Ich danke Ihnen, dass Sie sich für Ihren Partner so hartnäckig reinhängen. Sie sind ein guter Mann, Inspektor. Das wird nicht zu Ihrem Schaden sein, das verspreche ich Ihnen.«

»Danke, Chef. Sehr freundlich von Ihnen. Ist doch selbstverständlich ...« Er schwieg einen Moment. »Chef, ... äh ...«

»Ja?«

»Na ja, der dritte Punkt. Ich brauche einen Durchsuchungsbefehl für Eva Urbanovás Wohnung.«

Der Staatsanwalt lehnte sich nach vorn, faltete die Hände auf dem Schreibtisch und betrachtete sie nachdenklich. Schließlich sah er wieder auf. »Ich wüsste nicht, wie ich den ausstellen soll, ohne dass Kohout irgendwie davon erfährt. Leider.«

»Ich verstehe.« Ota nickte. Das hatte er befürchtet. »Dann muss ich mir was anderes einfallen lassen. Vielleicht gibt es die Tage ja eine Telefonstörung im Haus – oder so was. Mir fällt schon was ein.« Der Gedanke amüsierte ihn. Er war ein großer Fan von Agenten- und Spionagegeschichten. Einmal richtig verdeckt arbeiten, das wäre mal was anderes.

Das Väterchen betrachtete ihn amüsiert, dann lächelte er. »Das wird nicht nötig sein, Ota. Ich werde Ihnen helfen. Ich habe einen Schlüssel zu ihrer Wohnung.«

Ota starrte den Staatsanwalt wie vom Donner gerührt an. »Sie ... *Sie* ... haben *was*? ... Wie ... ich meine ...«

»Wir haben uns im vergangenen Frühjahr näher kennengelernt ... na ja, Sie ist eine hübsche, intelligente Frau in den besten Jahren, alleinstehend ... und ich bin seit drei Jahren Witwer ... Es kommt, wie's kommt ...« Er zuckte etwas verlegen die Achseln.

»Natürlich. Keine Frage. Wie's halt so kommt. So kommt's.« Otas Gehirn ratterte vor sich hin – vergangenes Frühjahr ... ein Schlüssel zu ihrer Wohnung ... War am Ende der Staatsanwalt auch ein Kandidat für Evas Schwangerschaft? »Aber wenn Sie Eva Urbanová so gut kennen und einen Schlüssel zu ihrer Wohnung haben, Chef, dann wissen Sie doch vielleicht, wo sie ist? Wir können sie nämlich nicht finden.«

»Nein, tut mir leid. Die ganze Sache hat sich nach zwei, drei Monaten aufgelöst ... Wir sind wieder getrennte Wege gegangen. Wir hatten zu verschiedene Auffassungen von manchen nicht ganz unerheblichen ... ähm ... Dingen. Aber sie wollte, dass ich den Schlüssel behalte, für alle Fälle. Wir sind Freunde geblieben, wie man so schön sagt. Aber ich habe seit Wochen nichts mehr von ihr gehört. Zuletzt vor – lassen Sie mich rechnen ... ja, es muss gute drei, vier Wochen her sein. Ich habe sie in der Stadt getroffen. Sie hatte ein bisschen zugenommen, aber es stand ihr ausgezeichnet.«

Er weiß es also nicht, dachte Ota. Auch gut. Er würde ihm die Sache mit Evas Schwangerschaft sicher nicht auf die Nase binden. Es hatte keinen Sinn, die Dinge unnötig zu verkomplizieren. »Tja, sehr gut. Wann wollen wir hingehen?«

Der Staatsanwalt stand auf. »Wie wär's mit gleich? Ein bisschen Bewegung wird uns guttun.«

25

distance ≠ odstup

Distanz ≠ Abstand.

»Wir sind fast da«, sagte Agáta Abrhámová, »es ist Zeit, sich über Ihre Unterkunft Gedanken zu machen.«

»Hm. Ich habe ehrlich gesagt noch nicht darüber nachgedacht. Ich wollte eigentlich nach Eva suchen, aber die ist in Prag …« Er konnte seinen Blick nicht von seinem Spiegelbild in dem kleinen Kosmetikspiegel auf der Rückseite des heruntergeklappten Sonnenschutzes losreißen. Sie hatten in einer kleinen Stadt auf dem Weg gehalten, und er hatte sich in einem Friseursalon die Haare und den Bart färben lassen. Und nun sah ihm ein Typ mit blondem Haar und ebensolchem Bart aus dem Spiegel entgegen. Ein Fremder, der mit seiner Stimme sprach. Er fuhr sich mit der linken Hand über die lange Narbe an seinem Wangenknochen. Noch etwas Fremdes, aber das würde bleiben, selbst wenn er irgendwann in sein Leben als David Anděl zurückkehren sollte – nein, würde.

»Ich habe einen Vorschlag. Während Sie beim Friseur waren, habe ich in dem Yoga-Zentrum angerufen und gefragt, ob sie noch einen Platz freihätten. Sie haben. Ich bin sonst der einzige Gast, die anderen Kursteilnehmer kommen nur zum Training, die wohnen in den Kurhäusern. Was meinen Sie?«

Er plusterte die Wangen auf und stieß die Luft geräuschvoll wieder aus. »Yoga, ja? – Ach, warum nicht? Ich bin sowieso nicht mehr ich selbst. Vielleicht ist ein bisschen Überwindung der Körpergrenzen nicht verkehrt.« Er lachte. »Bringt mich vielleicht wieder auf den richtigen Kurs.«

»Fein. Haben Sie etwas in der Art schon mal gemacht? Die erste Stunde ist gleich heute Nachmittag.«

»Ich wusste, dass da ein Haken dran ist … Nein, mit Yoga habe ich keinerlei Erfahrung. Nur mit Aikido – aber ob das hilft … Vielleicht sollte ich doch einfach gleich in eine Pension gehen.«

»Ich sehe, Sie sind bestens vorbereitet, da Sie das Prinzip der ideal koordinierten Energie bereits beherrschen«, erwiderte Agáta.

Er sah sie an und schmunzelte. »Gibt es eigentlich irgendetwas, das Sie nicht studiert haben, Agáta? Sie werden mir langsam unheimlich, wissen Sie.«

»Ach, daran ist überhaupt nichts Unheimliches. Ich war die letzten fast sechzig Jahre allein, David, und ich bin seit über zwanzig Jahren in Rente. Außerdem habe ich keine Neigung zum Nichtstun und bin sehr … sagen wir, wissensdurstig – ich lerne für mein Leben gern. Und wer viel Zeit hat, kann viel lernen. Sie könnten mir etwas Aikido zeigen, während wir hier sind. Ich wollte das schon lange mal ausprobieren.«

»Sie sind ein Phänomen, Agáta. – Also gut, ich komme mit. Jedenfalls für eine Nacht, dann suche ich mir etwas.«

Kurz darauf fuhren sie von einem Feldweg auf ein großes Gehöft. Im quadratischen Innenhof des alten, in Renovierung begriffenen Bauernhofs standen drei weitere Wagen. Während sie ausstiegen und David ihre zwei Taschen aus dem Kofferraum holte, trat eine Frau aus dem Haus heraus und kam auf sie zu.

»Frau Abrhámová? Wie schön, Sie endlich persönlich

kennenzulernen. Es freut mich, dass Sie noch einen Freund mitgebracht haben.«

David schlug den Kofferraum zu und ging um den Wagen herum auf die Frau zu. Sie mochte etwa in seinem Alter sein, eine zierliche Person mit kurzem dunklen Haar, großen Augen und einem ironischen Zug um den Mund. Einen Moment lang fühlte er sich schmerzhaft an Magda erinnert: die gleichen anmutigen Bewegungen, eine ähnliche Stimme.

Die Frau streckte ihm die Hand entgegen und stellte sich mit einem charmanten Lächeln vor: »Ich bin Valeska Axamit. Freut mich, Sie kennenzulernen.«

David starrte sie fassungslos an. »Äh … ja, ganz … ganz meinerseits«, stammelte er und reichte ihr die Hand, »mein Name ist … äh … Trojan. Martin Trojan.« Wie viel Pech, fragte er sich, kann ein einzelner Mensch eigentlich haben?

26

Náš život (tohle totalitní slovo je nevyhnutelné)
je příběhem našich zranění – těch, která utržíme,
těch která způsobíme.

Unser Leben (unvermeidbar, dieses totalitäre Wort)
ist die Geschichte unserer Verwundungen:
jener, die wir erleiden, jener, die wir zufügen.

Nachdem John Ketchum gegangen war, hatte Larissa sich an eines der Fenster gesetzt, die zur Straße und zum See hinausgingen, da sie die Heimkehr des Försters nicht verpassen wollte. Sie starrte in Gedanken auf den ruhigen See hinaus. Die Geschichte, die John ihr erzählt hatte, ging ihr nicht aus dem Kopf. Sie verstand nur noch immer nicht, was alte, inzwischen längst geschlossene Uranbergwerke mit seinen roten Rosen zu tun haben sollten. Offensichtlich hatte man die Bergwerke geschlossen, weil es eben kein Uran mehr dort gab. Und wenn es sich nicht um Uran, sondern um Quecksilber – rotes oder sonst welches – handelte, dann war die ganze Sache schlichtweg lachhaft. Absurde Geschichte. John hatte einfach eine blühende Fantasie. Sie sollte sich lieber um ihre eigenen Angelegenheiten kümmern. Sie nahm Johns Visitenkarte und übertrug seine Telefonnummer vorsichtshalber in ihr Handy. Und jetzt? Draußen war weit und breit kein Mensch, und ihre heiße Schokolade war leer. Kein Grund, länger zu bleiben. Schließlich war sie nicht zu ihrem Vergnügen hier. Sie wollte etwas tun, irgendwas,

Hauptsache, etwas bewegte sich, und wenn nur sie selbst es sein würde. Vielleicht sollte sie einen Spaziergang machen, erst zum Försterhaus und dann ein Stück durch den Wald oder in die andere Richtung, zu dieser Bushaltestelle, an der sie vorhin vorbeigekommen waren. Sie packte ihre Sachen zusammen und verließ eilig das Lokal. Draußen wandte sie sich nach rechts und spazierte Richtung Försterhaus. Sie wäre gerne direkt am Ufer entlanggegangen, doch dort war ein Freibad, das geschlossen war. Im Sommer musste das ein herrlicher Badeplatz sein. Sie war wie von der Tarantel gestochen aus dem Lokal gelaufen, doch schon bald wurden ihre Schritte langsamer, und sie begann, den Spaziergang zu genießen. Als sie in den Feldweg einbog, der zum Försterhaus führte, sah sie einen Mann, der durch das Gartentor zum Haus ging. Sie lief los.

»Entschuldigen Sie bitte«, rief sie, als sie atemlos ankam, »Sind Sie zufällig Gustav Mottl? Der Förster?«

Der Mann drehte sich überrascht um. Er trug einen schlammgrünen Parka und Jeans, dazu schwere Stiefel, über der Schulter ein Gewehr und auf dem Kopf eine dicke schwarze Mütze. »Ja, der bin ich. Kann ich Ihnen helfen?« Er kam langsam den Gartenweg hinunter zurück ans Tor.

»Mein Name ist Larissa Khek. Ich bin Reporterin bei der *Prague Post* und würde gerne mit Ihnen sprechen … über ein paar Dinge.«

Mottl sah sie nachdenklich an. In seinem Gesicht spiegelte sich ein gewisses Misstrauen, aber er wirkte nicht unfreundlich. »So, eine Journalistin. Ein Kollege von Ihnen war neulich auch schon hier. Habe noch nie mit so vielen Reportern gesprochen. Na, meinetwegen. Kommen Sie rein.«

Das Innere des Försterhauses war ebenso gepflegt wie das Äußere. Rustikal, aber durchaus geschmackvoll eingerichtet, mit dunklen, offensichtlich alten Möbeln und kaum Firlefanz. Nur auf dem Kamin im Wohnzimmer stand ein ganzes Sammelsurium von Fotorahmen. In einer Ecke bemerkte sie eine steinalte Singer-Nähmaschine mit Tretpedal. Hübsches Stück, dachte sie, so eine hatte ihre Mutter auch. Sie war zwar noch funktionsfähig, wurde aber nicht mehr benutzt, so wie die hier offenbar auch – auf dem Nähtischchen stand Mottls Telefon. Der Förster bat Larissa, Platz zu nehmen.

»Ich mache uns einen Tee. Ist verdammt kalt draußen.« Er verschwand im Flur, und bald hörte Larissa das Klappern von Geschirr.

Sie ging zum Kamin hinüber und betrachtete die Fotos. Entgegen ihrer Erwartung waren es keine Familienbilder, sondern Aufnahmen von Jugendgruppen und irgendwelchen Leuten beim Schießen. Beim vorletzten Bild stutzte sie. Das war doch… natürlich, David Anděl war ja von hier. Es zeigte den Kommissar, der lässig an einem Balken lehnte und lächelte, offenbar auf einem Schießstand im Wald. Das Foto versetzte ihr einen Stich, sie ließ ihren Blick schnell weiterwandern zur letzten Aufnahme in der Reihe – ein Mädchen, vielleicht elf oder zwölf Jahre alt, mit kurzem, dunklem Haar, das ernst in die Kamera blickte.

»So, ich habe auch Rum mitgebracht«, sagte Mottl, der mit einem Tablett das Wohnzimmer betrat. Er stellte es auf dem Couchtisch ab und warf ihr einen Blick zu. »Das ist Hermiona. Die kleine Waldfee.« Er lächelte.

»Ihre Enkelin?«, fragte Larissa.

»Nein, ich habe keine Verwandten mehr. Sie ist die Enkelin einer Bekannten. Wohnt nicht weit von hier, und sie liebt den Wald und die Tiere. Sie geht manchmal mit mir auf die Pirsch. – Nehmen Sie Zucker?«

Larissa nickte. Dann deutete sie auf das Foto daneben.

»Ich habe gerade festgestellt, dass wir einen gemeinsamen Bekannten haben – *hatten* …« Sie räusperte sich, versuchte den Kloß, der sich bei ihren Worten in ihrem Hals gebildet hatte, zu lösen.

»Ach, was Sie nicht sagen, Sie kannten David?« Er setzte sich. »Schreckliche Sache. Sinnlos. Aber das ist es ja immer.« Er reichte ihr eine Tasse. »Etwas Rum? Vertreibt die Kälte, konserviert aber den Kummer. Na, man kann nicht alles haben, nicht wahr?«

Larissa nickte und setzte sich ihm gegenüber. »Ja, eine Tragödie. Ich kann es noch immer nicht fassen, dass er nicht mehr da ist …« Tränen stiegen ihr in die Augen, sie blinzelte sie schnell weg.

Mottls Blick wanderte zu dem Foto auf dem Kaminsims. »Ich hatte mich gewundert, dass ich ihn nicht erreichen konnte«, sagte er mit zitternder Stimme. »Zurückgerufen hat er auch nicht … und dann habe ich es in der Zeitung gelesen … Was für ein Ende! Dass es immer die Guten erwischen muss …« Mottl schloss die Augen, schüttelte den Kopf, atmete tief ein und aus, um Fassung bemüht. Schließlich öffnete er die Augen wieder und sah Larissa an. »Wissen Sie warum? In der Zeitung stand nichts davon.«

Larissa schüttelte den Kopf. »Ich weiß nur, dass er vor seinem Haus in Prag erschossen wurde. Warum, weiß ich auch nicht. Die Polizei ermittelt wohl noch, glaube ich.« Sie hatte keine Ahnung.

»Schrecklich. Er war ein guter Junge. Möge seine Seele in Frieden ruhen.« Er bekreuzigte sich. »Haben Sie ihn gut gekannt?«

»Doch, schon, über die Arbeit, ein paar Mordfälle in Prag …«, stotterte Larissa. »Mein Beileid, Herr Mottl. Sie kannten ihn offenbar sehr gut.«

Mottl nickte. »Danke. Ja, er war in einer Art Pfadfindergruppe bei mir. Ist schon viele Jahre her. Und dann habe ich ihm das Schießen beigebracht, als er bei der Polizei anfing. Guter Schütze. Echtes Talent. War eine Freude, ihn zu unterrichten. Nur Spaß gemacht hat es ihm nicht. Sagte damals, er hoffe, den Schießprügel nie benutzen zu müssen.« Er lächelte versonnen, dann wandte er sich wieder Larissa zu. »Sie sagten, Sie wollten mich etwas fragen, nicht wahr? Worum geht es denn?«

Larissa stellte ihre Tasse ab. »Ja, es geht um dieses Gerücht über die Kinderprostitution …« Sie erklärte ihm kurz, warum sie nach Cheb gekommen war. »Können Sie mir irgendetwas dazu sagen?«

Mottl ließ sich mit einem lauten Seufzer in das Sofa sinken. »Ein böses Gerücht. Nichts weiter. Der Inspektor hat vollkommen recht. Keine Ahnung, wer das in die Welt gesetzt hat. Oder warum. Vielleicht ist es tatsächlich so, wie die Jandová sagte, man traut den Zigeunern alles zu, auch das Schlimmste. Und die Leute haben immer Bedarf an Sündenböcken. Prostitution gibt es hier viel, aber so was – nein. Nicht, dass ich wüsste, jedenfalls. Und ich bin viel in den Wäldern hier unterwegs. Glauben Sie mir, wenn es da so was gäbe, wüsste ich es. Ich kenne alle diese Lumpen, die die Frauen auf die Straße schicken. Aber Kinder habe ich nie gesehen. Junge Frauen, vielleicht nicht alle schon ganz volljährig, das mag sein, aber keine Kinder im engeren Sinne.«

Larissa nickte. »Das ist beruhigend.« Damit, dachte sie zufrieden, ist das Thema gestorben. Sie hatte mit drei Leuten, die etwas darüber wissen konnten, gesprochen und von jedem die gleiche Antwort erhalten. Mit Prostituierten oder gar Zuhältern zu reden, hatte sie keine Lust. Und ehrlicherweise zu viel Angst davor. Das war zwar kein ordentliches journalistisches Vorgehen, aber sei's drum. Sie war schließlich nicht lebensmüde. Sollte Steve der Sache doch selbst nachgehen, wenn sie ihn so brennend interessierte. »Und diese zusammengeschlagenen Touristen, die man im Straßengraben gefunden hat?«

»Touristen? Pah! Wohl kaum. Freier eher. Abschaum. Haben bekommen, was sie verdienen, wenn Sie mich fragen.«

»Haben Sie eine Ahnung, wer dahinterstecken könnte? Da Sie ja viel im Wald unterwegs sind, meine ich. Haben Sie nie jemanden gesehen?«

»Gesehen habe ich viel – und viele. Keine Ahnung, wer das macht. Aber meinen Segen hat er.« Er schwieg einen Moment nachdenklich, dann lächelte er. »Vielleicht unser Waldgeist. Der Alte mit dem Raben. Das wäre ein möglicher Kandidat.«

»Wer ist das?«, fragte Larissa.

»Keine Ahnung. Zum ersten Mal habe ich den Alten Mitte der Fünfzigerjahre gesehen. Nachts im Wald. Seither immer mal wieder. Aber ich weiß weder wer er ist, noch wo er wohnt. Er kommt und geht wie ein Gespenst – wahrscheinlich ist er eines. Hat sich nicht verändert in all der Zeit. Und er hat einen großen Radius. Man trifft ihn in den unwahrscheinlichsten Ecken. Sogar drüben bei Stará Voda habe ich ihn gesehen, das ist noch nicht lange her. Hat sich bei den alten Bergwerken rumgetrieben. Beim Kammerbühl drüben bin ich ihm auch schon über den Weg gelaufen. Immer nur nachts.«

»Aber …«

»Und neulich hier in der Nähe, auf einer Lichtung. Und dann am See, als dieser Typ den Wagen im See versenkt hat … ich frage mich immer noch, warum … Deshalb habe ich unter anderem David angerufen.«

Larissa horchte auf. »Jemand hat einen Wagen im See versenkt? Wo?«

»Hier, im Amerika-See, auf der anderen Seite. Das Auto hatte ein Prager Kennzeichen. Ich dachte noch, es sei ein ziemlich weiter Weg, um Schrott zu entsorgen. Ich muss noch dem Inspektor Bescheid sagen.« Er seufzte. »Die Leute sind Schweine – entschuldigen Sie bitte den Ausdruck, aber anders kann man das nicht nennen. Überall im Wald sind wilde Müllkippen. Widerlich. Erst vor ein paar Tagen habe ich einen ausgebrannten Kombi auf einer Waldlichtung gefunden. So was von ausgebrannt, das habe ich noch nie gesehen.« Er schüttelte ungläubig den Kopf. »Ich habe die Polizei gerufen, und die haben dann tatsächlich Knochen drin gefunden. Und im Kofferraum war ein gutes Dutzend alte Nähmaschinen, die hatten natürlich nur noch Schrottwert. Schade um die guten Dinger. Schon verrückt, was man alles im Wald findet.«

»Was waren das für Knochen? Wissen Sie das?« Larissa schnupperte Morgenluft. Vielleicht konnte sie ja damit etwas anfangen. Die Nähmaschinen fand sie weit weniger interessant.

»Menschenknochen, wie es aussieht.«

»Tatsächlich? Woher wissen Sie das? Ich meine, doch sicher nicht von der Polizei, oder doch?« Sie konnte sich beim besten Willen nicht vorstellen, dass der Inspektor das jemandem freiwillig auf die Nase binden würde.

»Ach wo, der Inspektor würde mir freiwillig nicht mal die Uhrzeit verraten. Der hat mich gleich weggeschickt, als er bei dem Wagen ankam. Aber ich war nicht allein unterwegs. Hatte einen guten Freund dabei, wir gehen zusammen jagen, schon seit vielen Jahren. Der durfte natürlich bleiben, ist Rechtsmediziner in Karlsbad. Er hat die Knochen nach Prag geschickt, die haben dort wohl einen Anthropologen. Aber er war sich ziemlich sicher, dass es sich um einen verbrannten Menschen gehandelt hat. War nicht mehr viel übrig, sagte er, nur eine Handvoll verkohlter Knochenstücke und ein paar Zähne. Muss gebrannt haben wie Hölle.«

»Das war ja ein Glücksfall für den Inspektor …«

Mottl lachte bitter auf. »Von wegen. Der war verdammt sauer, als Tatarka die Knochen unter der ganzen Asche vom Wagenboden aufgeklaubt hat. Und dann wollte Tatarka partout nicht darauf eingehen, dass es Tierknochen sein könnten. Wegen der Zähne. Da war unser Inspektor gar nicht glücklich. Ist Arbeit. Und weil es Menschenknochen sind, verhagelt es ihm auch noch seine Statistik.«

Er schwieg einen Moment, dann fuhr er leise fort, als denke er laut nach: »Wundert mich eigentlich, dass Hermiona nichts davon gesagt hat … dabei war sie dort …«

Larissa machte sich eifrig Notizen. Ein ausgebranntes Auto mit menschlichen Knochen darin, ein weiteres versenkt in einem See. Wunderbar. »Hermiona ist das kleine Mädchen von dem Bild, nicht wahr? Wohnt sie denn in der Nähe dieser Lichtung?«

»Hm, sozusagen. Bei ihrer Großmutter. Einsames Haus. Nicht allzu weit vom Kammerbühl.«

»Sie haben Hermiona dort gesehen? Bei dem Wagen?«

»Wie? Äh, nein, nein … aber sie war dort, nicht lange vor uns. Ich habe ihre Schuhabdrücke gesehen. Sie hat nur ein Paar Winterstiefel – ich kenne die Spuren.« Er lächelte. »Sie ist viel im Wald unterwegs.«

»Das ist doch aber ziemlich gefährlich. So ein kleines Mädchen … Hat sie denn niemanden außer ihrer Großmutter, der sich um sie kümmert?«

»Nein. Keine Ahnung, was mit ihren Eltern passiert ist. Eines Tages war sie einfach da. Sie kann nur ein paar Tage alt gewesen sein. Hab nie danach gefragt. Die alte Frau Jahodová erzählt nicht gerne. Die redet überhaupt nur selten mit anderen Leuten. Bis sie das Mädchen zu sich nahm, wusste ich gar nicht, dass sie selbst eine Tochter hat. Gehabt hat. Wie auch immer.«

»Ich würde gerne mit ihr sprechen, Herr Mottl. Können Sie mir sagen, wie ich zu dem Haus komme?« Larissa zog ihren Stadtplan von Cheb und Umgebung heraus und faltete ihn auf dem Tisch auseinander.

»Einfacher ist es, Sie gehen zu Valeska Axamit, da verbringt Hermiona die meiste Zeit, wenn sie nicht in der Schule ist – oder im Wald.«

Larissa sah überrascht auf. »Valeska Axamit? Das trifft sich ja gut, ich kenne ihre Schwester. Wo wohnt sie denn?«

Er beugte sich über den Plan und deutete auf eine Stelle zwischen zwei Landstraßen. »Das ist gleich außerhalb von Franzensbad, jenseits der Bahngleise nach Vojtanov. Sie müssen nur die Americká-Straße immer geradeaus gehen, dann über diese Kreuzung und danach den Schildern folgen zur Stecker-Mühle. Ist ein hübscher Spaziergang. Aber seien Sie vorsichtig, Hermiona mag es gar nicht, wenn man versucht, sie auszufragen. Da ist sie ganz wie ihre Großmutter. Der Apfel fällt nicht weit vom Stamm … Die Oma war neulich fuchsteufelswild wegen dieses Frauenzimmers aus Prag, das bei ihr rumgeschnüffelt hat.« Mottl griff nach der Teekanne. »Noch ein bisschen Tee?«

»Gerne. Danke. Was wollte diese Frau denn bei ihr?« Wie schön, dass Gustav Mottl so gern erzählt, dachte sie. Ein Glücksfall für einen Reporter.

»Ach, ich weiß das alles nur vom Hörensagen, Hermiona hat es mir erzählt. Erst hat sich diese Frau nach alten Nähmaschinen erkundigt. Wollte sie kaufen, angeblich für ein Antiquitätengeschäft. Aber dann wollte sie angeblich plötzlich wissen, ob die alte Frau etwas über ein Baby weiß. Es ging, glaube ich, um ein verschwundenes Kind. Irgendein Arzt hatte ihr angeblich geschrieben, dass das Kind, das sie vor Jahren hier zur Welt gebracht hatte, doch nicht tot gewesen sei. Die Frau war wohl in heller Aufregung. Aber wer weiß … Das hat mir, wie gesagt, Hermiona erzählt, nicht ihre Großmutter. Manchmal versteht die Kleine auch was falsch. Ist halt doch noch ein Kind, auch wenn sie gern so tut, als wisse sie schon alles.«

»Aha … aber konnte der Arzt ihr denn nichts Genaueres sagen?«

»Hätte er wohl können, aber bis sie hier ankam, war er verstorben. Wollte angeblich mit reinem Herzen von dieser Welt gehen. Na, meines Erachtens hat er nur noch mehr Probleme in die Welt gesetzt mit dieser halbseidenen Beichte. Hermiona war ganz durch den Wind für ihre Verhältnisse. Weiß gar nicht, warum. Hat ja nichts mit ihr zu tun. Diese Frau war auch bei der Klímová, die war Hebamme im Krankenhaus in Cheb, ist im Herbst in Rente gegangen. Vielleicht ist damals was schiefgelaufen. Fehler passieren immer wieder.«

»Hat die Frau ihr Kind denn gefunden?« Wie gemein, dachte sie, einen Menschen auf so eine Spur zu setzen, ohne Genaues zu verraten. Und dann einfach zu sterben. Sie gab dem Förster insgeheim recht, der Arzt hätte den Mund halten sollen.

»Nicht, dass ich wüsste. Ich habe die Klímová gefragt, weil Hermiona so verstört war, und sie hat erklärt, dass an der Sache nichts dran ist. Muss ein Missverständnis gewesen sein. Immerhin gebe es einen Totenschein, sagte sie. Sie war wohl damals dabei gewesen, bei der Geburt, meine ich. Aber sie hat bestätigt, dass die Dame auch bei ihr war – wegen des Kindes und wegen des Ankaufs von Nähmaschinen. Tragische Geschichte. – Ja, der Weg zur Hölle ist mit guten Absichten gepflastert. Der Arzt hätte den Mund halten sollen, das ist meine Meinung, was auch immer die wert sein mag. Er hat sein reines Gewissen gekriegt und die anderen nichts als Ärger und Herzschmerz. Die Frau tut mir aufrichtig leid. Aber immerhin hat die Klímová ihr ihre alte Nähmaschine verkauft. War also nicht ganz vergebens, die Sache. Tja, und dann ist sie weggefahren, die arme Seele.«

»Die Arme, mit Hoffnungen ankommen und dann nichts finden ... scheußlich.« Nähmaschinen, dachte sie, da war doch was ... Es wollte ihr nicht einfallen.

Sie schwiegen eine Weile. Mottl schenkte Tee nach und gab einen kräftigen Schuss Rum in seine Tasse.

»Sie sagten vorhin, dass ein Kollege von mir hier war«, nahm Larissa schließlich das Gespräch wieder auf. »Das war nicht zufällig John Ketchum? Ein Amerikaner?«

»Doch, der war's. Den Namen habe ich mir gemerkt, hört sich an wie Ketchup.« Er kicherte. »Auch ein Freund von Ihnen?«

»Ich habe ihn erst heute kennengelernt. Und ... äh, also, er hat mir so eine seltsame Geschichte erzählt. Von Uranbergwerken und so ...«

»Ja, ja. Die hatten es ihm angetan.« Mottl kicherte wieder. »Hat was von Schmuggel erzählt und hatte allerlei Verschwörungstheorien parat. Eine wilder als die andere. Komischer Vogel. Aber ein netter Kerl. – Sie interessieren sich auch für die Bergwerke?«

»Ach, nein, eigentlich nicht«, wehrte sie ab, »ich weiß ja gar nichts darüber. Aber die Geschichte, die er erzählt hat, klang so absurd, dass ich ins Grübeln gekommen bin. Was wollte er denn genau von Ihnen wissen?«

»Kurz gesagt, alles über die Uranbergwerke, die es hier gab. Wer, was, wann, warum – na, wem erzähle ich das, all die Fragen, die Journalisten eben stellen. Wie er auf mich gekommen ist, weiß ich nicht. Aber ich konnte ihm einiges sagen, ich habe in einem davon ein paar Jahre gearbeitet … war politischer Häftling … lange her, Gott sei Dank. Und überlebt habe ich es auch, im Gegensatz zu manch anderen … Habe seit Jahren nicht mehr an die Zeit gedacht, man sollte nicht ewig in der Vergangenheit rumrühren, ändert ohnehin nichts mehr, nicht wahr. Wie heißt es so schön – die Vergangenheit ist Geschichte, die Zukunft nur ein Gerücht …« Mottl stutzte plötzlich. »Natürlich …«, flüsterte er, »… das muss es sein … der Alte … der Stollen …« Er starrte einen Moment lang an Larissa vorbei aus dem Fenster, dann schüttelte er den Kopf, als wolle er unangenehme Gedanken verscheuchen. »Entschuldigen Sie bitte, mir ist nur gerade etwas eingefallen …«

»Ja?«, fragte Larissa interessiert.

»Ach«, Mottl winkte ab, »nichts weiter. Vergangene Zeiten, alte Geister«, erwiderte er zerstreut. »Haben Sie noch weitere Fragen? Ich … äh, habe nämlich noch ein bisschen was zu tun.«

»Noch eine letzte, Herr Mottl«, sagte Larissa, obwohl sie ihm gerne noch weit mehr als nur eine Frage gestellt hätte. Was war dem alten Mann gerade eingefallen? Sie scheute sich, danach zu fragen, da er auf ihr Nachhaken so reserviert reagiert hatte. Man sollte die Geduld der Leute nicht überstrapazieren. Sie konnte ja noch mal wiederkommen. »Würden Sie mir noch sagen, wie Ihr Freund, dieser Rechtsmediziner, genau heißt? Ich würde gerne mit ihm sprechen.«

»Er sitzt in Karlsbad. Prokop Tatarka. Grüßen Sie ihn von mir, er soll nicht vergessen, dass wir übermorgen verabredet sind.«

Larissa bedankte sich, packte ihre Sachen zusammen und verabschiedete sich. Gustav Mottl brachte sie bis zum Gartentor.

»Sie können gerne wiederkommen. War nett, mit Ihnen zu plaudern … und passen Sie auf sich auf.«

Larissa sah ihm nach, wie er eilig ins Haus ging. Bis er von diesen Bergwerken erzählt hatte, war er die Geduld selbst gewesen – und nun hatte er plötzlich zu tun. Ihr Interesse an Johns Uran- oder Quecksilbergeschichte wuchs langsam, aber stetig. Sie musste ihn unbedingt noch mal danach fragen. Heute Abend, in dieser Kneipe, Im Siebten Himmel. Hoffentlich konnte der Laden wenigstens halbwegs mit seinem Namen mithalten.

Zufrieden mit ihrer Ausbeute wandte sie sich nach links, in Richtung der Bushaltestelle Slatina. Ein Spaziergang am See würde ihr jetzt gut tun. Sie hätte ihn fragen sollen, wo genau das Auto mit dem Prager Kennzeichen versenkt worden war. Einen Moment lang überlegte sie, ob sie noch mal zurückgehen sollte, entschied sich aber dagegen. Gedankenverloren schlenderte sie den Feldweg entlang, vorbei an dem Restaurant, wo sie mit John Ketchum gesessen hatte. Einige Meter weiter entdeckte sie linker Hand eine Art kleinen Zoo; in einem Gehege sah sie Damwild und in einer großen Voliere zwei Schneeeulen, die mit eingezogenen Köpfen nebeneinander auf einem geschützten Ast kauerten. Sie sah den Tieren eine Weile zu und ging dann weiter, als sei sie eine Touristin und verfüge über endlos viel Zeit. Erst als sie das Ende des Sees erreicht hatte, ergab sich die Möglichkeit, direkt ans Ufer zu treten. Sie ging die wenigen Schritte zum Wasser und genoss die friedliche Stille. Ihre Augen wanderten rechts am Ufer entlang, bis zu der Insel, deren Gebüsch den Blick auf das Försterhaus verbarg, weiter auf die gegenüberliegende Seite des Sees, der von verschneiten Feldern gesäumt wurde, und am linken Ufer, das wieder von hohem Gebüsch umgeben war, zurück. Im Sommer musste das hier ein herrlicher Badesee sein. Die Sonne neigte sich inzwischen dem Horizont zu, die Schatten wurden länger. Sie hatte mehr Zeit beim Förster verbracht, als sie gedacht hatte. Das Wasser, das in den goldenen Strahlen der Sonne glitzerte, lag nahezu regungslos vor ihr. Sie konnte der Versuchung nicht widerstehen und suchte im Kies am Ufer nach flachen Steinen. Sie bückte sich und versuchte einen so flach wie möglich über das Wasser zu werfen. Eins, zwei, drei, vier, fünf – blubb, versenkt. Sie hatte dieses Froschspiel, wie ihr Vater es genannt hatte, als Kind sehr geliebt. Auch jetzt versuchte sie ehrgeizig, die ersten fünf Sprünge zu übertreffen. Es gelang ihr trotz mehrerer Versuche nicht. Sie sah den sich schnell ineinander verlaufenden Wellen, die immer neue Muster auf der Wasseroberfläche bildeten, eine Weile nach, dann griff sie mit beiden Händen in den Kies und warf mit Schwung die zwei Handvoll Steine so weit wie möglich in den See. Die Steine prasselten wie ein Landregen in das ruhige Wasser. Herrliche Wellen bildeten sich, die ineinander liefen, sich hier gegenseitig verstärkten und dort auslöschten. Als sie sich schließlich umdrehte, um ihren Weg fortzusetzen, fiel ihr unter einem Gebüsch im Wasser etwas auf, das mit den Wellen, die ihre Steine verursacht hatten, gegen das Ufer schwappte. Müll, dachte sie, dass die Leute solche Ferkel sein mussten. Gustav Mottl hatte völlig recht. So ein schöner See, und sie kippten ihren Abfall rein. Ein großer schwarzer Müllsack. Sie wollte schon weitergehen, als ihr etwas Helles in dem dunklen Müll auffiel. Ohne nachzudenken, trat sie näher. Es sah aus wie Seegras, wie es gemächlich im Wasser an der Oberfläche hin und her wogte. Helles Seegras, dachte sie verwundert, vielleicht abgestorbenes Seegras … aber das wäre wohl eher braun, vielleicht hellbraun … aber dieses hier sah … ja, es sah tatsächlich *blond* aus. Blondes Seegras? Sie trat einen Schritt näher. Eindeutig blond. Und wie Seegras sah es auch nicht wirklich aus. Irgendetwas dort funkelte in der Sonne. Noch ein Schritt – dann sah sie die Hand, deren seltsam zerfranste

Finger sich nach dem Ufer zu strecken schienen. An einem davon glitzerte ein Ring.

Fünfzehn Minuten später hielt der Wagen von Inspektor Marný auf dem Weg neben ihr. Larissa hatte nach dem ersten Schock die Notrufnummer gewählt und von ihrem Fund berichtet. Dann hatte sie sich etwas abseits an die Straße gestellt und gewartet. Die Minuten waren ihr endlos erschienen, und sosehr sie auch versucht hatte, nicht mehr hinzusehen, war ihr Blick doch immer wieder zu der bleichen Hand im Wasser gewandert.

Der Inspektor sprang aus dem Wagen und kam die wenigen Meter vom Wagen zu ihr gelaufen. Larissa deutete auf die Leiche, die inzwischen wieder ruhig an der Wasseroberfläche schwamm.

»Verdammte Scheiße«, fluchte der Inspektor, ohne zu grüßen, »wo kommt das denn her?« Er trat näher ans Ufer und betrachtete die nackte Hand. »Bisschen angefressen. Wiederbelebungsmaßnahmen können wir uns schenken.« Er drehte sich zu Larissa um, die ihm gefolgt war. »Und was zum Teufel machen Sie hier? Sie müssen Ihre neugierige Nase wohl überall reinstecken, was?«

Larissa verzog das Gesicht. »Auf das hier hätte ich gut verzichten können. Und auf Ihre Bemerkung dazu ehrlich gesagt auch«, erwiderte sie gereizt. »Ich wollte zu der Bushaltestelle da hinten, und weil es hier so hübsch war, habe ich Frösche geworfen und dabei das da entdeckt.«

Marný grinste. »So, Sie werfen Frösche.« Er nickte. »Gute Stelle. War hier auch oft, als Kind. Tut mir leid wegen … na, Sie wissen schon. Ist gerade viel los.« Er ging zum Wagen zurück und benutzte das Funkgerät.

Larissa riss sich endlich von dem unerfreulichen Anblick

los und folgte ihm. »Kann ich gehen?«, fragte sie, als er fertig war. Sie wollte nicht dabei sein, wenn man diese Wasserleiche aus dem See fischte. Der Anblick der zerfaserten Finger hatte ihr vollauf genügt. Wie die Vorderseite aussah, wollte sie lieber nicht wissen.

»Ja, ja. Gehen Sie nur. Gleich wird es hier unappetitlich.« Er wippte ungeduldig auf den Zehenspitzen und blickte unverwandt den Weg entlang Richtung Bushaltestelle.

»Ich habe gehört, dass man auf einer Lichtung hier in der Gegend einen ausgebrannten Wagen mit menschlichen Knochen gefunden hat. Können Sie mir etwas dazu sagen?«, fragte Larissa und versuchte, so zu klingen, als sei diese Frage das Natürlichste der Welt. Sie wollte die Gelegenheit am Schopfe packen, solange sie die Möglichkeit dazu hatte.

»Woher wissen Sie davon?«, fragte Marný misstrauisch und warf ihr einen verärgerten Blick zu.

»Ach, man hört so dies und das«, erwiderte sie ausweichend. Plötzlich fiel es ihr wieder ein. Nähmaschinen. Die Frau aus Prag, die alte Nähmaschinen kaufen wollte. Und Mottl hatte gesagt, in dem ausgebrannten Kombi seien welche gewesen. Warum nur hatte sie den Förster nicht nach dem Namen der Frau gefragt? Nun, sie würde ihn noch mal aufsuchen. Oder anrufen.

»So. *Man hört.* Dann hören Sie jetzt mal auf *mich*, Sie naseweise Klatschtante. Sehen Sie zu, dass Sie wieder in unsere schöne Hauptstadt verschwinden. Ich kann so neugierige Frauenzimmer hier nicht gebrauchen.«

»Ich mache nur meine Arbeit. So wie Sie die Ihre. – Also?« Sie hatte nicht vor, sich vom Inspektor provozieren zu lassen – und einschüchtern schon gar nicht.

»Wo waren Sie vorher? Bevor Sie das da gefunden haben?«

»Im Restaurant da drüben und … äh, spazieren. Das Wetter ist so schön.« Sie lächelte so freundlich wie unschuldig.

»Sie waren nicht zufällig auch beim alten Mottl?«

»Mottl?«

»Spielen Sie hier nicht die Unschuld vom Lande. Von dem Wagen wissen nicht so viele. Was hat der alte Schwätzer Ihnen noch alles erzählt?«

»Sie haben meine Frage noch nicht beantwortet«, wich Larissa aus. Diesem Unsympathen würde sie von ihrer Schlussfolgerung sicher nichts erzählen. Sollte er doch selbst darauf kommen.

»Das werde ich auch nicht. Und halten Sie sich vom alten Mottl fern, der macht nichts als Ärger. Der und Ihr amerikanischer Kollege – nichts als alberne Verschwörungstheorien im Kopf.«

»Ach, tatsächlich? Ich finde John Ketchums Geschichte *sehr* interessant.« Das war noch nicht einmal wirklich gelogen. Offensichtlich hatte John den Inspektor doch noch erwischt.

»Blödsinn. Genau wie Ihr hässliches Steckenpferd«, grollte Marný.

Larissa beschloss, es gut sein zu lassen. Jedenfalls für den Moment. »Sagen Sie, Herr Inspektor, wie weit ist es bis zu dieser Bushaltestelle da hinten? Slatina, heißt sie, oder?«

»Wie? Ach, vielleicht etwas über einen Kilometer, nicht weit.« Am Ende des Weges sahen sie Lichter aufblitzen. »Na, also. Äh – warum?«

»Nur so, dann werde ich mich mal auf den Weg machen. Meinen schönen Spaziergang fortsetzen.«

Marný betrachtete sie misstrauisch. »Spazieren gehen können Sie anderswo. Ich will nicht, dass Sie womöglich doch hier herumlungern. Ich lasse Sie in Ihre Pension fahren. Dann habe ich hier meine Ruhe.«

Larissa wollte etwas Bissiges erwidern, aber ein Handy

klingelte. Grummelnd zog Marný es aus seiner Manteltasche. »Ja?«, meldete er sich knapp.

Es war so still, dass Larissa den Anrufer verstehen konnte.

»Wir haben ein Problem. Die Maschinchen sind weg.«

»*Was*? Wie …? Aber …« Marný war sichtlich perplex.

»Krieg raus, was passiert ist. Und wo sie sind.«

»Weg? Was heißt *weg*?«

»Keine Ahnung. Aber ich vermute, Viktor hat die Finger drin.«

»Dann schnapp ihn dir, verdammt. Ich habe andere …«

»Er ist auch weg. Also sieh zu, dass du die Dinger auftreibst. In zwei Tagen geht's los.«

Marný stand wie angewurzelt da und starrte auf sein Handy.

»Ärger?«, fragte Larissa interessiert, die sich auf das Gehörte keinen Reim machen konnte. Verschwundene Maschinchen? Was für Maschinchen?

»Ja, ja. – Und Sie verschwinden jetzt von hier, aber etwas plötzlich«, erwiderte er heftig. »Netušil«, rief er nach dem älteren der beiden Polizisten, die gerade aus dem Wagen ausgestiegen waren. »Du bringst die junge Dame in ihre Pension. Ich will nicht, dass sie womöglich hierher zurückschleicht und unsere Arbeit behindert. Und danach hast du Dienstschluss.« Er geleitete Larissa zum Wagen und hielt ihr die Beifahrertür auf. »Ich melde mich bei Ihnen. Sie müssen morgen noch ein Protokoll unterschreiben.«

27

Nejsem nikdy zamilovaný, jen zvědavý.
To je bezesporu upřímnější cit.

Ich bin nie verliebt, nur neugierig.
Ohne Zweifel das ehrlichere Sentiment.

Magda kam aus der Küche heraus in den Gastraum des Ráj. Jirka Kratochvíl saß an dem kleinen Tisch im Erker und legte gerade sein Handy mit einem entnervten Gesichtsausdruck beiseite. Sie setzte sich zu ihm und griff nach ihrem Glas. Nach einem langen Arbeitstag, der ihnen mehrere Verstorbene aus verschiedenen Krankenhäusern außerhalb von Prag beschert hatte, waren sie zu Davids Wohnung gefahren und hatten sich dort umgesehen. Abgesehen von der üblichen Unordnung hatten sie nichts gefunden. Davids Einrichtung war sehr übersichtlich, um nicht zu sagen spartanisch. Er selbst hatte sie immer als Zen-mäßig bezeichnet. Magda hatte sich bei der Durchsuchung der Wohnung alles andere als wohlgefühlt. Während Jirka sich das Wohnzimmer vorgenommen hatte, hatte sie sich im Schlafzimmer umgesehen, das nur mit einer Kleiderstange und einem breiten Futon ausgestattet war. Sie versuchte, alle Gedanken an die Nächte, die sie hier verbracht hatte, zu verdrängen. Es waren nicht viele gewesen, dazu war ihr das Bett zu unbequem gewesen, sie waren meist zu ihr gegangen. Trotzdem fiel es ihr schwer, die Bilder, die in ihrem Inneren aufstiegen, zu unterdrücken. Sie ertappte sich bei der Frage, wie viele andere Frauen wohl auch in diesem Bett geschlafen hatten. War David auch mit Eva Urbanová hier gewesen? Lass das, ermahnte sie sich, das tut nichts zur Sache, das geht dich gar nichts an. Es nagte trotzdem an ihr. Sie riss ihren Blick vom ungemachten Bett los und wandte sich dem Stapel Bücher zu, der danebenstand. Die meisten davon waren offensichtlich viel benutzte Fachbücher für Mathematik, zwei befassten sich mit östlicher Philosophie und schienen noch ungelesen zu sein. Daneben lag ein Notizbuch mit einem Bleistift als provisorischem Lesezeichen. Sie schlug es auf. Davids präzise Schrift, kleine Druckbuchstaben, Ziffern und allerlei mathematische Symbole füllten die Seiten, alles sehr übersichtlich und sauber. Nichts durchgestrichen, nichts verbessert. Soweit sie das beurteilen konnte, waren es Notizen über Primzahlen und irgendwelche wohl damit zusammenhängende mathematischen Probleme, die sie nicht genauer einzuordnen vermochte. Jedenfalls nichts, was mit seiner Polizeiarbeit zu tun hatte. Auf einem Hocker unter dem Fenster lagen ein Haufen Anzüge und Hemden, davor auf dem Boden Socken, Jeans, ein paar Pullover und T-Shirts. Die übliche Unordnung. An der Wand gegenüber dem Bett hing ein Filmplakat von *Pulp Fiction*, auf dem Uma Thurman ausgestreckt auf einem Bett lümmelte und lasziv rauchend den Betrachter anblickte. Der zweite Grund, warum sie keinen Wert darauf gelegt hatte, hier zu übernachten. Magda hatte nichts gegen den Film, doch im Schlafzimmer fand sie dieses Poster irgendwie irritierend, sie hatte sich davon beobachtet gefühlt. Sie hatte das Schlafzimmer schnell wieder verlassen und war zu Jirka ins Wohnzimmer gegangen. Auch hier bestand die Einrichtung nur aus dem Notwendigsten: Ein schlichtes dunkelbraunes Ledersofa im Stil der Zwanzigerjahre mit einem passenden Sessel, eine alte Weinkiste als Couchtisch, bedeckt mit Fachzeitschriften und Tageszeitungen, auf denen zwei benutzte Gläser sowie ein Teller mit Brotkrümeln und ein paar vertrockneten Salamischeiben standen; an einer Wand rechts neben dem Sofa zwei weiße, mit Büchern kreuz und quer vollgestopfte Regale, die bis zur hohen Decke reichten und vor denen bedenklich hohe Bücherstapel standen. An der Wand gegenüber dem Sofa hing ein großes gerahmtes Foto, das den Times Square bei Nacht zeigte. Darunter stand auf dem Parkettboden eine Stereoanlage, neben der ein bis zum Anschlag gefülltes CD-Regal an der Wand lehnte, drum herum verstreut lagen gut zwei Dutzend CDs, dazwischen zwei benutzte Weingläser, eine fast leere Wein- und eine halb leere Wasserflasche. Unter dem Fenster stand Davids Schreibtisch, wie immer übersät von einem Durcheinander von Büchern, Zeitungen und Papieren, zwischen denen sein Computerbildschirm aufragte wie ein Leuchtturm in hoher See. Jirka hatte die Tastatur unter dem Berg hervorgeholt, den Computer hochgefahren und versuchte, sich einzuloggen.

»Hast du eine Ahnung, wie das Passwort lautet? Ich habe schon alles Mögliche versucht, aber ich komme nicht drauf. Wahrscheinlich irgendeine achtstellige Primzahl. Würde zu ihm passen.«

Magda ging zu ihm hinüber und ließ ihren Blick über den Verhau auf dem Schreibtisch schweifen. Mathematikbücher, Ausdrucke irgendwelcher Berechnungen, herausgerissene Artikel aus Fachzeitschriften so weit das Auge reichte. »Das glaube ich nicht. Das wäre viel zu naheliegend. Versuche es mal mit Fermat«, sagte sie nach einer Weile. Im Schlafzimmer neben dem Bett war ihr ein fast schon zerfleddertes Büchlein über den Mathematiker aufgefallen.

Jirka gab den Namen ein. Er schüttelte den Kopf.

»Dann versuche es mal mit FerMath.« Sie buchstabierte es für ihn.

»Bingo«, erwiderte er zufrieden. »Danke. Darauf wäre ich in hundert Jahren nicht gekommen. So, dann sehen wir uns das mal an.« Er begann, sich durch die Dateien auf der Festplatte zu klicken, während Magda in die kleine Küche ging.

Auch hier herrschte das Chaos. Auf der Arbeitsfläche stand schmutziges und sauberes Geschirr durcheinander. Kein Wunder, dachte sie, dass David an jenem Abend von der Aussicht, mit ihr in seine Wohnung zu gehen, nicht begeistert gewesen war. Mühsam unterdrückte sie den Drang, die Küche aufzuräumen, dabei war sie selbst alles andere als eine perfekte Hausfrau. Aber alles hatte seine Grenzen. Sie schloss die Tür hinter sich, wie sie es gelegentlich bei den ebenso chaotischen Zimmern ihrer Kinder zu machen pflegte, und ging zurück zu Jirka.

»Hast du etwas gefunden?«, fragte sie.

Er schüttelte den Kopf. »Nur Mathe. Unglaubliches Zeug, sagt mir gar nichts. Sieht teilweise nicht mal aus wie Mathe, jedenfalls nicht wie das, was ich so hatte. Aber nichts, was mit seiner Arbeit zu tun hätte, außer er verklausuliert seine Fälle in mathematischen Formeln. Ich glaube, hier verschwenden wir unsere Zeit. In den Schubladen war auch nichts außer Bürobedarf. Der aber perfekt sortiert. Komischer Kerl.« Er ließ den Computer wieder herunterfahren. »Und das Zeug auf dem Schreibtisch ist auch nur das, was er für seine Vorlesungen braucht. Ein Wunder, dass er da seine Aufzeichnungen findet. Wenn der Schreibtisch der Spiegel des Verstandes ist, dann möchte ich lieber nicht wissen, wie es im Hirn unseres Engels aussieht.«

Sie lächelte. »Offensichtlich hat er das Chaos ausgelagert. Im Kopf hat er es jedenfalls nicht.« Sie seufzte. »Jirka, ich hoffe so sehr, dass ihm nichts passiert ist … Lass uns gehen, ich muss hier raus. Dieses Chaos macht mich depressiv.«

Von den Erinnerungen und Gefühlen, die ihre Anwesenheit hier auslöste, wollte sie lieber nicht sprechen.

Eine knappe Stunde später waren sie durch den üblichen grauenhaften Verkehr endlich in Magdas Restaurant angekommen. Die letzten Gäste waren gegangen, und Magda schickte die Köchin und die Kellnerin nach Hause und schloss hinter beiden ab. Während Jirka von der Bar Gläser und eine Weinflasche holte, ging sie in die Küche, um zu sehen, ob es noch etwas zu essen gab. Sie hatte keine Lust zu kochen, es würde also eine tschechische Kneipen-Brotzeit geben. Sie holte ein großes Einmachglas mit *Utopence* aus der Speisekammer. Diese »Ertrunkene« genannten Würste waren so etwas wie sehr dicke und kurze Wiener oder Lyoner, eingelegt in einem Essigsud mit Zwiebelstreifen, sauren Gurken und Peperoni, die man in praktisch jeder böhmischen Kneipe bekam, wo so ein Fünfliter-Einmachglas in der Regel auf dem Tresen stand wie in Berliner oder Kölner Kneipen die Soleier. In der Speisekammer entdeckte sie auch eingelegten Hermelin, einen wie einen Kuchen quer zerschnittenen Camembert, der mit Zwiebel- und Knoblauchscheiben und einer im Mörser fein zerstoßenen Mischung aus Thymian, Rosmarin und Wacholderbeeren belegt wurde. Die gewürzten Scheiben wurden wie eine Torte aufeinandergeschichtet und in einem großen Weckglas zusammen mit scharfen Peperoni in Öl eingelegt. Sie machte zwei Teller mit dem Käse und den Würsten zurecht, dann schnitt sie Schwarzbrot auf, das sie in einer Pfanne röstete, bis es goldbraun war. Auf den heißen Brotscheiben verrieb sie jeweils eine halbe Knoblauchzehe, bestrich sie mit Butter, die sofort zerfloss und das Brot tränkte, und salzte sie schließlich. Sie liebte diese einfache, *Topinky* genannte Spezialität. Die Zubereitung der Brotzeit, dachte sie zufrieden, während sie das Essen aus der Küche zu ihrem Tisch trug, hatte den gewünschten Effekt gehabt, sie hatte ihren Kopf leer bekommen, die Mischung widersprüchlicher Gefühle, die sie in Davids Wohnung überfallen hatten, war verflogen. Der intensive Duft des Essens hatte alle unangenehmen Geister vertrieben.

Nachdem sie gegessen und das Geschirr gespült und aufgeräumt hatten, setzten sie sich bei einem Glas Wein zurück an ihren Tisch.

»Ich habe ein paar Adressen in Davids Papierverhau gefunden«, sagte Jirka, »unter anderem die von Eva Urbanová und die Telefonnummer von diesem Felix Benda.«

»Also doch etwas. Worauf wartest du? Ruf an.«

»Na schön. Versuchen wir es.« Er holte sein Handy heraus und tippte die erste Nummer ein. Nach einer Weile versuchte er es mit der zweiten. »Schade. Und jetzt?«

Magda trank ihr Glas aus und schenkte sich noch einmal ein. »Keine Ahnung. Wenn er lebt, Jirka, warum meldet er sich dann nicht?« Die angenehme Gedankenlosigkeit begann sich wieder aufzulösen. Die Bilder aus Davids Wohnung krochen zurück vor ihr geistiges Auge. Die Frage, die sie sich in seinem Schlafzimmer gestellt hatte, kreiste wie ein Mantra in ihrem Kopf. Was wusste sie schon über Davids frühere Beziehungen? Sie hatten nie über solche Dinge gesprochen. Es hatte sie nicht interessiert, was vor ihr gewesen war. Schließlich hatte jeder irgendeine Vergangenheit. Seit sie aber von der Affäre mit Eva Urbanová erfahren hatte, ließ es ihr keine Ruhe. War es wirklich nur eine einmalige Sache gewesen? Wirklich nur eine benebelte Nacht?

»Vielleicht kann er nicht anrufen.«

»Vielleicht ist er doch tot. Oder er ist bei dieser Urbanová.« Einen winzigen Moment lang war sie sich nicht sicher, welche der beiden Möglichkeiten schlimmer wäre. Dumme Gans, schalt sie sich, erschrocken über ihren Egoismus, du wirst hysterisch und gemein. Sie trank einen Schluck Wein, dann noch einen, schließlich leerte sie das Glas. Der Wein war ausgezeichnet. Sie fühlte, wie der Alkohol ihr ins Gehirn stieg, die hässlichen Gedanken vernebelte. Sie wollte nicht über Davids verflossene Frauen nachdenken. Entschlossen griff sie nach der Flasche und schenkte sich großzügig nach.

Jirka betrachtete sie nachdenklich. Magda war auf dem besten Weg, sich zu betrinken. Vielleicht keine schlechte Idee. Er trank aus und schenkte sich ebenfalls nach.

Sie hielt ihm ihr Glas hin. »*Nazdraví.*«

Er stieß mit ihr an. »Und auf deine Gesundheit. Aber – viel hilft nicht viel«, sagte er mit einem Augenzwinkern.

»Was meinst du damit?« Sie nahm einen großen Schluck.

»Die Flasche ist gleich leer. Ist vielleicht ein bisschen viel, in so kurzer Zeit.« Ach was, dachte er, ein, zwei Flaschen Wein waren nicht weiter tragisch. Später würde er sie nach Hause bringen und dann ein Taxi nehmen. Seinen Wagen konnte er morgen hier abholen. Er dachte an den ersten und leider einzigen Abend, den sie zusammen verbracht hatten. Er hatte die neue Kollegin zum Essen eingeladen, zum Kennenlernen. Es war ein schöner Abend gewesen, gutes Essen, eine bezaubernde Frau, ein angeregtes Gespräch. Er hatte sich damals gewissen Hoffnungen hingegeben, sie schien ihn ebenso sympathisch und anziehend zu finden wie er sie. Doch dann war sie David Anděl begegnet. Und seine Hoffnungen waren an jenem Abend im August, als sie nach Abschluss des Falles der Mumie aus der Metro ein Fest in ihrer Wohnung gegeben hatte, zerplatzt wie Seifenblasen. Er war mit seinem Strauß blutroter Rosen auf die Terrasse gekommen und hatte die beiden dort in ziemlich eindeutiger Umarmung stehen sehen. Die Eifersucht, die ihn damals durchflutet hatte, brandete wieder auf. Er spülte die hässlichen Gedanken, die in seinem Kopf herumspukten, mit einem weiteren Schluck Wein weg. Heute Abend wollte er nicht an David denken, nicht an das, was möglicherweise geschehen war, sich nicht den Kopf darüber zerbrechen, ob David tot oder lebendig war, nicht darüber nachdenken, was für Folgen diese beiden Möglichkeiten für ihn haben mochten. Nur den Abend mit einer bezaubernden Frau genießen. Eine Auszeit von der Wirklichkeit. Er lächelte. Magda schien es ebenso zu gehen.

»Stimmt. Wir müssen die zweite Flasche ja nicht ganz leer machen, nur noch ein Gläschen oder zwei und dann ab nach Hause. Ich habe es glücklicherweise nicht weit«, sagte sie. »Und vor dem Haus ist ein Taxistand. Du musst also nicht auf einer Parkbank schlafen. Zur Not habe ich auch ein Gästezimmer.« Sie stand auf, schwankte ein bisschen und ging zur Bar, um eine weitere Flasche Wein zu holen. Leidenschaftliche Bilder von David und Eva Urbanová, die sie gar nicht kannte, die aber trotzdem ein verschwommenes Gesicht bekam, tanzten durch ihren Kopf. Dazwischen mischte sich das Filmplakat, Uma Thurman räkelte sich auf dem Poster oder war es Davids Futon? Magda hatte nicht die Kraft, sich gegen diese schmerzhaften Fantasien zu wehren. Sie fühlte sich davon abgestoßen und angezogen zugleich. Vorsichtig ging sie zurück und setzte sich. Jirkas Rasierwasser stieg ihr in die Nase. Davids Parfüm. Auch das noch. Warum nur musste Jirka ausgerechnet das gleiche benutzen? Sie hoffte, dass ihr aus dem Lot geratener Geruchssinn sich bald wieder normalisieren würde. Sie hatte sich eingebildet, es sei etwas besser geworden, aber es war wohl wirklich nur Einbildung gewesen. Einen Moment lang sah sie statt Jirka David vor sich sitzen. Die Bilder tanzten weiter. Es kribbelte in ihrem Bauch. Denk an Zitronen, dachte sie, an eine kalte Dusche, an Eiswürfel. Sie musste dringend auf andere Gedanken kommen. »Erzähl mir was«, sagte sie energisch und nahm wieder einen Schluck aus ihrem Glas. »Egal was. Die Geschichte deines Lebens, meinetwegen. Wie habt ihr euch eigentlich kennengelernt, David und du?«

Jirka lachte. »Na wie wohl – über einer Leiche …«

28

Jen dokud si pohled zachová odstup. Vychutnávám věci
Z jejich předurčeného konce.

Solange nur dem Blick nicht die Distanz
abhandenkommt. Ich genieße die Dinge von
ihrem vorbestimmten Ende her.

Larissa saß in ihrem Zimmer an dem kleinen Schreibtisch in der Pension *Zum Henker* und dachte über das Gespräch mit dem älteren Polizisten nach, der sie nach Hause gefahren hatte. Sie hatte, kaum im Wagen angeschnallt, aus einer Laune heraus das Diktiergerät in ihrer Handtasche angeschaltet. Sei bereit, hatte sie gedacht, vielleicht erzählt der Mann so gern wie der alte Mottl. Löschen konnte man die Sachen immer noch. Das Gespräch war, wie erhofft, durchaus interessant gewesen. Sie war gespannt, wie viel sie verstehen würde. Es knisterte ein bisschen, dann hörte sie das Starten des Motors und erstaunlich klar die Worte des Polizisten …

»… Also nach Cheb. Ist ja nicht weit. Hatte der Inspektor zur Abwechslung mal eine gute Idee. So komme ich zu einem freien Abend, und er hat auch seine Ruhe. Dem ist wohl eine Laus über die Leber gekrochen, wie? Oder war's nur die Wasserleiche? So empfindlich ist er sonst gar nicht.«

Larissa hatte betont gleichgültig erwidert, der Inspektor habe einen offenbar unangenehmen Anruf erhalten, irgendwas sei irgendwo verschwunden – Maschinen, soweit sie das verstanden habe.

Netušil warf ihr einen überraschten Blick zu. Larissa sah scheinbar desinteressiert aus dem Fenster, an dem die Häuser von Franzensbad vorbeizogen.

»Maschinen? Was für Maschinen?«

»Keine Ahnung. Hat der Inspektor denn Maschinchen, die ihm so am Herzen liegen?«

Der Polizist lachte. »Nur seinen neuen Rasenmäher. Großkotz, der er ist, musste es natürlich ein Traktor sein. Der Inspektor ist nämlich ein halber Prager und lässt das gerne heraushängen. Die hiesige Provinz ist unter seiner Würde, da will man wenigstens mit dem Rasenmäher protzen. Einen Ferrari gibt sein Gehalt ja leider nicht her, den kann er sich nur als Poster an die Wand hängen. Na, lange wird er uns wohl nicht mehr erhalten bleiben. Hat sich um eine Stelle bei der Mordparta in Prag beworben. Neulich war sogar der Chef davon hier. Schätze, es ist alles in trockenen Tüchern. Schade eigentlich, der Inspektor ist ein guter Mann, alles in allem. Trotz Rasenmäher-Traktor und Ferrari-Poster.«

Er schwieg eine Weile und fuhr dann in einem Ton fort, als würde er nur laut nachdenken. »Maschinen … davon hat der Amerikaner nichts erzählt … nur von diesen roten Rosen. War sich nicht ganz sicher, ob es nun Uran sein soll oder doch Quecksilber oder eher Plutonium. Komischer Kauz und keine Ahnung von Chemie. Die jungen Leute lernen heute nichts mehr in der Schule. Aber ich frage mich, ob die Maschinen … Egal.« Er wandte sich wieder Larissa zu. »Und was haben Sie am See gemacht? Sie sind doch über die Leiche gestolpert, wie? Kein schöner Anblick.«

»Stimmt. Aber ich habe glücklicherweise nur eine Hand gesehen. – Ich war spazieren und vorher im Restaurant, zum Aufwärmen.« Sie brannte darauf, den Polizisten nach dem zu fragen, was ihm offenbar gerade zu den Maschinen eingefallen war. Etwa auch der ausgebrannte Kombi?

»Mit dem Amerikaner? Ich habe ihn rauskommen sehen, als ich heute früh zur Arbeit gefahren bin. Ich wohne nur ein Stück hinter dem Försterhaus, wissen Sie. Der Typ ist wirklich hartnäckig. Hat dem Inspektor eine Menge Fragen gestellt.«

»Was wollte er denn wissen?«

»Ach, der hat es mit den alten Bergwerken, aber das geht uns ja nichts an. Die sind zu, da tut sich nichts. Hat sich dort wohl mit Gustav Mottl angefreundet. Der treibt sich auch manchmal da rum, bei Stará Voda. Soll ein gutes Jagdrevier sein. Mottl hätte den Amerikaner fast umgebracht mit seinem Gewehr.« Netušil gluckste. »Aber am Ende hatte nur der Wagen eine Delle.«

»Wie das?«

»Ach, der Mottl hat was gegen die Freier, die hierherkommen. Hat wohl gedacht, ein Auto und ein Mann nachts im Wald, das kann nur eines bedeuten. Tut's in der Regel ja auch, wenn man ehrlich ist. Er wollte dem Jungen eines überziehen und hat im letzten Moment gemerkt, dass sonst niemand im Wagen war. Wissen Sie – aber das bleibt unter uns, bitte –, seither frage ich mich, ob nicht unser eigenbrötlerischer Förster derjenige ist, der regelmäßig diese angeblichen Touristen vermöbelt. Aber das behalte ich schön für mich.« Er sah sie eindringlich an.

»Sollten Sie nicht etwas unternehmen, wenn Sie diesen Verdacht haben? Oder wenigstens den Inspektor informieren?«

Netušil lachte. »O nein. Nein, nein. Erstens ist es mir persönlich ganz recht, wenn diese Lumpen eines auf die Zwölf kriegen, und zweitens würde ich damit beim Inspektor auch auf taube Ohren stoßen. Dem ist das ebenso recht wie mir. Er kann ja gegen die Prostitution nicht viel unternehmen.«

»Wieso das denn?«, fragte Larissa überrascht.

»Na ja, ein nicht unbeträchtlicher Teil dieses Geschäfts liegt in den Händen seines Schwagers. Aber das bleibt bitteschön auch unter uns, ja? Damit hat der nach der Revolution den Grundstock seines nicht unbeträchtlichen Vermögens gelegt. Man konnte ihn nur leider nie drankriegen. Weder für die Prostitution noch für seine anderen krummen Geschäfte. Inzwischen ist er ganz der seriöse Unternehmer. Alles ganz *legal* inzwischen. Haben Sie vom Restaurant aus das gelbe Anwesen auf dem Hügel bemerkt? Feinster Unternehmerbarock. Das ist seins. Kohle ohne Ende. Und nun hat er sogar die letzten Weihen gekriegt – ist bei den vergangenen Wahlen Abgeordneter in Prag geworden.«

»Und das wissen hier alle?« Larissa war ehrlich entsetzt.

»Gott, ja, mehr oder weniger. Interessiert wohl keinen.« Er zuckte die Achseln. »Ich verstehe es auch nicht. Aber ich habe gelernt, die Klappe zu halten.«

»Hm. Verstehe. Tja. – Und wenn es doch nicht der Förster ist? Das mit den verprügelten Touristen oder Freiern?«

»Dann weiß ich auch nicht. Vielleicht der hiesige Waldgeist. Keine Ahnung, aber meinen Segen hat er.« Er schwieg einen Moment und fuhr dann amüsiert fort: »Ist schon eine komische Type, unser Waldgeist. Keiner weiß, wer er ist oder wo er wohnt. Läuft nachts durch den Wald mit einem schwarzen Cape und einem sprechenden Raben auf der Schulter. Ich bin ihm mal nachgegangen – aber plötzlich war er futsch … wie weggehext, einfach so.« Er schnippte mit den Fingern. »Nicht mal Mottl weiß, wer der Kerl ist – und das mag was heißen. In Gustavs Revier kann man keinen Zweig abbrechen, ohne dass er es merkt. Deshalb nennen wir den Typen den Waldgeist. Wahrscheinlich haben wir einfach Halluzinationen.« Er gluckste wieder. »Muss die frische Waldluft sein, die uns nachts nicht bekommt.«

»Wo war das denn, wo der Waldgeist plötzlich verschwunden ist?«

»Ach, drüben beim Kammerbühl. Das ist unser kleiner erloschener Vulkan hier. Den hat schon der alte Goethe erforscht.«

»Aha, interessant. – Sagen Sie«, wechselte Larissa das Thema, »was hat es eigentlich mit diesem Gerücht über die Kinderprostitution auf sich?« Ein letzter Versuch, ihren Auftrag zu erfüllen. Wirklich der allerletzte.

Netušil warf ihr einen amüsierten Blick zu. »Wollen Sie das wirklich wissen?«

»Äh, ja. Klar. Warum?« Bitte nicht, dachte sie, sag mir jetzt nicht, dass da doch was dran ist … Warum nur konnte sie ihren Mund nicht halten? Oder war sie am Ende doch so pflichtbewusst? Sie sandte ein Stoßgebet zum Himmel.

»Weil Sie es nicht werden schreiben können. Sie werden kein einziges Zitat kriegen, von niemandem. *Auch von mir nicht.*« Er warf ihr einen eindringlichen Blick zu.

»Na schön, dann nur, damit *ich* es weiß. Großes Indianerehrenwort, ich schreibe kein Wort davon.« Sie lächelte zufrieden und hob feierlich die rechte Hand zum Schwur. Endlich ein ordentlicher, plausibler Grund, warum sie nicht mit einem Artikel über diese unappetitliche Sache nach Prag zurückkommen würde. Um Längen besser, als Steve sagen zu müssen, sie habe leider nichts erfahren. Sie verbeugte sich im Geiste vor dem Polizisten.

»Eine miese kleine Geschichte, eigentlich. Nichts Weltbewegendes. Es ist natürlich ein Gerücht, nichts weiter. Damit will ich nicht sagen, dass es nicht auch Leute geben mag, die selbst ihre Kinder verkaufen würden, wenn sie die

Gelegenheit bekämen, das gibt es vermutlich überall, leider. Aber es ist zumindest hier in der Gegend kein Geschäftsmodell.«

»Und wer hat dieses Gerücht gestreut? Und vor allem warum?«

»Eine Frau, die bei dieser Hilfsorganisation für Prostituierte gearbeitet hat. Sie war nicht von hier, deshalb kannte sie die pikanten Verstrickungen des einen oder anderen ehrenwerten Bürgers nicht. Irgendwann hat sie spitzgekriegt, was hier so unter der Hand läuft und ist zum Inspektor gelaufen. Als der sie abgewimmelt hat, weil er keine Lust hat, sich mit seinem Schwager anzulegen, ist sie zur Chefredakteurin des *Chebský Denník* gegangen, aber die Jandová ist die Freundin des frischgebackenen Abgeordneten. Auch wenn die zwei nach außen tun wie Katz und Hund. Schließlich hat die Gute eingesehen, dass sie auf diesem Weg nichts bewegen kann, und das Gerücht in die Welt gesetzt. Sie hat ein paar Familien bestochen, Kinderwagen abends und nachts auf der Straße stehen zu lassen – ohne, wohlgemerkt, ihnen zu sagen warum. Waren arme Leute, die haben nicht weiter nachgefragt, sondern haben sich über das Geld gefreut. Dann hat sie Beweise gefälscht. Autos fotografiert, die angeblich Kinder aufgesammelt haben. Dummerweise hat sie ein paar erwischt, die Freunden des Abgeordneten gehören. Und einmal sogar das neue Auto von der Jandová, das auf den Abgeordneten zugelassen ist. Jedenfalls hat es die Sache in die überregionale Presse geschafft. Plötzlich tauchten hier Journalisten aus aller Herren Länder auf. Ja, und dann kam raus, dass die Fotos gefälscht waren und sie die Familien bestochen hat und all das dumme Zeug. Sie ist bei der Organisation rausgeflogen und hat sich ein paar Anzeigen eingefangen, wegen Verleumdung und dem Fälschen von Beweismitteln und so. Das ist alles.«

»Äh… wie meinen Sie das? Gab es denn eine Gerichtsverhandlung? Ich habe von all dem nie etwas gehört…«

»Natürlich nicht. Dieser Teil der Geschichte hat es nie in die Presse geschafft. Der Inspektor, sein Schwager, ein Stadtrat, die Chefredakteurin und diverse andere haben dafür gesorgt, dass es fein säuberlich unter den sprichwörtlichen Teppich gekehrt wurde. Es ist ein Gerücht geblieben. Nichts weiter als eine weitere Verschwörungstheorie. Die erfreuen sich ja allgemeiner Beliebtheit. Die Journalisten sind alle mit nichts wieder nach Hause gefahren.«

»Und diese Frau?«

»Der ist die Sache nicht gut bekommen, fürchte ich. Sie ist vor ein paar Wochen bei einem Verkehrsunfall ums Leben gekommen. Hat sich ungebremst um einen Baum gewickelt. Arme Seele. War eine Fanatikerin, aber das hatte sie nicht verdient.«

»Sie meinen doch nicht etwa, dass jemand…«

»Nein, nein, verstehen Sie mich bitte nicht falsch. Das war einfach ein *Unfall.* Spiegelglatte Straße. Wahrscheinlich war sie durch den Wind wegen der ganzen Sache und hat nicht aufgepasst. Alkohol hatte sie auch getrunken, und nicht zu knapp.«

»Hm. Ja. So was kann wohl passieren«, erwiderte Larissa mitfühlend. »Tragisch.« Sie schwieg eine Weile, dann wechselte sie das Thema. »Sagen Sie, ich habe gehört, dass auf irgendeiner Waldlichtung ein ausgebrannter Wagen gefunden wurde…«

»Aha, Sie haben mit Gustav gesprochen, wie?« Er lachte. »Ja, völlig verkohlt, das Ding. Der Mottl und sein Jagdkumpel haben es gefunden. Unser Förster schätzt es gar nicht, wenn die Leute seinen Wald als Müllkippe missbrauchen. Die beiden Amateurdetektive haben den Schnee weggeputzt, und als sie feststellten, dass es ausgebrannt war, haben sie die Polizei gerufen.« Er seufzte. »Wäre alles nicht weiter tragisch, wenn der eine nicht Rechtsmediziner wäre und nicht in dem Wrack rumgestochert hätte. Langer Rede, kurzer Sinn, er hat Knochen gefunden, die er für menschliche hält, und sie nach Prag schicken lassen. Ich hoffe ja, der Mann täuscht sich … Aber das sähe ihm nicht ähnlich. Wenn der Tatarka sagt, es sind menschliche Knochen, dann ist es wohl so.« Er hielt an. »So, da wären wir, Madame. Schönen Aufenthalt noch. Gute Nacht …«

Larissa schaltete ihr Diktiergerät aus und legte, zufrieden mit ihrer Ausbeute, Stift und Notizblock beiseite. Damit hatte sich die Sache, derentwegen sie hierhergekommen war, endgültig erledigt. Und wenn die Geschichte erstunken und erlogen sein sollte, die Wachtmeister Netušil ihr erzählt hatte, so war sie doch Grund genug, um sich nicht weiter damit zu beschäftigen. Und die Sache mit den verprügelten Touristen möglicherweise auch. Sie wollte jedenfalls dem netten Förster keine Schwierigkeiten machen. Es war zwar nicht recht, Leute zusammenzuschlagen, aber … nein, kein aber. Es war nur eine Vermutung des Polizisten, nichts weiter, und sie würde ihr nicht nachgehen. Punkt. Sie konnte also beruhigt nach Prag fahren. Fein. Andererseits war da der ausgebrannte Wagen mit den Knochen. Und den Nähmaschinen. Und die mysteriöse Sache mit diesem angeblich doch nicht verstorbenen Baby und der Frau, die es gesucht hatte. Sie würde mit dem Rechtsmediziner sprechen. Ein Ausflug nach Karlsbad war nicht zu verachten. Und dann war da noch diese Geschichte mit den sogenannten roten Rosen – und nicht zu vergessen die verschwundenen Maschinen, welcher Art die auch immer waren. Hörte sich an wie eine Geschichte von Miss Marple. Wie das Geheimnis der in die Butter eingesunkenen Petersilie – oder so ähnlich. Und nicht zu vergessen: die Wasserleiche. Immerhin hatte sie sie entdeckt. Vielleicht war es nur ein Unfall gewesen oder ein Selbstmord. Sie stutzte. Mottl hatte etwas gesagt … natürlich, er hatte jemanden gesehen, der nachts ein Auto mit Prager Kennzeichen im See versenkt hatte … Sie hatte das ganz vergessen, als sie mit dem Inspektor gesprochen hatte. Eine Wasserleiche und ein versenktes Auto – daraus wird man ja wohl was stricken können, dachte sie und lächelte zufrieden. Und heute Abend würde sie in dieses Lokal gehen, in dem John Ketchum seine Freizeit verbrachte. Sie würde ihm von den verschwundenen Maschinen erzählen, die passten ganz gut zu seinen imaginären roten Rosen. Und einer, der damit offenbar irgendwie zu tun hatte, war auch verschwunden. Wie hieß er gleich … richtig, Viktor. Vielleicht hatte der Amerikaner sich doch nicht alles einfach nur zusammenfabuliert. Aber vorher würde sie noch ein bisschen recherchieren. Sie hatte bei Weitem nicht genug Ahnung von Uran, Quecksilber, Wasserstoffbomben und diesem ganzen Zeug. Jedenfalls nicht mehr als ein durchschnittlicher Mensch nach zwei Jahren Chemieunterricht. Und der war schon eine Weile her. Sie öffnete ihren Laptop und schaltete ihn ein. Ein paar Runden im Internet würden ihre Bildungslücken sicher schließen.

Einige Stunden später hatte sie einen Block voller Notizen und das dumpfe Gefühl, dass John mit dem Feuer spielte – oder einer veritablen *Urban Legend* aufgesessen war. Sie musste über all das, was sie da gefunden und gelesen hatte, gründlich nachdenken. Ihr Rücken schmerzte, und ihr Magen knurrte. Also schnappte sie sich ihre Handtasche und machte sich auf den Weg zum Bus. Hoffentlich gab es Im Siebten Himmel etwas Ordentliches zu essen. Sie hatte einen Bärenhunger. Und keine Lust auf Manna.

29

Lhář musí mít aspoň potuchu o pravdě.

Ein Lügner muss wenigstens
eine Idee von der Wahrheit haben.

David Anděl trat hinaus auf den Hof und atmete die frische Luft tief ein. Er hatte sich inzwischen weitgehend von dem Schock erholt, plötzlich Magdas Schwester gegenüberzustehen. Dümmer hätte er es nicht treffen können. Dass es ihn ausgerechnet hierher verschlagen hatte. Ein Glück nur, dass sie sich noch nie persönlich begegnet waren. Nach einem Begrüßungstrunk waren die fünf anderen Teilnehmer des Yoga-Kurses zur ersten Trainingsstunde in den großzügigen Übungsraum in der ausgebauten Scheune gegangen und Anděl, alias Martin Trojan, hatte sich mit Verweis auf seine schmerzende Schulter entschuldigt. Er war noch eine Weile sitzen geblieben und hatte darüber nachgedacht, was er nun tun wollte. Eine andere Unterkunft suchen. Die Grenzen des Körpers überwinden. Mehr war ihm nicht eingefallen. Seine Gedanken kreisten um Magda und Eva. Er war definitiv am falschen Ende der Republik gelandet. Auf der anderen Seite des Hofes sah er die Lichter des Übungsraumes. Durch die großen Fenster konnte er die Handvoll Yogis bei ihren Übungen beobachten. Agáta Abrhámová machte eine sehr gute Figur dabei. Er staunte über ihre Gelenkigkeit und Ausdauer. Mit fünfundachtzig noch so beweglich und fit zu sein – Respekt. Er hob die Arme und versuchte, sie über den Kopf nach oben zu strecken. Die linke Schulter schmerzte, aber es ging. Immerhin. Er schüttelte die Arme aus und versuchte noch ein paar leichte Dehnungsübungen.

»Was machst du da?«, ertönte eine hohe Stimme neben ihm.

Er drehte sich erschrocken um. Rechts von ihm stand, halb hinter einem Busch verborgen, eine kleine, schmale Gestalt – ein Kind. »Oh, ich dehne mich ein bisschen. Du kannst dich ziemlich gut anschleichen.« Er lächelte. »Wie ein echter Indianer.«

Das Kind trat einen Schritt vor. Ein schmales Mädchen, wie er nun erkennen konnte, vielleicht elf oder zwölf Jahre alt, mit kurzem, schwarzem Haar und großen blauen Augen, die von fast unwirklich langen, gebogenen Wimpern umrandet waren. Dieser Schlafzimmerblick würde in einigen Jahren den Jungs schlaflose Nächte bereiten, dachte er und schmunzelte. Sie trug eine abgewetzte Jeans, die in hohen Winterstiefeln steckte, und einen grünen Parka. Keine Mütze, keine Handschuhe.

Das Mädchen verschränkte die Arme vor der Brust und sah ihn mit schief gelegtem Kopf einen Moment lang nachdenklich an. »Ich weiß«, erwiderte sie selbstbewusst. »Wieso bist du nicht bei den anderen?« Sie nickte in Richtung Scheune.

»Ich habe mir die Schulter verletzt und lasse es ruhig angehen. Und du? Machst du auch Yoga?«

»Klar. Einen Kampfsport darf ich doch nicht lernen. Oma meint immer noch, das sei nichts für Mädchen.« Der Ton des Mädchens sprach Bände darüber, was sie von der Einschätzung ihrer Großmutter hielt. »Seit wann machst *du* Yoga?«, fragte sie.

»Eigentlich noch gar nicht. Ist es schwer?«

»Kommt drauf an. Für manche schon.« Sie musterte ihn

nachdenklich von oben bis unten. »Kriegst du die Finger auf den Boden?«

Er beugte sich hinunter und gab sich Mühe, den Boden nicht nur mit den Fingern, sondern mit der ganzen Hand zu berühren. In seinen Oberschenkeln zog es wie Hölle. Er hatte lange nicht mehr trainiert. Aber was machte man nicht alles, um vor einem selbstbewussten kleinen Mädchen nicht wie ein unbeweglicher Idiot dazustehen. Er richtete sich betont langsam und gelassen wieder auf, obwohl sein Rücken vor Anstrengung ächzte. »So?«

»Hm. Ganz okay … für einen *Mann*.« Sie sah ihn immer noch mit diesem nachdenklichen Blick an und fügte dann hinzu: »Ich muss jetzt gehen. Kannst du Valeska sagen, dass ich morgen komme?«

»Klar. Wie heißt du denn?«

Das Mädchen grinste. »*Sie* weiß, wer ich bin. *Nazdar, Martin*. Oder *Viktor*?« Sie ging an ihm vorbei, streckte die Arme über den Kopf und machte, als sei es das Natürlichste der Welt, einen perfekten Bogengang, drehte sich noch mal kurz um und winkte ihm mit einem glockenhellen Lachen zu. Dann rannte sie los über den Hof und verschwand durch das kleine Hoftor im angrenzenden Wald.

Anděl blieb wie vom Donner gerührt stehen. Woher kannte sie seinen Namen? Sie musste ihn irgendwo gehört haben, dachte er irritiert, anders war das nicht zu erklären. Und was sollte das *oder Viktor*? Er ging nachdenklich zurück ins Haus, konnte sich aber keinen Reim darauf machen. Im Gemeinschaftsraum drehte er das Radio an. Es war an der Zeit, wieder in der Wirklichkeit anzukommen. Gerade liefen die Nachrichten.

»… noch eine aktuelle Meldung: Im Amerika-See wurde heute Nachmittag die Leiche einer Frau gefunden. Nach Auskunft der ermittelnden Beamten handelt es sich um eine gewisse Eva Urbanová, wohnhaft in Prag. Die Polizei bittet um sachdienliche Hinweise …«

Er glaubte seinen Ohren nicht zu trauen. Das durfte doch nicht wahr sein – Eva hier … *tot*! Der Moderator schwatzte weiter, doch Anděl nahm es nicht mehr wahr. Wie erstarrt ging er zu einem der Sessel und ließ sich hineinfallen. Eva war doch in Prag … Felix hatte gesagt, sie sei vermutlich weggelaufen, er hatte sie nicht am Tatort gesehen … wie konnte sie dann hier sein … tot im See? Er starrte vor sich hin, unfähig zu einem klaren Gedanken. Das Kind, schoss es ihm durch den Kopf. Was war mit dem Kind? Die Schießerei vor seinem Haus war gute zehn Tage her … hatte sie das Kind zur Welt gebracht? War etwas dabei schiefgegangen … das Kind womöglich tot zur Welt gekommen … warum hätte sie hierherkommen sollen … Seine Gedanken kreisten in abstrusen Vermutungen in seinem Kopf herum. Nichts davon ergab einen Sinn.

»Sie haben eine sehr schöne Übungsstunde verpasst, Martin. Wie geht es Ihrer Schulter?«

Er fuhr erschrocken auf. Neben ihm stand Agáta Abrhámová.

»Was ist passiert?«, fragte Agáta besorgt, als sie seinen Gesichtsausdruck bemerkte.

»Kommen Sie auch noch mit?«, fragte Valeska. »Wir wollen noch zu einem kleinen Bummel in die Stadt fahren. Später spielen auch noch die Nachtwächter am Ende der Kolonnade. Mit all dem Schnee ist es abends wunderschön dort.« Sie stutzte. »Sie sehen blass aus, Martin. Ist Ihnen nicht gut?«

»Ja … ich meine nein. Alles in Ordnung.« Er versuchte ein schiefes Lächeln. »Ich habe ein paar Dehnungsübungen gemacht … war wohl ein bisschen zu viel. Ich werde hier bleiben, wenn es Ihnen nichts ausmacht.«

»Natürlich, kein Problem. Und Sie, Agáta?«

Agáta warf Anděl einen kurzen Blick zu und sagte, sie würde auch lieber bleiben. Valeska nickte. »Wenn Sie etwas trinken wollen, bedienen Sie sich. Außer Tee gibt es auch einen kleinen Vorrat Wein. Meine Schwester hat mich bei ihrem letzten Besuch gut eingedeckt. Ich muss mich noch umziehen.«

Agáta wartete, bis Valeska nach oben verschwunden war, dann setzte sie sich David gegenüber in einen Sessel. »Was ist passiert?«, wiederholte sie leise ihre Frage von vorhin.

»Eva ist tot. Man hat sie heute Nachmittag im Amerika-See gefunden. Es kam gerade im Radio.«

»Die Eva, von der Sie mir erzählt haben?«, fragte Agáta entsetzt.

Anděl nickte. »Es ist der gleiche Name … es könnte natürlich ein Zufall sein …«

»Möglich. Aber nicht sehr wahrscheinlich. Das ist ja schrecklich. Sie war schwanger, sagten Sie …«

»Ja. Davon war im Radio nicht die Rede. Ich kann es nicht glauben – wie soll sie hierhergekommen sein?«

»Das«, erwiderte die alte Dame nachdenklich, »ist eine interessante Frage.«

Valeska kam zurück, dick eingepackt in einen Parka und eine Schneehose, und ging in die Küche, aus der sie mit einer Flasche Wein und zwei Gläsern wiederkam, die sie auf einem Tischchen abstellte. »Sie sehen mir beide aus, als könnten Sie ein Gläschen vertragen.« Sie zwinkerte ihnen zu.

»Ach, Valeska, vorhin war ein Mädchen hier, sie bat mich, Ihnen auszurichten, sie werde morgen kommen. Ihren Namen hat sie mir leider nicht verraten.«

»Hermiona war hier? Na, dann haben Sie unsere kleine Waldfee ja schon kennengelernt. Und gesprochen hat sie auch mit Ihnen? Interessant. Sie spricht sonst kaum mit Menschen, die sie kennt. Fremde ignoriert sie grundsätzlich.«

»Das ist auch gut so. Kleine Mädchen sollten nicht mit fremden Männern plaudern. Manche sind Schweine.« Er lächelte.

»Da haben Sie auch wieder recht. Aber nur manche, zum Glück. Bis später.«

Anděl wartete, bis die Tür ins Schloss gefallen war, öffnete dann die Weinflasche und schenkte ein. »Auf den verdammten Zufall.« Er trank das Glas auf einmal aus und schenkte sich nach. »Offenbar bin ich zufällig doch in der richtigen Ecke gelandet. Dank Ihrer Hilfe.« Er prostete ihr zu.

»Gern geschehen. Und was die Hilfe angeht – wenn Sie welche brauchen, lassen Sie es mich wissen. Ich kann ja schließlich nicht den ganzen Tag Yoga machen. Und gegen ein bisschen Abenteuer habe ich auch nichts einzuwenden.« Sie stießen an.

»Was die Hilfe angeht, nun, ich muss rauskriegen, was mit Eva passiert ist.«

»Wenn Sie deshalb nach Karlsbad in die Rechtsmedizin fahren, grüßen Sie Prokop Tatarka von mir. Ich weiß natürlich nicht, ob er die Leiche obduziert, aber es wird nicht schaden. Ich habe vor vielen Jahren mal im Krankenhaus in Karlsbad gearbeitet. Er ist ein alter Freund. So etwas hilft manchmal.«

»Danke für die Empfehlung. Ich werde gleich morgen früh hinfahren. Sagen Sie, dürfte ich mir Ihren Wagen ausleihen? Ich würde gerne in die Stadt fahren – mich ein bisschen umhören und nach einer Unterkunft suchen.«

»Selbstverständlich.« Sie reichte ihm den Schlüssel. »Wollen Sie wirklich umziehen? Ist das nötig?«

»Nun, ich möchte mein Glück nicht überstrapazieren. Valeska ist nämlich die Schwester meiner Freundin. Ich möchte noch eine Weile inkognito bleiben, soweit das möglich ist. Und außerdem kannte das kleine Mädchen meinen Namen – ich frage mich, woher.«

»So? Nun, dann werde ich wohl auch einen Spaziergang machen – vielleicht laufe ich der kleinen Waldfee dabei über den Weg. Möglicherweise spricht sie ja mit alten Hexen.« Sie zwinkerte ihm verschwörerisch zu. »Das Auto können Sie behalten, solange Sie es brauchen. Ich beschränke mich gerne auf Yoga und ausgedehnte Spaziergänge im Wald.«

30

>>>>>>>>>>>>>>>>>>>>>>>>>> No love songs

Larissa lehnte sich zufrieden in ihrem Stuhl zurück. Das Essen hatte gutgetan. Es war nichts Extravagantes gewesen, aber ordentliche Hausmannskost, schmackhaft und magenfüllend, wenn auch ohne nennenswertes Grünzeug. Immerhin nicht bloß Manna. John war noch nicht eingetroffen, aber sie hatte ja Zeit. Er würde schon irgendwann auftauchen, und damit wäre auch das Problem gelöst, wie sie wieder nach Cheb kommen sollte – er hatte ja einen Wagen. Die Busse fuhren, wie sie beim Blick auf den Fahrplan festgestellt hatte, nach Mitternacht nicht mehr. Sie ließ ihren Blick durch den Raum schweifen. Es waren nicht besonders viele Gäste da und auch keine Band. Mit dem Tanzen würde es wohl nichts werden heute. Nun, Disco war mit diesen Gästen auch kaum zu machen. Das Durchschnittsalter bewegte sich um die sechzig, schätzte sie, und das auch nur, weil sie und die junge Kellnerin es beträchtlich nach unten korrigierten. Das Lokal war nur schwach beleuchtet, ein schummriges Licht, das alles in sanfte Töne tauchte. Von der Bar her dudelte leise ein Radio die üblichen Schnulzen. Das Lokal sah zwar nicht gerade aus, wie Larissa sich einen siebten Himmel vorstellte, aber es war angenehm. Sie hatte einen Tisch in der Ecke ausgesucht, von dem sie einen guten Überblick sowohl über den Gastraum als auch den Eingang hatte. Direkt neben ihrem Tisch stand ein altes, aber offensichtlich gut gepflegtes schwarzes Klavier mit zwei Kerzenleuchtern. Sie erinnerte sich, dass John gesagt hatte, gelegentlich würden Leute darauf spielen. Es zuckte ihr in den Fingern. In Prag hatte sie kein Klavier, aber zu Hause hatte sie gespielt, sooft sie konnte. Sie vermisste diese meditativen Stunden. Von der Tür her kam ein Schwall kalter Luft, sie sah hinüber. Nein, nicht John. Ein Mann in einer Art Fliegerjacke, Jeans und Sonnenbrille. Er sah sich kurz um und setzte sich an einen Tisch auf der anderen Seite, von dem aus er einen ähnlich guten Überblick hatte wie Larissa. Blondes Haar und gepflegter kurzer Vollbart. Attraktiv, wenn auch ein bisschen affig mit der Sonnenbrille, die er beim Eintreten nicht abgesetzt hatte. Sie ließ ihren Blick über die anderen Gäste schweifen, kehrte aber immer wieder zu dem Neuzugang zurück. Er passte so gar nicht hierher – nicht in die Kneipe, nicht in diese verschlafene Kurstadt. Wie lange es wohl dauern würde, bis er seine Brille abnahm? Der Typ bestellte etwas und ließ den Blick, soweit Larissa das beurteilen konnte, durch den Raum wandern. Für einen kurzen Moment trafen sich ihre Blicke, dann wandte er sich der Bedienung zu, die ein Glas Wein gebracht hatte, und fragte etwas. Die Kellnerin schüttelte den Kopf, antwortete, lächelte keck und ging. Mit betontem Hüftschwung. Sein Blick folgte der jungen Frau ein paar Sekunden lang, dann kehrte er zu Larissa zurück, das Gesicht völlig ausdruckslos. Ohne hinzusehen, zog er ein Päckchen Zigaretten aus seiner Jacke, zündete sich eine an, den Blick noch immer in Larissas Richtung. Sie bestellte noch ein Glas Wein. Obwohl sie sicher war, dass sie den Mann noch nie gesehen hatte, kam er ihr irgendwie vertraut vor. Als die Kellnerin mit ihrem Glas zurückkam, fragte Larissa sie nach dem Typen.

»Keine Ahnung, wer das ist. Hab ihn noch nie hier gesehen. Er hat nach Gustav Mottl gefragt, aber der kommt gewöhnlich später.« Sie lächelte und zwinkerte Larissa zu. »Heißer Typ, was? Mal was anderes als die alten Herrschaften, so nett sie sind. Soll ich Musik auflegen? Vielleicht tanzt er ja …«

»Oh, nein, danke, nicht meinetwegen, bitte«, wehrte Larissa ab, »aber ich habe eine Frage. Ein Freund sagte, gelegentlich spielten Gäste auf Ihrem Klavier hier. Darf das jeder?«

»Wenn Sie es können, bitte sehr. Gerne. Vielleicht kommt dann ein bisschen Leben in die Bude.« Sie zwinkerte Larissa noch einmal zu und ging zur Bar.

Larissa nahm einen Schluck Wein. Sie fühlte sich entspannt, genoss den Abend. Es fehlte nur noch angenehme Gesellschaft. Oder ein bisschen wohldosierte Aufregung, etwas Spannung, ein Spiel … Der Typ sah noch immer in ihre Richtung. Aber vielleicht bildete sie sich das auch nur ein. Wohin genau er sah, konnte sie wegen seiner dunklen Gläser nicht erkennen. Aber sie spürte seinen Blick. Komisches Gefühl. Irgendwie auch angenehm – oder vielmehr aufregend. Wenn sie nur wüsste, an wen er sie erinnerte. Ihr Blick streifte das Klavier. Konnte man mithilfe eines Klaviers flirten? Sie hatte es noch nie probiert. Warum eigentlich nicht? Ob sie den Typen aus der Reserve locken könnte? Zu einem Flirt verführen? Sie hatte es noch nie auf so etwas angelegt, solche Dinge ergaben sich einfach. Oder nicht? Die Idee eines solchen Experiments gefiel ihr. Ihr stand der Sinn nach Abenteuer. Nach Verwegenheit. Sie stand auf, ging mit ihrem Glas die zwei Schritte zum Klavier und setzte sich. Ihr Weinglas stellte sie oben auf den Kasten und strich mit den Fingern sanft über die Elfenbeintasten. Es war gestimmt und hatte einen guten Klang. Larissa spielte gerne Klassik, mit Vorliebe Chopin und Mendelssohn-Bartholdy, aber dies war nicht der Ort dafür – siebter

Himmel hin oder her – und definitiv das Falsche für ihr Experiment. Dann fiel ihr etwas ein, und ihre Finger fanden wie von selbst die Tasten: »I am what I am.« Die Gespräche verstummten mit den ersten Klängen des Klaviers, aber Larissa bemerkte es nicht. Sie ging ganz auf im Spiel, begann, unbewusst mitzusummen, schließlich leise zu singen, jedenfalls die Teile des Textes, die ihr einfielen. Ihre Stimme war nichts Besonderes, aber immerhin traf sie die Noten. *I am what I am… And what I am needs no excuses… I deal my own deck… Sometimes the aces sometimes the deuces… It's one life and there's no return and no deposit… One life so it's time to open up your closet… Life's not worth a dam till you can shout out… I am what I am…* Als die letzten Töne verklungen waren, hörte sie die Gäste klatschen. Sie drehte sich um und lächelte verlegen.

»Mehr!«, rief eine ältere Frau auf Deutsch. »Spielen Sie weiter, bitte.« Andere stimmten mit ein. »Zugabe!«

Larissa tat ihnen – und sich selbst – den Gefallen. Sie spielte und sang »What a Wonderful World« und »Route 66« und noch ein paar andere Songs, trank währenddessen ihr Glas aus und bestellte ein neues. Die Gäste ermunterten sie immer weiter mit Klatschen und Zwischenrufen, der Typ mit der Sonnenbrille beobachtete sie offenbar immer noch, wie sie mit gelegentlichen Seitenblicken feststellte. Es amüsierte sie, und sie fühlte ein leichtes Kribbeln im Bauch. Noch ein letztes Lied, dachte sie, da ihr der Wein langsam, aber sicher zu Kopf stieg, irgendwas, das zu dieser komischen, abenteuerlichen, knisternden Situation passte. Natürlich, »I Only Have Eyes For You«. Ja, das war's. Sie schlug die Tasten an, begann zu singen. *My love must be a kind of blind love… I can't see anyone but you… And dear, I wonder if you find love… an optical illusion, too?… Are the stars out tonight?… I don't know if it's cloudy or bright…*

cause I only have eyes for you ... The moon may be high ... but I can't see a thing in the sky ... cause I only have eyes for you ... I don't know if we're in a garden ... or on a crowded avenue ... You are here, so am I ... Maybe millions of people go by ... but they all disappear from view, ... and I only have eyes for you ...

Während sie spielte, warf sie gelegentlich einen spitzbübischen Blick in seine Richtung. Offenbar hatte sie den richtigen Ton getroffen, er lächelte, wenn auch kaum merklich. Sie beendete das Lied, stand auf, verbeugte sich vor den begeistert klatschenden Gästen und ging mit ihrem inzwischen leeren Glas zu ihrem Tisch zurück. Sie fühlte sich fantastisch, als würde sie schweben, das glückliche Lächeln wie festgebacken in ihrem Gesicht.

»Entschuldigen Sie.«

Larissa wandte den Kopf. Die Kellnerin stand mit einem Glas Wein neben ihr.

»Der heiße Typ da drüben schickt Ihnen das hier. Wollen Sie es annehmen?« Sie grinste von einem Ohr zum anderen.

»Oh, äh ... ach, warum nicht. Danke.« Larissa hob das Glas und prostete dem Sonnenbrillenmann zu. Na also, ging doch. Ein hübsches Spiel.

Er hob sein Glas, nickte ihr zu, stand auf und kam auf sie zu. Larissa konnte sich ein Lachen kaum verkneifen. Sie hatte noch nie versucht, auf diese, wie sie fand, ausgefallene Art zu flirten, hätte nicht gedacht, dass so was so gut funktionieren könnte. Sie hoffte, dass John Ketchum nicht ausgerechnet jetzt zur Tür hereinkäme. Wenn es nach ihr ging, könnte er heute Abend auch ganz wegbleiben. Sie hatte sich schon lange nicht mehr so amüsiert und wollte sich das nicht von dem Amerikaner verderben lassen. Als der Typ mit der Sonnenbrille am Klavier vorbeikam, zögerte er einen Moment, dann setzte er sich auf die Bank, stellte, wie Larissa zuvor, sein Glas ab, lächelte ihr zu und begann zu spielen. Die Gäste klatschten, Larissa stimmte mit ein. Sie erkannte das Lied sofort: »Do I Move You« von Nina Simone. Wow, dachte sie, das klappt ja weit besser als erwartet. Seine Stimme war kaum mehr als ein Flüstern, doch laut genug, dass sie die Worte verstand. Eine angenehme, samtige Stimme. ... *Do I move you, are you willin'... Do I groove you, is it thrillin'... Do I soothe you, tell the truth now... Do I move you, are you loose now... The answer better be (yes, yes)... That pleases me... Are you ready for this action... Does it give you satisfaction... Are you hip to what I'm sayin'... If you are then let's start swayin'... The answer better be (yes, yes)... That pleases me... When I touch you do you quiver... From your head down to your liver... If you like it let me know it... Don't be psychic or you'll blow it... The answer better be (yes, yes)... That pleases me...*

Seine Finger flogen über die Tasten, er hatte schon lange nicht mehr gespielt, doch mit dem Klavierspielen war es wie mit dem Fahrradfahren – man verlernte es nicht. Immerhin hatte er sich zu Studienzeiten mit solchem Klavierspiel gelegentlich ein karges Zubrot in verschiedenen Cafés verdient. Du bist ein verdammter Idiot, dachte er, hör auf, solange noch Zeit ist. Du willst es doch wohl nicht darauf anlegen ... Es war ihm vorgekommen wie ein *Déjà vu*, als er vorhin das Lokal betreten hatte. Er hatte mit allen möglichen bekannten Gesichtern gerechnet, aber sicher nicht mit dem von Larissa Khek. Erst Valeska und jetzt die rasende Reporterin. Was in aller Welt machte sie hier? Er hatte sie wie eine Erscheinung angestarrt. Und sie hatte den Blick erwidert. Erkennt sie mich, hatte er sich gefragt und einen Moment überlegt, gleich wieder zu gehen. Doch sie hatte nicht weiter reagiert. Er riskierte seine Tarnung, das war ihm durchaus bewusst. Eigentlich hatte er nur auf Gustav Mottl warten wollen, den er im Försterhaus nicht angetroffen hatte. Aus einer abenteuerlustigen Laune heraus war er nicht gegangen. Das einzige Zugeständnis war, seine Sonnenbrille nicht abzunehmen, albern, wie das war. Egal, es war Teil des Spiels. Als sie angefangen hatte zu spielen, hatte er sich dem Zauber ihrer Musik hingegeben, anfangs ohne groß auf die Worte zu achten. Doch spätestens beim letzten Song war ihm klar geworden, dass die rastlose Reporterin per Klavier mit ihm flirtete. Interessant. Abenteuerlustig, die Kleine. Ein Spiel unter Fremden. Er hatte ein Glas Wein für sie bestellt, und als sie es angenommen hatte, war er aufgestanden, um zu ihr zu gehen – trotz der warnenden Stimme in seinem Kopf. Nur ein kleines Experiment, dachte er, mal sehen, wie weit sie geht. Er hatte Lust, dieses Spiel weiterzutreiben. Wie weit? Egal. Das würde sich ergeben, wie so vieles in den letzten Tagen. Ein Gespräch. Ein Flirt. Was auch immer. Ein kleines Abenteuer ganz im Sinne von Solo Lovec oder eher Yvan Tzara. Er hatte sich zum ersten Mal seit Langem wieder lebendig gefühlt, wie ein echter Mensch, nicht nur wie eine personifizierte falsche Identität. Am Klavier hatte er sich dann spontan hingesetzt, seine Finger hatten die Tasten gesucht, wie von selbst hatten sie dieses Lied angestimmt. Ausgerechnet. Vielleicht ein bisschen zu eindeutig. Wohin würde das führen … Während er spielte, stiegen Bilder von Magda und seinem früheren Leben in ihm auf. Es schien nicht nur Tage, sondern Jahre und Welten entfernt zu sein. Rigoros verdrängte er sie. Auszeit. Einer der seltsamen Tagebucheinträge aus dem Messerwerfer fiel ihm ein: »Warum versuchen, der zu sein, der man ist?« Zumal, wenn man gar nicht sicher ist, wer man gerade ist, dachte er amüsiert, wenn man lediglich Träger wechselnder Identitäten ist, nichts als ein Name. Er war im Moment Martin Trojan, wer auch immer das sein mochte. Das Gefühl des Fremdseins eröffnete ihm plötzlich eine ungeahnte, grenzenlose Freiheit. Es zählte nur das Hier und Jetzt, Vergangenheit und Zukunft spielten keine Rolle. Das ist doch ausgemachter Blödsinn, widersprach eine vernünftige, innere Stimme. Natürlich, stimmte er zu, es ist ja auch nur ein Spiel. Und ich bin ein leidenschaftlicher Spieler. Nicht nur am Klavier.

Das Klatschen der Gäste rüttelte ihn aus seinen Gedanken. Er ignorierte die Rufe nach *Mehr!* und *Weiter, bitte!*, stand auf und ging mit seinem Glas zu Larissas Tisch. Idiot, raunte seine innere Stimme. Er ignorierte sie.

Sie sah ihn an, schmunzelte. »Machen Sie so was öfter?«

»Es heißt, wer auf sich hält, der brennt einmal im Leben mit einer Tänzerin durch. Zur Not darf es auch eine Sängerin sein. Wie wär's?« Er setzte sich. Jetzt zitierte er diesen Tzara auch noch. Aber er konnte nicht widerstehen. Noch eine neue Rolle.

»Dann haben Sie Pech heute Abend. Ich bin Journalistin.«

»Also eine Schriftstellerin ohne Geduld. Das geht auch. Zur allergrößten Not.«

»Leider nur eine Schubladenschriftstellerin, bisher. Sie scheinen nicht sehr wählerisch zu sein.«

»Im Gegenteil. Ich verführe nur attraktive, intelligente und witzige Frauen.« Er bediente sich weiter freizügig aus dem *Messerwerfer*. Absurdes Theater.

»Tut so viel Coolness nicht weh?« Sie grinste.

»Sehr.« Er verzog das Gesicht zu einer theatralischen Grimasse.

»Gut. Es gibt sie also doch, die ausgleichende Gerechtigkeit. – Danke für den Wein, übrigens.« Sie prostete ihm zu.

Er erwiderte die Geste. »Was macht eine Großstadtjournalistin in dieser abgelegenen Provinz?«

Larissa warf ihm einen überraschten Blick zu. »Weshalb sollte ich nicht von hier sein?«

»Ihr Prager Singsang verrät Sie. Ist es die Leiche aus dem See?«

»Ich habe sie zwar gefunden, aber nein, deswegen bin ich eigentlich nicht hier.«

»So, Sie schreiben für die Schublade und stolpern über Leichen. Ihre erste?«

»Nein, schon die zweite.«

»Eine Sammlerin also auch noch. Sie leben gern gefährlich, wie es scheint.«

Während ihr Gespräch hin und her mäandrierte, überlegte sie, an wen dieser Typ sie erinnerte. Waren es die Gesten? Die Stimme? Wenn er doch seine Sonnenbrille abnähme. Die Musik wurde lauter. Larissa sah zur Bar hinüber. Die Kellnerin hatte eine CD eingelegt, angenehm Melodisches, Tanzmusik für jedes Alter und alle Lebenslagen. Langsame. Sie zwinkerte Larissa zu und machte Tanzbewegungen. Larissa schüttelte leicht den Kopf, sah sich im Raum um. Einige Paare standen auf und begannen zu tanzen. Standard. Sie hatte keine Ahnung, was die alle mit ihren Füßen machten, aber es sah aus, als wüssten sie, was sie tun. Larissa hatte nie eine Tanzschule besucht. Schade eigentlich, dachte sie jetzt, sieht hübsch aus, wie sie sich gegenseitig über das Parkett schieben. Manche sogar mit kleinen Drehungen.

»Darf ich bitten?« Er war aufgestanden, lächelte und verbeugte sich leicht.

Sie konnte sich ein Kichern nicht verkneifen, bei so viel überzogener Galanterie. »Ach … ich … also … ich weiß nicht … ich kann eigentlich gar nicht … Standardtänze und so …« Sie schüttelte verlegen den Kopf. So hatte sie sich das nicht vorgestellt. »Ich würde Ihnen bestimmt nur auf die Füße treten …«

Er nahm ihre Hand, zog sie hoch und an sich heran, ohne auf ihre Worte einzugehen. »Wir fangen ganz langsam an.

Lassen Sie sich einfach führen. Das ist der ultimative Kontrollverlust. Ein großes Abenteuer. Darauf sind Sie doch aus, oder etwa nicht?«

Seine Stimme klang seltsam vertraut, tief, samtweich, freundlich ironisch. Dieses charmante Lächeln … Ihr Blick streifte seine linke Hand, die ihre Rechte hielt, wanderte zurück zu seinem Gesicht. Erst jetzt fiel ihr die dünne Narbe auf seinem linken Jochbein auf, halb verdeckt von der Sonnenbrille. Sie sah recht frisch aus, an den winzigen Nahtstellen klebte noch etwas Schorf. Das blonde, leicht gelockte Haar fiel ihm in die Stirn, ging an den Schläfen in einen kurzen, gepflegten Vollbart über, na ja, eigentlich eher ein Zehntagebart. Seltsam, dachte sie, während sie sich langsam und erstaunlich harmonisch über die Tanzfläche bewegten, wieso ist der Bartansatz so dunkel? Sie spürte seine rechte Hand fest und doch sanft auf ihrem Rücken. Zwischen ihnen war nur Platz für das sprichwörtliche Blatt Papier. Sie hatte seine Worte beherzigt und sich völlig seiner Führung anvertraut. Ein ungewöhnliches Gefühl – sehr anregend. Sie schmunzelte innerlich. Mit so etwas konnte das alberne Disco-Rumgehupfe in hundert Jahren nicht mithalten. Kein Wunder, dass solches Tanzen früher als anstößig galt und gefährlich für die Moral der jungen Damen. Die ihre zeigte auch schon deutliche Verschleißerscheinungen, wie ihr auffiel. In ihrem Bauch meldete sich eine Horde Schmetterlinge. Wie herrlich das kribbelte … und wie schnell und nachdrücklich sich so ein Kribbeln ausbreitete – in alle Richtungen. Er führte ausgezeichnet. Sie machte wie von selbst die richtigen Schritte, ihre Augen auf seine Brillengläser geheftet, hinter denen sie seine Augen nur erahnen konnte. Wo er wohl diese unglaublich dunklen Gläser herhatte? Das war weit cooler als die üblichen stillos verspiegelten Sonnenbrillen.

Er lächelte. »Na also, es geht doch wunderbar. Ein Foxtrott. Das kleine Einmaleins des Tanzes beherrschen Sie also schon.« Du spielst mit dem Feuer, dachte er, aber er genoss es. Er liebte Feuer. Auch das im Kamin.

Sie stutzte. Die Stimme. Seine Hände. Der dunkel nachwachsende Bart. Eine frische Narbe. Das kleine Einmaleins. Ihre Augen weiteten sich ungläubig. Vor ihrem geistigen Auge schob sich das Bild eines anderen vor sein Gesicht. Unmöglich. *Völlig* unmöglich.

Sie weiß es, schoss es ihm durch den Kopf, als er das plötzliche Erstaunen in ihrem Gesicht sah. Er zog sie fester an sich, neigte den Kopf zu ihrem. »*Don't be psychic or you'll blow it*«, flüsterte er in ihr Ohr.

Als er seinen Kopf wieder zurückzog, starrte sie ihn ungläubig an. »Ich glaube es nicht«, stammelte sie fassungslos, »wie … ich meine … Sie sind doch …«

»Verzeihen Sie«, unterbrach er sie lächelnd, »ich habe vorhin ganz vergessen, mich vorzustellen …«

»Ah, Sie sind also tatsächlich gekommen, Larissa«, ertönte in diesem Moment eine ihr bekannte Stimme.

Sie wandte erschrocken den Kopf. Neben ihnen stand John Ketchum und grinste breit. »Und Sie haben schon Anschluss gefunden, wie ich sehe. Ja, diese Kurschatten … ts, ts, ts.«

»Himmel, haben Sie mich erschreckt!« Sie löste sich halb aus den Armen ihres Tanzpartners. »Äh, John das ist …« Sie sah ihn ratlos an.

Er drückte leicht ihre Schulter, um die er seinen Arm gelegt hatte. »… Martin Trojan«, vervollständigte er ihren Satz.

Larissa stellte John vor. »Wollen Sie sich zu uns setzen?«, fragte sie aus reiner Höflichkeit. Ihre Gedanken kreisten um ihre vermeintliche Entdeckung. Hatte sie sich das nur eingebildet? Sie warf Trojan einen fragenden Blick zu. Er reagierte nicht, lächelte nur. Wie eine verdammte Sphinx. War sie übergeschnappt oder nur betrunken? Vermutlich sowohl als auch, dachte sie eher amüsiert als irritiert.

»Gern, aber ich bin nicht alleine hier. Ich habe den Förster mitgebracht. Aber vielleicht stören wir ja …« Er grinste anzüglich.

»Gustav Mottl?«, fragte Trojan interessiert. »Mit dem wollte ich auch sprechen. Kommen Sie ruhig zu uns.«

John ging den Förster holen, der an der Bar mit der jungen Kellnerin schwatzte.

»Ich verstehe nicht …«, begann Larissa an Trojan gewandt, »Sie sind doch …« Halt, dachte sie, wollte sie das wirklich wissen? War dieses Spiel mit einem aufregenden Fremden nicht viel interessanter? Sie hatte doch ein Abenteuer gewollt – also nicht verderben.

»Martin Trojan«, erwiderte er nachdrücklich, aber lächelnd und fügte hinzu: »Der Tod ist ein Traum, aus dem man als Fremder erwacht.«

Sie grinste breit. »Ich verstehe … natürlich. Martin Trojan. Ein hübscher Name. Und so passend.« Sie kicherte. Himmel, war das Leben aufregend!

31

Vzpomínka z dětství. Přede mnou mez, stoupající terén.
Strach se tyčí v krajině jako stromy.

Ein Bild aus der Kindheit.
Vor mir ein Feldrain, ansteigendes Gelände.
Die Angst steht in der Landschaft wie die Bäume.

Agáta Abrhámová fühlte sich, als spazierte sie durch einen Märchenwald. Die frische Luft tat ihr gut, und die bezaubernde, verschneite Landschaft streichelte ihre Seele. Seit Ewigkeiten war sie nicht mehr in einem Wald gewesen. Zuletzt – sie überlegte, ach, vor mehr Jahren, als sie zählen wollte, in einem anderen Jahrhundert. Die Bilder, die vor ihrem geistigen Auge auftauchten aus der fernen Vergangenheit, Bilder von Schnee, spielenden Kindern, Pferden auf der Koppel, Bilder eines scheinbaren Paradieses, doch auch dort hatte eine Schlange im Geäst gewartet. Vorbei. Sie verdrängte die Bilder. Sentimentalität und Grübelei lagen ihr nicht. Am Ende war alles gut geworden, oder doch das, was wirklich wichtig war.

Es war nicht schwer, den kleinen Schuhabdrücken im unberührten Schnee zu folgen. Sie zogen sich in Schlangenlinien zwischen den Bäumen hindurch wie eine Perlenschnur, quer durch den Wald, Hügel auf, Hügel ab, weit abseits ausgetretener Pfade, soweit Agáta das beurteilen konnte bei dem vielen Schnee. Langsam würde sie umkehren müssen, die Sonne ging schnell unter. Noch ein paar

Minuten, dachte sie, dann drehe ich um. Glücklicherweise verfügte sie über einen ausgezeichneten Orientierungssinn, es würde ihr kein Problem bereiten, den Weg zurück auch im Dunkeln zu finden. Wenige Minuten später sah sie durch die hohen Tannen ein Haus. Sie ging zielstrebig darauf zu. Kurz darauf stand sie auf einer Lichtung. Das Gebäude war alt und wirkte ziemlich renovierungsbedürftig. Vor langer Zeit war es wohl ein hübsches, einfaches Landhaus gewesen, doch nun war es nur noch ein Wrack. Der Putz blätterte an vielen Stellen ab, das früher helle Gelb war zu schmutzigem Ocker verwaschen, und das Dach sah aus, als halte es nur mit viel gutem Willen zusammen. An vielen Stellen sah man die blanken Ziegel. Sie sah sich um. Weit und breit kein Mensch zu sehen. Die Spuren, die sie hierhergeführt hatten, liefen direkt auf die Haustür zu. Als sie sie fast erreicht hatte, lugte der Kopf eines Kindes daraus hervor.

»Sie sind Agáta«, sagte das Mädchen ohne Umschweife und trat heraus, ohne aber die Tür hinter sich zuzuziehen.

»Ja, und du musst Hermiona sein. Valeska hat mir von dir erzählt.« Erstaunlich, was das Mädchen alles wusste. Sie wollte die Kleine nicht durch Fragen abschrecken. Es schien ihr fast, als habe das Mädchen auf sie gewartet. Agáta nahm es hin, später würde sich diese Allwissenheit sicher aufklären.

»Sie sind ziemlich spät unterwegs. Die Sonne ist schon weg.« Wie auf ihren Befehl verschwanden die letzten Sonnenstrahlen von der Lichtung.

»Ja, tatsächlich. Ich habe einen Spaziergang gemacht und gar nicht auf die Zeit geachtet.« Das Mädchen wirkte angespannt. Ein hübsches Kind, vielleicht ein bisschen zu ernst für sein junges Alter. Aber erfreulich selbstbewusst. Agáta ließ ihr Zeit. Sie konnte gut mit Kindern umgehen, sie war eine erfolgreiche und beliebte Kinderärztin gewesen. Nur ganz selten hatten ihre kleinen Patienten nicht Vertrauen gefasst.

Das Mädchen betrachtete sie eine Weile nachdenklich, schien nach Worten zu suchen. »Ich brauche Hilfe«, sagte sie schließlich und winkte Agáta, ihr ins Haus zu folgen.

Im Inneren war es dunkel und muffig, ein Geruch nach Kohl und Moder, Kaminfeuer und Mottenkugeln. Agáta hatte Mühe, auch nur die Umrisse der Möbel zu erkennen. Hermiona ging mit schlafwandlerischer Sicherheit durch einen Flur, stieg eine Treppe hinauf und öffnete leise eine Tür. Sie winkte Agáta näher, dann fasste sie sie an der Hand und führte sie in das Zimmer hinein. Es war ein kleiner Raum, der nur einem schmalen Bett, einem Nachttisch und einem Schrank Platz bot. Auf dem Boden lag ein alter Teppich, auf dem Nachttisch brannte eine Kerze. Im Bett lag eine alte Frau, die faltigen Hände auf der Brust gekreuzt, das graue Haar lag wie ein verwittertes Vogelnest um ihren Kopf. Neben ihr saß ein Mann mit silbernem Haar auf einem Hocker, die Hände zum Gebet gefaltet, auf seiner Schulter hockte ein bewegungsloser Rabe. Es war bitterkalt in dem Raum. Durch das offene Fenster strömte eisige Winterluft herein.

Hermiona ging zu dem alten Mann und legte ihm eine Hand auf die Schulter. »*Dědo*«, sagte sie leise, »das ist Agáta, sie wird uns helfen.«

Der Mann sah auf, sein Blick streifte das Mädchen, blieb auf Agáta haften. Lange sah er sie mit völlig ausdruckslosem Gesicht an. Der Rabe krähte, flatterte durch den Raum und ließ sich wie selbstverständlich auf Agátas Schulter nieder. Sie lächelte und strich ihm sanft über das pechschwarze Gefieder. Der Rabe ließ es sich gefallen, krächzte leise und flatterte zurück zu seinem Herrn.

»Es hat sie umgebracht«, sagte der alte Mann unvermittelt, »ich weiß nicht, was ich tun soll. Ich habe es um Hermionas willen getan.« Seine knochige Hand strich über die Wange des Mädchens. Er begann, am ganzen Leib zu zittern.

»Sie müssen sich aufwärmen«, sagte Agáta sanft, »kommen Sie, gehen wir in die Küche. Ich mache eine Kanne heißen Tee, und wir besprechen alles.« Sie fühlte sich, als sei sie in eine andere Welt geraten, eine längst untergegangene Welt, als sei sie auf einer zeitlosen Insel. Nicht nachdenken, mahnte sie sich, lass dich von deiner Intuition leiten. Alles hat seine Zeit.

Der alte Mann stand mühsam auf, Hermiona stützte ihn, so gut sie konnte. Er war groß und so schmal, dass er nur aus Haut und Knochen zu bestehen schien. Er beugte sich zu der toten Frau auf dem Bett hinunter, küsste sie auf die Stirn und verließ, den Raben auf der Schulter, mit Hermiona und Agáta das kleine Schlafzimmer.

Zehn Minuten später saßen sie um den alten Küchentisch, vor sich dampfende Teetassen. Der Rabe hatte sich auf seine Stange zurückgezogen, die wie ein Trapez vor dem Fenster hing. Er schien zu schlafen. Der alte Mann hielt seine Tasse in beiden Händen, starrte hinein wie in eine Kristallkugel. Hermiona stand auf und machte sich am Feuer in dem alten Küchenherd zu schaffen. Agáta wartete geduldig.

Der Alte hob den Kopf und sah sie an. »Es ist eine lange Geschichte.«

Agáta nickte. Das hatte sie sich gedacht. Vermutlich eine sehr lange Geschichte. Und eine, die weit zurückreichte.

»Es gibt mich eigentlich gar nicht«, begann er, »ich stamme aus einer deutschen Familie. Nach dem Krieg wurde meine Familie vertrieben, wie die meisten Deutschen aus dieser Gegend. Mein Vater ist im Krieg geblieben, irgendwo in Russland. Meine Mutter starb auf dem Weg nach drüben. Meine Geschwister – ich weiß es nicht, ich habe sie nie wieder gesehen. Ich bin erst zehn Jahre später aus Russland gekommen, nach Deutschland. Aber ich hatte mein Mädchen hier zurückgelassen. Sie war Tschechin. Und sie war damals schwanger gewesen, als ich an die Front geschickt wurde. Ich wollte zu ihr und zu unserem Kind, das ich nie gesehen hatte. Also kam ich heimlich über die Grenze zurück. Sie lebten hier in diesem Haus. Sie haben mich versteckt.«

»Die Frau oben?«, fragte Agáta.

»Das war Hana, mein Mädchen, meine Frau, obwohl wir nie geheiratet haben. Es ging ja nie. Wir hatten eine Tochter. Ein wunderbares Kind. Nur ein Jahr, nachdem ich zurückgekehrt war, starb unser Mädchen. Sie war zwölf Jahre alt. Wie Hermiona jetzt.« Tränen liefen ihm über die eingefallenen Wangen. Er wischte sie mit dem Handrücken weg. »Kurz darauf starb Hanas Mutter. Wir zwei blieben hier. Allein.«

»Sie hielten sich weiter versteckt?«

Er nickte. »Ich hatte Angst, dass man mich wieder fortschicken oder einsperren würde. Mit der Zeit habe ich mich daran gewöhnt. Hana arbeitete im Krankenhaus in Cheb. Sie war Hebamme. Ich ging nachts spazieren, wenn ich es im Haus nicht mehr aushielt. Ich war eingesperrt, aber wenigstens war ich bei Hana. Es war eine gute Entscheidung gewesen, zurückzukommen. Trotz allem.« Ein Lächeln huschte über sein altes Gesicht. »Ich hätte sie nie verlassen.«

Agáta schenkte Tee nach. Sie sah sich nach Hermiona um. Das Mädchen hatte sich am Fenster auf die Spüle gesetzt und streichelte das glänzende Gefieder des dösenden Raben, während es aufmerksam der Erzählung des alten Mannes lauschte. Agáta hatte den Eindruck, dass Hermiona die Geschichte kannte.

Der Alte folgte Agátas Blick. »Vor zwölf Jahren kam Hana eines Abends mit einem Baby nach Hause. Einem Neugeborenen. Eine junge Frau hatte es zur Welt gebracht, aber ihr Mann wollte es nicht und verlangte von dem behandelnden Arzt, dass er es beseitige. Er bot ihm viel Geld an. Der Arzt ging darauf ein. Er brauchte das Geld für seine Frau, die damals schwer krank war. Aber er wollte dem Kind nichts antun. Er fragte Hana um Rat, und sie sagte, sie würde das Kind nehmen. Wir nannten sie Hermiona, nach unserer verstorbenen Tochter.« Er lächelte und warf dem Mädchen einen Blick zu. »Es waren die glücklichsten zwölf Jahre unseres Lebens. Und nun ist alles zu Ende.«

»Was ist passiert, Herr…«

»Richard Ackermann. Verzeihen Sie meine Unhöflichkeit, bitte.«

»Das gilt auch für mich, Herr Ackermann. Mein Name ist Agáta Abrhámová.«

Sie schwiegen eine Weile. Nur das Feuer knisterte im alten Holzofen.

»Sie fragten, was passiert sei«, fuhr er schließlich fort. »Nun, vor ein paar Tagen kam eine Frau zu uns. Erst fragte sie nach alten Singer-Nähmaschinen, sie sagte, sie kaufe sie auf für ein Antiquitätengeschäft in Prag. Die Maschinen seien sehr gefragt. Wir haben nur wenig Geld, wie Sie sich denken können«, er ließ seinen Blick durch die karge Küche schweifen, »Hana hat ihr ihre alte Maschine verkauft.« Er schwieg eine Weile. »Dann erkundigte sich die Frau plötzlich nach ihrem Kind, das angeblich bei der Geburt gestorben war. Sie war bei dem Arzt gewesen, warum, weiß ich nicht – vielleicht auch wegen der Nähmaschinen. Er war sehr krank, ist inzwischen gestorben, und er hat sie zu Hana geschickt. Ich weiß nicht, warum er das getan hat. Vielleicht das schlechte Gewissen, das einem Menschen am

Ende seines Lebens zu schaffen machen kann.« Er seufzte. »Hana wollte Hermiona um keinen Preis verlieren, sie stritt alles ab. Die Frau war lange hier. Irgendwann kam Hana zu mir auf den Dachboden. Sie war völlig verstört. Die Frau war ohnmächtig geworden. Ich lief mit ihr hinunter, sie war tot. Sie können es mir glauben oder auch nicht – ich weiß nicht, was hier unten vorgefallen ist, Hana wollte es mir nicht sagen. Aber sie war völlig außer sich. Sie hatte furchtbare Angst, dass nun alles herauskommen würde. Dass wir Hermiona verlieren würden, dass man mich einsperren würde …« Er stützte das Gesicht in die Hände.

»Dann kam Gustav Mottl mit *Martin*«, sagte Hermiona, als der alte Mann nicht fortfuhr. »Und sie haben Děda geholfen. Sie haben die Frau weggebracht. In ihrem Wagen.«

»Martin Trojan?«, fragte Agáta.

Hermiona zuckte die Schultern. »Oder Viktor. Oder wie auch immer.«

»Woher kanntest du diesen Martin?«

»Ich habe ihn bei Gustav Mottl gesehen. Er hatte schöne schwarze Kugeln dabei, wie Tennisbälle. Er hat sie Gustav gezeigt.«

»Warst du dabei?«

Hermiona schüttelte den Kopf. »Ich habe sie durch das Fenster gesehen. Und auch gehört, es stand ein bisschen offen. Ich wollte Gustav besuchen. Aber ich bin nicht reingegangen.«

»Gustav Mottl wusste von Ihnen?«, fragte Agáta den alten Mann.

Er nickte. »Schon lange. Er ist seit vielen Jahren Förster hier. Man kann nicht jahrzehntelang nachts im Wald herumlaufen, ohne dass man irgendwann dem Förster über den Weg läuft. Aber Gustav konnte ein Geheimnis für sich behalten. Jedenfalls kamen die beiden herein, als die Frau hier tot am Boden lag. Ich habe sie um Hilfe gebeten. Ich hatte bei Gustav was gut. Ich habe ihm vor langer Zeit geholfen, wissen Sie. Er war im Bergwerk, im Uranbergwerk bei Stará Voda. Ich habe ihm geholfen, da rauszukommen – aber das ist eine andere Geschichte. Und außerdem … Ach …«

Agáta sah ihn fragend an. »Ja?«

»Er hat diese angeblichen Touristen aus dem Wald geprügelt, wenn er sie erwischt hat. Ich habe ihn mehrfach gesehen. Er wusste das. Sie haben die Frau weggebracht. Ich habe nicht gefragt, was sie tun wollten.«

»Ich verstehe.«

»Später kam dieser Trojan wieder, allein. Ich hatte Hana ins Bett gepackt und ihr ein Schlafmittel gegeben, sie konnte sich gar nicht beruhigen. Er sagte, er brauche meine Hilfe. Gustav hatte ihm von unserem alten Schuppen erzählt, deswegen waren sie hergekommen. Trojan brauchte ein Lagerhaus für irgendwelche Ware. Nur für kurze Zeit, ein paar Tage, sagte er. Ich war ihm etwas schuldig, also habe ich ihm geholfen.«

»Was hat er denn in dem Schuppen untergebracht?«

Richard Ackermann zuckte mit den knochigen Schultern. »Es waren Obstkisten. Ich habe nicht hineingesehen.«

Hermiona sprang von der Spüle hinunter und rannte aus der Küche. Kurz darauf hörten sie sie die Treppe hinauflaufen.

Agáta nutzte die Gelegenheit. »Was hat Ihre Frau umgebracht, Richard?«

»Der Inspektor ist gekommen und wollte wissen, was sie über einen Wagen weiß, der nicht weit von hier auf einer Lichtung ausgebrannt ist. Man hat menschliche Knochen darin gefunden. Er wird bestimmt wiederkommen.« Er warf einen Blick zur Zimmerdecke. »Hermiona weiß nichts davon. Glaube ich.«

»Die beiden haben also versucht, die Leiche zu verbrennen. Ich verstehe.« Dass das Mädchen nichts davon wusste, hielt sie für ziemlich unwahrscheinlich. Hermiona war ein tiefes, stilles Wasser.

»Hana hatte ein schwaches Herz. Zu viel Angst. Auch das zweite Kind zu verlieren … es hat sie umgebracht.«

Hermiona kam zurück und hielt Agáta eine tennisballgroße schwarze Kugel hin. »Das war in den Obstkisten. Unter den Melonen.«

Agáta drehte das seltsame Ding in den Händen. Sie hatte keine Ahnung, was das sein mochte. »Wo sind denn die Obstkisten?«

»Die Kisten sind noch in der Scheune. Aber die Kugeln sind weg.«

32

Symbolism sucks
Biografie je autosugesce.

Symbolism sucks
Biografie ist Autosuggestion.

»Haben Sie noch Lust auf einen Absacker, *Martin*?«, fragte Larissa mit einem ironischen Unterton, als sie vor ihrer Pension standen. Er hatte sie hingefahren, nachdem sie zusammen mit Gustav Mottl und John Ketchum das Lokal verlassen hatten. John wollte den Förster nach Hause bringen. Sie fühlte sich glücklich, fast berauscht von diesem Abend. Er lebte. Die Erleichterung, die sie verspürt hatte, als ihr aufgegangen war, wer dieser Sonnenbrillen-Typ sein musste, war unbeschreiblich gewesen. Der Abend war wie ein Rausch gewesen, das Klavierspiel, der Tanz … Nur John und der Förster hätten nicht auftauchen müssen. Aber immerhin hatten sie Interessantes zu erzählen gehabt. Sie wollte den Abend nicht einfach auf dem Bürgersteig zu Ende gehen lassen, wollte an ihm festhalten, solange sie konnte.

»Haben Sie nicht schon genug getrunken?« Sie hält sich erstaunlich gut, dachte er, für die Menge Wein, die sie intus hatte. Klare Sprache, kein Schwanken. Sie vertrug offenbar eine ganze Menge. Vielleicht war es auch nur die Aufregung, die sie nüchtern hielt. Er wollte ihr den Spaß nicht verderben. Sich selbst auch nicht. Seit er von den Toten auferstanden war, hatte er sich nicht so lebendig gefühlt wie heute Abend. Er genoss das fremde Leben inzwischen weit mehr, als es ihn störte.

»Ich möchte wissen, was Sie von Johns Geschichte halten.« Was für eine fadenscheinige Begründung, dachte sie, Johns Agentenstory interessierte sie im Moment so sehr wie das Wetter in der Inneren Mongolei.

»Also rein berufliches Interesse.«

»Das haben Sie gesagt. Ich kann sowieso noch nicht schlafen. Wenn keinen Absacker, dann wenigstens einen Kaffee.« Sie legte keck den Kopf schräg. »Also?«

Er lachte. »Ein eigenwilliger Schlaftrunk. Passt zu Ihnen. Also bitte, nach Ihnen.« Er öffnete die Tür zum Restaurant.

Im Gastraum saß Blanka Horáková an einem Tisch und las in einem Magazin. Als sie eintraten, sah sie auf und erhob sich. »Frau Khek, guten Abend… Was für eine Überraschung…« Sie lächelte Anděl alias Trojan zu. »Ich dachte nicht, dass ich Sie so schnell wiedersehen würde, Herr Trojan. Gut, dass Sie wiederkommen. Sie haben nämlich neulich etwas in Ihrem Zimmer vergessen.«

»Könnten wir noch einen Kaffee bekommen, Frau Horáková?«, fragte Larissa.

»Natürlich. Auch noch etwas anderes, wenn Sie wollen. Ein Gläschen Wein vielleicht?«

»Sie können uns ja eine Flasche bringen, mal sehen, ob wir sie anbrechen. – Was habe ich denn vergessen?«, fragte er, als sei es das Selbstverständlichste der Welt.

»Nur einen Umschlag. Ich kann ihn gleich holen, wenn Sie wollen.«

»Wenn Sie so nett wären. – Und sagen Sie, haben Sie noch ein Zimmer frei für heute Nacht?« Er hatte keine Lust, in dem angesäuselten Zustand zu Valeskas Hof zurückzufahren. Jedenfalls war das *auch* ein Grund, sich hier ein Zimmer zu nehmen.

»Selbstverständlich. Ich bringe Ihnen gleich den Schlüssel.« Sie verschwand im Durchgang zur Rezeption.

Larissa und Anděl setzten sich an einen Tisch in der Ecke.

»Also, was halten Sie von der Geschichte? Ich finde sie ja ziemlich abgefahren. Absurd.« Eigentlich brannte sie darauf, ihn endlich zu fragen, was diese seltsame Maskerade sollte. Aber sie verkniff es sich. Das Spiel machte ihr zu viel Spaß.

»Ja, so hört sie sich an. Zweifellos.« Was ihn aber weit mehr beschäftigte, war die Reaktion des Försters gewesen. Er war nicht schlau daraus geworden. Hatte Mottl ihn erkannt? Er konnte es beim besten Willen nicht sagen. Der Förster hatte fast nichts zum Gespräch beigetragen, sondern nur ihn, Anděl, nicht aus den Augen gelassen.

»So, die Herrschaften, wenn Sie noch etwas brauchen, ich bin nebenan. Hier ist auch Ihr Schlüssel, Herr Trojan. Den Papierkram können wir morgen erledigen.« Blanka Horáková stellte die Tassen, zwei Gläser und eine Weinflasche auf den Tisch, legte den Zimmerschlüssel daneben und reichte Anděl einen großen, dicken Umschlag. Als sie gegangen war, öffnete er ihn und warf einen Blick hinein. Ein dicker Packen Papier und ein kleiner Umschlag. Er zog beides heraus und legte es auf den Tisch.

»Was ist das?«, fragte Larissa neugierig. »Sieht aus wie ein Manuskript oder so was.« Der Packen Papier hatte kein Deckblatt, und der Text war nicht fortlaufend, sondern bestand aus kurzen Absätzen. Eigentlich nur aus jeweils einem oder mehreren Sätzen. »Oder ein Tagebuch? Aber es fehlen Datumsangaben.«

»Hm.« Er überflog die ersten Absätze des deutsch geschriebenen Textes. »Das ist ja interessant … ich dachte …«

Er kannte den Text. Oder doch dessen Übersetzung. Er griff in seine Jackentasche, zog ein Büchlein heraus, schlug es auf und legte es neben den deutschen Text. »Tatsächlich. Hm.« Er lehnte sich nachdenklich in seinem Stuhl zurück.

»Was ist interessant? Ich verstehe nicht …« Sie sah ihn fragend an. »Was ist das für ein Buch?« Sie griff danach. *Vrhač nožů*, stand auf dem Titel, *Messerwerfer*.

»Kennen Sie das Buch? Nein? Nun, ich dachte, Honza Krásnohorský habe es geschrieben. Jedenfalls hat er das behauptet. Aber wie es aussieht, war er es nicht. Das hier«, er deutete auf den Packen Papier, »scheint das deutsche Original zu sein, von dem im Nachwort des Verlegers die Rede ist.«

»Krásnohorský? Mein ehemaliger Chef?« Honza Krásnohorský, alias Jay Beaumont, war der stellvertretende Chefredakteur der *Prague Post* gewesen. Bis seine unrühmliche Vergangenheit ihn im Fall der Mumie aus der Metro eingeholt hatte. Sie hatte nicht gewusst, dass er auch Schriftsteller war. Offenbar tatsächlich ein Hansdampf in allen Gassen.

Er nickte.

»Aber auf dem Buch steht *Solo Lovec* … und hier auf dem Manuskript auch.«

»Ein Pseudonym. Das kommt vor. Ich frage mich, wie er an das Ding gekommen ist.« Es gab nur eine Möglichkeit, das herauszufinden – den Mann anzurufen. Aber das hatte Zeit. Vermutlich war es nur eine interessante Fußnote zu der Geschichte. Viel interessanter war die Frage, wer Martin Trojan war. Jedenfalls einer, der auch mit verschiedenen Identitäten spielte. Ein einsamer Jäger – wonach?

»Hat das irgendwas mit dieser Geschichte zu tun?« Sie legte das Buch zurück. »Und wer ist Martin Trojan?« Sie lächelte. »Der echte, meine ich.«

»Keine Ahnung.« Er nahm den kleinen Umschlag und

öffnete ihn. Ein paar Fotos lagen darin. Er legte sie auf den Tisch. Alle sahen aus, als seien sie mit einem Teleobjektiv aufgenommen worden. Auf einem waren einige Männer und eine Frau, die offenbar etwas feierten, ein anderes zeigte zwei Männer, die Kisten in eine Art Stollen trugen. Das Foto war ziemlich körnig, was für weite Entfernung sprach. Außerdem war es offenbar nachts aufgenommen worden. Die restlichen Fotos waren Abzüge dieser beiden, die vergrößerte Ausschnitte zeigten. Er stieß einen Pfiff aus.

Larissa beugte sich über die Bilder. »Wer sind die Leute?«

»Ich kenne nicht alle, aber doch den einen oder anderen.« Er deutete auf die Frau auf dem Foto. »Das hier ist zum Beispiel Eva Urbanová. Die Frau, deren Leiche Sie im See gefunden haben.« Eva, dachte er traurig, das Foto musste ein paar Monate alt sein, sie wirkte wie damals, als er sie kennengelernt hatte, hübsch, schlank und gesund. Kein Vergleich zu dem Wrack, das er zuletzt gesehen hatte. »Der da ist unser geschätzter Oberst Kohout, und der hier ist Rechtsanwalt Kafka. Die anderen kenne ich nicht. Aber die beiden Unbekannten hier sind die gleichen wie die auf dem anderen Foto. Soweit man das bei der miesen Qualität sagen kann.« Interessant, aber was hatte es zu bedeuten? Und wer zum Teufel war dieser Martin Trojan, dessen Identität er angenommen hatte?

»Was tragen die da? Sieht aus wie Obstkisten. Aber in einen Stollen? Sind das Schmuggler, oder was?«

»Möglich. Fragt sich nur, was sie da verstecken. Vielleicht passt das zur Geschichte Ihres Freundes.«

»Er ist nicht mein Freund. Nur ein Kollege. – Meinen Sie etwa, dass die da diese roten Rosen rumtragen, von denen er erzählt hat? Aber das Zeug ist doch radioaktiv, wenn es wirklich Uran ist, um das es geht. Quecksilber werden sie wohl kaum schmuggeln.« Sie sah ihn entsetzt an, griff in ihre Tasche und holte die seltsame Kugel heraus, die John ihr gegeben hatte. Mit spitzen Fingern legte sie das unheimliche Ding auf den Tisch. »Ich glaube nicht, dass ich dieses Ding noch länger mit mir herumtragen möchte. Was ist das überhaupt?«

»Gute Frage. Ich habe leider keinen Westentaschen-Geigerzähler dabei, aber ich glaube nicht, dass das radioaktiv ist. Es sieht aus wie Graphit. Fragt sich nur, was ...« Er nippte an seinem Kaffee.

»Diese Eva Urbanová, wer ist sie?«, wechselte Larissa das Thema.

»Eine Abteilungsleiterin aus dem Innenministerium. Organisierte Kriminalität.« Den Rest ersparte er sich. In was für einer Sache hatte Eva die Finger drin gehabt?

»Und der Rechtsanwalt? Was hat er mit der Sache zu tun?«

»Das ist eine lange Geschichte ...« Er dachte an die Dinge, die Felix Benda ihm erzählt hatte. Kafka hatte etwas mit dem Anschlag auf sein Leben zu tun. Und mit diesen roten Rosen. Oder war es gar nicht um ihn, sondern um Eva gegangen? Das Foto legte diesen Schluss nahe. Er musste rauskriegen, wer die anderen auf dem Foto waren.

Larissa hielt es nicht mehr aus. Sie wollte endlich wissen, was los war. »Wie kommt es, dass Sie lebendig vor mir sitzen, wenn Sie doch erschossen worden sind? Und nehmen Sie endlich diese affige Sonnenbrille ab.«

»Nicht hier. Ich möchte nicht, dass die Wirtin ihren Irrtum bemerkt. Lassen Sie uns raufgehen.«

»Das ist ein Argument.«

»Aber vorher müssen wir diese Fotos an Ota Nebeský faxen.« Sein Blick streifte das Bild mit den feiernden Leuten. »Oder besser an Jirka Kratochvíl oder Magda. Ich will nicht, dass unser Oberst sie in die Hände kriegt. Er scheint da mit drinzuhängen.«

»Frau Horáková hat bestimmt ein Faxgerät. Aber um diese Uhrzeit ist sicher niemand von ihnen im Büro.«

»Stimmt. Dann wird das bis morgen früh warten müssen.« Er packte die Sachen zusammen und stand auf. »*Your place or mine?*«, fragte er und streckte ihr seine Hand hin.

Sie nahm sie und folgte ihm in die Rezeption. Die Schmetterlinge in ihrem Bauch flatterten wild.

33

UŽ JSI DNES NĚKOHO ZRADIL?

HAST DU HEUTE SCHON JEMANDEN VERRATEN?

Magda schlug die Augen auf. Die aufgehende Morgensonne schien ihr ins Gesicht. Sie blinzelte und streckte sich im Bett. Von unten aus der Küche drangen vertraute Geräusche zu ihr hinauf. Sie hörte das Schnauben ihrer Kaffeemaschine und das Klappern von Geschirr. Der Duft von frisch gebrühtem Kaffee stieg ihr in die Nase. Eine angenehme Fortsetzung ihres schönen Traumes. Sie versuchte, noch ein bisschen in diesem sinnlichen Traum zu verweilen, der sich langsam auflöste und ihrem Bewusstsein Platz machte. Gleich würde David mit einer Tasse Kaffee heraufkommen. Sie setzte sich benommen auf und stöhnte. Ihr Kopf schmerzte. Sie warf einen Blick auf die Laken neben sich. Die Bettdecke war zurückgeschlagen, das Kissen zerdrückt. Sie strich mit der Hand zärtlich über das Kissen, vielleicht würde er sich noch ein bisschen zu ihr legen … Sie dämmerte zufrieden vor sich hin, versuchte ihren schmerzenden Kopf zu entspannen. Gedanken kamen und gingen, sie ließ sie ziehen. Sie hörte Schritte in der Küche. Gleich würde David die Treppe hinaufsteigen … David … Schritte auf der Treppe … aber nicht die vertrauten Schritte … Sie setzte sich abrupt auf und stöhnte erneut. Ihr Kopf explodierte fast durch die plötzliche Bewegung, sie starrte die zerwühlten Laken zu ihrer Linken an. Mit einem Schlag waren die vergangenen Tage wieder präsent. Nicht David … David war tot. Nein, korrigierte sie sich, wahrscheinlich nur verschwunden, hoffentlich … Aber wenn es nicht David war, der in der Küche Kaffee kochte – wer dann? Wer hatte da neben ihr gelegen, fragte sie sich erschrocken. Die letzten Reste ihres Traumes zerplatzten wie Seifenblasen, als der gestrige Abend mit Macht in ihr Bewusstsein drang. Wie war sie überhaupt nach Hause gekommen? Sie konnte sich nicht erinnern. Der Abend im Ráj … sie hatte ihn mit Jirka verbracht, nicht mit David. Sie hatten Wein getrunken, viel Wein … entsetzt sah sie an sich herunter. Sie trug nur ihre Unterwäsche. Entsetzt zog sie die Bettdecke hoch, als sie Schritte im Flur hörte. Das träume ich jetzt hoffentlich nur, dachte sie und kniff die Augen fest zusammen. Gleich wache ich auf, und es war alles nur ein Traum. Sie atmete hoffnungsvoll tief ein und wieder aus und öffnete die Augen.

In der Tür stand Jirka Kratochvíl und hielt zwei Tassen in den Händen. »Guten Morgen, schöne Frau. Du siehst bezaubernd aus – wie immer.« Er lächelte charmant, trat, ganz so, als sei es das Natürlichste auf der Welt, ans Bett und reichte ihr eine der Tassen. »Ich schätze, du kannst auch einen Kaffee vertragen. Hast du Aspirin im Haus? Mein Kopf bringt mich um.«

Sie nahm die Tasse entgegen, während sie ihn sprachlos anstarrte. Immerhin ist er angezogen, schoss es ihr durch den Kopf. Jedenfalls trug er seine Anzughose und ein Hemd, das allerdings offen war. Seine Füße waren nackt. Sie versuchte, nur sein Gesicht anzusehen und irgendeinen klaren Gedanken zu fassen. Hatte sie etwa …? Ihre Hände zitterten, sie verschüttete fast den Kaffee. So betrunken konnte sie doch nicht gewesen sein, dass sie die Nacht mit Jirka verbracht hatte. Sie trank einen Schluck, versuchte das Zittern ihrer Hände zu unterdrücken. »Danke«, murmelte sie. »Aspirin ist unten in der Küche, im Schrank mit den Gläsern«, fügte sie automatisch hinzu. »Was in aller Welt machst du hier?«

Er setzte sich am Fußende auf das Bett. »Ich habe dich nach Hause gebracht, wie es sich für einen Gentleman gehört.« Er grinste. »War gar nicht so einfach, dich hier raufzukriegen. Kannst du dich an irgendwas erinnern?«

»An zwei Flaschen Wein ... Gibt es sonst noch etwas, an das ich mich erinnern sollte?«, fragte sie misstrauisch und fühlte, wie ihr die Hitze ins Gesicht stieg. Ihr Blick schweifte durch das Schlafzimmer. Auf dem Boden zwischen Tür und Bett lagen verstreut ihre Kleidungsstücke.

Jirka trank einen Schluck und folgte ihrem Blick auf die Kleidung. »Ich war zu müde, na ja, zu betrunken, um die Sachen aufzuheben. Es waren übrigens drei Flaschen. Und ein oder zwei Absacker von deinem göttlichen Grappa. Hm, vielleicht auch drei.«

»*Drei* Flaschen?« Sie erinnerte sich dunkel, dass sie den Wein wie Limonade getrunken hatte. Was hatte sie sich nur dabei gedacht? Gar nichts, sie hatte nur einen Abend lang alles vergessen wollen. Schöner Mist. Die Strafe folgte auf dem Fuße, dachte sie halb amüsiert, halb verärgert, wobei die Kopfschmerzen das kleinste Problem waren.

»Und ein paar großzügige Absacker. War wohl ein bisschen zu viel.«

»Kann man wohl sagen. Das habe ich nicht mehr getan, seit ... seit meinem zweiundzwanzigsten Geburtstag.« Die Erinnerung an diesen letzten großen Absturz vor vielen Jahren war alles andere als angenehm. »Das war in Las Vegas, in den Semesterferien.«

»Und was ist damals gewesen?«, fragte Jirka interessiert.

»Am nächsten Morgen wachte ich auf und war verheiratet ... und schwanger.« Lieber Himmel, dachte sie, was, wenn … Sie mochte den Gedanken lieber nicht zu Ende führen.

Jirka lachte. »Ich kann dich beruhigen. Auf dem Standesamt waren wir gestern Nacht nicht mehr.«

»Jirka, gibt es etwas, an das ich mich erinnern sollte?« Sie bemühte sich um einen leichten Plauderton, obwohl ihr ganz und gar nicht danach war. Sie nahm seit Jahren keine Pille mehr, und wenn sie gestern so betrunken gewesen war – nicht auszudenken. Sie versuchte nachzurechnen. Mehr Glück als Verstand, dachte sie halbwegs erleichtert.

»Du meinst ein Mann morgens in deiner Wohnung, die zerwühlten Laken, du mit nichts als zauberhaften Dessous im Bett …« Er blickte sie mit vielsagendem Blick über den Tassenrand an und nippte wieder an seinem Kaffee.

»Großer Gott, ich glaube das nicht … so betrunken kann ich doch nicht gewesen sein! Jirka, was … was habe ich … haben wir getan?« Ihre Stimme klang schrill in ihren Ohren. Panik durchflutete sie. Ich habe die Nacht mit ihm verbracht … ich kann das doch nicht wirklich getan haben … Himmel, wie hatte sie das David antun können? Wie in aller Welt sollte sie ihm das je erklären können? Nie im Leben hätte sie sich vorstellen können, dass sie sich einmal auf zu viel Alkohol und ein betörendes Parfüm würde herausreden müssen. Ein grauenhafter Gedanke! Die kurze Erleichterung machte einem schlechten Gewissen Platz. Sie nahm einen Schluck Kaffee, hielt sich krampfhaft an der Tasse fest. Er rumorte in ihren Eingeweiden. Ihr Magen krampfte sich zusammen. Wenn du David jemals wiedersiehst, musst du es ihm ja nicht auf die Nase binden, beschwichtigte sie eine innere Stimme, so was kann passieren, sogar dir. Und sie hatte sich noch über Davids Affäre mit Eva echauffiert. Recht geschieht es dir, mokierte sich ihre innere Stimme, nun hast du auch deinen kleinen Sündenfall.

»Keine Panik«, erwiderte Jirka beschwichtigend, »es ist im Grunde nichts weiter passiert.« Er zwinkerte ihr zu.

Magda wurde plötzlich speiübel, ihr Magen rebellierte. Sie sprang auf, stellte die Kaffeetasse auf den Nachttisch, erwischte aber nur die Kante, die Tasse kippelte und fiel klirrend zu Boden. Der Kaffee ergoss sich über das Parkett, doch sie achtete nicht weiter darauf, stolperte in Richtung Bad. Ihr Magen zog sich krampfhaft zusammen, sie hielt sich schwankend am Türrahmen fest und übergab sich. Ein Schwall rote Flüssigkeit spritzte wie ein Wasserfall aus ihrem Mund auf die weißen Badfliesen. Sie taumelte. Jirka sprang zu ihr und hielt sie fest. Sie fühlte seine Hände auf ihren nackten Oberarmen. Ihre Haut glühte unter seinem sanften, aber festen Griff. Sie würgte und erbrach sich noch einmal. Wie grauenhaft peinlich, dachte sie. Da stand sie in nichts als Unterwäsche, noch immer benommen von dem vielen Alkohol, kotzte sich die Seele aus dem Leib und hatte keine Ahnung, was sie alles getan haben mochte.

»Geht es wieder?«, fragte er fürsorglich.

Magda nickte. Er ließ sie los, blieb aber im Türrahmen stehen. Sie stieg vorsichtig über die rote Lache und spülte sich den Mund am Waschbecken. Nachdem sie sich noch etwas Wasser ins Gesicht gespritzt hatte, sah sie sich im Bad um. Warum nur hatte sie keinen Morgenmantel? Die Handtücher hatte sie gestern Morgen in die Wäsche geworfen und die frischen lagen im Schrank im Schlafzimmer. Weit und breit war nichts, was sie sich hätte überwerfen können. Sie straffte die Schultern und drehte sich mit so viel Würde, wie sie in dieser überaus peinlichen Situation aufbringen konnte, um. Jirka war ins Schlafzimmer zurückgegangen und hatte die Kaffeetasse aufgehoben.

»Alles in Ordnung?«, fragte er. »Du solltest dich besser

wieder ins Bett setzen. Ich hole was zum Aufwischen. Und zwei Aspirin.« Er ging zur Tür.

Sie ging zurück zum Bett und zog die Decke bis zum Kinn. Bevor sie sich um die Sauerei kümmerte, musste sie wissen, was genau passiert war.

»Warte«, sagte sie, »was genau heißt *im Grunde nichts weiter*?« Wie weit waren sie gegangen? Fetzen ihres sinnlichen Traumes tanzten vor ihrem geistigen Auge. Wie viel war Traum, wie viel Realität gewesen? Immerhin trug sie noch ihre Unterwäsche. Aber das musste nicht viel heißen, sie konnte sich nicht einmal erinnern, sich ausgezogen zu haben. Der Schmerz in ihrem Kopf ließ etwas nach, dafür war ihr heiß und kalt zugleich. Zu ihrem eigenen Erstaunen wusste sie nicht recht, ob sie lachen oder heulen sollte. Ist der Ruf erst ruiniert, schoss es ihr durch den Kopf, lebt es sich ganz ungeniert. Sie verkniff sich ein Grinsen.

»Na ja, ich habe dich aus dem Ráj hierhergelotst, der Aufzug hat glücklicherweise funktioniert, wir sind nach oben gefahren, die Wendeltreppe musste ich dich allerdings rauftragen. Ich habe dich ins Bett gelegt – und dann habe ich dich ausgezogen …«

»*Du* hast mich ausgezogen?« Sie zog die Decke fester um sich. O Gott, sie hatte doch nicht geträumt. Bilder ihres Traumes stiegen wieder auf. Sie hoffte gegen alle Wahrscheinlichkeit, dass sie sich irrte. Es musste ein Traum gewesen sein. Sie hatte von David geträumt … seine Hände gespürt … oder doch nicht?

»Na, du warst dazu nicht in der Lage, und sonst war niemand da. Und ich dachte mir, dass es sich in einem Kostüm und einer engen Bluse sicher nicht besonders gut schläft.«

»Und dann?« Sie versuchte, die schemenhaften Bilder zu verdrängen.

»Und dann habe ich mich auch ein bisschen entkleidet –

im Anzug schläft es sich nämlich auch nicht besonders – und mich hingelegt und dann …« Er schmunzelte und zuckte die Achseln.

»Komm zur Sache, Jirka«, unterbrach sie ihn ungeduldig. Sie hatte keinen Nerv für solche Spielchen. »Haben wir dann … miteinander …«, sie wedelte verlegen mit den Händen in der Luft herum, »… du weißt schon, was ich meine …« Sie fühlte sich wie ein Idiot. Stotterte herum wie ein Teenager. Ihr Kopf glühte. Sie wünschte, sie könnte im Erdboden versinken, grinste verlegen.

»Nein, haben wir nicht – leider.« Er lachte. »Keine Sorge. Kein Techtelmechtel unter der Bettdecke. Du hast geschlafen wie ein Stein, kaum dass wir durch die Wohnungstür waren. Ich gebe zu, die Versuchung war groß, aber der Gentleman in mir hat gewonnen. Nein, im Ernst – wir haben nur in einem Bett geschlafen, wie Brüderchen und Schwesterchen. Heiliges Indianerehrenwort.« Er legte die Rechte auf seine Brust.

Magda ließ sich erleichtert in die Kissen sinken. Die Bettdecke rutschte herunter. Sie zog sie erschrocken wieder bis zum Kinn. Dann lachte sie. »Großer Gott, was bin ich für ein Idiot! Ich dachte schon … ich habe geträumt … ach, irgendeinen Blödsinn … Ich wollte dir nicht unterstellen, dass du … nein, ich *habe* es dir unterstellt – oder eher *mir* …«, stammelte sie verlegen. »Entschuldige, bitte.« Es war nur ein Traum gewesen. Nur ein Traum. Dem Himmel sei Dank.

»Träume sind Schäume – aber danke für das Kompliment.« Er verneigte sich leicht. »Ich hole was zum Aufwischen – anziehen kannst du dich heute Morgen ja wohl selbst, oder brauchst du Hilfe?«

Sie lachte auf und warf ein Kissen nach ihm. »Ich brauche auch ein Aspirin«, rief sie ihm nach und ging ins Bad.

Glücklicherweise nur ein Traum, beruhigte sie erleichtert ihr schlechtes Gewissen. Was du da betreibst, ist Wunschdenken wider besseres Wissen, meine Liebe, flüsterte eine schadenfrohe innere Stimme, du hast das nicht nur geträumt. Jedenfalls sicher nicht alles. Im Zweifel für den Angeklagten, widersprach sie und wusste doch, dass das kein Freispruch wegen erwiesener Unschuld war. Nur einer aus Mangel an Beweisen. Ein Freispruch zweiter Klasse – aber besser als keiner.

Jirka ging lächelnd die Treppe hinunter. Die sinnliche Fahrt im engen Aufzug, ihrer beider verrutschte Kleidung, und die ganz und gar nicht geschwisterliche Umarmung in ihrem Schlafzimmer, die nicht nur in einem langen, leidenschaftlichen Kuss gegipfelt hatte, behielt er, ganz Gentleman, für sich.

34

Lež není otázka morálky, nýbrž příslušné loajality

Lüge ist keine Frage der Moral, sondern der Loyalitäten.

Larissa schreckte aus ihrem Traum auf. Sie sah sich schlaftrunken um. Es war hell, Sonnenstrahlen fielen durch den hellen Vorhang auf den Parkettboden vor dem Fenster. Sie warf einen Blick auf den Radiowecker auf dem Nachttisch. Neun Uhr. Sie setzte sich auf und drehte sich um, zur anderen Seite des breiten Bettes. Neben ihr lag Martin – nein, David, korrigierte sie sich – und schlief. Sie betrachtete ihn. Der Traum deiner schlaflosen Nächte, dachte sie und lächelte versonnen. Wer hätte das gedacht, dass ausgerechnet dieser Traum wahr werden würde. Was für eine Nacht... Die Bilder stiegen vor ihrem inneren Auge auf, Stunden voller Leidenschaft. Sie lächelte, versank in der Erinnerung, wartete auf das vertraute Kribbeln, das sie immer in seiner Gegenwart gespürt hatte und das sich in der vergangenen Nacht in ein berauschendes Feuerwerk verwandelt hatte. Es war weg. Keine Schmetterlinge. Nichts, egal wie oft sie die Bilder und Gefühle heraufbeschwor, da war – nichts. Er hatte sich nicht verändert, wie auch, und doch war seine erotische Aura, die sie von Anfang an in ihren Bann gezogen hatte, wie weggeblasen. Sicher, sie fand ihn nach wie vor attraktiv, genoss seine Nähe, aber es löste nichts mehr aus. Sie verstand sich selbst nicht mehr. Wie oft hatte sie von einer solchen Nacht geträumt, und nun, da ihre Sehnsucht sich erfüllt hatte, löste das Objekt ihrer Begierde keinerlei Reaktion mehr aus. Als habe sich ihre verrückte Verliebtheit gerade durch die Erfüllung ihres Traumes in heiße Luft aufgelöst. Aber das ist doch absurd, dachte sie irritiert, es hätte ihre Gefühle doch vertiefen sollen. Das Einzige, das sie tief in ihrem Inneren fand, war zu ihrer eigenen Überraschung ein warmes, inniges Gefühl von Nähe und – Freundschaft. Keine Erotik, kein Kribbeln, keine Schmetterlinge mehr. Noch seltsamer fand sie, dass es ihr nichts ausmachte. Im Gegenteil. Sie fühlte sich seltsam befreit.

Er schlug die Augen auf, sah sie an, lächelte. »Guten Morgen, Larissa.« Er setzte sich auf, lehnte sich wie sie an das Kopfteil des Bettes.

»Äh … guten Morgen …«, erwiderte sie, noch ganz in ihren verwirrenden Gedanken gefangen. Instinktiv zog sie die Bettdecke fester um sich. Und jetzt?, schoss es ihr plötzlich durch den Kopf. Was, wenn er das alles ganz anders sah? Was, wenn er etwas für sie empfand, wenn er eine Beziehung wollte? Magda, dachte sie, liebe Güte, an sie hatte sie überhaupt nicht gedacht … O Gott, in was für eine blöde Situation hatte sie sich da hineinmanövriert? Mal wieder nicht an die Folgen gedacht, wie?, ließ sich ihre innere Stimme vernehmen.

»Und jetzt?«, fragte Anděl, der Larissa amüsiert betrachtete, als habe er ihre wirren Gedanken gelesen. »Noch immer verliebt – oder geheilt?«

Sie riss erschrocken Mund und Augen auf. Auf diese Frage war sie nicht vorbereitet gewesen. Aber er hatte mit ihr ins Schwarze getroffen. Lüge oder Wahrheit? Die Wahl fiel ihr erstaunlicherweise nicht schwer. »Geheilt«, erwiderte sie und grinste verlegen. »Und du?«

»Ebenfalls. Eine *Amour fou* stirbt eben nur, wenn man sie mit aller Konsequenz auslebt.«

»Das war Absicht?«

»Nein. Der Sex war nur die einzige Möglichkeit, rauszukriegen, was es wirklich ist – Illusion oder Liebe.«

»Du hast nicht gewusst, wie es ausgehen wird?«, fragte sie erstaunt.

Er schüttelte den Kopf. »Nein. Ich hätte jedenfalls auf den Ausgang der Sache keine Wetten abgeschlossen. Aber ich musste es wissen.«

Larissa nickte. »Verstehe ich. Tja, die Schmetterlinge sind weg.«

»Und die Gedanken wieder frei.«

Sie nickte. »Komisch. – Freunde?«

Er zog ihre Hand an seine Lippen, hauchte einen Kuss darauf und zwinkerte ihr zu. »Ja. Freunde.«

Seltsam, dachte er, dass ich kein schlechtes Gewissen habe. Das hatte nichts mit seiner geliehenen Identität zu tun und auch nichts mit seinen Gefühlen für Magda. Die hatten durch diese Nacht nicht nur nichts von ihrer Intensität eingebüßt, sondern waren sogar stärker geworden. Die Sehnsucht nach ihr meldete sich mit aller Wucht zurück – alles inklusive. Zu ihr wollte er zurück. So schnell wie möglich. Irgendwie hatte diese Nacht mit Larissa ihn aus dem seltsamen Traum geholt, der sein Leben gewesen war, seit er aus seinem kurzzeitigen Tod aufgewacht war. Er strich Larissa, die ihn mit fragenden Augen betrachtete, über die Wange.

»Danke«, sagte er ernst, und bevor sie etwas erwidern konnte, fügte er gewohnt ironisch hinzu: »Da wir jetzt sonst nichts zu tun haben, können wir uns genauso gut an die Arbeit machen. Erst faxen wir die Fotos, dann surfen wir eine Runde im Internet. Ich glaube nämlich, ich habe eine Idee, was diese Kugel sein könnte.«

Eine halbe Stunde später hatten sie die Fotos gefaxt und

saßen beim Frühstück im hauseigenen Restaurant. Neben Anděls leerem Teller stand Larissas Laptop, er tippte immer wieder etwas ein und starrte konzentriert auf den Bildschirm.

»Und?«, fragte Larissa mit vollem Mund und spülte den Bissen mit einem Schluck Kaffee herunter.

»Hast du schon mal von Kugelhaufenreaktoren gehört?«

»Nein. Reaktor wie Kernreaktor?« Ihr wurde mulmig zumute.

Er nickte. »Ich glaube, dieses Ding ist eine Moderatorkugel, wie sie in solchen Kugelhaufen- oder Hochtemperaturreaktoren benutzt werden. Weltweit gibt es, wie ich sehe, fünf solche Reaktoren, unter anderem zwei in Deutschland.«

»Moment mal – in Kernreaktoren wird Uran benutzt, dann ist das Ding ja doch radioaktiv ...« Ihr Blick wanderte entsetzt von ihm zu ihrer Tasche, in der die seltsame Kugel lag, die John ihnen gestern Abend gegeben hatte.

»Nein, das verhindert die Grafithülle. Keine Angst. Ich will dich nicht mit technischen Details langweilen, jedenfalls sind sie nicht in Serie gegangen, zu viele Störfälle. Aber ich habe mich an einen Zeitungsartikel erinnert. Es ging darum, dass aus einem solchen Reaktor in Deutschland eine ganze Menge dieser Kugeln verschwunden sein soll.«

»Verschwunden?« Larissas Stimme klang schrill. »Wie kann so was *verschwinden*?«

»Keine Ahnung. Aber es würde zu der Geschichte von deinem Kollegen passen. Er hat behauptet, dass jemand versucht, Uran zu schmuggeln und meistbietend zu verkaufen – irgendwo in den Osten. In dem Artikel stand auch, dass einige Länder solche Reaktoren planen, China und Südafrika, wenn mich nicht alles täuscht. Vielleicht noch andere.«

»Und du meinst, diese verschwundenen Kugeln aus Deutschland haben ihren Weg hierher gefunden …«

»Sieht ganz danach aus, nicht wahr? Auf den Fotos sind Männer, die irgendwas in einen Stollen verfrachten – bei Nacht und Nebel. In Obstkisten. Das sieht nach Schmuggel aus. Nur hat dein Kollege nicht alles richtig verstanden, es ist nicht reines Uran, das geschmuggelt wird, sondern es sind diese Moderatorkugeln. Was auch mehr Sinn ergibt.«

»Hm. Aha.«

»Diese Kugelhaufenreaktoren haben noch einen Nebeneffekt. Durch die besondere Form der Verbrennung und Aufarbeitung kann man erreichen, dass relativ reines Plutonium-239 entsteht. Das ist kernwaffenfähiger Brennstoff.«

»Oh. Das heißt … Waffenhändler?« Ihr lief ein Schauer über den Rücken.

»Wäre möglich. Kommt drauf an, an wen diese Leute das Zeug zu verkaufen gedenken. Aber es erklärt, warum der Geheimdienst mitmischt.«

»Und diese Urbanová hat dabei mitgemacht?«

»Ich weiß es nicht. Vielleicht. Sieht so aus.« Der Gedanke gefiel ihm ganz und gar nicht. Hätte Eva sich auf ein so schmutziges Geschäft eingelassen? Er wusste es nicht, dafür hatte er sie bei Weitem nicht gut genug gekannt. Sie war krank gewesen, todkrank. Hatte sie nach einer Möglichkeit gesucht, schnell an Geld zu kommen für die Zeit, da sie nicht mehr würde arbeiten können? Für ihr Kind, um es wenigstens finanziell versorgt zu wissen?

»Aber warum wurde sie dann umgebracht?«

»Frag mich etwas Leichteres. Vielleicht hat sie es sich anders überlegt. Vielleicht wollte sie einen größeren Anteil an dem Kuchen, vielleicht hat man sie bei dem Gespräch mit deinem Kollegen gesehen. Vielleicht war sie die eine Zeugin zu viel. Das werden wir möglicherweise nie erfahren.« Arme, verzweifelte Frau, dachte er. Was auch immer der Grund gewesen war, der sie diesen Weg hatte einschlagen lassen, er hatte sie das bisschen Leben gekostet, das sie noch vor sich gehabt hatte – und das ihres Kindes. Seines Kindes?

»Steckt dieser Anwalt da mit drin? Und der Oberst auch?«

»Sieht so aus. Das wird Ota hoffentlich feststellen …«

Sein Handy klingelte. Es war Agáta. Nach einem sehr kurzen Gespräch legte er wieder auf. »Eine kleine Änderung der Pläne«, sagte er. »Wir fahren zu Valeska.«

»Was ist passiert?«

»Ein Haus brennt im Wald.«

»Wie? Was für ein Haus?«

Er erzählte ihr von Agáta und dem kleinen Mädchen, das er bei Valeska getroffen hatte. »Agáta hat sie gestern aufgesucht und dabei Dinge erfahren, die sie dazu brachten, das Mädchen mit zu Valeska zu nehmen. Sie ist früh aufgewacht, weil sie jemanden auf der Treppe hörte, es war Hermiona, die sich nach draußen schlich. Agáta ist ihr nachgegangen, und als sie am Haus ankam, stand es in Flammen. Sie konnte die Kleine gerade noch davon abbringen, hineinzulaufen. Ihr Großvater war wohl noch drin. Sie hat die Feuerwehr gerufen. Inzwischen sind sie wieder bei Valeska. Der Förster muss warten.«

»Schrecklich! Das arme Kind … Aber was hast du damit zu tun?«

»Die Kleine hat Agáta gestern Abend so eine Kugel gegeben. Sie hat sie im Schuppen in einer Obstkiste gefunden.«

Larissa starrte ihn entsetzt an. »Was passiert, wenn diese Kugeln brennen? Doch nicht …«

»Die Kleine sagte, die Kugeln seien weg gewesen, also keine Sorge. Aber Agáta hat die halbe Nacht am Computer verbracht und ist zu demselben Schluss gekommen wie ich. Moderatorkugeln. Fragt sich nur, wo die Dinger hingekommen sind.«

Sie fuhren in den Hof von Valeskas Anwesen. Die Fenster waren hell erleuchtet. Anděl warf Larissa einen verschwörerischen Blick zu. »Valeska hat keine Ahnung, wer ich wirklich bin, okay?«

Larissa nickte. »Klar. *Martin.*«

35

Lze si představit jiný tak osobní, a zároveň tak odosobněný vztah dvou lidí jako je vztah oběti k vrahovi?

Lässt sich eine persönlichere + zugleich entpersonalisierte Verbindung zweier Menschen vorstellen als die des Opfers zu seinem Mörder?

Magda Axamit streckte sich und griff nach ihrer Wasserflasche, um einen Schluck zu trinken. Sie hatte die letzten zwei Stunden mit einem Todesfall verbracht, der sich als Selbstmord herausgestellt hatte und sich danach mit dem Sichten der Laborergebnisse über die Zähne und das Schädeldach aus dem ausgebrannten Auto beschäftigt. Das Bein, das man im Sommer gefunden hatte, gehörte eindeutig nicht dazu. Das wäre auch zu schön gewesen. Zwei Fliegen mit einer Klappe. Pech gehabt. Vielleicht konnte sie wenigstens feststellen, ob diese Irena Kafková womöglich die verbrannte Leiche gewesen war. Sie hatte Otakar Nebeský gebeten, in der Vermisstenkartei nach ihr zu suchen. Sie betrachtete das Formular mit den DNA-Ergebnissen der Zähne und des Schädeldaches. Kurz entschlossen nahm sie den Telefonhörer zur Hand und rief in der Zahnklinik des Universitätskrankenhauses an. Vielleicht hatte sie Glück. Sie sah auf, als es an ihrer Tür klopfte. Otakar Nebeský stand im Türrahmen. »Guten Morgen, Ota.«

»Morgen. Ob es ein guter ist, wird sich noch zeigen. Man hat Eva Urbanová gefunden.«

»Wo ist sie?«

»Sie lag tot in einem See bei Franzensbad. Keine Ahnung, wie sie dort hingekommen ist.« Er setzte sich.

»O Gott, die arme Frau … was ist passiert?« Magda ging zum Fenster und sah hinaus auf die verschneite Stadt. Ein Traum in Weiß. Die Sonne schien vom hellblauen Himmel. Ein herrlicher Tag. Sie nahm das alles kaum wahr. Eva Urbanová war tot. Gestern hatte sie noch die Eifersucht auf diese Frau gequält, und nun war ihr bösester, unausgesprochener Wunsch in Erfüllung gegangen. Du bist ein grässliches Scheusal, schalt sie sich. »Was ist mit dem Kind?«, fragte sie leise, obwohl sie es sich denken konnte.

»Ebenso tot wie seine Mutter, das arme Wurm. Aber der Arzt meinte, es sei wohl schon vor seiner Mutter gestorben. Massive Fruchtwasservergiftung.« Er schwieg einen Moment und fuhr dann fort: »Ich habe hier im Krankenhaus angerufen. Ihr Arzt hat es mir bestätigt. Sie haben es ihr gesagt, wollten die Geburt einleiten, aber sie hat das verweigert und ist aus dem Krankenhaus abgehauen. Der Arzt hat angeblich vergeblich versucht, sie über ihr Handy zu erreichen.«

Magda drehte sich zu Ota um. »Schrecklich. War sie vielleicht deshalb dort – um es David zu sagen?«

»Keine Ahnung. Möglich. Wenn ja, dann war das verdammtes Pech. Zur falschen Zeit am falschen Ort. Tragisch.«

»Und wie ist sie zu Tode gekommen?«

»Sie haben die Leiche in die Rechtsmedizin in Karlsbad bringen lassen. Ich habe mit dem zuständigen Mediziner gesprochen. Sie wurde erschossen. Steckschuss ins Herz. Aber sie haben kein Projektil gefunden. Nur einen winzigen Spiegelsplitter.«

»Wie bitte? Aber das ist doch absurd! … Wie soll ein Spiegelsplitter in den Schusskanal kommen?«

»Gute Frage. Ich habe keine Ahnung. Dein Kollege in Karlsbad wollte dazu über das Telefon keine Vermutungen anstellen. Interessant ist, dass auch Jarda Vltavský im Dach von Davids Wagen einen gefunden hat. Du erinnerst dich? Am Ende werde ich noch hinfahren müssen. – Ich war übrigens gestern mit dem Väterchen in Eva Urbanovás Wohnung.«

»Und? Habt ihr etwas gefunden?« Dieser Spiegelsplitter gab ihr zu denken. Sie konnte sich keinen Reim darauf machen.

»Eine Wohnung wie nach einer Bombenexplosion. Irgendjemand war vor uns da gewesen. Alles auf dem Boden verstreut. Aber das Väterchen meinte, ihr Laptop sei weg. Jedenfalls haben wir ihn nicht gefunden. Nicht mal das zugehörige Kabel.«

»Wer könnte ... Moment – das *Väterchen* sagte, ihr Laptop fehle? Woher wusste er das?«, fragte sie erstaunt.

Ota grinste. »Nun, sie haben sich im Frühjahr kennengelernt ... eins kam zum anderen, wie das Leben so spielt. Nach ein paar Wochen hatte sich die Affäre wohl erledigt, aber sie sind, wie es so schön heißt, Freunde geblieben, und sie wollte, dass er den Schlüssel zu ihrer Wohnung behält. Für alle Fälle – was auch immer sie damit gemeint haben mag. Na, nichts Schlechtes über Verstorbene, aber die Gute hatte immer das eine oder andere heiße Eisen im Feuer.«

Magda kicherte. »Das Väterchen und eine Affäre. Sachen gibt's.« Im nächsten Moment wurde sie wieder ernst. »Im Frühjahr, sagst du? Aber dann könnte er ...«

»... auch der Vater des Kindes gewesen sein«, ergänzte Ota ihren Satz. »Ja, wäre möglich. Aber das spielt jetzt keine Rolle mehr. Er weiß übrigens nichts davon. Von der Schwangerschaft, meine ich. Und ich denke, das sollte so bleiben.«

Magda nickte nachdenklich. »Eva Urbanová war am Tatort … und irgendjemand hat ihre Wohnung durchsucht und ihren Laptop mitgenommen … Warum, Ota?«

»Noch eine gute Frage. Sie war Abteilungsleiterin im Innenministerium. Organisierte Kriminalität. Jetzt, wo sie tot aufgetaucht ist, werden wir uns auch ihr Büro vornehmen. Diesmal kann unser Oberst nicht so ohne Weiteres reinpfuschen. Er ist seit gestern im wohlverdienten Urlaub. Skifahren angeblich. Meinethalben könnte er Dauerurlaub machen. Aber vielleicht tut er uns allen einen Gefallen und bricht sich den Hals.«

Magda ignorierte seine Bosheiten über den Oberst. »Meinst du, es war Zufall, dass die Urbanová zur falschen Zeit am falschen Ort war?«

»Hm. Ich vermute, sie wollte mit David reden, wegen des Kindes. Wie kommst du darauf?« Er sah sie fragend an.

»Du sagtest, sie habe sich um organisierte Kriminalität gekümmert. Ich frage mich, ob wir uns nicht täuschen, was das eigentliche Opfer dieses Anschlags angeht. Ich kann mir einfach nicht vorstellen, dass irgendjemand dafür bezahlen würde, David aus dem Weg zu räumen. Warum auch? Wegen dieser Ermittlungen gegen die Vietnamesen ja wohl kaum, das war doch längst erledigt. Und sonst fällt mir beim besten Willen kein Grund ein. Außerdem hätte man den Cajthaml gleich mit erschießen müssen. Der war ja bei dem Verhör auch dabei.«

»Da ist was dran. Aber das würde bedeuten, dass David sozusagen ein Kollateralschaden war … Es würde allerdings erklären, warum man die Urbanová vom Tatort weggeschafft hat. Ohne eine Leiche ist ein Mord nur schwer nachzuweisen. Und es würde auch erklären, warum jemand in ihre Wohnung eingebrochen ist und den Laptop mitgenommen hat.«

»Ja, ich nehme an, da war irgendwas drauf, das wem auch immer gefährlich werden könnte. Aber diese Skarlet Meinlová hat doch davon gesprochen, dass der Engel in den Himmel muss – das passt nicht.«

»Sie sprach von einem *Engelchen*, das könnte ein Kosewort gewesen sein. Möglicherweise hat unser Möchtegern-007 ein paar voreilige Schlüsse gezogen. Vielleicht meinten die Konspiratoren in der Kanzlei die Urbanová. – Magda, das haut hin«, sagte Ota mit einem breiten Grinsen, »hör zu: Sie wird von jemandem verfolgt, einem Killer, der sie erledigen soll. Auf dem Weg nach Hause – sie wohnt nämlich nur zwei Blocks von David entfernt – trifft sie zufällig, oder auch nicht zufällig, denn vielleicht wollte sie ja wirklich mit ihm reden, auf David. Sie hat offenbar geraucht. Jarda Vltavský hat eine aufgerauchte Zigarette gefunden. Sie spricht mit David, wirft die Zigarette weg, will sich eine neue anstecken, zieht dieses Revolverfeuerzeug raus – und der Killer denkt, sein Opfer ist dabei, einen Mord zu begehen … er verliert den Kopf und schießt auf beide – auf sein Opfer und auf den Zeugen, der ihn vermutlich gesehen hat.«

Magda starrte ihn entsetzt an. »Als ich aus dem Haus gelaufen bin …«

»Du hast ihm den Auftrag vermasselt. Aber David womöglich damit das Leben gerettet.«

»Ich habe ihn wiederbelebt, ja, aber …« Sie verstand nicht ganz, worauf er hinauswollte.

»Nun, ich schätze, wenn du nicht aus dem Haus gekommen wärst, hätte der Killer nicht nur die Urbanová mitgenommen, sondern auch David. Tatort aufräumen ist erste Killerpflicht. Und dann wäre nicht nur sie in dem See aufgetaucht, sondern auch er.«

»Und warum hat er mich nicht auch umgebracht?«, wollte

Magda wissen. Es lief ihr kalt den Rücken hinunter. Sie hatte den Gedanken daran bisher erfolgreich verdrängt.

Ota zuckte die Achseln. »Vielleicht hatte er keine Munition mehr.«

»Quatsch. In so eine Pistole passen mehr als zwei Kugeln.«

»Dann wollte er sein Gewissen nicht mehr als nötig belasten.«

»Ein Killer und ein Gewissen? Das ist ein Widerspruch in sich, Ota.«

»Woher soll ich wissen, was er sich dabei gedacht hat? Vielleicht war er einfach in Panik. Er hatte ohnehin schon mehr Leichen als beabsichtigt. Und die Hülsen musste er auch noch aufsammeln. Außer natürlich, er hat einen Revolver benutzt. Da bleiben die Hülsen praktischerweise in den Kammern.«

»Ich habe aber keine Schüsse gehört – jedenfalls kann ich mich an keine erinnern. Das heißt, der Typ muss einen Schalldämpfer benutzt haben. Seit wann gibt es für Revolver Schalldämpfer?«

»So ein Ding gibt es für alle. Sogar für Revolver. Kein Problem. Es muss nur einer sein, in dessen Lauf man ein Gewinde fräsen kann. Solche Dinger gibt es.«

»Schön. Er hatte also einen Revolver mit einem Schalldämpfer und musste sich deshalb nicht um rumliegende Hülsen kümmern. Aber warum hat er dann nicht wenigstens dieses Spielzeug von der Urbanová mitgenommen?«

»Keine Zeit vermutlich. Vielleicht ist ihm jemand in die Quere gekommen. Ich nehme an, das war derjenige, der David dann ins Militärkrankenhaus gebracht hat. Womit wir wieder beim Geheimdienst wären und bei dem undurchsichtigen Doktor Benda. Hat Jirka ihn inzwischen irgendwo aufgetrieben? Ich bin gestern spät noch bei ihm vorbeigefahren, aber er war nicht zu Hause, dabei war's schon nach Mitternacht. Hat wohl aushäusig übernachtet, unser beneidenswerter Charmeur.« Ota lachte.

Magda fühlte, wie sie rot wurde. Sie drehte sich zum Fenster um und öffnete es. Ihr Herz klopfte bis zum Hals bei dem Gedanken an die vergangene Nacht. Sie brauchte dringend kalte, frische Luft. Wann immer ihre Gedanken im Laufe dieses Vormittags in diese Richtung gewandert waren, hatte sich ihr Wunschdenken bezüglich Traum und Wirklichkeit der vergangenen Nacht weiter in Richtung Wirklichkeit verschoben. Sie konnte das alles nicht nur geträumt haben. Egal, was Jirka versichert hatte. Sie hatte ein furchtbar schlechtes Gewissen und doch gleichzeitig nicht das Gefühl, wirklich etwas verbrochen zu haben. Immerhin schien Jirka Gentleman genug zu sein, um zu schweigen. Aber Ota wollte sie diesen Sündenfall ganz bestimmt nicht auf die Nase binden. Er durfte durch ihre unwillkürliche Reaktion nicht auf dumme Gedanken kommen.

»Hat er den Kerl erreicht?«, wiederholte Ota seine Frage. »Und mach um Himmels willen das Fenster zu, draußen hat es zehn miese. Oder hast du schon Hitzewallungen?«

Sie atmete tief ein und schloss das Fenster. Nicht mehr daran denken. Passiert ist passiert. Schwamm drüber. Sie drehte sich wieder zu Ota um und lächelte. »Nein, keine Wallungen, nur ein Bedürfnis nach frischer Luft. – Nein, er hat ihn nicht erreicht. Keine Ahnung, wo der Typ steckt.«

»Ich frage mich aber immer noch, womit die Urbanová erschossen worden ist. Außer dem Spiegelsplitter hat dein Kollege nichts gefunden.«

»Da werden wir Jarda Vltavský fragen müssen. Vielleicht ist ihm inzwischen etwas dazu eingefallen. Was mich beschäftigt ist die Frage, wie die Urbanová in diesen See gekommen ist. Das sind immerhin fast zweihundert Kilometer von hier.«

»Ich habe bei der örtlichen Polizei angerufen. Die wissen auch nichts. Der zuständige Inspektor ist nicht da, er ist bei einem Einsatz. Sie haben wohl gerade eine Menge zu tun. Die verbrannte Leiche in dem Wagen, die Urbanová aus dem See und jetzt noch ein brennendes Haus irgendwo im Wald.«

Magdas Telefon klingelte. Sie hob ab. Ein paar Minuten später legte sie zufrieden auf.

»Glück gehabt.«

»Wobei?«

»Ich habe wegen der Toten aus dem verbrannten Auto in der Zahnklink angerufen. Irena Kafková war dort Patientin. Sie haben auch noch eine Blutprobe von ihr. Wir haben also ein Vergleichsmuster zu unserer DNA. Das mit dem Bein war leider nichts. Das wird uns also weiter erhalten bleiben. Möglicherweise ist die verbrannte Leiche also jüngeren Datums.«

»Ich habe die Vermisstenanzeigen durchgesehen, der Name war nicht dabei. Vielleicht wird sie also noch nicht vermisst.«

»Nun, einen Ehemann hat sie immerhin, sagte der Arzt. Er heißt Čestmír Kafka.«

Ota starrte sie ungläubig an. »Wie bitte? Etwa *der* Kafka? Wer hätte das gedacht!«

Magda sah ihn fragend an. Der Name sagte ihr nichts.

»Das ist der Typ, dem die Kanzlei gehört, in der die Meinlová das Gespräch belauscht hat. Der, der angeblich das Engelchen aus dem Weg räumen lassen wollte.«

Magda stieß einen wenig damenhaften Pfiff aus. Bevor sie etwas sagen konnte, ging die Tür auf und die Sekretärin kam herein.

»Entschuldigen Sie, Frau Doktor, heute Morgen wurden ein paar Bilder für Sie hierhergefaxt. Ich habe sie ganz vergessen – tut mir wirklich leid.« Sie reichte ihr die Papiere über den Tisch.

»Von wem?«, fragte Magda und nahm sie entgegen.

»Eine Larissa Khek. Es tut mir wirklich leid, ich bin heute nicht ganz auf dem Damm …« Sie hustete.

»Schon gut, wird schon nichts so Dringendes sein. Danke.«

Als die Sekretärin gegangen war, las sie den Text auf dem Fax, dann sah sie sich die Fotos an. Keine besonders gute Qualität, aber man konnte die Leute darauf erkennen. »Das wird dich interessieren, Ota«, sagte sie und reichte ihm eines der Blätter.

»Das ist ja der Oberst … und der Kafka! Und die Urbanová ist auch drauf …! Was hat diese naseweise Reporterin da ausgebuddelt? Ich denke, sie ist nicht in Prag.«

»Sie schreibt, sie habe diese Fotos gefunden, in einer Pension in Franzensbad, zusammen mit einem deutschen Manuskript, das einem Typen namens Martin Trojan gehört. Und dann folgt die Kurzfassung einer Geschichte, die ihr ein Kollege erzählt hat, der auch dort ist. Es geht um rote Rosen und Uran oder Quecksilber und um Kugelhaufenreaktoren. Um Schmuggel und Obstkisten. Ziemlich verwirrend, das Ganze. Und um ein ausgebranntes Auto, in dem menschliche Knochen gefunden wurden und alte Nähmaschinen. – Ob das unsere Knochen sind?« Sie sah Ota fragend an und reichte ihm das Blatt.

Er überflog den Text. »Hm. Ziemlich unausgegoren. Aber es passt irgendwie schon zu dem Zeug, das die Meinlová angeblich gehört hat. Wie lange brauchst du, um rauszukriegen, ob die Knochen tatsächlich die Überreste von dieser Irena Kafková sind?«

»Ein paar Tage. Zaubern kann ich leider nicht. Und Wunder dauern etwas länger.«

Ota starrte nachdenklich auf das Papier. »Hilft nichts, ich werde unsere Starreporterin anrufen müssen, sosehr mir das stinkt. Und dann statte ich Kafka einen Besuch ab. Meda muss sich um das Büro von der Urbanová kümmern. Hast du ihre Nummer?«

Magda diktierte sie ihm, und Ota machte sich auf den Weg zu Rechtsanwalt Kafka.

36

Nepříjemná stránka exorcismu: lze ho brát vážně pouze
za předpokladu, že se účastní i ďábel.

Das Unerfreuliche am Exorzismus: Man muss die
Beteiligung des Teufels voraussetzen,
wenn die Übung ernst sein soll.

Nachdem Ota gegangen war, hatte Magda Jirka Kratochvíl aufgesucht, und nun saßen sie bei einer Tasse Kaffee in Jirkas Büro, der eben wieder versucht hatte, Felix Benda ans Telefon zu bekommen. »Ich habe mit allen möglichen Leuten gesprochen, nur mit ihm nicht. Und natürlich weiß keiner was ... Die nehmen das wörtlich mit dem Geheimdienst. Ich tauge einfach nicht als Aushilfsermittler. Das muss Ota machen, oder noch besser, das Väterchen.«

»Der ist zu diesem Rechtsanwalt Kafka unterwegs.« Sie seufzte. »Ich wünschte, dieser Albtraum hätte endlich ein Ende.« Sie ging zum Fenster, um neuen Kaffee zu machen. »Willst du auch noch einen?« Sie griff nach seiner Tasse.

Jirka nickte nachdenklich. Magda gab ein paar Löffel Kaffeepulver in die Tassen und goss kochendes Wasser darauf. Dann trug sie die Tassen zurück zum Tisch und stellte sie ab.

»Und jetzt? Ohne diesen Benda finden wir David nie. Der Kerl kann sich doch nicht in Luft aufgelöst haben!«

»Wir kriegen ihn schon noch, keine Sorge.« Er legte ihr fürsorglich die Hand auf den Arm.

Magda zuckte wie von einem Stromschlag getroffen. Es war irritierend genug, so viel Zeit mit Jirka zu verbringen und ständig Davids Parfüm an ihm zu riechen. Ihr übermäßiger Geruchssinn machte ihr das Leben nicht einfacher. Aber eine Berührung konnte sie überhaupt nicht ertragen. Die traumartigen Bilder der Nacht, die sie zusammen in ihrer Wohnung verbracht hatten, brachen mit Macht in ihr Bewusstsein. Ihr wurde heiß, sie spürte, wie das Adrenalin in ihren Adern zu rauschen begann, und ihr ganzer Körper kribbelte.

Jirka strich mit seinen Fingern ihren Arm entlang zu ihrer Hand und drückte sie sacht.

»Jirka… ich…«, stammelte sie und spürte, wie sie zu allem Überfluss auch noch rot wurde. Sein Lächeln verriet überdeutlich, dass er genau wusste, was in ihr vorging. Sie trank schnell einen Schluck Kaffee und verbrannte sich den Gaumen. Der Kaffee schwappte über, verbrühte ihr die Hand. Sie ließ fast die Tasse fallen vor Schreck. »O verdammt… autsch.« Sie sah sich nach einem Handtuch um.

Jirka stand auf und holte eine Serviette vom Fensterbrett. »Darf ich?«, fragte er. Seine Stimme war warm und zärtlich.

Sie sah ihn einen Moment lang zweifelnd an, dann nickte sie. Sie wollte nicht wie eine hysterische Gans wirken. Reiß dich zusammen, dachte sie verärgert über sich selbst, er will nur helfen. Er tupfte ihr vorsichtig den Handrücken ab. Vielleicht etwas länger als nötig. »Ist schon gut, danke«, sagte sie, bemüht, ihre Stimme nicht zittern zu lassen, den Blick starr nach unten auf ihre Hand gerichtet.

Er fasste mit einem Finger an ihr Kinn und hob ihren Kopf an. »Keine Bange«, sagte er leise, »ich weiß, wo die Grenzen verlaufen. Aber flirten ist nicht verboten, oder?«

Erleichtert lächelte sie. »Nein, ich denke nicht.« Dass er die Grenzen kannte, wusste sie, er war ein vollendeter

Gentleman, aber sie wusste auch, dass er mit großem Vergnügen Grenzen überschritt. Und du, ertönte eine ironische Stimme in ihrem Kopf, du etwa nicht?

»Entschuldigen Sie«, meldete sich jemand von der Tür her.

Sie wandten sich beide erschrocken dem Mann zu, der, ohne dass sie ihn gehört hatten, eingetreten war.

»Ich suche Frau Doktor Axamitová«, sagte der Mann.

»Axamit«, erwiderte Magda automatisch, »das bin ich. Und … äh, Sie sind?« Der Mann kam ihr vage bekannt vor. Groß, blond, gut sitzender dunkler Anzug, strahlend blaue Augen, kantiges Gesicht – wo hatte sie ihn kürzlich gesehen?

»Felix Benda. Ich würde gerne mit Ihnen sprechen.«

»Benda!«, rief Magda aus, »natürlich, Sie waren im Krankenhaus und haben mir all diese Fragen gestellt. Wo ist …«

»So, der geheimnisvolle Herr Benda«, unterbrach Jirka, »oder sollte ich sagen Dr. Benda? Erfreut, Sie kennenzulernen, Herr Kollege. Ich bin Jirka Kratochvíl. Setzten Sie sich doch.« Er deutete auf einen Stuhl. »Da das hier ein längeres Gespräch zu werden droht – möchten Sie auch einen Kaffee?« Als der andere nickte, wandte er sich den Gerätschaften auf dem Fensterbrett zu.

»Wo ist David?«, fragte Magda ohne Umschweife und verschränkte die Arme vor der Brust. Für tastende Nettigkeiten hatte sie keine Geduld. Je früher dieser Albtraum ein Ende nahm, umso besser. »Ich könnte Ihnen den Hals umdrehen!« Die Wut in ihrer Stimme war unüberhörbar.

Felix Benda sah sie verblüfft an, sagte aber nichts. Er setzte sich. Magda blieb stehen, an ein Bücherregal unter dem Fenster gelehnt. Jirka reichte dem Besucher den Kaffee und setzte sich ebenfalls.

»Also, wo ist er?«, wiederholte er Magdas Frage. »Und was

verschafft uns so plötzlich die Ehre Ihres Besuches, nachdem Sie in den vergangenen Tagen alles getan haben, um uns aus dem Weg zu gehen?«

Felix Benda trank vorsichtig einen Schluck Kaffee, stellte die Tasse ab und blickte von einem zum anderen. »Ich brauche Ihre Hilfe.«

»Ach ja?«, fragte Magda. »Ich schlage vor, Sie erzählen uns erst mal, was eigentlich passiert ist. Und zuallererst will ich wissen, wo David ist.«

»Das ist ja das Problem. Ich weiß es nicht.«

Magda und Jirka starrten ihn ungläubig an.

Felix Benda seufzte und fuhr sich mit einer Hand über das Gesicht. »Sie haben recht, er lebt. Wir haben ihn in Sicherheit gebracht, es war angesichts der Umstände die einzige Möglichkeit, ihm das Leben zu retten – auf Dauer, meine ich. Wir haben ihn in ein Sanatorium etwas außerhalb von Prag gebracht. Und nun ist er weg. Ich habe keine Ahnung, wo er ist. Er hatte kein Geld, keine Papiere, keine Straßenkleidung. Und trotzdem ist er weg. Als hätte er sich in Luft aufgelöst.«

Jirka konnte sich ein boshaftes Grinsen nicht verkneifen. »Und Sie können die Polizei nicht offiziell nach ihm suchen lassen, weil Sie zugeben müssten, dass Sie seinen Tod nur inszeniert haben. Mann, ich möchte nicht in Ihren Schuhen stecken, wenn die Sache platzt.«

»Wie konnte er aus diesem Sanatorium verschwinden?«, wollte Magda wissen. »Irgendjemand muss doch etwas gesehen haben … ein Arzt, eine Schwester, der Hausmeister … Besucher …« Ihr wurde leicht und gleichzeitig schwer ums Herz. David lebt, dachte sie erleichtert. Und du spielst Spielchen mit Jirka, wisperte eine kleine, schadenfrohe Stimme in ihrem Kopf. Ach, halt endlich den Mund, dachte sie unwirsch.

»Leider nicht. Besucher gibt es dort unter der Woche nicht, und die ganze Belegschaft war auf der Weihnachtsfeier. Als sie zu Ende war, stellten sie fest, dass David fehlt. Wir haben die ganze Umgebung abgesucht. Nichts. Nicht mal Fußspuren.«

»Was ist mit seinem Handy?«, fragte Magda.

»Er hatte keins, als wir ihn gefunden haben.«

»Quatsch. Er hatte immer ein Handy dabei.«

»Als ich ihn durchsucht habe, hatte er keins. Aber das ist auch egal. Er würde ohnehin nicht abnehmen, wenn er meinen Namen auf dem Display sieht.«

»Und jetzt wollen Sie, dass wir Ihnen helfen, unseren Engel zu finden, oder was?«

»Sie sind meine einzige Hoffnung. Vielleicht haben Sie ja eine Idee, wo er hin sein könnte?«

»Er hat sich bei uns nicht gemeldet, wenn Sie das meinen«, sagte Jirka.

»Das hatte ich auch nicht vermutet. Aber ich hoffe auf Ihre Hilfe in einer anderen Sache. Ich weiß ehrlich gesagt nicht, an wen ich mich damit wenden könnte. Sie kennen die ganze Geschichte?«, fragte Benda zögernd.

»Kommt darauf an, was Sie mit *ganzer Geschichte* meinen.«

»Also schön, von Anfang an. Ein Informant berichtete mir …«

»Keine Geheimniskrämerei, Herr Benda. Es war Ihre Freundin Skarlet Meinlová«, unterbrach ihn Magda.

»Woher wissen Sie das?«, fragte Benda verblüfft.

»Sie hatte Angst und ist mit der Geschichte zu einer Freundin gegangen, die zufällig eine Kollegin von David ist – Meda Cyanová. Und die hat dafür gesorgt, dass Inspektor Nebeský davon erfährt. Weiter, bitte.«

»Verdammter Mist. Ausgerechnet der.« Er seufzte. »Na

schön. Sie hat in Kafkas Kanzlei zufällig ein Gespräch belauscht, und ich hatte den Eindruck, dass David in Gefahr sein könnte, bin hingefahren und fand ihn angeschossen im Schnee …« Er fasste kurz die folgenden Ereignisse zusammen. »Als David verschwunden ist, habe ich versucht, ihn zu finden, ohne Erfolg, wie Sie sich denken können. Er hatte mir erzählt, dass Eva Urbanová mit ihm gesprochen hat, bevor die Schüsse fielen. Aber als ich dort ankam, waren nur Sie dort«, er nickte Magda zu, »keine andere Frau. Ich habe David versprochen, nach ihr zu suchen … er machte sich große Sorgen …« Er zögerte.

»Ich weiß, dass er eine Affäre mit ihr hatte«, sagte Magda betont gelassen.

»Äh ja, gut … Eva Urbanová habe ich allerdings bisher auch nicht aufspüren können.«

»Waren Sie in ihrer Wohnung?«, fragte Magda.

Benda nickte. »Aber sie war nicht da.«

»Wie sah die Wohnung aus?«

»Ganz normal, warum?«

»Weil Inspektor Nebeský auch dort war und irgendjemand vor ihm, der ein heilloses Chaos hinterlassen und ihren Laptop mitgenommen hat.«

»Für das Chaos bin ich nicht verantwortlich. Wenn wir Wohnungen durchsuchen, dann so, dass es hinterher niemand merkt«, er lächelte, »aber ich gebe zu, dass ich den Laptop mitgenommen habe.«

»Waren Sie auch in ihrem Büro?«

Wieder lächelte Benda. »Ja, natürlich. Ich habe mich für einen Polizisten ausgegeben. Ich hoffe, die Sekretärin hatte deswegen keine Schwierigkeiten.«

»Da hoffen Sie vergeblich, mein Bester. Wenn der Inspektor das erfährt, wird er die Kleine falten. Und Sie auch, wenn er Sie in die Finger kriegt. Unser Freund Nebeský macht, wenn er wütend wird, seinem Namen nicht viel Ehre. Himmlisch sind seine Methoden in diesen Fällen nicht. Aber das ist ja dann Ihr Problem.«

»Haben Sie etwas gefunden?«, wollte Magda wissen.

»Ja, aber dazu später. Wissen Sie, wo die Urbanová ist?«

»Durchaus. Sie liegt in einem Kühlfach des Rechtsmedizinischen Instituts in Karlsbad.«

Benda sah sie verständnislos an. »In Karlsbad? – Verdammt. Sie ist also tot … Sie muss in dem Wagen gewesen sein …«

»In welchem Wagen?«

Benda berichtete von dem Mann in Schwarz, der den Tatort fluchtartig verlassen hatte.

»Das bedeutet, der Täter muss aus der Gegend um Franzensbad sein«, sagte Magda, »oder sie zumindest sehr gut kennen.«

»Warum?«

»Sie wurde dort in einem See gefunden. Das ist nur fünfzig Kilometer von Karlsbad entfernt. Kennen Sie die Gegend um Franzensbad? Nein? Nun, der See, in dem ihre Leiche gefunden wurde, liegt etwas ab vom Schuss. Man muss schon wissen, dass es ihn gibt, um ihn zu finden. Vor allem nachts.«

»Kennen Sie sich dort aus?«

»Ein bisschen. Meine Schwester lebt dort.«

»Was haben Sie auf dem Laptop gefunden?«, fragte Jirka.

»Eine ganze Menge, die einiges von dem bestätigt hat, was Skarlet gehört hatte. Es ging vor allem um rote Rosen. Sagt Ihnen das etwas?«

»Sagen Sie es uns.«

Benda nickte. »Nun, es gibt zwei Möglichkeiten. Die eine ist, dass es sich um ein Codewort für Uran handelt. Offenbar versucht jemand – abgesehen von allerlei anderen

Dingen -, dieses Zeug in irgendeiner Form zu verschieben. Die Urbanová hatte sich Notizen gemacht, über Gespräche und Personen. Kafka taucht auch darin auf. Nicht sehr vorteilhaft für ihn, aber auch nicht so, dass man ihm einen reißfesten Strick daraus drehen könnte. Er ist an irgendeinem Schmuggel beteiligt, aber wohl nichts Großes bisher. Es scheint auch ein Typ darin verwickelt zu sein, der uns schon bei anderer Gelegenheit unangenehm aufgefallen ist, ein Herr mit vielen Namen. Einer davon ist Viktor Sorokin, aber wie der Kerl wirklich heißt, weiß wohl nur seine Mutter. Außerdem noch jemand von hier. Und ich nehme an, dass auch jemand von der Polizei beteiligt ist. Jedenfalls nach den Notizen von der Urbanová zu urteilen. Was erklärt, warum sie alles auf ihrem privaten Laptop gesammelt hat und nicht im Büro.«

»Warum sollte jemand versuchen, Uran zu verschieben?«, fragte Magda überrascht, »das Zeug ist radioaktiv, das fasst doch freiwillig niemand an.«

»Das kommt darauf an. Lassen Sie mich ein bisschen ausholen. Wir haben auf der Welt zurzeit vierhundertvierzig Kernreaktoren, für die im Jahr mehr als fünfundsechzigtausend Tonnen Uranerz benötigt werden. Vierundzwanzig weitere sind im Bau, vierzig geplant und fünfundsiebzig vorgeschlagen. Diese hundertneununddreißig Kernreaktoren, sollten sie tatsächlich gebaut werden, würden zusätzlich mehr als dreißigtausend Tonnen benötigen.«

»Aber es wird doch Uran gefördert – ich verstehe nicht ganz …«

»Schon, aber in den frühen Neunzigerjahren wurden recht viele Uranminen geschlossen. Und seit dieser Zeit wird die Lücke zwischen Förderung und Bedarf immer größer. Anfangs hat man das mit zivilen und militärischen Lagerbeständen kompensiert, aber das wird nicht lange so weitergehen können. Bei gleichbleibender Förderung und der Zunahme von Kernreaktoren wird das Uranerz noch vielleicht für vierzig, fünfzig Jahre reichen. Dann ist Schluss. Dem Uran wird es genauso ergehen wie dem Erdöl. Irgendwann wird der Rohstoff erschöpft sein.«

»Ich verstehe«, sagte Jirka nachdenklich, »wenn also die Nachfrage größer ist als das Angebot, dann steigen die Preise …«

»So ist es. 1997 lag der Spotmarktpreis von Uran bei etwa sechsundzwanzig US-Dollar pro Kilogramm. Inzwischen liegt er bei über zweihundert US-Dollar.«

»Und was hat dieses Land mit dem Uran zu tun?«

»Nun, abgesehen von der Tatsache, dass das weltweit erste Uranerz auf tschechischem Boden abgebaut wurde, schon im ausgehenden 19. Jahrhundert bei Jáchymov übrigens – von dort hatte Marie Curie die Pechblende für ihre Experimente … Also: Abgesehen von diesem historischen Detail, wurden in den etwa hundert Jahren des Uranabbaus in Tschechien etwa einhundertzehntausend Tonnen abgebaut. Zwischen 1946 und 1992 war dieses Land der weltweit fünftgrößte Produzent von Uran. Bis auf ein Bergwerk in Mähren wurden aber alle weiteren Uranbergwerke Anfang der Neunzigerjahre geschlossen. Nichtsdestotrotz sitzt Tschechien aber auf geschätzten Vorräten von weiteren einhundertfünfzehntausend Tonnen, die zu den heutigen Weltmarktpreisen an die fünfhundert Milliarden tschechische Kronen wert sein könnten. Das sind fast dreißig Milliarden Euro.«

»Es gibt also ein gewisses Interesse an Uranlagerstätten«, sagte Jirka.

»In der Tat. Amerikanische, australische und auch russische Gruppen haben Interesse.«

»Man will also die alten Bergwerke reaktivieren?«, fragte Magda.

»Möglich.«

»Aber Sie sagten, jemand wolle das Zeug verschieben. Ich nehme an, dass die Menge reines Uran, das man aus dem Uranerz ziehen kann, relativ gering ist, heißt, es wird wohl kaum um das Verschieben von Uranerz gehen, oder?«

»Richtig. Aus zwei Tonnen Erz gewinnt man etwa ein Kilogramm sogenannten Yellowcake, was der Ausgangsstoff zur Herstellung von Brennelementen ist. Da sind die zu verschiebenden Mengen schon weitaus kleiner.«

»Wollen Sie im Ernst behaupten, dass dieser Rechtsanwalt und seine zweifelhaften Kumpane versuchen, diesen Yellowcake zu verschieben? Woher sollten sie das Zeug überhaupt haben? Das ist doch Unsinn!« Magda schüttelte nachdrücklich den Kopf. »Das Zeug hätte man doch all die Jahre irgendwo lagern müssen ...«

»Laut der Aufzeichnungen auf dem Laptop gibt es bei Stará Voda in Westböhmen ein paar geschlossene Stollen, die sich für so ein Versteckspiel eignen könnten. Das würde erklären, wie die Urbanová dort hingekommen ist. Von Stará Voda nach Franzensbad sind es nur knapp dreißig Kilometer. Vielleicht ist sie mit dem Typen in Schwarz dorthin gefahren, und er hat sie dann beseitigt.«

»Hm. Nur ist Eva Urbanová vor Davids Haus getötet worden.« Magda erzählte Benda, was Jarda Vltavský, der Chef der Spurensicherung, am Tatort gefunden hatte. »Sieht nicht so aus, als habe sie wirklich mit diesen Leuten unter einer Decke gesteckt. Wir glauben vielmehr, sie war das eigentliche Opfer des Attentats.«

»Na schön«, meldete sich Jirka zu Wort, »das wäre also eine Möglichkeit, was die Bedeutung dieser roten Rosen angeht. Sie sagten, es gebe noch eine zweite. Ist die ein bisschen wahrscheinlicher? An Schmuggel von Yellowcake kann ich beim besten Willen nicht glauben.«

Benda zuckte die Achseln und trank einen Schluck Kaffee. »Sagt Ihnen das Philadelphia-Experiment etwas?«

»Das ist ein Spielfilm …«

»Ja, es wurde ein Spielfilm darüber gedreht. Aber ich meine die wirkliche Geschichte. Es geht um ein Experiment mit einer Tarntechnologie, das die USA während des Zweiten Weltkriegs durchgeführt haben sollen. Die *USS Eldridge*, ein Kriegsschiff, soll eines Tages Anfang der Vierzigerjahre *angeblich* vollkommen unsichtbar geworden sein. Kurz darauf tauchte es *angeblich* fünfhundert Kilometer weit weg in Norfolk, Virginia wieder auf, um sich kurz darauf im Hafen von Philadelphia zu rematerialisieren. Es gab einen Augenzeugen von einem anderen Schiff aus dem gleichen Konvoi. Der Mann berichtete, das Schiff sei plötzlich unsichtbar geworden, nur sein Kielabdruck sei noch fünfzehn Minuten lang im Wasser zu sehen gewesen.«

»Das ist doch absurd!«, rief Magda aus, »das ist doch nichts weiter als eine *Urban Legend*. Und schlicht Blödsinn. Der Mann hatte wahrscheinlich zu viel getrunken.«

»Nun, es gibt eine Reihe möglicher Erklärungen dafür, von tatsächlichen Versuchen mit Magnetfeldern über Schreibfehler bezüglich des genauen Datums, bis hin zu alternativen Seewegen, die das Schiff benutzt haben könnte. Aber ich will Sie nicht mit solchen Details langweilen. Die Geschichte ist tatsächlich in jeder Beziehung legendär. Sie kursiert seit fast sechzig Jahren. Andererseits soll aber die Sowjetunion in den Achtzigerjahren mit dem sogenannten roten Quecksilber experimentiert haben. Und das ist die zweite Möglichkeit, was die roten Rosen angeht, dass es sich dabei nämlich um dieses obskure *rote Quecksilber* handelt.«

»Was soll das sein?«, fragte Jirka, während Magda nur die Augen verdrehte.

»Es geht im Grunde darum, dass angeblich mithilfe

dieses geheimnisvollen Stoffes gewaltige Mengen elektromagnetischer Energie entfesselt werden können, was die Überwindung der Raum-Zeit-Barriere ermöglichen soll. Außerdem auch die Fortbewegung mit mehr als Lichtgeschwindigkeit sowie das Öffnen von Toren zu Parallel-Welten.«

»Quatsch«, Magda winkte genervt ab, »das sind nur Märchen, genauso wie diese Eismunition …«

»Ganz im Gegenteil, Frau Doktor. Wenn Sie diese beiden Dinge so zu verknüpfen wünschen, dann ist auch an den Versuchen der Russen etwas dran. Eismunition jedenfalls gibt es. Auf David wurde mit so einem Projektil geschossen.« Als die beiden ihn erst ungläubig anstarrten und dann in Lachen ausbrachen, fügte er hinzu: »Ich habe so ein Eisprojektil mit eigenen Augen gesehen. Er trug einen dicken Kalender in der Innentasche seines Anzugs, und darin fand ich das Projektil. Ich kann es Ihnen bei Gelegenheit gerne zeigen.«

»Na schön«, erwiderte Magda skeptisch, der einfiel, dass Jarda Vltavský auch so etwas in der Art gesagt hatte, nicht zu vergessen der Kollege aus Karlsbad, »meinetwegen gibt es also Eisprojektile. Aber die Überwindung von Raum und Zeit und all das andere? Fortbewegung mit mehr als Lichtgeschwindigkeit? Science-Fiction. Kappes. Wir stecken doch nicht mitten in einem James-Bond-Film!« Sie grinste. »Oder sind Sie etwa 007? Was soll ich Ihnen als Nächstes glauben? Dass die Welt eine Scheibe ist? Machen Sie sich nicht lächerlich, Herr Benda. Jeder, der auch nur ein bisschen Ahnung von Naturwissenschaften hat, weiß, dass das ausgemachter Blödsinn ist. Wunschdenken, im besten Fall.«

»Bei dem Begriff rotes Quecksilber«, fuhr Benda unbeirrt fort, »soll es sich um ein Codewort für eine Art Gelatine handeln, ein Polymer aus Antimon, Quecksilber und einer anderen Substanz, die angeblich die Herstellung von atomaren und thermischen Waffen vereinfachen würde. Es soll eine Art Katalysator sein, der in einer Bombe eine gewaltige, superschnelle Reaktion ermöglichen würde, die nur wenig Sprengstoff benötigt. Man könnte damit sehr kleine, aber sehr wirksame Wasserstoffbomben bauen, in denen der zur Zündung notwendige Atomsprengkopf durch diese Substanz ersetzt würde. Man hätte sozusagen eine konventionelle Waffe mit sehr unkonventioneller Sprengkraft und extrem unkonventioneller Größe.«

»Und was soll das Wörtchen *rot* dabei?«, wollte Jirka Kratochvíl wissen, dem das Ganze hochgradig absurd vorkam, allerdings konnte er eine gewisse Faszination nicht abstreiten. Er mochte James-Bond-Filme.

»Keine Ahnung, vielleicht bezeichnet es nur die Farbe der Substanz.«

Magda schüttelte den Kopf. »Quecksilber-Antimon-Gemische sind nicht rot. Es müsste sich also um Quecksilbersulfid handeln, das ist ein rotes Pulver. Aber das läuft gemeinhin unter der Bezeichnung Cinnabarit und wird als Pigment verwendet, das als Farbe Zinnoberrot genannt wird. Das ist nichts Geheimnisvolles, im Gegenteil, es ist im Gegensatz zu fast allen anderen Quecksilberverbindungen noch nicht einmal giftig. Es könnte auch noch Quecksilberoxid sein, eine Variante davon ist rot-orange. Aber das ist wohl auch kaum Schmuggelware.« Sie lächelte boshaft. »Oder es sind gemahlene Ziegelsteine. Die wären auch rot.«

Benda ließ sich von ihrem Einwand nicht beirren. »Möglich ist auch, dass es sich bei dem Begriff ›rotes Quecksilber‹ um ein Codewort für Lithium-6 handelt. Das wiederum braucht man als einen Bestandteil des Fusionsbrennstoffes Lithium-6-Deuterid für die sogenannte Teller-

Ulam-Bombe, auch Sacharows dritte Idee genannt. Dafür bräuchte man große Mengen Quecksilber. Das Endprodukt ist eine gelartige Substanz mit leuchtend roter Farbe.« Benda sah die beiden anderen fragend an. »Sie wissen, um was für eine Bombe …«

»Nein«, erwiderte Magda ebenso schnell wie energisch, sie hatte genug von diesen Spekulationen und Verschwörungstheorien, »und ich will es auch gar nicht wissen. Darum geht es auch überhaupt nicht. Wenn ich Sie richtig verstehe, versuchen Sie uns zu erklären, dass diese roten Rosen irgendeine Form von Quecksilber sein könnten, das für Bomben verwendet werden könnte, die die Welt noch nicht gesehen hat. Oder aber, dass an dieser Legende vom Philadelphia-Experiment doch was dran ist, oder dass es sich um diesen Yellowcake handelt …«

»Hm. Ja, so kann man das verkürzt ausdrücken.«

»… oder aber es könnte sein, dass es einfach nur rote Rosen sind und Ihre Freundin sich eine kleine Agentengeschichte zurechtgebastelt hat. Haben Sie das schon bedacht? Sie hat dieses Gespräch durch eine angelehnte Tür gehört, war aufgeregt, hatte Angst, dass man sie erwischen könnte. Da interpretiert man gerne mal wild drauflos. Vielleicht haben die Leute nur gescherzt …«

»Hm, ja, daran habe ich auch gedacht. Aber wenn Sie alles abziehen, was absurd oder unrealistisch klingt, so bleibt doch eines bestehen: Eva Urbanová ist tot. Wie erklären Sie sich das?«

»Vielleicht hat ein verschmähter Verehrer sie umgebracht …« Sie wusste, dass das ähnlich unsinnig war wie die Verschwörungstheorien, die Benda ihnen aufgetischt hatte.

»Und wieso hat der Typ, den ich am Tatort gesehen habe, mit Eisprojektilen auf sie geschossen?«

Magda setzte an, etwas zu erwidern, schwieg dann aber.

Das konnte sie nicht erklären. »Wer ist der Typ überhaupt? Wissen Sie wenigstens das schon?«, fragte Jirka.

»Wegen der besonderen Projektile nehme ich an, dass es sich um Viktor Sorokin handelt. Oder wie er sich auch immer sonst noch nennt. Einer seiner Namen ist auch Martin Trojan ...«

Magda stutzte. »Trojan? Warten Sie ... heute Morgen kamen hier Fotos an, eine Freundin faxte sie aus Cheb. Sie schrieb auch etwas über einen Martin Trojan, wenn mich nicht alles täuscht ... Ich habe sie hier.« Sie griff in ihre Kitteltasche, zog die Blätter heraus und reichte sie Felix Benda.

Er las Larissas Notiz und betrachtete die Fotos aufmerksam eines nach dem anderen, während sein Gesicht zunehmend blasser wurde. Schließlich lehnte er sich in seinem Stuhl zurück und fuhr sich mit der Hand über das Gesicht. »Verdammter Mist.«

»Sie wissen, wer die Leute sind?«, wollte Magda wissen. Sein entsetzter Gesichtsausdruck beunruhigte sie.

Benda nickte. »Manche.« Er legte die Blätter auf den Tisch und deutete auf die verschiedenen Personen. »Oberst Kohout; Eva Urbanová; der Abgeordnete Roman Macek, der neuerdings im Geheimdienstausschuss sitzt ...« Er schwieg einen Moment, dann deutete er auf das Bild, das zwei Männer an einer Art Stollen zeigte. »Und das ist Jakub Lajtr – mein Kollege. Verdammte Scheiße. – Wer ist diese Larissa? Was weiß sie noch?«

»Eine Freundin. Sie ist Reporterin hier in Prag und gerade in Cheb wegen irgendeiner Geschichte. Sie haben ihre Notiz doch gelesen. Mehr weiß ich auch nicht.«

»Sieht aus, als überrasche Sie das Bild Ihres Kollegen unangenehm«, sagte Jirka.

»Kann man wohl sagen ... Ich habe ihn an dem Abend

angerufen, als ich zu Davids Haus gefahren bin, ich wollte, dass er mitkommt, aber er hatte keine Zeit. Später habe ich noch einmal mit ihm gesprochen. Er weiß, wo ich David untergebracht habe, das Sanatorium war seine Idee.«

»Glauben Sie, er hat David von dort weggeholt?«, fragte Magda mit zitternder Stimme. All die wunderbare Erleichterung war wie weggeblasen.

»Da er so spurlos verschwunden ist, liegt der Schluss nahe. Leider.«

»Sie vermuten, dass Ihr Kollege bei dieser Sache mitmacht? Vielleicht ist er nur eingeschleust worden …«, versuchte Jirka zu beschwichtigen.

Benda schüttelte nachdrücklich den Kopf. »Nicht, wenn Sorokin da mitmischt. Jakub Lajtr und ich waren dem Typen auf der Spur, der Kerl ist ein Auftragskiller, aber Lajtr hat im letzten Moment gepatzt, und Sorokin verschwand. Das war vor gut einem Jahr. Ich habe mir damals nichts dabei gedacht, so was kann passieren, aber jetzt …« Er deutete auf eines der Fotos. »Der Typ hier, ganz am Rand, der im Profil zur Kamera steht, das ist – wenn ich mich nicht sehr täusche – Viktor Sorokin.«

Magda griff nach dem Foto und betrachtete es.

»Wenn dieser Sorokin auch Martin Trojan ist, wie kommt es, dass er selbst auf dem Bild ist, wenn Larissa die Fotos bei seinen Sachen gefunden hat?«, fragte Jirka. »Ich war davon ausgegangen, dass *er* die Bilder gemacht hat …«

»Vielleicht hat er einen Selbstauslöser benutzt«, sagte Magda.

»Na gut«, sagte Jirka, »wir haben allerlei absurde Verschwörungstheorien und eine Leiche …«

»Nein«, wandte Magda ein, »zwei Leichen. Wir haben noch die verkohlten Knochen von Irena Kafková. Das ist immerhin die Ehefrau von Rechtsanwalt Kafka.« Als sie

Bendas fragenden Blick bemerkte, erzählte sie ihm von der Sache.

»Nähmaschinen?«, fragte Benda ratlos. »Hat sie denn ein Antiquitätengeschäft?«

»Gute Frage«, erwiderte Jirka, »es ist an der Zeit, dass wir uns mit Ota Nebeský kurzschließen. Er ist auf dem Weg zu Kafka. Ich denke, Ihre Informationen würden ihm bei der Befragung nützen.«

Magda wählte Otas Nummer. Es war besetzt. »Er telefoniert. Vermutlich mit Larissa. Ich schlage vor, Herr Benda und ich fahren zu Kafka. Ich habe auch ein paar Fragen an ihn.«

37

Raději zamlčíme, co jsme viděli.
Communauté des voyants.

Besser wir verschweigen, was wir sahen.
Communauté des voyants.

Agáta Abrhámová und Hermiona saßen in Valeskas Wohnzimmer und tranken Tee. Die Hausherrin war mit den anderen Teilnehmern beim morgendlichen Yoga im Übungsraum. Die alte Dame betrachtete das Mädchen aufmerksam. Ihm war von den dramatischen Ereignissen des Morgens nichts anzumerken. Ein seltsames Kind, dachte Agáta, aber innerlich musste es in ihm brodeln. Eine fast unglaubliche Beherrschung oder nur der Schock. Wahrscheinlich beides. In jedem Fall war es ein sehr tapferes Kind. Agáta hatte noch auf der Lichtung die Feuerwehr gerufen und gesagt, sie bringe das Mädchen zurück zu Valeskas Hof. Vor ein paar Minuten erst war der Inspektor gegangen, gar nicht glücklich über den Verlauf der Befragung. Agáta hatte ihm von dem vergangenen Abend nur von der verstorbenen Großmutter des Mädchens und ihrem Großvater erzählt, die Geschichte des alten Mannes hatte sie für sich behalten. Zum einen tat es ihrer Meinung nach erst mal nichts zur Sache, zum anderen sollte dieser arrogante Mensch selbst zusehen, wie er zu diesen Informationen kam. Hermiona hatte kaum etwas zu der Befragung beigesteuert. Auf alle Fragen des Inspektors hatte sie, wenn überhaupt, nur sehr einsilbig geantwortet. Die Kugel, die sie im Schuppen gefunden hatte, hatten sie auch nicht erwähnt.

»Er ist tot, nicht wahr?«, fragte Hermiona leise, während sie die Teetasse in ihren langen, schlanken Fingern drehte.

»Ich fürchte ja, mein Kind.« Sie legte mitfühlend die Hand auf Hermionas Arm. Die nervösen Hände wurden ruhig, sie stellte die Tasse ab.

Anders als damit konnte Agáta sich das Feuer jedenfalls nicht erklären. Vermutlich hatte der alte Mann auf diese schreckliche Weise die Geschichte zu Ende bringen wollen. Sich aufzulösen versucht in Schall und Rauch. Asche zu Asche. Sie dachte daran, wie er sich von Hermiona verabschiedet hatte. Es hatte nicht nach einem endgültigen Abschied ausgesehen, aber sie hatte die beiden allein gelassen dafür, wusste also nicht, was der alte Mann seiner Enkelin gesagt haben mochte. Sie hätte darauf bestehen sollen, dass auch er mit zu Valeska kam.

»Er hat es mir gesagt«, flüsterte Hermiona.

»Was hat er dir gesagt?« Sie bemühte sich, sich ihre Überraschung nicht anmerken zu lassen.

»Er sagte, er würde über mich wachen. Immer. Ich solle mir keine Sorgen machen.« Hermiona zog ein Blatt Papier aus ihrer Hosentasche, entfaltete es und betrachtete es nachdenklich. »Das hat er mir auch gegeben. Damit ich weiß, wer ich wirklich bin.« In ihren Augen glitzerten Tränen. »Er sagte, Oma habe es ihm gegeben, bevor sie gestorben sei. Er sollte es verbrennen, damit mich niemand von ihm wegholen kann. Sie hatte es von der Frau. Aber er meinte, das sei nicht recht. Er sei zu alt und zu müde und zu krank, er würde schon sehr bald sterben. Und ich müsste doch wissen, wer ich bin.« Die Tränen liefen ihr über die schmalen Wangen. »Aber meine Mutter ist auch tot. Sie war die Frau, die … Und jetzt habe ich niemanden mehr. Ich hasse das Feuer. Aber ich glaube, ich verstehe ihn.«

Die Verzweiflung, die aus den Worten des Mädchens sprach, brach Agáta fast das Herz. Aber in gewissem Sinne verstand sie auch die Handlungsweise des alten Mannes. Grausam, wie sie war. Es war das Ende einer Kindheit, aber vielleicht auch der Anfang zu einem neuen, besseren Leben. Hoffentlich, dachte sie, wenn man nur dafür sorgen könnte, dass Hermiona nicht in einem Waisenhaus endete.

Das Mädchen reichte Agáta das Blatt. Es war, wie diese überrascht feststellte, keine Geburtsurkunde, sondern ein Totenschein für ein totgeborenes Kind. Ihr Blick wanderte über die Urkunde, langsam, Zeile für Zeile, blieb an den Angaben zu den Eltern des Kindes hängen. Die Mutter war Irena Kafková, geborene Veselá. Der Name des Vaters lautete …

»Guten Morgen, Agáta. Hermiona.« In der Tür stand David Anděl, hinter ihm eine junge Frau.

Agáta sah erschrocken auf. Sie hatte über dem Totenschein gar nicht gehört, dass jemand hereingekommen war. »Schön, dass Sie so schnell kommen konnten … Martin.«

»Das ist Larissa. Sie ist eine gute Freundin«, stellte er die Reporterin vor, dann ging er hinüber zu Hermiona, die in einem Sessel saß, zog sich einen Stuhl heran und setzte sich zu ihr. »Es tut mir schrecklich leid, Hermiona. Ich möchte dir gerne helfen, wenn ich darf. Erzählst du mir, was passiert ist?«

Ein Handy klingelte. Larissa fischte es aus ihrer Jackentasche, entschuldigte sich und ging hinaus.

Hermiona sah ihn lange mit großen, nachdenklichen Augen an, dann wischte sie sich energisch die Tränen von den Wangen. »Gut. Aber erst will ich wissen, wer Sie wirklich sind«, sagte sie misstrauisch, »denn Sie sind nicht Martin Trojan, und dieser Viktor Sowieso sind Sie auch nicht.

Sie sehen nur so aus. Ein bisschen jedenfalls, wenn man nicht so genau hinschaut. Wer sind Sie?«

Agáta senkte den Kopf und lächelte, jetzt würde also gleich das Inkognito platzen, dank der Aufmerksamkeit eines kleinen Mädchens. Ihr Blick fiel auf die Urkunde in ihren Händen. Der Name der Mutter, ja, da war sie vorhin stehen geblieben ...

»Mein Name ist David Anděl. Ich bin ...«

Agáta sah verblüfft auf.

Hermiona starrte den Kommissar an, wie ein Gespenst. Es war totenstill im Raum. David sah verwirrt von Hermiona zu Agáta und zurück. »Du musst mir das natürlich nicht glauben, aber ich kann es beweisen. Larissa kann es bestätigen, sie kennt mich schon lange. Und Agáta auch ... Es ist eine lange, komplizierte Geschichte ...«

»Das ist jetzt nicht wichtig«, sagte Hermiona entschieden, »das können Sie mir später erzählen. Jetzt will ich erst ein paar andere Sachen wissen. Was sind Sie von Beruf?«

»Ich bin Kriminalkommissar, das ist ein Polizist, der ...«

»Ich weiß, was das ist. Sind Sie ein guter Polizist?« Das Misstrauen in ihrer Stimme war nicht zu überhören.

David lächelte. »Nun, ich denke schon ...«

»Er ist einer der besten«, mischte sich Agáta ein, »ich verbürge mich dafür.«

»Gut. Wenn Agáta das sagt, vertraue ich Ihnen. – Kannten Sie eine Irena Kafková, geborene ...« Sie sah fragend zu Agáta hinüber.

»Veselá«, soufflierte Agáta. Wirklich ein bemerkenswertes Kind, so erwachsen für sein Alter. Dafür war wohl ihr ungewöhnliches Leben mit den vielen Geheimnissen verantwortlich.

»Irena Veselá?«, fragte David erstaunt. »Äh ja, aber das ist schon ziemlich lange her. Warum? Kennst du sie?«

Hermiona ignorierte seine Fragen. »Wie gut haben Sie sie gekannt?«

Er lächelte. »Sehr gut. Sie war meine Freundin, aber sie hat mich verlassen, als ich nach Amerika gegangen bin. Sie wollte nicht mitkommen.« Die schöne, fröhliche Irena, seit Jahren hatte er nicht mehr an sie gedacht, obwohl er damals völlig verzweifelt gewesen war. Er war drauf und dran gewesen, nicht nach Amerika zu gehen, aber sie hatte ihn dazu gedrängt, seinen Traum nicht ihretwegen aufzugeben. Vielleicht war ihre Entscheidung damals richtig gewesen. Jedenfalls trauerte er der Sache schon lange nicht mehr nach. Als er Jahre später zurückgekommen war, hatte er überhaupt nicht daran gedacht, sie aufzusuchen. Aus den Augen, aus dem Sinn. »Warum fragst du?«

»Wann war das?«

»Hm, das war gleich nach der Revolution ...«

»Wann *genau*?«, hakte Hermiona nach.

»Im Dezember 1989.«

»Wollten Sie sie heiraten?«

David zog die Brauen hoch. »Ja, das wollte ich damals, aber wie gesagt, sie wollte nicht. Leider.« Was sollten diese Fragen? Das Haus des Mädchens war abgebrannt, ihre Großmutter gestorben, ihr Großvater vermutlich in den Flammen umgekommen – und sie stellte ihm Fragen nach einer verflossenen Liebe? Er konnte sich keinen Reim darauf machen. »Was hat Irena mit dir zu tun?«, wiederholte er seine Frage.

»Das ist auch eine lange, komplizierte Geschichte«, erwiderte Hermiona. Sie streckte die Hand nach der Urkunde aus, die Agáta noch immer in Händen hielt, und reichte sie David. »Da. Deshalb habe ich gefragt.«

»Das ist ein Totenschein ...«, sagte er und las halblaut vor, während sein Blick über die Seite wanderte, »ein totgeborenes Kind, Hermiona Veselá, geboren im Juni 1990 … Mutter … Irena Kafková, geborene Veselá … Vater …« Er sah verblüfft Hermiona an.

»*David Anděl.* Genau. Deshalb wollte ich das alles wissen.« Der Hauch eines Lächelns huschte über ihr Gesicht. »Du bist mein Vater.«

»Da … äh, *Martin*, Ota Nebeský hat mich gerade angerufen …«, platzte Larissa herein. »Oh … äh, ich wollte nicht stören«, stotterte sie, als sie die seltsame Atmosphäre bemerkte.

David ignorierte sie, starrte noch immer Hermiona an. Vater. Meine Tochter. Unfassbar. Warum hatte Irena ihm nichts gesagt? »Wo ist Irena?«, fragte er heiser.

»Das wollte ich dir gerade sagen«, mischte sich Larissa ein, »die Knochen aus dem ausgebrannten Wagen, den der Förster gefunden hat, das war Irena Kafková …« Sie stockte. »Das vermuten sie jedenfalls … Was ist los?«

Davids Kopf fuhr zu ihr herum. »Irena ist tot?« Er sah verwirrt von einer zur anderen. »Würde mir bitte jemand erklären, was das alles zu bedeuten hat?«

»Sie war hier«, erklärte Hermiona, »Irena. Sie hat mich gesucht … und dann …« Sie begann zu schluchzen.

David legte ihr beruhigend die Hand auf die Schulter. »Ja?«

Hermiona schüttelte den Kopf, griff nach Davids Hand und hielt sie fest. Die Tränen rannen ihr über das Gesicht, sie wischte sie mit ihrem Ärmel ab.

»Irena Kafková kam hierher, um alte Nähmaschinen zu kaufen, angeblich für ihren Antiquitätenladen in Prag«, schaltete sich Agáta ein, »dann begann sie, Hermionas Großmutter nach einem Kind auszufragen, das sie suchte …« In kurzen, präzisen Worten schilderte sie, was sie am Tag zuvor von Hermionas Großvater erfahren hatte. Diesmal ließ sie nichts aus. »Dem Inspektor, der vorhin hier war, haben wir nur das Allernotwendigste gesagt«, schloss sie.

Anděl wandte sich Hermiona zu. »Das alles tut mir schrecklich leid. Aber vielleicht ist es ja ein kleiner Lichtblick, dass du trotz allem nicht ganz allein bist auf der Welt. Du hast jedenfalls einen Vater.« Er lächelte sie an. »Ich bin glücklich, dass ich eine Tochter habe. – Wir werden das schon irgendwie hinkriegen.« Er wunderte sich über seine Gelassenheit. Das muss der Schock sein, dachte er, was mache ich mit einer Tochter? Er verdrängte die Frage. Das hatte Zeit, bis sie diese ganze vertrackte Geschichte gelöst hatten. Eva und ihr Kind waren tot. Sein Kind – oder auch nicht. Und nun hatte er plötzlich doch eines. Unfassbar. Es würde Zeit brauchen, sich daran zu gewöhnen. Er dachte an Magda. Was würde sie dazu sagen? Auch darüber konnte er sich später den Kopf zerbrechen, ebenso wie über sein Techtelmechtel mit Larissa und was es für seine Beziehung mit Magda bedeutete. Er horchte in sich hinein. Sein Gewissen rührte sich nicht. Gut. Eine Sorge weniger.

»Tochter? Vater?«, fragte Larissa. »Ich verstehe nicht ganz…« Und das war noch untertrieben.

»Egal. Ich erkläre es dir später. Was wollte Ota?«

»Na schön, obwohl ich vor Neugier gleich sterbe. Also, sie haben die Knochen im Grunde identifiziert, und der Inspektor ist auf dem Weg zu Kafka in die Kanzlei. Der muss ihm ein paar Fragen beantworten, Ota scheint anzunehmen, dass Kafka irgendwas mit Irenas Tod zu tun hat – aber das ist ja wohl nicht so. Und dann habe ich Magda angerufen. Dein Freund Felix Benda ist aufgetaucht. Wollte wissen, wo du bist. Und er hat ihnen eine mindestens so unglaubliche Geschichte aufgetischt wie John uns. Es geht um rotes Quecksilber oder Uran und um das Philadelphia-Experiment und allerlei Science-Fiction…«

»Rotes Quecksilber, ja?«, unterbrach Agáta sie interessiert.

»Sie wissen davon?«

»Oh, jeder Alchemist, der auf sich hält, weiß davon. Es ist ein Bestandteil des Steins der Weisen, es wird auch philosophischer Merkur genannt. Ein rotes Pulver. Ein schönes Märchen. Macht seit Jahrhunderten stetig die Runde und ist nicht totzukriegen – aller modernen Naturwissenschaft zum Trotz.« Sie zwinkerte verschmitzt. »Aber es geistern noch allerlei neuere Geschichten über dieses ominöse rote Quecksilber durch die Welt. Eine absurder als die andere. Moderne *Urban Legends*, wenn ihr versteht, was ich meine. Letztens habe ich in diesem Zusammenhang sogar etwas über Nähmaschinen gelesen ...«

»Das sagte Magda auch«, unterbrach Larissa sie, »aber alles in allem habe ich den Eindruck, dass an Johns Geschichte doch etwas dran sein könnte. Sie haben Benda die Fotos gezeigt, und er hat ein paar Leute darauf erkannt. Unter anderem Martin Trojan ...« Nähmaschinen und rotes Quecksilber, fragte sie sich, was für eine Geschichte das wohl war? Sie setzte zu der Frage an, aber Hermiona unterbrach sie.

»Den kenne ich«, sagte das Mädchen, das sich inzwischen gefasst hatte. Aber Davids Hand ließ sie nicht los, hielt sie wie ein Schraubstock.

»Woher kennst du ihn?«, fragte David. Was war das mit den Nähmaschinen? ... Irena hatte welche aufgekauft – egal, später. Jetzt war erst mal Martin Trojan dran, der Mann interessierte ihn inzwischen brennend.

»Ich habe ihn bei Gustav gesehen, und dann war er bei uns – und hat geholfen ... Und dann habe ich ihn gesehen, als er etwas aus dem Schuppen geschafft hat. Ich war mit Opa im Wald gewesen und habe mich noch ans Fenster gesetzt, es war so eine schöne Nacht, viele Sterne am Himmel.

Am nächsten Morgen bin ich in den Schuppen gegangen, in dem er und Gustav diese Obstkisten gelagert hatten. Die waren noch da, aber diese schwarzen Kugeln waren weg.« Sie schwieg einen Moment. »Ich habe ihn auch mit einem anderen Mann gesehen, aber das ist schon länger her. Das war in der Nähe vom Kammerbühl. Und es war nachmittags. Ich saß auf einem Baum. Sie haben miteinander gesprochen, verstanden habe ich sie leider nicht gut, es hatte was mit Kuba zu tun, aber als dieser Martin Trojan weggegangen ist, hat der andere nach ihm gerufen und da hat er ihn Viktor genannt.«

»Woher hast du eigentlich meinen Namen gewusst, als ich hier ankam?«, wollte David wissen.

Hermiona lächelte. »Ich habe gehört, wie Valeska mit Agáta telefoniert hat. Sie hat sich den Namen aufgeschrieben. Ich kannte ihn ja, den Mann, er war irgendwie komisch. Ich habe mich gewundert, dass er einen Yoga-Kurs machen will, weil er sich so schlaksig bewegt hat, richtig ungelenkig. Deshalb bin ich auch zu Valeska gekommen, um zu sehen, ob es derselbe ist, der bei Gustav war und bei uns. Auf den ersten Blick hat es so ausgesehen. Aber … er hatte keine Narbe im Gesicht – und du hast die Finger auf den Boden gekriegt, das hätte der nie geschafft. Du warst also jemand anders.«

»Hm, du wärst ein guter Polizist, Hermiona«, sagte David. »Glaubst du, du würdest den anderen Mann, den, den der Trojan Viktor genannt hat, wiedererkennen?«

Hermiona nickte. »Klar. Ich habe die beiden lange genug beobachtet. Außerdem …«

»Ja?«

»Ich habe ihn heute gesehen«, flüsterte sie, »als ich zu unserem Haus gelaufen bin. Er ist aus der Richtung gekommen. Und kurz darauf habe ich ein Auto anspringen hören, aber da habe ich schon das Feuer gerochen …« Ihre Augen füllten sich mit Tränen. Sie zwinkerte sie tapfer weg.

»Heute Morgen?«, hakte David alarmiert nach. »Hat er dich auch gesehen?«

Sie schüttelte den Kopf. »Bestimmt nicht. Der ist wie von der Tarantel gestochen durch den Wald gerannt. Einmal hat er sich umgedreht und ist hingefallen, da habe ich sein Gesicht gesehen. Ich habe sehr gute Augen. Aber das Kennzeichen von dem Transporter konnte ich nicht erkennen. War zu weit weg.«

»Larissa, gib mir bitte die Fotos … Hermiona, sieh sie dir bitte genau an, ist dieser Mann einer von diesen Leuten?«

Sie warteten gespannt, was das Mädchen sagen würde, während sie aufmerksam die Fotos studierte.

Nur Larissa konnte sich nicht zurückhalten. »Meinst du etwa, er hat …?«

David brachte sie mit einer unwirschen Geste zum Schweigen. Dass das Mädel nie wusste, wann man die Klappe halten sollte.

Hermiona ließ sich Zeit. Schließlich deutete sie auf zwei der Fotos. »Das und das ist Martin Trojan. Und das ist der andere. Und der da, auf dem Bild, ist er auch. Das war der Mann, den ich heute Morgen im Wald gesehen habe.« Sie legte ihre Hand auf die Brust. »Heiliges Indianerehrenwort.«

»Sehr gut, Hermiona. Danke.« Er wandte sich an Larissa. »Wer ist das? Hat Magda dir das gesagt?«

Sie nickte. »Der eine ist Trojan, und der andere ist nach Auskunft von Benda sein Kollege Jakub Lajtr.«

»Kuba«, sagte David, »es ging nicht um *Kuba*. Das ist sein Spitzname, Jakub ›Kuba‹ Lajtr. Felix hat ihn erwähnt.«

»Er ist also ein eingeschleuster Agent?«, fragte Larissa aufgeregt.

»Ich fürchte nein. Jedenfalls hat Felix nichts dergleichen gesagt. Er sagte, er arbeite allein an der Sache. – Ich wünschte, ich würde die Sache auf die Reihe kriegen. John hatte recht, dass es im weitesten Sinne um Uran geht. Wir haben diese Moderatorkugel. Aber an wen will Kafka sie verkaufen? An diesen Trojan?«

»Kaum«, widersprach Larissa. »Benda sagte, der Typ sei ein Auftragskiller. Meinst du, er hat …«

»Hermiona und ich gehen zu Valeska hinüber, ein bisschen Yoga machen. Was meinst du?«, unterbrach Agáta die Spekulationen und sah das Mädchen fragend an.

»Ich bin kein kleines Kind, ich weiß, was ein …«, empörte sich Hermiona.

»Das ist mir völlig klar. Aber ich glaube, es würde uns trotzdem guttun. Vielleicht lernen wir ein bisschen schweben. Kannst du das schon?«

»Schweben? Nein. Aber Kopfstand. – Du kannst *schweben*?« Ihre großen Augen weiteten sich. Kein Auftragskiller konnte mit so etwas Abgefahrenem mithalten.

»Hmm. Kann man so sagen«, sagte Agáta und schmunzelte. »Das ist, wie so oft im Leben, eine Frage der Definition. Komm, ich zeige es dir.«

David nickte ihr dankbar zu, drückte noch einmal Hermionas Hand und wandte sich, als die beiden das Haus verlassen hatten, an Larissa. »Und wir beide statten dem Förster einen Besuch ab. Vielleicht kann er uns noch ein paar Fragen beantworten. Unterwegs kannst du noch mal Ota anrufen und ihm sagen, was Hermiona uns erzählt hat.«

38

Cestou domů vidím poslední ostatky vraní mrtvolky.
I když už je uvnitř všechno shnilé,
péří pořád ještě drží figuru.

Auf dem Heimweg sehe ich die letzten Überreste
des Krähenkadavers. Wenn innen schon alles verfault ist,
hält das Federkleid die Figur zusammen.

Sie sahen Otakar Nebeský schon von Weitem vor dem Haus der Kanzlei Kafka & Partner stehen. Felix Benda parkte den Wagen auf einem der für die Kanzlei reservierten Stellplätze.

»Gott sei Dank hast du mich angerufen«, begrüßte sie Nebeský, »ich hätte mich da drin glatt zum Affen gemacht. Nun ist meine ganze schöne Theorie, dass der Ehemann der Mörder ist, Essig. Vorhin hat auch Larissa noch mal angerufen …« Er wiederholte Hermionas und Agáta Abrhámovás Geschichte. Dann wandte er sich Benda zu. »Sie würde ich am liebsten standrechtlich erschießen lassen, Sie Aushilfs-James-Bond, Sie.« Er funkelte ihn böse an.

»Es ging nicht anders. Tut mir leid, ich wollte nicht …«

»Jaja.« Nebeský winkte genervt ab. »Vergessen Sie's. Schwamm drüber. Jetzt ist Kafka dran. Gehen wir.«

Fünf Minuten später führte die Sekretärin die drei in das Büro ihres Chefs. Čestmír Kafka saß an seinem eleganten Schreibtisch, vertieft in irgendeine Akte, sprang aber auf, als sie eintraten.

»Ich bin beeindruckt, Herr Inspektor, so schnell habe ich

nicht mit Ihnen gerechnet. Bitte setzen Sie sich doch, Herrschaften.« Er deutete auf eine Sitzgruppe auf der anderen Seite des Raumes und kam um seinen Schreibtisch herum darauf zu. »Sie haben sie gefunden? Wo ist sie? Es ist ihr doch nichts passiert?«, fragte er alarmiert.

Der Inspektor sah ihn verblüfft an. »Wie darf ich das verstehen, Herr Kafka? Von wem sprechen Sie?«

»Nun, äh ... ich habe erst vor ein paar Stunden meine Frau vermisst gemeldet. Ich dachte, Sie sind gekommen, um ... Weshalb sind Sie hier? – Und wer sind ...« Seine Stimme erstarb, und er ließ sich langsam in einen Sessel sinken.

»Frau Doktor Axamit, forensische Pathologin, und Dr. Benda vom Geheimdienst«, stellte Nebeský die beiden anderen vor. »Sie vermissen also Ihre Gattin. Nun, ihretwegen sind wir tatsächlich hier, aber von einer Vermisstenanzeige ist mir nichts bekannt.« Er räusperte sich. Einem Menschen mitzuteilen, dass ein Angehöriger tot war, gehörte zu den Dingen, die er an seinem Beruf am wenigsten mochte. Grässlich. Aber nicht zu ändern. »Es tut mir leid, Ihnen mitteilen zu müssen, Herr Kafka, dass Ihre Frau tot ist.« Dass der DNA-Test noch ausstand, unterschlug er. Sie hatten die Aussage von diesem kleinen Mädchen und dem alten Mann.

Der Anwalt schien in Bruchteilen von Sekunden um Jahre zu altern. Er starrte Nebeský fassungslos an. »Tot, sagen Sie? ... O Gott ... Irena ...«

Magda ging zu einer Anrichte, auf der allerlei Alkoholika standen, und schenkte ein großzügiges Glas Whisky ein. Sie reichte es dem Anwalt, der es mechanisch entgegennahm und auf einen Zug leerte.

»Danke. – Was ist passiert? Ein Unfall?« Er stellte das Glas mit zitternder Hand ab.

»Das steht noch nicht eindeutig fest. Wann haben Sie Ihre Frau zurückerwartet?«

»Ich war einige Tage auf Dienstreise, einige Klienten in Südböhmen … Sie war auch unterwegs, im Kreis Karlsbad, sie wollte eigentlich gestern zurück sein. Wir wollten uns in einem Lokal treffen … aber sie kam nicht. Ich habe versucht, sie anzurufen, aber sie ging nicht ran. Ich habe die halbe Nacht gewartet … und heute Morgen gleich die Polizei angerufen.« Er war aschfahl im Gesicht. »Tot – ich kann es nicht fassen … Was ist passiert?«

»Was war der Grund für die Reise Ihrer Frau?«

»Ich verstehe nicht, was all diese Fragen sollen, Herr Inspektor. Warum sagen Sie mir nicht …«

»Noch ein wenig Geduld, bitte. Es geht um ermittlungstechnische Fragen.«

»Nun gut. Sie betreibt ein Antiquitätengeschäft auf der Kleinseite. Sie war wegen Ankäufen unterwegs.«

»Nähmaschinen?«

Kafka sah ihn irritiert an. »Äh, ja. Ist das wichtig?«

»Möglicherweise. Wissen Sie, wen sie aufgesucht hat?«

»Natürlich nicht. Woher auch? Sie fuhr einfach in der Gegend herum und fragte nach den Dingen, die sie suchte. Nicht mein Fall, aber sie wollte es so. Hat einer der Leute ihr etwas angetan?«

Magda holte die Notfallmarke aus ihrer Tasche, die sie in dem verbrannten Wagen gefunden hatten. »Gehört diese Marke Ihrer Frau, Herr Kafka?« Sie reichte sie ihm.

Er nahm sie mit spitzen Fingern entgegen und betrachtete sie lange schweigend. Schließlich nickte er. »Ja, das gehörte ihr.« Als er wieder aufsah, glänzten Tränen in seinen Augen.

»Ihre Frau war also Diabetikerin. Wissen Sie, ob sie immer einen Vorrat Insulin bei sich hatte?«

»Selbstverständlich. Sie war insulinpflichtig. Aber sie ist mit ihrer Krankheit vorbildlich umgegangen, hat nie Süßes gegessen und pflichtbewusst ihre Broteinheiten gezählt. – Sie wollen doch nicht sagen, dass sie an einer Unterzuckerung gestorben ist? Das ist unmöglich! Sie wusste, dass sie in bestimmten Abständen essen muss…«

»Die genaue Todesursache können wir leider nicht mehr feststellen. Offenbar ist Ihre Frau in ihrem Wagen verbrannt…«

»Es sieht so aus«, unterbrach Nebeský sie, »dass Ihre Frau beim Ankauf einer Nähmaschine in einem Haus nahe Franzensbad an einer Unterzuckerung gestorben ist…«

»Aber Sie sagten doch gerade, sie sei in ihrem Wagen verbrannt… ich verstehe überhaupt nichts mehr.« Er sah ratlos von einem zum anderen.

Der Inspektor fasste so kurz wie möglich die wichtigsten Erkenntnisse zusammen, die sie gewonnen hatten. Allerdings nur das, was direkt mit Irena Kafkovás Tod zusammenhing. Keine Geschichten über Uran, rotes Quecksilber oder die Fotos.

Während er sprach, spiegelten sich auf Kafkas Miene Entsetzen und Schuld. »O Gott«, flüsterte er schließlich, »das Kind… warum hat sie nicht mit mir gesprochen? Ich bereue das alles mehr, als ich sagen kann… Seit Jahren ringe ich mit mir, ihr die Wahrheit zu sagen… ich habe es nicht fertiggebracht, ich hatte Angst, sie würde mich hassen dafür, mich verlassen… und nun das…«

»Die Geschichte mit dem Kind und dem Arzt ist also wahr?«, fragte Nebeský.

Kafka nickte. »Ich war dumm damals, eifersüchtig… borniert… nennen Sie es, wie Sie wollen. Als ich Irena kennenlernte, war sie schwanger, im fünften oder sechsten Monat. Sie war eine wunderbare Frau, lebensfroh, schön, klug – ach, alles, was man sich so wünscht. Ich wollte sie trotz des Kindes. Aber sie hing sehr an diesem anderen Mann. Der Kerl war nach Amerika gegangen. Sie behauptete, er wisse nichts davon, aber sie hat ihm Briefe geschrieben, die sie dann doch nicht abgeschickt hat, weil sie ihn nicht zwingen wollte zurückzukommen. Von ihm kamen auch ein paar, aber die habe ich aus dem Verkehr gezogen. Als von ihm nichts kam, willigte sie ein, mich zu heiraten, aber erst nach der Geburt. Sie wollte, dass sein Name in der Geburtsurkunde steht – keine Lügen. Ich dachte, ich würde das Kind trotzdem als mein eigenes annehmen, aber als ich es dann sah – es sah ihr überhaupt nicht ähnlich, musste ganz der Vater sein –, da bin ich durchgedreht, anders kann ich mir das nicht erklären.« Er seufzte tief. »Ich habe den Arzt bestochen. Er sollte das Kind irgendwie loswerden und meiner Frau sagen, es sei tot zur Welt gekommen. Er ist darauf eingegangen, keine Ahnung, warum, das hat mich nicht interessiert. Ich wollte auch nicht wissen, was er mit dem Kind macht. Ich wollte es nur aus meinem, aus unserem Leben entfernen.« Er stand auf und ging hinüber zu der Anrichte, um sich einen neuen Drink einzuschenken. »Ich dachte, wir würden eigene Kinder bekommen, und sie würde darüber hinwegkommen. Sie hat es nie gesehen … Aber es kam anders, wie so oft im Leben. Es hat nicht geklappt mit den Kindern. Nach drei Fehlgeburten haben wir aufgegeben.«

»Hat Ihre Frau jemals an der Geschichte gezweifelt?«

»Nicht, dass ich wüsste. Nein. Wir hatten ja einen offiziellen Totenschein. Sogar ein Grab in Cheb. Sie hat das Mädchen Klára genannt, nachdem sie erfahren hat, dass es tot ist. Sie sagte der Hebamme, sie wolle nicht, dass das Kind ohne Namen in den Himmel kommt.« Er wischte sich mit einer Hand über das Gesicht. »Und jetzt hat sie es also gefunden – hat sie gewusst, dass dieses Mädchen ihre Tochter ist?«

»Das kann ich Ihnen leider nicht beantworten. Die alte Frau ist kurz nach dem Besuch Ihrer Frau gestorben. Sie hatte Angst, das Kind zu verlieren – und ein schwaches Herz.«

»Sie habe ich also auch noch auf dem Gewissen ...«

Und den Großvater, fügte Nebeský in Gedanken hinzu. Aber vielleicht auch nicht. Das Kind hatte diesen Lajtr in der Nähe des Hauses gesehen ...

»Das wäre also so weit geklärt. Ich habe aber noch ein paar andere Fragen an Sie, die mit Ihrer Tätigkeit zusammenhängen. Fühlen Sie sich dem gewachsen? Sie dürfen einen Anwalt hinzuziehen, wenn Sie wollen.«

Kafka machte eine müde, wegwerfende Geste. »Fragen Sie nur. Anwalt bin ich selbst. Und jetzt ist ohnehin alles egal. Was wollen Sie noch wissen?«

Nebeský holte die gefaxten Fotos aus seiner Jackentasche und breitete sie vor dem Anwalt aus. »Können Sie uns etwas dazu sagen?«

Kafka betrachtete die Bilder lange und aufmerksam, sein Gesicht eine ausdruckslose Maske. Schließlich sah er auf, schloss einen Moment die Augen, als sammle er Kraft. Als er sie wieder öffnete, hatte er offenbar einen Entschluss gefasst. »Ich verstehe, deshalb der Herr vom Geheimdienst. Jetzt wird mir so manches klar ... Sie sind vermutlich wegen des erschossenen Kommissars hier. Ich habe nichts damit zu tun – und ich kann es beweisen.« Er stand auf und ging zu einem Schranktresor, der schräg hinter seinem Schreibtisch stand. Ein paar Minuten später kehrte er mit einem Videoband zurück, das er dem Inspektor überreichte. »Ich hätte gerne eine Quittung dafür, wenn Sie nichts dagegen haben. Ich habe vor ein paar Wochen heimlich eine Kamera in dieses Büro einbauen lassen, weil ich den Eindruck hatte, dass es für abendliche Treffen missbraucht wird. Ich dachte an geheime Schäferstündchen oder ähnlich harmloses Zeug. Mein Sofa ist recht bequem.« Er lächelte schief. »Aber es waren nicht diese Sorte Treffen. Ich mache es kurz, Sie können sich das Filmchen ja selbst ansehen. Es ging um Schmuggel von allerlei Dingen, unter anderem sogenannte Moderatorkugeln, die man für Kugelhaufenreaktoren braucht. Ich bin vielleicht kein Engel, aber an solchen Geschäften habe ich mich nie beteiligt. Und ich würde mit Sicherheit nie einen Auftragskiller engagieren. Und zwar nicht, weil ich zu geizig wäre …«

»Hm.«

»Ich hatte es nicht immer leicht mit Ihrem Partner, Inspektor, das gebe ich gerne zu. Er ist so ein Unbestechlicher. Ein integrer Mann. Das ist zwar manchmal lästig, aber ich weiß es trotz allem zu schätzen. Es tut mir aufrichtig leid um ihn.«

»Wo wurden diese Bilder gemacht?«, fragte Benda, der sich bisher zurückgehalten hatte.

Kafka seufzte. »Das sind Fotos von einer Geburtstagsfeier eines Kollegen, der auch mein Klient ist. Er hat sie gemacht, deshalb ist er auch nicht drauf.«

»Und wer ist dieser Klient?«

Kafka schwieg nachdenklich. »Nun, Sie werden es ohnehin rauskriegen. Der Mann heißt Vilém Meinl. Seien Sie nett zu seiner Tochter, wenn sie es erfährt. Sie arbeitet erst seit ein paar Monaten für mich. Eine sehr gute, junge Anwältin, wird es weit bringen. Den Namen sollten Sie sich merken, Herr Inspektor: Skarlet Meinlová.«

Die drei starrten ihn wie vom Donner gerührt an.

»Sie glauben mir nicht, wie? Nun, er ist hier auf dem Band drauf, Herr Benda. Allerdings hat er das Treffen früh verlassen – nach kurzen, aber eindeutigen Anweisungen an einen meiner Partner. Ihr Kollege Jakub Lajtr ist kurz darauf gekommen und wurde von meinem Partner unterrichtet. Wer die Leute auf den Fotos sind, wissen Sie ja sicher schon. Sonst kann ich Ihnen bei der Identifizierung helfen.«

»Ich bitte darum«, sagte Nebeský.

Kafka nannte die Namen, die sie inzwischen kannten. Alle, bis auf einen. »Den hier, der nur angeschnitten auf dem Bild ist, stellte Lajtr damals als Felix Benda vor. Aber offensichtlich hat er sich den Namen nur ausgeliehen. Wissen Sie, wer der Mann ist?«

»Er nennt sich Martin Trojan«, erwiderte Benda, »wahlweise auch Viktor Sorokin – nur zwei von vielen seiner wechselnden Identitäten. Ein Auftragskiller.«

»Haben Sie ein Abspielgerät, Herr Kafka? Ich will mir das Band ansehen.« Nebeský konnte noch immer kaum fassen, was er gehört hatte.

Der Anwalt nickte, ging zu einem Schrank und legte das Band ein. Der Bildschirm begann zu flimmern, dann sahen sie Kafkas Büro ...

Dreißig Minuten später saßen sie still vor dem wieder flimmernden Bildschirm. Kafka hatte die Wahrheit gesagt. Auch Skarlets Version des Gesprächs entsprach in weiten Teilen den Tatsachen, obwohl sie nur wenige Minuten am Ende gehört hatte. Nur dass die Männer den Tod von Eva Urbanová beschlossen hatten, nicht den von David Anděl. Wie die Sache wohl ausgegangen wäre, fragte sich Nebeský, wenn Skarlet nur Minuten früher gekommen und die Stimme ihres Vaters gehört hätte? Vielleicht ... sinnlose Spekulationen.

»Die beiden sprachen auch von Nähmaschinen«, sagte Nebeský schließlich. »Was hat es damit auf sich? Ihre Frau war deswegen in Franzensbad.«

»Da muss ich Sie enttäuschen. Ich weiß es nicht. Sie sagte mir, sie habe einen Auftrag aus irgendeinem arabischen Staat bekommen. Der Kunde wollte so viele alte Singer-Nähmaschinen wie möglich haben. Was die Araber mit den alten Dingern wollen, kann ich mir nicht vorstellen. Aber das geht mich auch nichts an. Der Preis, den sie geboten haben, war ziemlich hoch, deshalb ist sie darauf eingegangen, obwohl es mit viel Herumreisen verbunden war. Mit diesem Geschäft hätte ihr Laden endlich schwarze Zahlen geschrieben. Sie hatte über zweihundert Stück beisammen. Der Kreis Karlsbad war der letzte auf ihrer Liste, sie hatte im wahrsten Sinne des Wortes die ganze Republik abgeklappert. Die Lieferung sollte eigentlich morgen oder übermorgen rausgehen. Das wird jetzt wohl warten müssen. Ich nehme an, ihre Aushilfe wird sich darum kümmern. Vermutlich weiß er Genaueres. Allerdings ist er gerade irgendwo unterwegs. Wenn ich mich recht erinnere, hat sogar er den Kunden angeschleppt, beziehungsweise dessen Kontaktperson hier. Wer die ist, weiß ich allerdings nicht sicher, ich fürchte, ich habe nicht immer aufmerksam zugehört, wenn meine Frau von ihren Geschäften sprach. Ich erinnere mich nur, dass es sich um eine Frau handelte. Irenas Aushilfe ist ein angehender Schriftsteller, glaube ich, ich habe ihn nur einmal gesehen, er heißt John Ketchup oder so ähnlich.«

39

Tady jsem spáchal svou první vraždu.

Hier habe ich meinen ersten Mord begangen.

»Wer sind Sie?«, fragte der ältere Mann, der Mottls Haustür öffnete, nachdem Larissa erst geklopft und schließlich sturmgeläutet hatte. Er war klein und drahtig und sah sie aus fast schwarzen Augen durchdringend an.

»Wir möchten zu Gustav Mottl. Ist er da?«, erwiderte David Anděl.

»Hm. Da ist er schon, aber das wird Ihnen nicht weiterhelfen, fürchte ich. Er ist tot.«

»Was ist passiert? Ein Infarkt oder so was?« Zu spät, dachte Anděl, wie immer in letzter Zeit.

»Wer sind Sie?«, konterte der Mann seine Frage.

Bevor Anděl sich überlegt hatte, welche seiner beiden Identitäten er verwenden sollte, antwortete Larissa in ihrer üblichen ungestümen Art.

»Mein Name ist Larissa Khek. Ich bin eine Journalistin aus Prag, und das ist Martin Trojan, ein … äh, Kollege. Wir haben den Förster gestern getroffen und wollten ihn noch ein paar Dinge fragen – aber …« Himmel, tot, dachte sie erschüttert. Und gestern Abend hatte er noch mit ihnen Im Siebten Himmel gesessen.

»Trojan, so. Hm.« Der Mann betrachtete die beiden misstrauisch, verschränkte die Arme vor der Brust.

»Und wer sind Sie?«, schaltete sich Anděl ein, der, ohne es

selbst wirklich zu merken, dabei war, wieder in seine Rolle als Kommissar zu schlüpfen.

»Mein Name ist Prokop Tatarka, Rechtsmediziner aus Karlsbad. Ein alter Freund des Verstorbenen. Gustav und ich waren heute Morgen zu einem Spaziergang verabredet. Als ich hier ankam, war die Tür offen.«

»Was ist dem Förster zugestoßen?«, fragte Larissa.

»Eine Kugel. – Ich wollte eben die Polizei benachrichtigen.« Er musterte Anděl nachdenklich. »Sie sind sicher, dass Sie Martin Trojan sind? Wenn ja, dann kriegen Sie gleich ein Problem, mein Freund, denn *Martin Trojan* liegt da drin tot neben Gustav und noch einem Mann namens Jakub Lajtr.«

»Verdammte Scheiße.«

»Kann man so sagen. Also, wer sind Sie, Freundchen?«

»David Anděl …«

»Der erschossene Kommissar? Sie sind wohl von den Toten auferstanden, wie?«

»Hören Sie, wenn Sie tatsächlich ein alter Freund von Gustav sind, dann wissen Sie, dass auf seinem Kaminsims Fotos stehen. Auf einem davon bin ich drauf, an einem Schießstand. Allerdings mit dunklen Haaren und ohne Bart. Ich weiß, dass ich angeblich tot bin, aber … das ist eine lange, komplizierte Geschichte. Ich möchte mir den Tatort ansehen.«

Tatarka rührte sich nicht.

»Sie können auch Ihre frühere Kollegin und Bekannte Agáta Abrhámová anrufen. Sie wird Ihnen bestätigen, wer ich bin.«

Über Tatarkas faltiges Gesicht huschte ein Lächeln. »Brauche ich nicht. Sie hat mich angerufen, meinte, Sie würden vielleicht vorbeikommen in meiner Prosektur. Ich wollte Sie nur testen. Keine böse Absicht. – Da Sie ja Kriminalkommissar sind, wenngleich gerade nicht im Dienst, können Sie sich den Tatort meinetwegen ansehen.« Er trat zur Seite.

»Was ist mit der Polizei? Wollten Sie die nicht rufen?«, fragte Anděl und ging an ihm vorbei ins Haus.

»Das hat noch ein paar Minuten Zeit. Der Inspektor und ich … egal.«

Die Bescherung in Mottls Wohnzimmer war kein schöner Anblick. Der Förster saß halb liegend auf dem Sofa, in einem Sessel in ähnlicher Haltung ein anderer Mann, vermutlich Lajtr, dachte Anděl. Auf dem Boden ausgestreckt, zwischen Wohn- und Arbeitszimmer, lag der dritte Mann … Der Kommissar stutzte, das war doch … er trat noch einen Schritt vor.

»Nein! – O mein Gott …«, rief Larissa entsetzt aus, die hinter Anděl eingetreten war, »das ist …«

»… *nicht* Martin Trojan«, bestätigte Anděl, »das ist John Ketchum, ein amerikanischer Journalist.« Er atmete tief durch. Seine Gedanken rasten. Hermiona hatte heute Morgen Lajtr vom brennenden Haus ihrer Großeltern wegrennen sehen, und nun lag der Mann tot im Försterhaus. Zusammen mit John Ketchum, der am Abend zuvor den Förster nach Hause gefahren hatte.

»Was? Nicht Trojan? Aber er hat einen Führerschein auf diesen Namen bei sich. Ich habe vorsichtig nachgesehen, ob sie Papiere bei sich haben. – Das wird den Inspektor gar nicht freuen«, fügte er mit einem boshaften Grinsen hinzu.

»Wie lange sind Sie schon hier, Doktor?«

»Ich kam keine fünf Minuten vor Ihnen hier an.«

»Seit wann sind die drei ungefähr tot?«

»Keine halbe Stunde, würde ich sagen, eher weniger. Sind alle noch warm, das Blut noch nicht geronnen …«

»Haben Sie jemanden gesehen, als Sie hier ankamen?«

Tatarka schüttelte den Kopf. »Das heißt, doch, ein Wagen kam mir entgegen … Ein Transporter … War ziemlich schnell unterwegs.«

Andĕl sah sich im Wohnzimmer um. Nirgendwo Patronenhülsen. Entweder der Täter hatte sie aufgesammelt, oder er hatte einen Revolver verwendet. »Durchschüsse oder Steckschüsse?«

»Zweimal Steckschüsse bei denen auf dem Sofa, ein Durchschuss bei dem im Durchgang. Komisches Ding, das Projektil …«

»Eis?«, fragte Andĕl auf gut Glück und lief ins Arbeitszimmer.

»Ja. Ich habe es gleich in einem Tütchen ins Eisfach in der Küche gepackt. Das glaubt mir ja sonst kein Mensch.«

Andĕl öffnete den Waffenschrank, aus dem er eine Pistole und passende Munition holte. »Was für eine verdammte Scheiße«, murmelte er halblaut vor sich hin, während er vorsichtig über Johns Leiche stieg und zur Haustür eilte.

»Was haben Sie vor?«, fragte Tatarka misstrauisch.

»Du willst doch nicht etwa …«, rief Larissa entsetzt aus, als sie ihn die Pistole laden sah.

»Das war Trojan. Er ist mit dem Transporter weg. Vermutlich will er diese Moderatorkugeln irgendwo holen …« Er blieb an der Tür stehen, steckte die Pistole in den Hosenbund.

»Aber du weißt doch gar nicht, wo die Dinger sind! Wo willst du denn …«

»Im Stollen am Kammerbühl«, unterbrach sie Tatarka, »Gustav hat mich heute Morgen angerufen, erzählte eine wilde Geschichte, die ich nicht ganz verstanden habe. Aber er sagte, sollte etwas passieren, solle ich Sie«, er nickte Larissa zu, »in Ihrer Pension aufsuchen, Sie wüssten jemanden, der sich darum kümmern würde, und ich sollte Ihnen sagen, das Zeug sei im Kammerbühl. Ich hatte keine Ahnung, was er meinte… Deshalb bin ich früher hergefahren als vorgesehen. Habe mir Sorgen gemacht. Gustav war ziemlich aufgeregt und…«

»In welche Richtung ist er gefahren?«, unterbrach ihn Anděl, die Hand an der Türklinke.

»Richtung Slatina.«

»Sie rufen die Polizei. Der Inspektor soll Einsatzwagen zum Stollen am Kammerbühl schicken.« Er öffnete die Tür und rannte zum Wagen. Als er ihn gerade anließ, sprang Larissa auf den Beifahrersitz.

»Was zum Teufel…«

»Ich komme mit.«

»Kommt überhaupt nicht…«

»Keine Diskussion. Fahr endlich los, sonst ist der Typ weg mit dem Zeug. Los.«

Er starrte sie wütend an. Sie hielt seinem Blick stur stand.

»Verdammte Scheiße.« Das war so ziemlich das Letzte, was er bei dieser Aktion brauchen konnte.

»Du wiederholst dich.«

Er startete den Wagen, lenkte ihn in Richtung Wald.

»Er ist doch in die andere Richtung gefahren«, sagte Larissa verwirrt.

»Hier rum ist es kürzer. – Du bist ein grauenhaft renitentes Weibsbild.«

Larissa schwieg und grinste. Was für eine Geschichte! Viel besser als das, weswegen sie eigentlich in diese scheinbar so ruhige Gegend gekommen war.

Keine fünf Minuten später hielt Anděl den Wagen an und drehte sich zu ihr um.

»Nein, ich werde nicht im Wagen bleiben«, griff sie seinen Worten vor.

»Larissa«, sagte er leise, »wenn du auch nur einen Schritt

aus diesem Wagen machst, dann drehe ich dir eigenhändig den Hals um.« Seine Stimme klang wie Eis.

Sie setzte an, etwas zu sagen, aber er ließ sie nicht zu Wort kommen. *»Nein!«* Er stieg aus, schloss leise die Fahrertür und machte sich auf den Weg zum alten Stollen.

Larissa blieb wütend im Wagen sitzen. Sein Ton hatte sie beeindruckt, aber sie hatte nicht vor, sich bevormunden zu lassen. Ich gebe dir fünf Minuten, dachte sie eigensinnig, dann gehe ich nachsehen.

Anděl lief den Feldweg entlang Richtung Kammerbühl. Die ruhige, sonnenbeschienene Landschaft um ihn herum nahm er nicht wahr. Als er um ein Gebüsch bog, sah er den Transporter. Er stand direkt vor dem Eingang zum Stollen, die Hecktüren weit geöffnet. Einige Kisten standen schon drin. Höchste Zeit einzugreifen. Wo blieb die Polizei, verdammt? Er sah sich um. Weit und breit keine Menschenseele. Rechter Hand, vielleicht zwanzig Meter von ihm entfernt, stand inmitten einer verschneiten Wiese das Infohäuschen, in dem man Broschüren über den Naturpfad, Postkarten und Getränke kaufen konnte. Der Mann, der das Infohäuschen betrieb, wohnte dort auch, wie Anděl wusste. Mit ein bisschen Glück würde er nichts mitkriegen. Im nächsten Moment ging die Tür auf, und ein älterer Mann trat heraus, den Blick auf den Transporter gerichtet. Er schüttelte missbilligend den Kopf und ging langsam, ohne Anděl bemerkt zu haben, quer über die verschneite Wiese auf den Transporter zu. Als er etwa auf halbem Weg war, kam ein Mann, der eine große Kiste schleppte, aus dem Stollen heraus. Schwarze Kleidung, helles Haar, das Gesicht, das Anděl von dem verknitterten Personalausweis kannte, den er in seiner Jackentasche trug. Martin Trojan, kein Zweifel. Aber da war noch etwas … Irgendwas an diesem Mann kam ihm bekannt vor. Trojan schien den Alten nicht zu bemerken, ging auf das Heck des Wagens zu. Anděl überlegte fieberhaft, wie er den Alten aus dem Weg kriegen konnte. Keine Chance. Aber er konnte Trojan nicht einfach laufen lassen. Er entsicherte die Pistole, trat einen Schritt vor, aus dem Schatten des Gebüsches heraus. Der Schnee knarzte unter seinen Schuhen. Die Pistole hielt er in beiden Händen mit dem Lauf zum Boden.

»He, Sie«, rief der Alte dem Mann mit der Kiste zu, ohne stehen zu bleiben. »Was machen Sie da? Sie dürfen da nicht …«

Trojan sah in die Richtung, aus der die Stimme kam, stellte langsam die Kiste auf den Boden. Fasste mit einer Hand in seine Jacke.

Anděl beobachtete ihn aus zusammengekniffenen Augen. Diese Bewegung … die schwarze Kleidung … ein anderer Ort … nachts … der Bürgersteig vor seinem Haus … Eva … das helle Oval hinter ihr, ein fast körperloses Gesicht, das ihn einen Moment lang irritiert hatte … Man trifft sich im Leben immer zwei Mal …

»Hände hoch. Polizei«, schrie Anděl, Mottls Pistole im Anschlag.

Trojan zog etwas aus seiner Jacke, den Blick auf den Alten gerichtet, scheinbar ohne Anděls Aufforderung wahrgenommen zu haben. Etwas glitzerte kurz in der Sonne. Der alte Mann stand wie erstarrt auf der Wiese, nur sein Kopf drehte sich von einem zum anderen, wie bei einem Tennismatch, sein Gesichtsausdruck wechselte von Erstaunen zu Angst. In der Ferne begann eine Sirene zu heulen.

Es waren nur Bruchteile von Sekunden, doch Anděl erschienen sie wie eine Ewigkeit. Ein Mensch, dachte er, mein geliehenes Alter Ego. Solo Lovec … Yvan Tzara … ein Schriftsteller … so ein gutes Buch … Kunst … Keine Sentimentalitäten!

»Fallen lassen!«, schrie er. »Runter, Mann!«

Trojans Arme streckten sich in Richtung des Alten, dann drehte er sich plötzlich. Sah Anděl an. Stutzte. Entsetztes Erkennen spiegelte sich in seinem Gesicht. Er zögerte. Einen Augenblick zu lang.

Anděl zog den Abzug durch.

40

Touhu není záhodno realizovat.
Miluju nepřítomné, nenarozené a mrtvé.

Sehnsucht ist nicht praktikabel.
Ich liebe Abwesende, Ungeborene und Tote.

Anděl stand im Hof von Valeskas Anwesen. Er hatte am gestrigen Tag zusammen mit Larissa und Prokop Tatarka mehrere Stunden lang die Befragung durch Inspektor Tomáš Marný über sich ergehen lassen. Es war nicht einfach gewesen, ihm die ganze vertrackte Geschichte nahezubringen. Der Inspektor hatte lange mit Ota Nebeský telefoniert, um sich alles bestätigen zu lassen, und sich auch bei Staatsanwalt Otčenášek rückversichert, dass man tatsächlich nicht versuchte, ihm einen gewaltigen Bären aufzubinden. Schließlich hatte er die drei ziehen lassen. Unwillig, aber es war ihm nichts anderes übrig geblieben, da der alte Mann vom Infohäuschen bestätigt hatte, dass Anděl in Notwehr geschossen hatte.

Trojan war tot. Sein erster Toter. Anděl hatte immer gehofft, nie in eine solche Situation zu kommen. Nun war es doch passiert. Er fühlte nichts, noch nicht einmal Genugtuung. Er hätte Trojan weit lieber vor Gericht als tot im Schnee gesehen. Aber er hatte nicht riskieren wollen, den Mann nur anzuschießen, das wäre eine fahrlässig gefährliche Variante gewesen angesichts der Kaltblütigkeit des Killers.

Nach der Befragung durch den Inspektor hatte er lange mit Ota und Felix telefoniert und noch länger mit Magda. Die drei waren, wie nicht anders zu erwarten, zutiefst erleichtert gewesen, dass ihm nichts passiert war. Trotzdem waren die Gespräche seltsam angespannt gewesen. Vermutlich auch kein Wunder. Ota Nebeský hatte ihm die Teile der Geschichte erzählt, die sie von Čestmír Kafka erfahren hatten. Alles hatte sich zur allgemeinen Zufriedenheit aufgelöst. Sogar die Frage, was nun mit Hermiona geschehen sollte. Er hatte lange mit dem Mädchen gesprochen und sie schließlich gefragt, was sie wollte. Sie habe die Wahl, sie könne vorerst bei Valeska bleiben, was diese spontan angeboten hatte, nachdem sie alles erfahren hatte, oder sie könne mit ihm nach Prag kommen. Die Variante Waisenhaus bis zur offiziellen Klärung seiner Vaterschaft, die der Inspektor bei ihrem Gespräch vorgeschlagen hatte, hatte er gar nicht erst erwähnt. Hermiona hatte keine zwei Sekunden gebraucht, sich zu entscheiden.

Den Abend hatten er, Larissa, Agáta und Hermiona mit Valeska vor dem Kamin verbracht, es gab viel zu erzählen und zu erklären. Erst weit nach Mitternacht waren alle erschöpft ins Bett gefallen.

»Wie geht es Ihnen?«, fragte Agáta, die auf der Suche nach ihm aus dem Haus gekommen war.

»Hm? Gut, danke. Seltsam. Ich bin plötzlich wieder in meinem alten Leben aufgeschlagen. Komisch, irgendwie.«

»Schön. Ich meinte eigentlich wegen dieses Trojans ...«

»Oh. Ja. Nun, es hat keinen Unschuldigen getroffen. Ist schon in Ordnung, das schlechte Gewissen hält sich in sehr engen Grenzen. Es ging nicht anders.«

»Gut. – Ich möchte Ihnen noch eine Kleinigkeit erzählen. Es ist zwar wahrscheinlich nicht mehr wichtig, aber man sollte alle Fäden aufsammeln, denke ich.«

»Ja?«

»Es geht um die Nähmaschinen. Ich habe einen Artikel darüber erwähnt, wenn Sie sich erinnern.« Sie hielt ihm einen Computerausdruck hin.

Er las den kurzen Abschnitt, sah sie erstaunt an. »Ist nicht wahr.« Er grinste. »Sachen gibt's.«

»Was ist das?«, fragte Larissa, die ebenfalls aus dem Haus gekommen war.

»Die Auflösung des Geheimnisses der Nähmaschinen«, erwiderte Anděl. »Am Golf ist man offenbar der Ansicht, dass sich in alten Singer-Nähmaschinen rotes Quecksilber befindet. Du weißt schon, dieses ominöse Pulver.« Er erklärte ihr kurz, was er darüber von Felix Benda erfahren hatte. »Deshalb hat man solche Maschinen in Europa aufkaufen lassen. Sie träumen dort offenbar von all diesen unwahrscheinlichen Waffen, die man mithilfe dieses Pulvers herstellen können soll.« Er lachte leise vor sich hin. »Unglaublich, wie naiv manche Leute sind.«

»Im Prinzip ja«, murmelte Agáta schmunzelnd und nestelte an der kleinen silbernen Amphore herum, die an ihrer langen Halskette hing.

Larissa lachte auch. »Ist nur schade um diese schönen Nähmaschinen. Dass wirklich jemand dieses Zeug glaubt ... ich meine, das ist doch alles Schwachsinn.«

Valeska, die nach der ersten morgendlichen Yoga-Stunde aus dem Übungsraum kam, gesellte sich zu ihnen. »Guten Morgen allerseits. Nun hast du gar kein Yoga gemacht«, wandte sie sich an Anděl, »schade.«

»Tja, dann werde ich wohl wiederkommen müssen.«

»Das hoffe ich sehr. Und bring meine Schwester mit, der würde ein bisschen Überwindung der Körpergrenzen auch guttun – so nannten Sie das doch Agáta, nicht wahr? Eine schöne Formulierung, finde ich.«

»Dann gehe ich wohl mal Hermiona wecken«, sagte Anděl unschlüssig.

»Ich hole sie«, bot Larissa sich an und verschwand im Haus.

»Du bist so ruhelos«, sagte Valeska.

»Hm. Ja. Es war, alles in allem, eine sehr interessante Auszeit von meinem Leben. Ich weiß noch nicht so recht, was ich jetzt tun werde… und mit Hermiona… so plötzlich Vater zu werden ist kein Spaziergang, vor allem mit meinem Beruf. Die Arbeitszeiten sind alles andere als familienfreundlich.«

Valeska lächelte ihn an. »Mach dir keine Sorgen. Ich habe gestern Nacht noch lange mit Magda gesprochen. Sie freut sich sehr auf das Mädchen. Auch wenn sie nicht dauernd darüber spricht, ihre Kinder fehlen ihr sehr. Ihr beide kriegt das schon hin. Und was die Arbeit angeht… Teilzeit ist wohl keine realistische Option, wie?«

Anděl lachte. »Keine Chance. Die Frage ist, gehe ich zurück oder steige ich aus und gehe wieder an die Uni. Ich habe mir die halbe Nacht den Kopf darüber zerbrochen. Ich weiß es nicht…«

»Eines nach dem anderen, würde ich sagen«, mischte sich Agáta ein, »jetzt fahren wir erst mal nach Prag zurück. Und was unmögliche Arbeitszeiten angeht – ich bin eine unterbeschäftigte Rentnerin, die Kinder liebt. An eigene Enkelkinder werde ich nicht mehr kommen. Ich stehe also als Adoptiv-Oma sehr gerne zur Verfügung, wenn es hilft.«

»Danke, Agáta, ich glaube, ich werde darauf zurückkommen. Hermiona mag Sie sehr.«

»So, da wären wir«, sagte Larissa, die eine sehr verschlafene Hermiona an der Hand führte. »Das Packen ging ruckzuck. Ich glaube, ihr müsst als Erstes Klamotten kaufen gehen, wenn wir zurück sind. Und ich mache auch gerne den Babysitter, wenn nötig.«

»Ich bin kein Baby«, protestierte Hermiona gähnend.

»Natürlich, ich meinte Kindersitter.« Larissa grinste. »Wir setzen uns schon mal ins Auto. Wiedersehen, Valeska, war schön, dich kennenzulernen.«

Hermiona verabschiedete sich ebenfalls von Valeska, nicht ohne ihr das Versprechen abzunehmen, bald nach Prag zu kommen. Die anderen holten ebenfalls ihre Sachen aus dem Haus. Fünfzehn Minuten später, nach langer, wortreicher Verabschiedung, saßen Agáta, Larissa, Hermiona und Anděl im Wagen. Valeska ging zurück zum Übungsraum und winkte ihnen noch ein letztes Mal.

Als Anděl den Wagen starten wollte, klingelte sein Handy. Es war Ota Nebeský.

»Ich konnte die halbe Nacht nicht schlafen, weiß auch nicht warum. Ist ja alles wieder gut und beim Alten, nicht wahr. Ja. Äh, seid ihr schon auf dem Weg?«

»So gut wie. Was gibt's?«

»Ach, eigentlich nichts weiter, ich … na ja, ich bin nur froh, dass …« Ota schwieg bewegt einen Moment. »Junge, ich hab dich echt vermisst. Ist scheiße, so ohne Engel an der Seite.« Er räusperte sich verlegen und fuhr deutlich fröhlicher fort: »Wollte dir nur sagen, dass wir deine Rückkehr natürlich feiern werden, wie es sich gehört – ich habe Karten für das Eishockey-Halbfinale nächste Woche, und hinterher gehen wir zu Magda ins Ráj. Die ganze Mannschaft kommt mit, sogar das Väterchen. Was hältst du davon?«

»Klasse. Feine Sache, Ota.« Zurück, dachte er, und warf einen Blick auf Hermiona, die auf der Rückbank ihren Kopf an Larissas Schulter gelehnt hatte und tief schlief. Ihre Lippen umspielte ein glückliches Lächeln. Ja, er würde nach Prag zurückkehren, selbstverständlich, in Prag wartete Magda, in Prag waren Larissa, Ota, Jirka, Meda, Agáta, der Staatsanwalt, Felix – und wie sie alle hießen, die Freunde und Geliebten, die Menschen, auf die er nicht verzichten mochte. Und er hatte es seiner Tochter versprochen, sie würden zusammen in Prag leben, in einer Wohnung wie ein Adlerhorst, hoch über den roten Ziegeldächern der Stadt, die sie noch nie gesehen hatte, mit einem Blick über die Moldau und die Altstadt direkt hinüber in die Weinberge, wo man neben den spitzen Türmen der Kirche der heiligen Ludmilla mit etwas Fantasie und einem guten Fernglas den Eindruck hatte, in Magdas Fenster auf dem Friedensplatz spähen zu können. Er liebte diese Stadt und ihre Menschen – egal wie sehr sie ihm gelegentlich auf den Geist gingen. Prag war ihm das Zentrum der Welt. Ja, Franz, dachte er, dieses Mütterchen hat Krallen, das hast du richtig erkannt. Aber nicht etwa weil sie wirklich golden wäre, diese sogenannte Goldene Stadt; nicht weil man sie seit Urzeiten die Mutter der Städte nannte, als sei sie älter als andere Städte; nicht weil sie mehr Türme hätte oder aus mehr historischem Stein bestünde; nein, es war ihre unvergleichliche Atmosphäre, ein Zauber, der nicht überwältigte, sondern sich langsam, fast unmerklich in die Seele schlich und dort in jedem Winkel festsetzte und mit ihr verwuchs, bis man glaubte, ohne diese Stadt nicht mehr atmen zu können. Prag war seine Stadt, und keine andere konnte damit mithalten. Nicht mal Paris. Na schön, vielleicht New York. Aber nur vielleicht und auch nur wenn man mindestens einmal pro Woche bei Gallagher's Rinderbraten essen und den Rest des Tages bei Barns & Noble beim Schmökern vertrödeln könnte.

Aber zurückgehen, so wie Ota es meinte? Zurück in den Dienst, in sein Leben als Kapitán David Anděl, Kommissar der Prager Mordparta, ins Kommissariat in der Bartolomějská, wo es die grässlichste Kantine der ganzen Stadt gab, aber die hübscheste Kassiererin; wo man von seinem Bürofenster aus mittags im Dachgeschoss gegenüber dem Oberst beim Schäferstündchen mit der Gattin des stellvertretenden Polizeipräsidenten zusehen konnte; wo derselbe Oberst weiterhin durch die Gänge toben würde, egal was er sich hatte zuschulden kommen lassen, eben weil er mit der Borůvková schlief und mit deren Gatten regelmäßig Tennis spielte; wo die uniformierten Kollegen von der Stadtpolizei die Bürger und Touristen, die Anzeige wegen eines Diebstahls erstatten wollten, stundenlang warten ließen in der Hoffnung, diese werde während der langen Wartezeit die Leute verlassen und sie würden so zermürbt von einer Anzeige Abstand nehmen; wo einem abends auf dem Heimweg Menschen vom Bethlehem-Platz entgegenkamen, die aussahen, als seien sie aus einer lange vergangenen Zeit in die unsere gefallen und die einem nur einen Prospekt für irgendeins der zahllosen täglichen Konzerte in die Hand drücken wollten; wo es nur ein paar Schritte zum Café Louvre waren und seinen Billardtischen oder zur Pizzeria Kmotra, wo ihm die Pizza zwar nicht besonders schmeckte, deren unterirdischen Schankraum er aber für alle Zeit mit seinen ebenso seltenen wie heiß ersehnten Besuchen im Prag der Neunzigerjahre verbinden würde und den zahllosen Mittagessen mit Ota; wo Cajthaml die Kaffeegläser so vollmachte, dass kein Mensch außer ihm sie tragen konnte, ohne etwas zu verschütten; wo Medas unwahrscheinlich hohe Absätze durch die Gänge klapperten; wo … ach, es gab viele Gründe, zurückzukehren. Die Arbeit machte ihm Spaß, das war sicher nicht der unwichtigste. Aber jetzt hatte er Hermiona, die seine Zeit brauchte, seine Aufmerksamkeit, seine Liebe. Eine ganz neue Welt hatte sich plötzlich vor ihm aufgetan, eine Welt, die er fast vergessen hatte, voller Neugier und Wissensdurst, voller Fragen, die zu Antworten führten, die noch mehr Fragen nach sich zogen, voller erster Male, voller Gefühle, die Achterbahn fuhren ohne Bremse. Er hatte zwölf Jahre ihres Lebens verpasst – die nächsten wollte er in vollen Zügen genießen. Er hatte ja noch sein anderes Standbein, ein Spielbein eher, sein Hobby, das mal sein Beruf werden sollte und es kurze Zeit auch war. Erst im November hatte ihn der Dekan der Fakultät, an der er gelegentlich Seminare hielt, gefragt, ob er nicht eine Vollzeitstelle wolle, er würde ihn sofort als Dozenten einstellen, die Professur würde in Kürze folgen. Ein verlockender Gedanke, dachte er nun, er hätte mehr Zeit für Hermiona und für Magda und deren Kinder, wenn sie wiederkommen würden, mehr Freiheit für sich selbst, mehr Ruhe in seinem Leben, lauter verhältnismäßig intelligente Menschen um sich herum, mit denen er zu tun hätte – jedenfalls deutlich fitter im Kopf als der durchschnittliche Kriminelle, keine nächtlichen Einsätze, kein Mord und Totschlag, keine tragischen Lebens- und Liebesgeschichten, keine dramatischen Ereignisse – abgesehen von intellektuellen Bosheiten zwischen Professoren und verschwundenen Büchern aus der Bibliothek, ein gelassenes Leben, wie ein langer, ruhiger Fluss, keine Stromschnellen, geschweige denn Wasserfälle. Ein Traum. Ein Albtraum. Kein Abenteuer, wenn man mal vom hochintellektuellen Abenteuer der Verteilung der Primzahlen auf dem Zahlenstrahl oder ähnlicher mathematischer, meist altehrwürdiger und seit Jahrzehnten, wenn nicht Jahrhunderten, geduldig ihrer Lösung harrender Probleme absah. Kein Adrenalinstoß mehr, wenn das Telefon klingelte; keine Larissa, die in sein Büro gestürmt kam mit irgendeiner hanebüchenen Vermutung; keine schlaflosen Nächte mehr, weil er einen Fall nicht knacken konnte; keine Genugtuung mehr, die Richtigen von der Straße geholt zu haben; keine spannenden Fachsimpeleien mehr mit Jirka bei einer Tasse von dem mörderischen Gebräu, das er Kaffee nannte, oder über aufgeschlitzten Leichen in der kahlen Prosektur; keine Meda mehr, die ihn mit ihrer Sturheit und Diskussionsfreude oft genug an den Rand des Wahnsinns trieb und damit irgendwie mitten hinein in die Lösung; und kein Ota mehr, der sich alle naselang in ein anderes junges Mädel verguckte, weil er fast panisch auf der Suche nach Fräulein Richtig war, mit der er endlich die eine großartige, unschlagbare Fußballmannschaft in die Welt setzen könnte, die nicht nur eines fernen Tages wieder an der Fußballweltmeisterschaft teilnehmen, sondern sie selbstverständlich auch gewinnen würde; Ota, der nur unter Androhung von Gewalt bereit war, über den geistigen Tellerrand des böhmischen Beckens hinauszuschauen und mit Zähnen und Klauen an seinen zahlreichen Vorurteilen festhielt, der aber ein großes Herz für alle Einsamen, Verletzten, Getretenen und Verfolgten hatte – vorausgesetzt, sie ließen pflichtschuldigst ihre Finger von anderer Leute Eigentum und körperlicher Unversehrtheit. Ruhe – Abenteuer, Zeit – Familie, Träume – Irrwege … verdammt und zugenäht …

»Bist du noch dran?«, fragte Ota.

»Entschuldige, ja, ich war ganz in Gedanken. Was hast du gesagt?«

»Verträumt wie üblich, scheinst deinen Tod ja wohlbehalten überlebt zu haben, ohne größere Blessuren an den grauen Zellen. – Ich wollte nur wissen, wann du zurückkommst. Ins Büro.« Dass dort eine große Fete geplant war, verschwieg er wohlweislich. Er wusste, dass David kein Fan solcher Festivitäten war, aber es war ja auch eigentlich eine Fete für die Kollegen, die sich – bis auf den Oberst, natürlich – freuten, dass am Ende alles gut gegangen war. David würde es überleben, wie üblich. »Ich hätte gerne ein Datum.«

»Du planst doch nicht irgendeine Fete oder so einen Blödsinn?« Anděls sentimentale Anwandlungen waren wie weggeblasen. »Wozu brauchst du ein Datum?«

»Krieg dich ein, nix plane ich, du kennst mich doch! Aber die anderen fragen bestimmt, da will ich nicht als Depp vom Dienst dastehen, der von nix was weiß.« Ota war ein miserabler Lügner, aber am Telefon konnte David ihm nicht ins Gesicht sehen, das steigerte seine Chancen, damit durchzukommen, beträchtlich.

»Hm. Gut. Ich hatte schon Befürchtungen … Ein Datum. Hm. Tja …« Er warf einen Blick in den Rückspiegel. Larissa beobachtete ihn halb amüsiert, halb nachdenklich, während sie Hermionas Kopf streichelte. Ota sprach so laut, dass es im ganzen Wagen zu verstehen war. Sie zwinkerte ihm keck zu. Dann sah er hinüber zu Agáta, die, wissend lächelnd wie ein menschgewordener Buddha, neben ihm auf dem Beifahrersitz saß und scheinbar völlig versunken in einer Yoga-Zeitschrift blätterte.

»Ich … äh, ich weiß es noch nicht genau, Ota. Vielleicht nächste Woche, oder … mal sehen … ein bisschen Urlaub … du weißt schon …« Außer Magda wusste noch niemand von Hermiona. Das würde einschlagen wie eine Bombe. Er grinste bei dem Gedanken.

»Okay, dann nächste Woche«, sagte Ota zufrieden. »Sagen wir Mittwoch. Dann fängt die Arbeitswoche nicht so plötzlich gleich nach dem Wochenende an. Ich verlasse mich drauf, Junge.«

David seufzte resigniert. »Okay, nächste Woche. Meinetwegen Mittwoch. *Nazdar*, Ota.«

»Sehr gut, das ist ein Wort – ein Mann, ein Wort. Ich sag

ja immer, auf dich ist Verlass. Bis dann, Kumpel. Halt die Ohren steif.« Er legte auf.

Larissa kicherte. »Ich wusste gar nicht, wie rührend Nebeský sein kann. Harte Schale, butterweicher Kern, wie?« Sie schwieg einen Augenblick. »Schön, dass du zurückkommst. Freut mich. Sehr.« Sie legte ihm eine Hand auf die rechte Schulter und drückte sie. »Fein. Ende gut, alles gut.«

»Hmm. Und wenn es nicht gut ist, dann ist es nicht das Ende, nicht wahr.«

»Wie?«

»Ach, nichts weiter.« David starrte durch das offene Tor hinaus auf den gewundenen, verschneiten Feldweg, der noch unberührt von Spuren in der morgendlichen Sonne glitzernd vor ihnen lag. Ein Gedicht von Robert Frost kam ihm in den Sinn: »The Road not taken«, hieß es, ihm fiel nur der letzte Vers ein: *Two roads diverged in a wood and I – I took the one less traveled by, and that has made all the difference.* Die weniger befahrene Straße – eine prächtige Idee … aber welche war das, verdammt? Polizei oder Professur? Lehren oder tun? Adrenalin oder Melatonin? Magda oder Larissa? Halt. Nein. Diese Frage hatten sie geklärt. Einvernehmlich, wie zwei erwachsene, vernünftige Menschen. Punkt. Er warf einen Blick in den Rückspiegel. Punkt? Verdammt noch mal, dachte er irritiert, mach um Himmels willen *diese* verdammte Pandorabüchse nicht wieder auf, du Idiot, wo alles so schön in trockenen Tüchern ist.

»Sie werden also zurückgehen, David?«, fragte Agáta und schlug die Zeitschrift zu.

»Äh … Wie? Zurück? Ach so … Ich weiß es noch nicht.« Er starrte noch eine Weile wie gedankenverloren auf den Feldweg hinaus, dann wandte er sich zu Agáta um und lächelte zufrieden. »Wissen Sie, ich halte es da ganz mit Solo Lovec: ›Am Anfang eines jeden guten Buches steht ein Verbrechen – und an seinem Ende eine Lüge.‹«

Danksagung

Neben all den Menschen, die mir in fachlichen Fragen bei diesem und meinen beiden anderen Büchern geholfen haben, gilt mein ganz besonderer Dank diesmal zwei Männern:

Zunächst meinem guten Freund Jáchym Dvořák, dem mutigen tschechischen Verleger des Romans »Messerwerfer«, der mir erlaubte, mich großzügig aus diesem faszinierenden, fragmentarischen Text zu bedienen.

Die Geschichte dieses Buches ist ebenso geheimnisumwoben wie sein Autor: Am 7. Oktober 2003 gelangte ein deutschsprachiges Manuskript mit der Post in den Prager Labyrint Verlag. Es fanden sich weder Absender noch Titel. Beigelegt war nur ein Blatt mit aufgeklebten Zeitungsbuchstaben, wie ein Erpresserbrief. »*If you like it publish it. Solo Lovec*«

Jáchym legte den ihm unverständlichen Text einigen Übersetzern und Germanisten vor, die davon so beeindruckt und begeistert waren, dass er beschloss, diesen in Inhalt wie Form bemerkenswerten Roman herauszugeben, obwohl er den Autor nicht kannte. Das Buch erschien ein Jahr später unter dem Titel »*Vrhač nožů*«

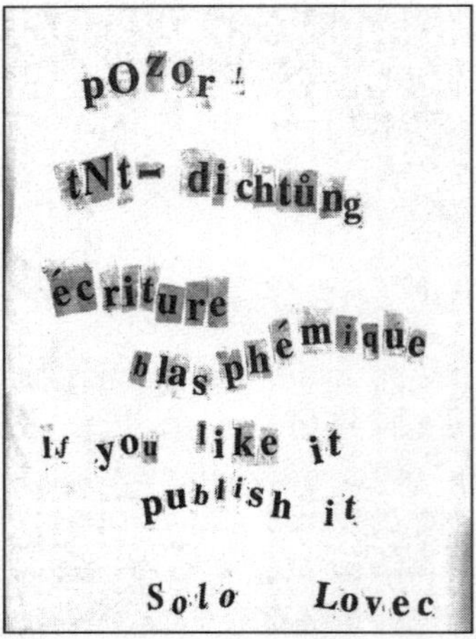

(*Messerwerfer*), mit einem Vorwort des tschechischen Dichters Ludvík Kundera, im Labyrint Verlag (www.labyrint.net) in Prag.

Solo Lovec ist bis heute ein Unbekannter. Nach wie vor wird der wahre Autor dieses Buches gesucht, obwohl in der renommierten literarischen Zeitung *Literární noviny,* in der Prager Gerüchteküche und in Internet-Blogs über das Werk und seinen noch immer anonymen Verfasser diskutiert wurde und vielleicht bald wieder werden wird.

Ein Rezensent feierte den »*Messerwerfer*« als »die Rückkehr der deutschsprachigen Literatur ins heutige Prag«. Dem kann ich mich nur anschließen, hoffend, dass man ihn irgendwann auch in Deutschland wird begrüßen dürfen – als modernen Prager Roman deutscher Sprache.

Neben Jáchym gilt mein Dank natürlich meinem Schriftstellerkollegen Solo Lovec, dem geheimnisvollen Unbekannten, dessen Werk mich so inspiriert hat.

Helena Reich, Prag/Stuttgart 2011